爆《は》ぜる路《みち》、
増島拓哉
集英社

爆《は》ぜる路《みち》、

1

スーツ姿の男がレジカウンターにガムを置き、無言でスマートフォンを提示してきた。

「バーコードを表示していただけますか」

椎名和彦《しいなかずひこ》は丁寧な口調で言った。男が怪訝《けげん》そうに首を傾《かし》げ、画面をスクロールする。

「バーコードって？　ないねんけど」

「あ、ＰａｙＰａｙとかですかね。でしたら、こちらを読み取ってください」

レジ前に備え付けられた、キャッシュレス決済用のＱＲコードを指し示す。

「どういうこと？　現金で払うけど」

男がおもむろに財布を取り出した。

「あれ。えっと、そのスマホは？」

「はあ？　これやんけ」

眉を顰《ひそ》め、責め立てるようにスマートフォンを突き出してきた。

しばらく画面を見つめ、ようやく理解した。

「すみません、こどもの日のデコレーションケーキをご予約のお客様ですね」

「そうそう。書いてるやんけ、最初から」

苛立《いらだ》たし気に言われ、舌打ちされた。俄《にわ》かに、胃の底が重たく感じられる。

「失礼しました。こちらのご予約のケーキと、ガムが一点。お支払いは現金ですね」

「だから、そうやって」

「すみません。少々お待ちください」

精一杯の愛想笑いを浮かべた。男の目を見ないようにして、会計を済ませる。

「トロいなあ」

吐き捨てるように言い、男が背を向けた。

「死ね。殺すぞ。クソが」

椎名は呟《つぶや》いた。世界的な感染症拡大のせいでマスクの着用が日常化して早一年、数少ない利点のうちの一つが、営業中に独り言を言っても、誰にも気付かれないことだ。

「カリカリしてましたね、さっきのお客さん」

隣のレジの対応を終えたグエンが、労《いた》わるような声で言ってきた。

「老害ってよう言うけど、中年のおっさんが一番有害っすよ。十六のガキ相手に、ええ年こいた大人が偉そうに。最初から、予約してたケーキください、って言えよ、ホンマ」

「日本のお客さん、僕には優しいです。でも、日本人の店員さんには厳しい」

事実だった。グエンに対して露骨に人種差別的な態度を取る客も稀《まれ》にいるが、大半の客は淡々と接するか、妙に馴《な》れ馴《な》れしく優しく接する。

日本はいい国、日本人はいい奴《やつ》。外国人にそう思われたいのだろう。別に構わないが、一方で日本人の店員にばかりハイクオリティな接客を要求されると、苛立ちも募る。

「グエンさんが羨ましいっすよ」

「でも、時々悲しい。子供に優しくするみたいな、対等に扱われてない感じがします」

グエンが嘆息し、目を伏せた。

「ベトナムって、こどもの日、あるんですか」

「ありますよ。六月一日。日本のハロウィンみたいに、派手にお祝いします」

「へえ。まあ、日本のハロウィンで盛り上がってんのは、一部の奴だけですけどね」

「そうなんですか。楽しみにしてますよ」

「彼女さんと一緒に、コスプレしたり？」

グエンがはにかんだ。

「いいかもしれない。シーナさんは？」

「いやあ、彼女いないんで」

前腕を目許《めもと》に当てて、泣く真似《まね》をした。おどけたつもりだったが、ため息がこぼれた。

「ごめんなさい」

お悔やみの言葉を述べるときのトーンで言い、そそくさと品出しに向かってしまった。

椎名は肩を竦《すく》め、カウンターフーズの扉の前に立った。客側からは見えないが、扉の部分が鏡になっている。指で髪を軽く整えた。

結構、イケメンだ。重ための奥二重だが目は大きいし、眉の頭から真《ま》っ直《す》ぐ鼻筋が通っている。唇が薄いのがコンプレックスだったが、クラスの女子がクールだと言っているのを耳にして以来、むしろ気に入っている。流行のセンター分けも、我ながら似合っている。

身長は百六十七センチしかないが、ブルーノ・マーズだって百六十五センチしかないのに、オーラたっぷりで格好良い。同年代はアイドルやJ－POP、J－ROCKを聴いている連中ばかりで、ブルーノ・マーズの良さを語れる相手がいないのはつまらないが、優越感もある。小学生のときにCMで流れているのを聴いて以来、大ファンだ。

彼女くらい、いたっていいはずだ。というか、いたのだ。それもこれも全部、このクソなパンデミックのせいだ。

抑圧し続けている鬱屈が頭をもたげ、鏡の前を離れた。折しも、制服姿の高校生らしきカップルが入店してきた。

「いらっしゃいませー！」

やけっぱちのような大声を張り上げると、カップルが躰《からだ》をびくつかせて驚いた。それから顔を見合わせ、くすくすと笑い始めた。

マスクの下で、下唇を噛《か》み締める。強く、鈍い痛みが走った。

2

「俺のミスは逐一指導してくるくせに、自分が同じようなミスしたらなあなあで済ませんの、ホンマクソやわ」

あえて声に出してバイト先の先輩に毒づきながら、家路を辿《たど》る。すっかり唾臭くなったマスクは、退勤と同時に外している。

バッグを担ぎ直し、ワイヤレスイヤフォンをつけてブルーノ・マーズの「Ｒｕｎａｗａｙ Ｂａｂｙ」を流す。五回目のリピート再生に差し掛かった頃、公園に到着した。

再生を「Ｔａｌｋｉｎｇ Ｔｏ Ｔｈｅ Ｍｏｏｎ」に切り替える。しっとりとした失恋ソングだ。この曲を延々と聴きながら、人のいない夜の公園でバスケをするのが好きだ。感傷に浸れる。悲劇の主人公になれる。

バッグをベンチに置き、バスケットボールとシューズを取り出した。

エア ジョーダン5。

絶大な人気を誇るシューズだ。新品で、三万円以上する。高校の入学祝いに父親から贈られたが、汚したくなかったため一度も部活動中に履くことはなく、部屋に飾っていた。

退部後、夜に一人でバスケをする時間にだけ、履くようになった。そうすれば、父親のことも、自分の置かれた境遇も、許せるような気がした。

ドリブルしながら、フリースローラインまで向かう。足を肩幅に開き、膝を軽く曲げて下半身を落とす。右脚を前に出し、ボールを胸の前で持った。全身をリラックスさせ、地面に二度ボールをついてから、優しく抛《ほう》る。

ボールが弧を描いている間、右手はリングに向かって、真っ直ぐ伸ばしたままだ。

スパッ。

イヤフォン越しでも、ボールが網を揺らす音が聞こえた。リングやボードに当たることなく網に吸い込まれたときにだけ、この心地好《よ》い響きを耳にすることができる。

何本連続で成功できるか。いつも最初はそんなことを考えながら打ち始めるが、いつの間にか時間を忘れ、繰り返し無心でシュートを放っている自分に気付く。

Tシャツが汗で躰に張り付いてきた。自動販売機で買ったコーラを一気飲みし、大きくゲップしてから、ゴールリングを見据えた。

ボールを地面に置き、駆け出す。ゴール手前で踏み込み、跳んだ。目一杯、手を伸ばす。

虚《むな》しく空を切り、着地して数歩よろけた。

バスケをするには不利な身長だが、そんな自分でも活躍できるポイントガードとして、小学生の頃から精一杯頑張ってきた。強豪校ではないが、一年生の時点でレギュラーもあり得るところまで評価された。

しかし、世界的な感染症拡大を受けて、部活動を始めとした学校生活は様々な制限を受け、インターハイの開催は中止された。リベンジを誓ったウインターカップでは、複数の部員の感染が発覚し、出場辞退を迫られた。

不戦敗。

こんなにも悔しく、虚しいことはない。

――お前らには、来年があるやん。次のインターハイでかましたれ。

泣きじゃくりながらも強がって笑う三年生の言葉に、涙を堪《こら》えてリベンジを誓った。

だが、椎名が二ヶ月後のインターハイに出場することは、もうない。

ため息を吐《つ》き、大の字になって横たわる。気持ちが鎮まるまで、瞼《まぶた》を閉じた。落ち着いてから目を開け、ゴールリングをぼんやりと見上げる。

中学生のとき、ＹｏｕＴｕｂｅで百六十五センチのアメリカ人選手が華麗なダンクシュートを決める映像を観《み》た。それ以来、自分も成功させたいという野望を秘《ひそ》かに抱いている。

イヤフォンからは、失恋ソングが流れ続けている。

アパートの階段を上り、三〇三号室の鍵を開けた。右手にある和室の電気は、既に消えている。達樹《たつき》はもう、寝たみたいだ。

リビングからは、映画の音が漏れ聞こえてきていた。そのまま浴室に直行し、汗を流してからリビングに向かう。顔を合わせるのは億劫《おっくう》だが、喉が渇いてしまった。

父親は、ソファで鼾《いびき》をかいて寝ていた。テーブルの上に、空になった焼酎のペットボトルが倒れている。テレビ画面の中では、砦《とりで》のような場所で血みどろの銃撃戦が繰り広げられていた。リモコンを手に取り、再生を停止する。地上波のデジタル放送に切り替えた。

深夜の人気バラエティ番組にチャンネルを合わせ、冷蔵庫からお茶を取り出した。ソファから離れた椅子に、腰を下ろす。

マスクも着けずに密集した出演者達が、最高月収の話で盛り上がっている。売り出し中の若手芸人が、先月の収入は六十万円だったと言わされていた。売れっ子の司会者が、稼いでるねえと余裕綽々《よゆうしやくしやく》の態度で笑っていた。

「帰ってたんか」

いきなり声を掛けられて驚きながらも、反射的にリモコンでテレビの電源を消していた。

「今、帰ったとこ」

「そうか。父ちゃんも、今起きたとこや」

まだ、酔いは醒《さ》めていないらしい。眼窩《がんか》の奥で、光が鈍く沈んでいる。

「えらい、遅かったな」

「出勤予定の人が、体調不良でいきなり休んで。二時間だけ残ってくれへんかって」

「緊急事態宣言出てんのに、コンビニは大変やな」

「あれ、今って宣言出てたっけ？ もう、緊急事態感なさ過ぎて、分からへんわ」

父親が痰《たん》の絡んだ声で笑った。不快感が背筋を這《は》い上ってくる。

「遅なるなら、連絡せえよ。心配するやろ」

「してへんやん。寝てばっかりで」

硬い声で言うと、気まずそうに顔を伏せた。

「公園で、バスケしてきたんか」

鼓動が跳ね上がった。冷静を装い、曖昧に頷《うなず》く。知られていたとは、思いもしなかった。

居心地の悪い沈黙が流れた。寝るわ。そう口にして腰を浮かせようとしたが、その前に、父親が口を開いた。

「お前にばっかり、辛《つら》い思いさせてるよな」

語尾が掠《かす》れていた。目を合わそうとはせず、虚空を見つめている。

「ホンマに、悪いと思ってる。父ちゃんが、不甲斐《ふがい》ないばっかりに。申し訳ない」

胸が詰まった。熱い塊が、喉の奥から込み上げてくる。

「ロスジェネ世代いうて、和彦は分かるか」

答えあぐねていると、構わず話し始めた。端《はな》から、返答は期待していないらしい。

「父ちゃんの世代は、就職氷河期やった。せっかく大学出たのに、就職できひん。そんな奴らがごろごろおった。でも俺は、どうにか運良く、何年かしてあの会社に入れた訳や。コツコツ真面目に働いて、お前らも生まれて。大した稼ぎやないから、母ちゃんもパートに出てくれてな。家事に育児に仕事。ナンボ俺も手伝ってたいうたかて、やっぱり母ちゃんの負担の方が大きかったやろからな。俺のせいで、早死にさせてもうたんかもしれん」

母親は五年前に、くも膜下出血で他界している。

「別に関係ないやろ、それは」

語気荒く言った。これ以上、聞きたくない。だが父親は、堰《せき》を切ったように続ける。

「ちょっとタチの悪い風邪が流行《はや》ったからって、ここまで大騒ぎするようなこと違うやろ。なあ？　俺達ロスジェネは、ずっと見捨てられてきた。俺はまだ運よく何とかなってた方やけど、どうにもならんかった奴なんかナンボでもおる。経済的な弱者を斬り捨てて、平和で豊かな国やって言い続けてきたんやから、病人かて斬り捨てたらええやないか」

顔を上げ、真っ直ぐ視線を合わせてきた。酒で、目が濁っている。

父親が勤めていた建設関係の会社は、感染症流行による不況の煽《あお》りを受けて、一月に倒産した。

五月下旬になっても再就職先は見つからず、知り合いのツテを頼りに、派遣スタッフのような形で日々働いている。

弟の達樹は、まだ小学五年生だ。長男として、家計を少しでも支えるために、バスケ部を辞めてアルバイト漬けの日々を送る道を選んだ。

「オトン。もう、ええから」

感情を押し殺して言った。

「よくない。何にもよくない。お前からバスケっちゅう楽しみを、青春を奪った。ホンマに悪いと思ってる。情けないわ」

声に、苦渋の色が滲《にじ》んでいた。頭の中で、何かがはち切れた。

「グチグチグチグチ、鬱陶しいんじゃ」

立ち上がり、大声を張り上げる。

「別にええ、言うてるやろ！　ああ、そりゃバスケしたいよ。気ィ遣ってんのか知らんけど、バスケ部の仲間やったみんなにも距離置かれるし、今更新しい友達もできひん。彼女にもフラれたよ、今サッカー部の奴と付き合ってるらしいわ。毎日毎日、クソ鬱陶しい客の相手して、たかが知れた金稼いで、それを達樹は何の苦労もせんとお菓子《こ》ばっか買うてさ。けど、別にええよ。俺が全部我慢すれば済む話、犠牲になれば済む話やろ！」

怒鳴り散らすうち、怒りが増幅してきた。絶句する父親を見下ろし、こめかみが痛んだ。

「今更、惨めったらしくごちゃごちゃ言うなよ。あのとき、止めてくれたらよかったやんけ。金ならなんとかする、それが父親の役目やから、バスケは続けたらええって。そうせえへんかった以上、今更謝ってくんなよ。どうにもならん。惨めで、鬱陶しいだけや」

溜《た》め込んでいた鬱憤を吐き出し、父親を惨めだと罵倒するのは、破滅的な快感があった。

もう、これまでの親子関係には戻れない。頭の片隅で、感覚的に悟った。

知るか。先に酔うて絡んできたのは、そっちや。こっちはずっと、我慢し続けてきた。

リビングを飛び出すと、達樹が目を擦《こす》りながら廊下に立ち、トイレに入ろうとしていた。

「あ、おかえり。なんか騒がしかったけど」

暢気《のんき》な顔で笑っている。パジャマの胸倉を摑《つか》んで引き寄せ、顔の前で怒鳴った。

「邪魔じゃ！」

瞬く間に、泣き顔に変わった。

達樹を突き飛ばし、玄関を出た。頬を刺す夜気の感触が心地好い。胸がすく思いがする。嫌悪感で、押し潰されそうだ。

手ぶらで出てきたが、自然と足は公園のバスケットコートに向いていた。

颯然《さつぜん》と風が吹いた。コートの周りを取り囲む木々が、音を立てて揺れた。枝葉の隙間は、濃い闇に塗り潰されている。

センターサークルの中に立ち、鼻から大きく息を吸い込んだ。真夜中の匂いがした。

胡坐《あぐら》を搔《か》き、スマートフォンを取り出す。少しでも時間があれば、つい触ってしまう。

退部してから作った、Ｔｗｉｔｔｅｒのアカウントを開いた。ジョーダンというハンドルネームで、日々の愚痴を書き連ねている。本名で使っていたインスタグラムのアカウントは、退部後しばらくして削除した。

Ｔｗｉｔｔｅｒ上の様々な話題を漁《あさ》るうち、苦笑交じりのため息が洩《も》れた。

二週間前、国民に外出や活動の自粛を呼び掛けてきた日本医師会の会長が、自身が後援会会長を務める与党議員の政治資金パーティーに、参加していたという。参加者は、百人規模だそうだ。

死にたい。

軽い気持ちで、ツイートしてみた。途端に、重たい実感を伴って、胸に迫ってきた。

スマートフォンから、顔を上げた。バスケットゴールの真っ赤なリングが、仄《ほの》明るい街灯の光を照り返している。

遥《はる》か高みで、満月が皓々《こうこう》と輝いていた。

3

男の姿を視界に捉え、澤田真一《さわだしんいち》はすかさず車から降り立った。

「常岡《つねおか》さんですね。お疲れのところ恐れ入りますが、少しお話お伺いできますか」

焦げ茶色の手帳をひらつかせると、常岡の顔に驚きと警戒の色が浮かんだ。

「なんやねん。何もしてへんぞ、俺」

「愚狼會《ぐろうかい》について、お伺いしたいことが」

表情が、怒りと恐怖に変わった。

「話すことなんか、何もない」

口早に言い、自宅の玄関扉に手を掛ける。

「まあ、そう言わんと」

「触んな!」

肩に伸ばした手を烈《はげ》しく振り解《ほど》かれ、思わずよろめいた。

「危ないな」

「なんや、コラ。お前が触ってきたんやろ。転び公妨で引っ張んのか。ええよ、やれや」

澤田は口を噤《つぐ》んだ。常岡が鼻を鳴らし、扉を押し開く。

常岡の視線が逸《そ》れた隙に、腰ベルトに装着した特殊警棒を引き抜いた。後頭部に、躊躇《ためら》いなく振り降ろす。

鈍い衝撃音と共に、常岡が頽《くずお》れた。言葉にならない呻《うめ》き声《ごえ》をあげる。

常岡の頸部《けいぶ》を締め上げた。意識を失ったのを確認し、車へと引き摺《ず》って行く。布テープで手際よく手足と口許を縛り、トランクに押し込んだ。

運転席に乗り込み、助手席に転がったウイスキーのボトルを手に取る。オールドパーの十二年だ。マスクを外して一口含むと、手の震えが止まった。

芳醇《ほうじゅん》で甘い香りが鼻に抜け、喉の奥が心地好い熱さを帯び始めた。


椅子に後ろ手に縛り付けても、常岡は失神したままだった。アルミのバケツに汲《く》んだ水を勢い良く浴びせ掛けると、唸《うな》り声と共に目を覚ました。

焦点が合い、寂れた倉庫に監禁されている現状を把握するにつれ、常岡の目つきが鋭さを取り戻していく。

「警官が、こんな真似してええんか」

「警官が、こんな真似すると思うか」

平板な声で言うと、常岡の喉仏が上下した。

「俺が何したって言うねん」

澤田は常岡に対面する形で、パイプ椅子に腰を下ろした。

「お前が何したか。恐喝二件と強姦《ごうかん》一件や。立件されただけでな」

「何年前の話しとんねん。罪は償った」

「ションベン刑喰《く》らって、結婚して義理のパパに仕事あてがってもろたから、もう善良なる一般市民ですよってか。そんな都合のええ話、あるかい。お前の妻と娘、犯したろか」

「そんなことしてみい、お前――」

どすの利いた声を発したが、威勢は最後まで続かなかった。

「すまん。勘弁してくれ」

「不思議やな。お前ら悪党は、他人を平気で踏みにじるくせに、身内や仲間には本気で愛情を注ぐ。どういう料簡《りょうけん》や」

返事はない。血走った目で、睨《にら》み付けてくるだけだ。

「まあ、ええ。本題に入ろか。近年、大阪で調子のええ半グレグループは、何組かある。調子ええ言うても、パイの取り合いで抗争して、呆気《あっけ》なく潰れることもあるけどな。その点、愚狼會は異質や。ジム開いて、俺達はただの格闘技好きの集まりですよ、いうて嘯《うそぶ》きよる。お前みたいに前科者の関係者はおるけど、団体として違法行為が摘発された例しはない。準暴力団にも指定されてへんしな。ヤバい団体やいう噂《うわさ》は街で囁《ささや》かれるのに、裏の実態を誰も知らん。俺は、それが知りたい。話してくれるか」

「お前、やっぱお巡りちゃうんか」

澤田は立ち上がり、常岡の顔面を殴り付けた。椅子ごと、仰向けに倒れ込む。

一顧だにせず、足許に用意していた真っ赤な携行缶を手に取った。

「ガソリンは、たった数十ミリ飲むだけでも、重大な中毒症状が起こりかねへん。百ミリ超えたら、ほぼ確実に死ぬ。ただし、ほんの数ミリでも、気管に入ったら肺炎を起こして、集中治療室行きや。で、この缶にはなんと、十リットルも入っとる。喋《しゃべ》りたなったら、手ェ挙げえ」

淡々と言い、缶の蓋を外してガソリンを上から浴びせ掛けた。刺激臭が立ち込める。

常岡が目と口を固く閉じ、身を捩《よじ》らせて顔を背ける。ガソリンが鼻腔《びこう》から入ったらしく、尋常ではないほど烈しく咳《せ》き込み始めた。

手を止め、嘔吐《おうと》する常岡を見下ろす。苦しみに悶《もだ》え、咽《むせ》び泣いている。

「俺は、正規メンバーやない。ただのジム生や。何も知らん」

「ああ、そう。まだ五月や。夜明けまで、時間はたっぷりあるぞ」

抑揚のない声で言い、コンビニで衝動買いしたセブンスターを取り出した。気化したガソリンに引火しないよう場を離れ、口に銜《くわ》えて火を吸い付ける。

軽く、眩暈《めまい》がした。十年以上ぶりに摂取するニコチンは、強烈だ。

立ち昇る烟《けむり》を見つめながら、眉を顰めた。

4

バイトで遅くなると、父親にＬＩＮＥを送った。数分後、「了解」とだけ返事が来た。

椎名も父親も、あの夜はなかったこととして過ごしている。達樹も父親に言い含められたのか、何も言ってこない。だが、暢気な達樹と違って、父親の変化はあからさまだ。あれ以来、一度も目を合わせてくれない。

バイト中、マスクの下でしょっちゅう「帰りたい」と呟いているが、近頃は自宅でも、その言葉が無意識のうちに口を衝《つ》く。

地図アプリを起動した。電車が駅に到着し、扉が開く。Ｏｓａｋａ Ｍｅｔｒｏ御堂筋《みどうすじ》線なんば駅の北東改札を出て、一五番出口の階段を上がる。

六月中旬。梅雨入りしているが、有り難いことに、今日は晴れていた。

コンビニを右手に見ながら進み、黒毛和牛専門店・はり重《じゅう》の角を右に曲がる。大阪松竹座を越え、かに道楽の看板の手前で左折した。

戎橋《えびすばし》に、到着した。誰もがマスクをしているとはいえ、老若男女問わず、人でごった返している。道頓堀《どうとんぼり》グリコサインを背にして、大勢の人が写真を撮っていた。

橋の欄干から、道頓堀川を覗《のぞ》き込んだ。緑色に濁っている。些《いささ》か、ドブ臭い。

この場所は大阪の象徴として扱われるが、ミナミ界隈《かいわい》以外に住む大阪人は、他府県民と変わらない感覚を抱いている。観光地だ。

大阪の北摂《ほくせつ》地域に住む椎名も、道頓堀を訪れるのは、小学生のときの家族旅行以来だ。

グリコの看板の下の遊歩道に向かうため、橋の階段を下り始めた。胸が高鳴る。

グリ下と呼ばれるこの場所のことを知ったのは、三日前だ。Ｔｗｉｔｔｅｒで鬱々たる感情を吐露し続け、似た境遇の同世代のユーザーとやり取りしているうち、教えてもらった。家に居場所がない少年・少女の憩いの場だという。

階段を下り、グリ下に到着した。同世代くらいの男女が七人いた。全員の視線が、椎名に注がれる。敵意や警戒心はなさそうだ。

「こんにちは」

情けないほど、か細い声が出た。

「あの、Ｔｗｉｔｔｅｒで」

「あ、ジョーダン？　俺、俺。ミッチー！」

金髪の少年が言った。全身、黒のジャージを着て、顎マスクをしている。

「ホンマに来てくれたんや、ようこそ」

ミッチーが明るい声で言い、他の六人を見回した。男子はみんな、示し合わせたようにオーバーサイズの黒いシャツやパンツ姿だ。女子は髪にリボン、首にチョーカー、黒のブラウスにフリルだらけの黒いスカートか、白のブラウスにフリルだらけのピンクのスカートを合わせている。「地雷系」や「量産型」と揶揄《やゆ》されがちなファッションだと知っているが、椎名自身アメコミ映画のTシャツを好んで着ている以上、他人の服装をとやかく言うつもりはない。

「親がアル中、シャブ中、ムショ暮らしとか、ホンマ色んな子が集まるわ」

ミッチーがざっと六人を紹介していく。毒親、虐待、親の不倫など、暗い境遇のオンパレードだ。

「施設で生まれ育ったから親を知らん子とか、実の親にも里親にも捨てられたっていう子も遊びに来たことあるし」

「ジョーダンは、どういう系？」

ルイが言った。髪の毛を明るいブラウンに染め、耳にピアスをいくつも開けた女の子だ。

「コラ、無神経やぞ。そういうことは、自分で言うまで訊《き》いたらあかん」

「ミッチー、ウチらの事情、今さっきべらべら喋ったやん」

「お前らはええねん」

「なんでやねん」

息の合ったテンポで言い合い、みんなが笑った。口々に、親の悪口を言い始める。

猛烈に、羨ましくなった。

親が鬱陶しい。だるい。うざい。そんな愚痴は、友達と散々してきた。クソババア、などとキレている奴もいたが、常にその声には、甘えと愛情が潜んでいた。

だが今みんなが口にしているのは、剝《む》き出《だ》しの嫌悪感だ。軽蔑だ。憎悪だ。

それほどまでに強く、父親を憎んでいる訳ではない。でも、同級生がよく口にするような愚痴程度では収まらない、明確な嫌悪感は、抑えようと思っても抑えられない。

退部以来、ずっと胸の底に沈めてきた感情を、ここでなら吐露できるような気がした。

「母親が、病気で五年前に死んでんけどさ」

会話が途切れたタイミングで、口を開いた。みんなが笑いを引っ込め、真剣な眼差《まなざ》しを向けてくる。

「父親が失業してさ。これのせいで」

マスクを摑み、剝ぎ取った。ポケットに突っ込み、鋭く息を吸い込む。

「部活辞めて、働かされてんねん。レギュラーにもなれそうやったのに」

働かされている、という言い回しをしても、嘘《うそ》を吐いている感覚はなかった。心情的には、働かされているというのが真実だ。

「気晴らしに、パーッといきますか」

ルイがピンクの布マスクを外して言った。涙袋を強調した濃いアイメイクだが、意外と幼い面立ちだ。地面に置いていたレジ袋を漁り、中から缶を取り出す。チューハイ、ハイボール、ジンのソーダ割り。当然の顔をして、順番に酒の缶を手に取っていく。

「ジョーダンは、何飲む？」

「え？　いや俺は、ええかな。お酒やし」

「いやいや、真面目か」

ミッチーが軽いツッコミのような口調で言った。無性に恥ずかしく、苛立たしい。

真面目か――クラスで陰キャのノリが悪いときに、自分達が口にしてきた言葉だ。悪気なく使ってきたが、言われる側になって気付いた。格下扱いされているように感じる。

「じゃあ、貰《もら》おかな。なんでもええよ」

ハイボールを手渡された。アルコール度数八パーセントの五百ミリ缶だ。酒など、正月の親戚の集まりで、三パーセントのチューハイを飲んだことくらいしかない。

「かんぱーい」

喉を鳴らして、次々と飲み始める。

さり気なく、周囲を見回した。道頓堀川を挟んで向かいの道にちらほらと人通りはあるが、こちらを気にしている様子はない。この場所だけ、ぽつんと孤立している。

恐る恐る、口を付けた。つい、顔が歪《ゆが》んだ。ボンドのような味がする。

息を止めて、無理矢理流し込んだ。口を閉じたまま、ゲップをする。苦い。

鼓動が速まり、顔の皮膚が突っ張るような感覚がした。躰中が火照ってくる。

「やっぱ旨《うま》いわあ、ハイボール」

ミッチーが嬉々《きき》とした表情で頷き掛けてくる。他の連中も、平然とした顔で飲んでいる。コーラの方が旨いやろとは言わず、雑談をしながら半分以上飲み進めた。

眼前に、煙草《たばこ》を一本差し出された。ミッチーが目で促してくる。ＫＯＯＬという銘柄だ。

落ち着いた表情を意識して、口に銜える。百円ライターの火を差し出された。先端を火に近付けるが、なかなか点《つ》かない。

「ちょっと、吸うねん」

助言され、口から息を吸い込んでみた。

熱い烟が襲い掛かってきた。我慢できず、烈しく咳き込んだ。喉が焼けそうだ。

「まず、烟を口に含んでみ」

一から吸い方を説明してくれた。その通りに吸うと、何度もむせたが、どうにか吸うことができた。

辛い。舌が痛い。何が旨いのか、さっぱりだ。不味《まず》い煙草を不味い酒で流し込む。

苦行だ。でも、やたらと頬が緩む。躰が内側から温まり、気持ちが高揚してくる。

グリ下で、本名も知らない初対面の奴らと一緒に親や世間の悪口を言いながら、未成年なのに酒と煙草を口にする。

何か、ちょっとワルくていい感じだ。学校と塾と部活に明け暮れる普通の高校生はしないような、一風変わった青春だ。これはこれで、結構ありなんじゃないか。

勧められるがまま、二本目に火を点けた。

頭がぼんやりとしてきた。感覚が鈍い。視界を半透明の膜が覆っている。

突然、吐き気が込み上げてきた。さらさらとした唾が、口中に溢《あふ》れてくる。飲み込んでもまた、すぐに湧き上がってきた。

「あー、なんかちょっと」

口を開いた直後、嘔吐した。生温かく、酸っぱい臭気が立ち込める。

血の気が引いた。顔を上げられない。だが胸のむかつきは取れず、まだ吐きそうだ。

頭が痛み、足許が覚束《おぼつか》ない。後ろ向きに、倒れ込みそうになった。

「大丈夫か、ジョーダン」

ミッチーとルイに躰を支えられた。心配そうに顔を覗き込んでくる。

「ヤニクラか。飲むペースも速かったし」

「緊張してたんかな」

辛《かろ》うじて、口を開く。

「ごめん。マジでごめん」

「かまへん、かまへん。全然大丈夫や」

ミッチーが大笑いしながら、ゆっくりと坐《すわ》らせてくれた。視界が、滲み始めた。

5

寺西准一《てらにしじゆんいち》はフレッドペリーでポロシャツを購入するため、ルクア大阪に向かっていた。道中、懇意にしている情報屋から、電話が掛かってきた。

スマートフォンを耳にあてがい、話をするうち、自然と立ち止まっていた。かつて率いていたオレオレ詐欺グループの幹部だった男が、先週出所したという。寺西は捜査の手が伸びてきた際に早々とグループを斬り捨て、逮捕を免れた。それを恨み、見つけ出して殺すと吹聴《ふいちよう》しているそうだ。

寺西准一という本名さえ、かつてのグループの誰にも知られていない。放置していてもリスクはないに等しいが、摘める芽は摘んでおいた方がいい。

情報提供に礼を言い、今度は弟に電話を掛けた。あらましを説明する。

――どうしたらええ？

「黙らせて欲しい。方法は問わへん」

――了解。

二言、三言雑談を交わし、電話を切る。

「皆さん、いつになったら目覚めるんですか。愚かしい。いい加減、目覚めてください」

高圧的な声が耳に飛び込んできた。サングラスを掛けた女がマイク越しに訴えている。ヨドバシカメラマルチメディア梅田《うめだ》の一階エントランス前だ。大勢が横並びになっている。誰もマスクを着けていない。

掲げている看板には、世界的に流行中の感染症は実はでっち上げだと記されていた。

人数を数えた。二十人。気持ち悪い。デモ隊に相応《ふさわ》しいのは、奇数だ。偶数は似つかわしくない。頭がむず痒《がゆ》くなり、目についた別のものを数え始めた。

ものには全て、気持ちいい数がある。その組み合わせを見つけるとすっきりするが、気持ち悪い組み合わせを数えてしまうと、むず痒さが残る。放置していると苛立ちが募り、酷《ひど》いときには不安と動悸《どうき》に襲われる。不合理で無意味だと分かっているが、やめられないのだから仕方がない。しっくりくるものと数の組み合わせが、なかなか見つけられない。伸びてきた襟足の毛を指に絡め、貧乏揺すりをしながら周囲を見回す。交差点で停車中の赤い車が目に入った。赤い車が一、二、三。心の中で数え、深呼吸した。すっきりした。

不安神経症や強迫性障碍《しょうがい》の一種らしく、今のところ治る見込みはない。日常生活にそこまで大きな支障もないため、放置している。

再び歩き出そうとして、デモをしている中に、小学生にも満たない男児がいることに気付いた。歩み寄り、目の前でしゃがみ込む。

「ビラ、一枚貰えるかな」

穏やかな声で言うと、おずおずと差し出してきた。中年の女が横から口を挟んでくる。

「どうも、ありがとうございます。是非、読んでいただいて、よく考えてみてください」

頷いてみせると、女が微笑《ほほえ》んだ。己の恵まれた容姿が相手に与える第一印象の良さは、充分自覚している。ビラを一読したあと、男児の目を見つめて口を開いた。

「質問なんだけど、『このウイルス騒動は金融業者を中心とした一握りの世界的大資本が、世界各国の経済を破壊し、その隙に付け込んで財を買い占めて莫大《ばくだい》な富を築くことで、貧富の差を拡大させることが目的。彼らは大勢の一般庶民を洗脳・搾取し——』」

「あ、あの、ちょっと、すみません。お話なら、私達が伺いますね」

「結構です。僕は、彼と話をしてるんです」

満面の笑みを浮かべて退け、男児に向き直った。怯《おび》えたように、目を潤ませている。

「怒っているんじゃないんだよ。君が配ってるビラの内容について、質問があるんだ」

「えっと、まだ子供なので、お話は私達が」

「何故《なぜ》？　彼が配っているビラの内容について、訊きたいだけです」

「ですから、まだ子供なので」

女が語気強く言った。寺西は肩を竦めて立ち上がり、女に向き直った。

「なら、こんなビラを配らせてはいけないでしょう」

「どうしてですか」

周囲の視線が注がれるのを感じた。いずれも、敵愾心《てきがいしん》や警戒心が浮かんでいる。

「このビラの内容の真偽は、置いておきましょう。陰謀論だと決めつけるつもりはありません。問題は、右も左も区別できないような子供に、彼の意思を無視してビラを配らせているということです」

「何なんですか、あなたは。街頭募金だって、同じじゃありませんか」

「ええ、その通り。僕はあの手の善良そうな活動でも、子供が駆り出されているのを見ると不快感を覚えるタイプです。あなた方が行っていることは、立派な搾取ですよ」

「何なんですか、あなたは！」

「叫ばないでくださいよ、ヒステリックやな。これやから女は、感情的で困る」

女が声を詰まらせた。顔が紅潮している。

周囲の男達が、口々に詰め寄ってきた。何食わぬ顔で無視し、ビラを丸めて捨てる。

「当たり前のことを分かっていない親が多過ぎるので教えて差し上げますがね、子供は断じて、親の所有物ではないんですよ」

抗議の声を全て無視し、男児の顔だけを見据えた。

「なあ。大人に負けたら、あかんで」

反応はない。澄んだ瞳が、ただ真っ直ぐ見上げてきていた。

6

土日の昼間に集まって遊ぶことが多かったため、グリ下に夜までいるのは初めてだった。七月で、すっかり日没が遅い。気付くと、夜の七時前になっていた。

「今日は朝まで遊ぼうや。明日、日曜やし」

ミッチーの言葉に、場が沸く。今日は常連から新顔まで含めて、十三人の大所帯だ。

椎名はスマートフォンを取り出し、父親にＬＩＮＥを送った。

――友達の家に泊まるわ。

「ジョーダン、邪魔！　画面に入ってる。ＴｉｋＴｏｋ撮ってるから」

ルイに言われ、慌てて飛び退《の》く。腹は立たないが、ちょっかいを出したくなった。

「なあ。一緒に、邪魔したろうや」

たまたま後ろにいたショートカットの女の子に声を掛けた。グリ下の暗がりの中で、日焼けした肌が不思議とくっきり浮かび上がっている。

「邪魔って？」

白い前歯を覗かせ、困惑した笑みを向けられた。

「画角に入って、踊ったんねん」

「怒られへんかな」

「大丈夫、大丈夫。俺、ここの顔やから」

あえて低い声で言っておどけてから、女の子と向かい合わせになった。白のTシャツに、デニムのショートパンツ姿だ。街でよく見る中高生女子のファッションの一つだが、グリ下では浮いて見える。

「グリ下に来るん、初めて？」

「二回目、かな」

「そうなんや」

それ以上、会話は続かなかった。スマートフォンを取り出し、ブルーノ・マーズの「Ｒｕｎａｗａｙ Ｂａｂｙ」を再生する。軽快でチャラくてイケてる音楽に乗せて、出鱈目《でたらめ》に烈しく踊り始めた。少しして、女の子が控え目に、照れ臭そうに躰を揺らした。

体育の授業で、男女のペアでダンスをさせられたのを思い出した。誰もが口では文句を言いつつ、浮付いた表情を浮かべて授業を楽しんだ。その日は当時の彼女と一緒に帰って、「ホンマは同じクラスになって、ペアで踊りたかったよな」と言って喜ばれた。甘酸っぱい青春を送っていた。ほんの半年ほど前までは。

「ちょう、そこ二人ホンマ邪魔やねんけど！」

「いちゃつくなよ！　てか、分かる曲にして。ＹＯＡＳＯＢＩとか」

口々に囃《はや》し立てる声で、我に返った。

「うっさい！　俺のダンス、バズりそうやろ」

努めて明るい声を張り上げた。

「バズる訳ないやん！」

視線を周りの連中から、目の前の女の子に戻す。小麦色の頰を赤く染め、俯《うつむ》いてはいるが、さっきよりもやや大きく、楽しそうに踊っている。

女の子が顔を上げた。初めて、まともに目と目が合った。

「ええ曲やね」

女の子が小さな声で言った。

「せやろ」

軽い調子で答えてから、ブルーノ・マーズの良さを誰かと分かち合ったのは、生まれて初めてだと気付いた。途端に、胸の奥が締め付けられた。

「邪魔したろっと！」

調子乗りの男子がタックルしてきた。ちょうど「Ｒｕｎａｗａｙ Ｂａｂｙ」の再生が終わり、誰かが人気のＪ－ＰＯＰを流し始めた。そのまま、他の男子もなだれ込んでくる。男子全員で技術の欠片《かけら》もないダンスを披露していると、ルイも踊り出した。ミッチーが他の女子達を大声で誘う。履き潰した厚底ブーツで踊りにくそうにしながら、徐々に参加し始めた。

しばらく、全員で汗だくになって踊り続けた。さっきの女の子も、いつの間にか踊りの輪に加わっていた。楽しそうに笑っている。安堵《あんど》に似た感情を抱いた。

疲れた奴から脱落していき、大の字に横たわった。無意味で無益で、無上の幸せだ。

「ちょっと、君達」

大声が割って入ってきた。振り返ると、警官が二人、近付いてきていた。ヤバい、と誰かが呟き、ミッチーが口早に言った。

「大丈夫や。じっとしとけ」

リュックの中は、酒と煙草だらけだ。

「ここで、何してるのかな」

若い方が尋ねてきた。心拍数が跳ね上がる。補導されたら、どうなる？　停学？　退学？　父親にブチギレられるだろうか。いや、そんな筋合いはない。父親に、叱る資格はない。

不思議と、気持ちが落ち着いてきた。

みんなが曖昧に視線を見交わす中、椎名は一歩踏み出した。警官の顔を見据える。

「別に、遊んでるだけです」

「遊びって？」

「ＴｉｋＴｏｋ撮ったり、駄弁《だべ》ったりです」

毅然《きぜん》として答えた。今度は、警官の二人が曖昧に顔を見合わせる番だった。

「この場所には、よう来るんかな」

「まあ、時々」

「グリ下に集まろか、いうて？」

ねちっこい口調に、苛立ちを覚えた。三十歳は超えているであろう警官の口から、「グリ下」という単語が出たことが不快だ。

「この場所が危ないのは、知ってるよね」

「危ないって？」

「この前、小学生の男の子が、急性アルコール中毒で運ばれた。未成年の飲酒と喫煙、大麻の売買まで横行してるって話や。パパ活をしてる子がいたり、逆に変質者に迫られて被害に遭ったりした子もようけおる。男の子でも、やで」

厳《いか》めしい顔で言われ、つい苦笑が洩れた。

「大丈夫ですよ、そんなヤバいことには近付きませんし」

「そうか。まあとにかく、夜も遅いし、もう帰りなさい」

一斉に、背後から不満の声が洩れる。

「えー、じゃない。君ら、まだ中高生やろ。文句、言わへんの。ああ、帰る前に、持ち物だけ見してくれるかな」

さり気ない口調に、危うく頷き掛けた。

「いや、いいでしょ、別に。持ち物とかは」

「ちょっと確認するだけや。それとも、なんか見られたら困るもんでも、入ってるんか」

鋭い目で見つめられた。乾いた唾を飲み込む。喉が鳴った。

「職質は任意でしょ。拒否できるはずです」

「そうやって、ネットで聞き齧《かじ》った情報をひけらかさへんの。さあ、見してみなさい」

聞き分けの悪い子供を諭すように言われた。小さい頃から、大人のこの表情が大嫌いだ。

気付けば、頭の芯から怒りを覚えていた。

「嫌です。大体、さっきからなんでタメ口やねん。初対面やろ。何様やねん」

「どしたんや、急に」

「別に。ただ、なんでそんな偉そうなんかなって。年上やから偉いんすか。大人は子供より上ですか。自分達は好きなだけ酒飲むくせに、子供が飲んだらやいやい言うて」

「当たり前やろ。法律で、そう決まってる」

「法律が正しいんすか。一番偉いんすか」

「日本は法治国家や。難しい話やけどな」

「じゃあ、これも法律で強制せえよ！」

顎に掛けていたマスクを剝ぎ取り、地面に投げ捨てた。わざと唾を飛ばして怒鳴る。

「自粛せえ、自粛せえ言うなら、自粛してへん奴は全員、刑務所にぶち込めや」

「何の話をしてるんや。関係ない話で誤魔化そうとしても――」

「関係なくないねん。全部そうや。大人が勝手に決めたことで、どんだけ俺らが振り回されてるか。こんなとこで偉そうにする暇があったらな、もっと悪い奴捕まえろや」

後ろでみんなが拍手喝采した。その声援すら、鬱陶しい。

警官がわざとらしくため息を吐いた。

「せっかく青春を謳歌《おうか》できる時期にこんなことになって、ストレスが溜まってるのは分かる。でも、だからと言って、悪いことしてええ訳やない。リュックの中を、見せなさい」

ゆっくりとした口調で言われた。唇をきつく結び、睨み付けたまま首を横に振る。

「お巡りさん、助けてっ！」

少し離れた場所で、叫び声がした。反射的に、視線をやる。

橋の上で、複数の男達が揉《も》み合っていた。うち一人が躰を押さえ付けられ、手摺りから突き落とされそうになっている。暗くてよく見えないが、橋の上は騒然としている様子だ。

「ヤバいって、ガチで！　あかん、死ぬ！」

叫び声が谺《こだま》した。警官が逡巡《しゅんじゅん》したあと、叱り付けるように言い放った。

「ここで、待っときなさい！　ええな！」

橋の上へと、走っていった。

「よっしゃ、バリラッキー。逃げようぜ」

ミッチーが両手を叩《たた》き、駆け出した。みんなが一斉に追い掛けていく。

椎名はぼんやりと立ち尽くしていた。なんとなく、走って追い付くのが億劫だった。

ズボンのポケットに、手を突っ込む。煙草の箱が入っていた。取り出すと、一本だけ残っていた。百円ライターで吸い付ける。

ミッチー達とは反対方向に、歩き始めた。烟が目に染みる。相変わらず、煙草は不味い。

「やるやん、自分！」

駅前で、突然肩を叩かれた。驚いて振り返ると、青い開襟シャツを着た若い男が、満面の笑みを浮かべて立っていた。さり気なく、肩を組んでくる。同じくらいの背丈だ。切れ長の吊り目《つめ》だが、鼻が丸く、愛嬌《あいきょう》がある。

「誰、すか」

「橋本《はしもと》。橋本栄起《えいき》。はじめまして、よろしく」

「いやだから、誰すか」

「自己紹介したやん。あれか、通名やったらあかんてか。分かったよ。李《イ》や。李栄起《ヨンギ》」

立ち止まり、呆気に取られたまま李の顔を見つめた。人懐っこい笑みを返された。

「さっき、橋の上から見ててん。ポリ相手に、啖呵《たんか》切ってて、イカしてたやん」

耳たぶが熱くなった。

「茶化してる訳ちゃうで。ガチで。だから、助けたったんやし」

「助けたった？」

「お巡りさん、助けてー言うて、みんなで騒いだったやん。お陰で、逃げれたやろ」

困惑で、思考が追い付かない。

「あれは、あなた達が？」

「あなたって。李でええよ、李で。そう、俺らが一芝居打ったってん」

「なんで、ですか」

「だから、自分を気に入ったからやんか。バンかけされてキレる、いうのは割と通用する常套《じょうとう》手段や。ポリも人間やからビビる奴はビビるし、長々と面倒な奴相手にするくらいなら、次行こかってなる奴もおる。だから俺も結構、されたらブチギレたふりとかするけど、自分の場合、マジでキレてたやん。しかも、ポリに対してというよりは、この世界に対してというか。なんかピュアでええやんって、みんなで言うててん」

褒められているのか、揶揄《からか》われているのか分からない。だが、がっしりと肩を掴んでくる力強い指の感触は、不思議と心地好い。

「みんな、っていうのは？」

「俺の仲間。またあとで、紹介するわ」

投げ遣《や》りな口調も含め、李には何処《どこ》となく、剣呑《けんのん》な雰囲気が漂っている。だがそれを帳消しにするほど、剽軽《ひょうきん》な笑顔だ。

「ま、とりま飯でも行こうや。名前は？」

「椎名、です」

「オッケー。よろしく。ハンバーガー、食いに行こか。好き？」

李のペースに乗せられるがまま、頷いた。

「はい。マクドもモスも」

「あれも旨いけど、ちゃう、ちゃう。ファストフードじゃなくて、本物のハンバーガー」

無性に、魅力的な言葉に聞こえた。

「食べに行く？　行こうや」

「普通、あんまないですよ。見ず知らずの初対面の相手と、いきなりご飯って」

「普通ってなんや。今日び、見ず知らずの初対面の相手とホテル行く奴だらけやぞ」

李が肩を揺すって笑った。

「無理強いはせえへんけど、二択で迷ったら、オモロそうな方を選んだ方が楽しいで」

語気強く言われると、驚くほどスムーズに、頷いてしまっていた。


本物のハンバーガー屋は、情緒溢れる法善寺《ほうぜんじ》横丁のすぐ近くにあった。

「いらっしゃいませ。ああ、どうも」

カウンター越しに、シェフが挨拶した。短く刈り揃《そろ》えられた顎髭《あごひげ》が、似合っている。

奥のテーブル席に案内された。腰を下ろし、店内を見回す。ハリウッド映画に出てくるアメリカ南部のダイニングバーさながら、スタイリッシュな内装だ。

「好きなん選びや。俺はこれ」

李が指差した神戸牛バーガーは、二千円以上した。思わず、目が丸くなる。

「奢《おご》るから、遠慮せんと頼み。ワンドリンク制やねんけど、そういや酒飲むん？」

旨いと思わないが、見栄《みえ》を張って頷いた。

「そっか。でも、あかんわ。どう見ても未成年やからな、店に迷惑掛かる。まあぶっちゃけ、俺も十八やけどな」

「え、そうなんですか」

二十歳は確実に超えていると思っていた。剽軽だが、大人びた雰囲気がある。

「シェフには、内緒やで」

結局、神戸牛バーガーを二つとクラフトビール、ジンジャーエールを注文した。

「改めて、乾杯」

運ばれてきたグラスをぶつけ、ジンジャーエールに口を付ける。辛口だ。

李は旨そうにビールを飲むばかりで、何も言わない。痺《しび》れを切らし、尋ねた。

「駅前で会《お》うたのは、偶然ですか」

「鋭い。俺らの仲間がポリの目を引き付けて逃げてる間に、俺だけ輪から離れて、椎名の後を尾《つ》けたと。まあ、そういうことや」

鼻の下に泡を付けながら、無邪気に笑う。

「尾行して、声掛けてきたんすか」

「せやねん、手口がストーカーやろ」

あっけらかんと笑って言われると、不思議と恐怖は感じなかった。

「グリ下には、いつから行ってんの」

唐突に、切り込まれた。躊躇いながらも、口を開く。

「初めて行ったんは、先月です」

「きっかけは？」

「まあなんか、単純に毎日クソやなって。父親の会社が潰れてから、俺もバスケ部辞めてバイト漬けで。友達も彼女もいなくなりました」

「バスケ部の陽キャから、陰キャに転落か」

「今更、陰キャグループにも入られへんというか。クラスのピラミッドの最下層にさえ入れんと、ピラミッドから離れた場所で一人、スフィンクスを眺めてる感じです」

李が手を叩いて笑った。

「オモロい。そのセンスがあったら、ナンボでもやっていけるやろ」

椎名は硬い笑みを浮かべた。オモロい、と言われて嬉《うれ》しくない大阪人はいない。ただ、変に気を遣われてクラスで宙ぶらりんの状態だと、事細かに説明する気にまではなれなかった。

食欲をそそる肉の香りと共に、横長の白い皿が運ばれてきた。バンズの上に、牛肉のパティとオニオン、カイワレが載っている。肉の上にバンズを被《かぶ》せてはおらず、ごつごつとした肉の質感が剝き出しだ。隣には、レタスとトマトを載せたバンズが添えられている。

「食べ、食べ。冷める前に」

トマトが載ったバンズをもう一方に被せ、齧り付いた。ツナギを使用していないらしく、歯切れのいい肉の食感がした。

思わず、口許が綻ぶ。李と目を見合わせ、頷いた。何も言わず、何度も咀嚼《そしゃく》する。嚙む度に旨味が溢れ、肉汁で溺れそうだ。

「胸焼けするほどサシの入った霜降りの和牛とか食うて、甘いとかとろけるとか言うて喜んでるアホは、チーズに砂糖でも掛けて食うとけっちゅうねんな。旨い肉いうのは、脂のほどよいしっかりとした赤身や。せやろ」

「そう、っすね」

知らない。スーパーで売っているオージー・ビーフが、滅多に食べられないご馳走《ちそう》だ。二歳しか変わらない李との間に大きな格差を覚え、鳩尾《みぞおち》の辺りが重たく感じられた。

電話の着信音が響いた。李がスマートフォンを取り出し、耳にあてがう。

「お疲れっす。はい、今一緒です」

相槌《あいづち》を打ち続けたあと、電話を切る。

「ウチのボスからや。自分連れて、一緒に戻ってこいって。来る？」

「ボス、ですか」

曖昧な不安に襲われた。

「オレオレ詐欺のアジトとか想像してる？」

からっとした笑顔で言われた。

「まさか。そりゃ、李さんが悪い人じゃないのは、分かりますけど」

「けど？　けど、なんやねん」

何も言葉が出てこない。ぼんやりと、李の顔を見つめる。人懐っこい笑みを返された。

「オッケー、です。行きます」

力強く頷き、ハンバーガーを食べ進める。

「おいおい、ファストフードちゃうねん。ゆっくり食おうぜ。夜は長い」

李が前歯を覗かせて笑い、二杯目のビールを注文した。


夜の宗右衛門《そうえもん》町は人で溢れ、軒を連ねる艶《あで》やかなネオンサインに満ちていた。

「これでもまだ、全然活気は戻ってへんわ」

李が道の真ん中を闊歩《かっぽ》していく。椎名は無言のまま、その背を追った。

「この辺が大阪でいっちゃん地価が高かってんけど、海外から観光客が来《け》えへんくなったせいで、インバウンド需要がごっそりなくなってもうて、地価も下落しまくってんねん」

椎名は気の抜けた返事をした。何を言っているのか、さっぱり分からない。

「北新地《きたしんち》は東京で言うたら銀座《ぎんざ》か六本木《ろっぽんぎ》、宗右衛門町が新宿歌舞伎町《かぶきちょう》いう感じかな。知らんけど」

「自粛や言うてるのに、嘘みたいな光景ですね」

「どうせ来年のゴールデンウィークには、自粛しろって叫んでた善良なる一般市民の皆様も、こぞって旅行に出掛けるやろ。赤信号、みんなで渡れば怖くない」

複雑な胸の痛みが走った。怒りなのか悲しみなのか共感なのかは、判然としない。

六階建てのガラス張りのビルに到着した。ガラスが遮光され、中の様子は分からない。正面の入口を抜け、階段で二階に上がる。李が朱塗りされた木の扉を押し開く。足が竦むのを感じながら、後に続いた。

天井からは豪奢《ごうしゃ》なシャンデリアが吊り下げられているが、黒を基調とした内装のため、下品な輝きには感じない。ソファもテーブルも椅子も、濃度の違う黒だ。

「やっと来たんかい、もう帰るとこやぞ！」

しわがれた大声がした。派手なアロハシャツにジーンズを穿《は》いた短髪の男が、右手を振っていた。店のど真ん中のソファで、ふんぞり返っている。首許の太いゴールドチェーンよりも、両腕にびっしりと彫られたタトゥーの方に、目が吸い寄せられた。デザイン性が高く、綺麗《きれい》だが、やはり威圧感があって怖い。

男の肌は浅黒く、目鼻立ちははっきりとしていて、彫りが深い。両親のどちらかが、黒人なのだろう。歴代のＮＢＡ選手の中でも屈指のオールラウンダーだったケビン・ガーネットに、何処となく似ている。

巨大な丸テーブルを囲うようにして、仲間らしき男が二人と店のキャストと思《おぼ》しき女が九人、腰を落ち着けている。

女達は水商売と聞いてイメージする派手なドレスではなく、ワンピースやスカートを中心とした小綺麗な私服を着ている。共通しているのは、全員が整った面立ちをしていることだ。

アロハシャツの男は満面の笑みを浮かべているが、椎名を見据える眼光は鋭い。緊張で、喉が締め付けられた。

明らかに、場違いだ。気圧《けお》される。

「まあ、立ってんとおいでや。君はここや」

手招きされ、男の右隣に坐らされた。失礼します、と小声で言った。

男が筋肉質な腕を肩に回してきた。躰を引き寄せられる。身が竦んだ。

「そんな硬ならんと。名前は？」

「椎名、椎名和彦です」

「和彦か。オールディで格好ええ名前やん。けど、椎名の方が呼び易《やす》いな。俺はヤオや。よろしく。そいつはセンセー」

縁の細い眼鏡を掛けた肥満体型の男が、朗らかに頷いた。肌艶がよく、まだ二十代にしか見えないが、かなりの薄毛だ。

「よろしく。医者でも弁護士でも教師でもないけどね」

「さっき、橋の上から突き落とされそうになってたんが、こいつや。頭ええけど、いじられキャラやな。ほいで、そっちが伯爵《はくしゃく》。ドラキュラ伯爵みたいやろ」

伯爵の眠たげで真っ赤に充血した目が向けられた。坐っていても、長身だと分かる。頬が痩せこけ、顔は青白い。話してみると、滑舌が悪く、口調も間延びしているため、テンションが低くのんびりとした印象を受けた。

だが李やセンセーとは違い、ヤオを呼び捨てにして、対等の立場で話している。

「今日はこんだけやけど、あと二人おる。またそのうち、紹介したるから」

「ああ、そうや、ヤオさん。まだちゃんと俺らのこと、説明してないんすよ」

「はあ？　なんでやねん。ホンマ、お前」

「すんません、すんません」

李が軽い調子で謝りながら、隣の席の女の太腿《ふともも》を撫《な》で始めた。思わず、目を逸らす。

「てかヤオさん、椎名にもなんか飲ませたってください。酒は好きらしいんで」

「ああ、ごめん、気ィ利かんで。何飲む？　好きなん頼み。飲みさしは嫌やもんな」

ヤオが目の前の丸テーブルを指した。酒のボトルやグラス、フルーツや菓子の盛り合わせが所狭しと並べられている。

「えっと、何でも。お任せします」

「何でもええ、が一番困る。普段飲むのは？」

「ハイボールとか、です」

「ウイスキー好きか。銘柄は？」

答えあぐねた。一つも知らない。

「この前飲んだのは、ちょっと変わった味のです。すみません、あんま詳しくなくて」

「変わった味？　アイラウイスキーかな」

真っ直ぐ目を見て問われた。

「た、多分、それです」

「オッケー。超旨いやつ、飲ませたるわ。ラフロイグ持ってきて、九三年のやつ」

ヤオが右手の指を鳴らした。気障《きざ》な仕草が、自然と絵になる。

「てか、めっちゃ若いですねえ」

赤のドレスを着た茶髪の女が明るい声で言い、しなだれかかってきた。肩が触れ合う。やわらかい。甘い香りがした。

俄かに、股間が硬さを帯びた。さり気なく、身じろぎする。

「おいくつですか」

「十六です」

女達が一斉に感嘆の声を洩らした。

「ユキです。こんばんは」

「こ、こんばんは」

声が上擦った。

「あかん、むっちゃ可愛《かわい》いねんけど」

ユキが笑みをこぼした。

「おいおい、人の女取るなよ、椎名」

「なった覚え、ありませんけどー」

ヤオが肩を竦める。

「ええ女やろ。クラスにはおらんやろ」

心の底から頷いた。

「無口やなあ、椎名君よ。緊張してんのか」

ヤオに膝を叩かれた。感情の揺らぎを他人に知られるのは、あまり好きではない。いつも落ち着いていると、見栄を張りたい。

だが、ユキの「可愛い」という言葉が耳の奥で響いていた。この人の前でなら、見せられる。もっと、可愛いと言われたい。

「こういう大人のお店、初めてで」

かしこまって、頭を下げた。歓声が湧く。伯爵が鋭い犬歯を覗かせた。

「お前、可愛い子ぶっとるやろ。調子乗んなよ。血ィ吸うたろか」

真顔で言われたため背筋が冷えたが、周囲の笑い声のお陰で、冗談だと察せられた。

「怖いですねえ。いい大人が、あんな風に脅してきて。この店、嫌いにならんとってや」

敬語とタメ口の混在が、くすぐったくて心地好い。表情がだらしなく崩れてしまう。

「お、椎名、来たで。酒や、酒」

椎名とヤオの前に、グラスとウイスキーのボトルが置かれた。犬の絵が描かれている。

ヤオがグラスにウイスキーを注いでいった。正露丸《せいろがん》のような香りが立ち込め、鼻を衝く。

「そのまま、なんですね」

「ストレートで飲むん、初めてか。一気に行き過ぎんようにな。舐《な》めるくらいの感覚で」

初対面の十六歳に飲酒を勧めるなんて、異常な空間だ。冷静な部分でそう思いつつも、グラスを口に運んだ。疲労と昂奮《こうふん》で、頭の芯がぼんやりとしている。

軽く口に含み、思わず目を見開いた。

「どうや。衝撃やろ」

嬉々として尋ねてきた。辛うじて、頷く。確かに、衝撃だ。金を出してこれを飲む神経が理解できない。どちらかと言えば、嫌がらせで無理矢理飲まされるような味だ。

まさか、本当に嫌がらせなのではないか。疑念が脳裏を過《よ》ぎった。

だがヤオは、頬を綻ばせて飲んでいる。カスクだのピートだのと訳の分からない言葉を用いて、その旨さを称揚している。

「ぶっちゃけ、全然美味《おい》しくないよね」

耳許で、ユキに囁かれた。吐息が、奥までくすぐってきた。全身の肌が粟立《あわだ》つ。緊張で眠っていた股間が、再び目を覚ました。

「漢方とか胃腸薬みたいな味やん」

ラウンジ嬢を相手に講釈を続けるヤオを見やり、ユキが忍び笑いを洩らした。

「なあ、椎名もそう思うやろ。旨いやろ」

「は、はい！　美味しいです！」

椎名は高らかに返事をし、グラスを呷《あお》った。

「おお、テンション上がってきたな。ええやん。リラックスしてきたか。酒は偉大や」

椎名はユキとこっそり顔を見合わせ、共犯者めいた照れ笑いを浮かべた。

他愛もない世間話や猥談《わいだん》が続いた。彼女がいたことはあるが、キスもせずに別れたと明かし、女性陣からの「可愛い」という言葉をいくつも獲得した。常に椎名にも話が振られるように気遣われたが、誰も椎名が今この場所にいる理由や経緯には触れなかった。

気付けば、グラスは空になっていた。

「もう一杯、いくか」

「未成年にあんま飲ませへんの」

ユキがやんわりと言った。

「ああ、そう。ほな、次は葉巻吸うか」

「煙草は、あんま得意じゃなくて」

ユキの前で嘔吐するのだけは、何としてでも避けたい。

「葉巻と紙巻は別物やで。うどんとラーメンみたいなもんや。葉巻やと、基本はふかすから、ヤニクラもせんしな」

興味は湧いたが、悩んでいるうちに、ヤオが葉巻を薫《くゆ》らせ始めてしまった。

「酔っ払うために質の悪い酒をがぶ飲みしたり、煙草をニコチン摂取するためのストローやと思うたりしてるような奴には、なったらあかん。ゆったり優雅に、粋に楽しまな」

白く濃厚な烟を吐き出した。焦がしたチョコレートのような香りがした。

「椎名、インスタとかやってんの」

「やって、ました。最近はやってないです」

「そうなんや。俺、結構有名人やねんで」

スマートフォンを取り出し、インスタグラムの画面を見せてきた。アカウント名は、ヤオa.k.a顔役《かおやく》――アイコンは、三つ揃いのグレースーツを着たヤオ自身だ。数十人しかフォローしていないのに対し、フォロワー数は一万二千人を超えている。

「凄《すご》いっすね。一万人以上」

「そりゃ、芸能人とかと較《くら》べたらあかんけどな、お山の大将としては立派なもんやろ」

「なんで、こんなフォロワーいるんですか」

ヤオが口の端を吊り上げて笑った。

「俺達はな、ミナミの顔役やねん」

「顔役」

「そう。ミナミは楽しくてええ街やけど、トラブルも多い。そんなとき、俺らがおることで、穏便に解決できると。警察は頼りにならんからな。あいつらは民事不介入やとか抜かして、大ごとになるまで動かん」

警察に被害を訴え続けていた女性が結局、ストーカーに刺殺されたというニュースは、確かに何度も見た記憶がある。

「ミナミで顔役を知らん奴はモグリや。まあまた、今度一緒に、悪者退治しに行こうや」

片眉を吊り上げ、色気たっぷりに笑った。

「なんか、凄いですね、色々」

「これが、大人の世界や」

生まれて初めて、大人という言葉に嫌悪と敵意以外の感情を抱いた。

湧き上がる憧れの感情とは裏腹に、躰は疲労と酔いを訴えていた。何度嚙み殺しても、欠伸《あくび》が止まらない。

「眠そうやな。そろそろ、帰るか」

「いや、全然大丈夫です」

そう答える間にも、欠伸が洩れ出てきた。ヤオが大笑いしながら、肩を叩いてきた。

「無理すんな。人間、生理現象には勝たれへん。今日は帰って寝ェ。また、来たらええ」

こんなリッチで華やかな場所に、また来てもいい。思わず、胸が弾んだ。

「よっしゃ、今日はお開きや。解散」

ヤオの言葉で、撤収が始まった。

「あの、お金」

数千円しか入っていない財布を取り出そうとしたが、ヤオが手を振って制止した。そのまま帯封の付いた一万円札の束を取り出し、慣れた手つきで数十枚数えてから、店の人間に手渡す。キャストの女達に、チップと称して残りを配っていった。

椎名は唖然《あぜん》としたまま、それを眺めていた。ヤオ達が、ユキと何やら言葉を交わしてから、出口に向かった。慌てて、その背を追う。

「ありがとうございました」

ユキの言葉に振り返ると、視線がぶつかった。満面の笑みで、手を振ってきた。

「ありがと。楽しかった。元気でね」

咄嗟《とっさ》に言葉が出てこず、軽く頭を下げた。名残惜しい気持ちを押し殺し、視線を外す。ヤオ達に従い、ビルの階段を下りた。

「タク代、これで足りるか」

ヤオが一万円札を二枚、押し付けてきた。固辞したが、結局押し切られて受け取った。

「遅うまで、悪かったな」

「いえ、めっちゃ楽しかったです」

「ホンマか。ああ、せや、LINE教えてェな」

LINEの連絡先を交換し、何度も頭を下げてから、李が捕まえたタクシーに乗り込んだ。タクシーに乗車するのは、幼少期に家族でディズニーランドに行ったとき以来だ。

自宅の住所を告げると、タクシーが動き始めた。少しして、ヤオからLINEが届いた。

――今日はありがとう。またいつでも、遠慮なく遊びにおいでや。連絡待ってるで。てか、こっちからするわ！

――ありがとうございます！　嬉しいです！　本当に楽しかったです！

ふわふわとした多幸感に包まれたまま、自宅に到着した。料金は一万四千円だった。

アパートの階段を上がりながらスマートフォンを操作していると、返信が来た。

――ユキが今日で最後の出勤やったから寂しかってんけど、椎名がおったお陰で、楽しい感じで終われたわ！

不意の衝撃に、階段の途中で立ち尽くした。香水の匂いと吐息の感触が、鮮明に甦《よみがえ》る。目の奥が熱くなった。自分のうぶさが馬鹿馬鹿しくなり、苦笑が洩れる。

重たい足取りで階段を上り切り、部屋に入る。電気は全て消えていた。酒を飲んだせいか、喉が渇いた。忍び足で、リビングに向かう。扉を開いて、ため息がこぼれた。

父親がソファで、鼾をかいて眠っている。テーブルの上には、強炭酸のチューハイの空き缶が三本と、惣菜《そうざい》のプラスチック容器が無造作に転がっていた。容器には、割引シールが二枚重ねて貼られている。

深々と息を吸い込み、大きく吐き出した。唇が、小刻みに震えた。

7

　エースはなんばグランド花月に隣接したわなか千日前《せんにちまえ》本店でたこ焼きを購入し、地下鉄日本橋《にっぽんばし》駅方面へと向かった。食べ終わる頃には、赤茶けた煉瓦《れんが》調の建物が見えてきた。舟皿と割箸を地面に捨て、建物に近付く。外壁には、愚狼會の象徴である狼のイラストと「総合格闘技ジム　WOLF　PACK」という文字の入ったエンブレムが掲げられている。

　ドアを開くと、サンドバッグの揺れる音やミット打ちの音と共に、籠もっていた熱気が押し寄せてきた。強烈な汗臭さだ。皮脂が溜まったピアスの穴の臭いに似ている。

「おはようございます！」

　気付いた一人が大声を張り上げ、それを皮切りに、一斉に挨拶が飛んできた。満面の笑みを浮かべ、軽く右手を上げる。

　大勢の男達が、それも歴戦の喧嘩《けんか》自慢達が、自分を慕い、畏怖している。恍惚《こうこつ》だ。

　北の国の独裁者が、いつもあれほど無邪気に笑っているのも頷ける。

　階段を上がり、会長室に入った。ガラス張りの窓から、一階の練習風景を見下ろせる。我が子の成長を慈しむような感覚に襲われた。

　三十歳を待たずして、父性が目覚めたらしい。苦笑し、ブラインドを下ろした。ツーブロックで、重たい一重瞼の独裁者が現れた。

　デスクの引き出しを開き、ガラス製のパイプと黄色の密閉ケースを手に取った。蓋を開き、緑色の植物を取り出す。バッズと呼ばれる、大麻の花穂《かすい》部分だ。乳白色の結晶のようなものが、表面に夥《おびただ》しく付着している。

ベタベタした感触に舌打ちし、軽く力を加えてバッズを粉砕機で砕いた。茶葉のように細かくすれば、味と香りが格段に良くなる上に、満遍なく火が行き届いて効能も上がる。

細かくしたバッズをパイプに詰め込む。パイプのボウルの下部よりも、上部の方が密になるよう気を配った。

喉の渇きに備え、ペットボトルの天然水を冷蔵庫から取り出した。大麻の効能が発揮されている間は五感が鋭敏になるため、いつも水道水ではなく天然水を用意している。

準備が済むと、ソファに寝そべり、チノパンのポケットからライターを取り出した。火を点け、烟を口に含む。息を吸い、空気と一緒に肺に流し込んだ。ベリーと葡萄《ぶどう》の甘く爽やかな香りが広がる。

エースが愛好しているのは、ハイになるサティバ種とリラックスできるインディカ種の両方の効能を併せ持った、ハイブリッド種だ。中でも好きな銘柄が、このグレープエイプだ。

スピーカーから、セットしたスヌープ・ドッグの曲が流れてくる。

躰の中が徐々に温まってきた。頭の芯が重たくなってくる。不快ではない。深く、ゆっくりと沈み込むような感覚だ。心地好い陶酔感と眠気がやってくる。耳全体が質のいいイヤフォンに変わったように、音の粒一つ一つをクリアに感じられる。

上躰を起こし、テーブルの上に置いたショートケーキに手を伸ばした。ケーキのフィルムを剝がし、クリームを舐め取る。途轍《とてつ》もなく濃厚だ。聴覚同様、味蕾《みらい》の一つ一つがクリームの甘みを味わっている。

烟の中で悠然と過ごしていると、控え目なノックの音が響いた。

「なんやー」

自分でも予期せぬほど、穏やかな声が出た。一人で笑っていると、扉の外からセブンの声が聞こえてきた。

「戸部《とべ》さんがいらっしゃいました」

「あー、取り込み中や」

「いや、それが」

勢い良く扉が開かれた。中年の小柄な男が、肩を怒らせて入ってくる。断りもせず、向かいのソファに腰を下ろした。睨み付けるような目で見てきたが、エースの視線は男の目ではなく鼻に引き付けられた。鼻の付け根が陥没し、鼻筋が殆《ほとん》どない。

慌てた様子のセブンに目顔で合図し、ドアを閉めて退《さ》がらせる。

「呼び出しといて、取り込み中はないやろ」

「約束の時間は、二時ですよ」

「もう二時じゃ」

エースはロレックス デイトナの腕時計を見やり、大口を開けて笑い始めた。

「ハッパ吸うてたら、あっちゅう間に時間経《た》ってましたわ。全然気ィ付かんかった」

「そんなにええんか。大麻吸うてるときだけ、目つきの悪さが軽減されるもんな、お前」

「戸部さん、吸うたことないんですか」

「若いとき吸うて、バッドに入ってもうてな。それ以来、酒と煙草だけや」

「ヤニクラとか酒で吐くとか、それと同じような失敗ですよ。もったいない。吸いますか」

戸部が首を横に振った。

「でも、酒は鈍くなるでしょ。だから、現実逃避したい奴がアル中になる。いや別に、戸部さんのことちゃいますよ。俺も酒は飲む。ただ、ハッパは五感が鋭くなりますからね。特にこれとか、気持ちいいっすよ」

だらしなく笑いながら、腰を振った。

「そりゃ、惹《ひ》かれるな。ヘロイン中毒の女とヤッたことあるけど、あれは見てる分にも凄かったわ。ごっつ昂奮した」

「シャブとかヘロインは、人間壊れますわ」

「確かに、ホンマ壊れとった。ケダモノやったわ」

戸部がしわがれた声で笑った。そのときのことを思い出しているのか、陶然とした目つきだ。加虐的な性的昂奮が伝染し、エースは鼻息が荒くなるのを感じた。

「で、話いうのは、なんや」

「ああ、そうでしたね。いやこの前ね、オタロード歩いてたんですよ。知ってます？」

「オタロードくらい知っとる」

堺筋《さかいすじ》とその西側に、アニメや漫画、ゲーム、フィギュアの専門店、さらにはメイド喫茶やコンセプトカフェなどが立ち並ぶ区域がある。関西のオタクの聖地だ。

「戸部さん、実は隠れオタクですか」

「アホ抜かせ。地元やから知ってるだけや」

「ええやないですか。戸部さんの世代は、偏見持ち過ぎっすよ。俺ら世代は、全然アニメとか観ますし。オタク兼ヤンキーなんて、ごろごろいますわ。ウチの連中然《しか》り」

「ああ、そう。ほいで、話の続きは？」

「ああ、はい。ほいで、この前オタロードを通ったときに、冷やかしのつもりでカード屋に入ったんすよ。そしたら、ただのアニメのカードが、何万、何十万で売られてて。しかも、宝石屋とかと違って、警備はザルや」

「タタキか」

戸部の目の奥が鈍く光る。

「実行役はこっちで手配します。戸部さんには、ゲトったカードを捌《さば》いて欲しいんですよ」

「カードオタクの知り合いなんか、おらんぞ」

「人脈言うたら、極道でしょ。頼んますわ」

戸部という人間のことは心底見下しているが、戸部が持つ日埜《ひの》組組員としての情報網にだけは、一定の利用価値を認めている。

「一夜で、何店舗か襲います。市場価格より安く捌いても、三、四千万は超えますわ」

「取り分はどないすんねん」

「シンプルに、五分五分で行きましょう」

戸部が目を細めて頷いた。

「捌ける目処《めど》が付いたら、連絡する」

それから、思い出したように続けた。

「そういえば、顔役って知っとるか」

エースは荒々しく息を吸い込んだ。

「何ですか、急に。インスタライブとかやっとる、有名人気取りの勘違い野郎でしょ」

「ああ、リーダーはなんかそんな奴らしいな」

「顔役が何か？」

「いや単に、顔役のメンバーの一人が日本橋で店開いてるって、耳にしたことがあってな。もし襲うカードショップのうちの一軒とかやったら、かなわんなと思っただけや」

「それ多分、服屋ですよ。顔役の一人に、タトゥーだらけの奴がおるんですよ。そいつがアパレルか何かやっとるはずです。けどまあ、もし仮に顔役と揉めることになったら、ナンボでも人出しますよ」

「なんや、因縁でもあるんかい」

「いや、会うたこともないです。ただ、ああいう女受けする程度の男らしさをアピールする連中が嫌いでね」

エースは胸を反らせ、拳を握り締めた。黒い無地のTシャツが、隆起した上半身の筋肉に張り付く。

「自分が女受けせえへん僻《ひが》みと違うんか。お前、サイコパスっぽいもん」

肩を揺すり、不自然なほど真っ白な前歯を覗かせて笑い始めた。

「軽々しく、サイコパスとか言うもんちゃいますよ。俺、不思議なんですよね。こんだけ差別、差別ってうるさい世の中やのに、サイコパスだけはナンボ異常者扱いしようが、快楽殺人鬼扱いしようが、誰も文句言わへんでしょ。サイコパスは、人間やないらしい」

「いやあ実際、俺もお前もサイコパスやって」

小さく首を横に振り、戸部の笑い声を振り払った。かつて精神科医の先生に言われた言葉が、脳内で谺する。

――君は選ばれた、特別な人間や。

「俺は、エンパスなんですよ」

「なんや、それ」

「共感能力が異常に高くて、他人の感情とかエネルギーに敏感な人間のことです。無意識に相手の感情とか思考が流れ込んできて、分かるんですよ。だから嘘もすぐ見抜けるし、向こうがテンション上がってたら俺もハイになりますけど、マイナスの感情の奴と接すると、負のエネルギーを吸収して、疲れます」

「えらいスピった話やな」

「いや、マジですから」

微《かす》かに怒気を孕《はら》ませて言うと、戸部がたじろいだように笑った。

「じゃあ、俺が今何考えてるか分かるんか」

「ええ、手に取るように」

目を見たまま、にっこりと笑ってやった。戸部が口を真一文字に結ぶ。

「じゃあ、お前はなんで暴力的やねん」

戸部が小首を傾げて言った。

「他人に共感しまくって、相手の感情が手に取るように分かるなら、他人が痛がったり苦しんだりするの、見てられへんやろ。喧嘩とか格闘技とか、ようせえへんはずや」

「普通のエンパスは、確かに映画の暴力シーンとかも観られへんらしいです。ただ俺は、根っからのサディズムと破壊衝動が強過ぎるみたいで。相手の苦しみをビンビン感じながら揮《ふる》う暴力の味は、格別ですよ」

「おっかないなあ。怖い奴っちゃ」

前歯を覗かせ、腰を浮かせて肩を叩いてきた。怯えや嫉妬を押し殺し、格上の立場を崩さない程度に、媚《こ》びた仕草だ。その計算がいじましく、腹立たしい。

「ほなな。また、諸々《もろもろ》世話になるわ」

背を向け、ドアノブに手を掛けた。

「そうや。天満のクマは、見つかりましたか」

何気ない口調を装い、尋ねた。戸部が素早く振り返り、眉根を寄せる。

「まだや。なんやねん、急に」

「戸部さんのためやったら、俺らはいつでも手ェ貸しますんで、言うてくださいよ」

不快そうな表情を拭い、小さく頷く。

「まあ、そのときが来たら、頼むわ」

呟き、部屋を出て行った。入れ替わりに、セブンが入室してくる。

「すんません、止め切れずに」

気弱そうな顔で謝られた。

「ええよ。上客をぶん殴る訳にもいかんしな」

新しいマリファナを準備して、吸い始める。視界が明晰《めいせき》になった。

「どかんかい、ガキって言われましたよ。確かに、ガキはガキですけど」

右耳のピアスを触りながら、不貞腐《ふてくさ》れたように言った。セブンは十七歳の高校生だ。塩顔でストレートパーマを掛け、ライトブルーのストライプシャツにホワイトのパンツを合わせている。いつもカジュアルな服装だが、高校生には相応しくないハイブランドばかり着ている。「女を平気で殴るDV気質のバンドマンみたいやって、よう同級生に言われるんですよ」と自虐的に笑うが、セブンは女を平気で殴るのではなく、大男を平然と蹴り倒す。

出会いは一年前、愚狼會が主催する地下格闘技大会だ。セブンが一方的にリンチを受ける算段だった。実力差が歴然とした無茶なマッチメイクを行い、粋がった若者が泣き叫びながら半殺しにされる瞬間を提供するのだ。年に数回、表向きはいつも通りの大会のふりをして、この残虐なショーを開催している。その日だけは、格闘技に何の興味もないサディスト達も観客として訪れ、金を落としていく。戸部も常連の一人だ。

過去には、十六歳の出場者が急性硬膜下血腫で死亡したこともある。事前に同意書にサインをさせ、出場を承諾してくれない両親の代わりに、親権者の署名はこちらで偽造していた。偽造は少年が勝手にしたことだと主張し、試合中の不慮の事故として決着した。

セブンは目論見《もくろみ》に反し、百九十センチ超の大男をハイキックで沈めた。裏の興行としては失敗だったが、シラットの若き達人をスカウトすることができた。

月謝を払ってWOLF PACKに通うジム生は五十人近くいるが、セブンはジムの母体となる愚狼會の構成員——月謝を受け取る側の人間だ。愚狼會の構成員にはそれぞれ、トランプの数字の名前を与え、入會から一年経てば、対応するトランプのタトゥーを躰の何処かに彫らせている。愚狼會に入るのに、年齢は問題ではない。性格や頭の悪さにも、殆ど目を瞑《つぶ》っている。喧嘩が強いか否か、金を稼げるか否か。それが重要であり、漢《おとこ》としての力こそが全てだ。強者には、弱者から奪い、搾取する資格がある。幾人かの脱退や追放を経て現在は八人しかいないが、いずれは最強の十三人で固めるつもりだ。

「鬱陶しいおっさんヤクザでした」

「ドブネズミが、狼相手に頑張って威張ってると思といたれ。そしたら、可愛いやろ」

セブンが声を立てて笑った。

「昔からの綽名《あだな》でな。もちろん陰口やけど、多分、本人の耳にも届いとんで。出っ歯でチビで、苗字《みょうじ》もドブって読めるやろ」

「なるほど。出っ歯の印象はないですけど」

「今は多少マシになっとる。前歯全部折られて、サラの歯ァ入れよったから。ごっつ、ニンニク鼻やったやろ。アレも、殴られた後遺症や。情けないのが、ボコってきた相手いうのが、弟分やったらしい。折った方は破門されたらしいけど、折られた腑抜《ふぬ》けの方も破門にせえよな。やっぱ、ヤクザはゆるいわ」

「なんで折られたんすかね」

「知らん。どうせ、いちびってダル絡みしたんやろ。目ェに浮かぶわ」

セブンが喉の奥で笑った。よく笑う、可愛い奴だ。こっちまで、気分が良くなる。

エースは腹を揺すって哄笑《こうしょう》し、上機嫌で歌を口ずさみ始めた。

「ドーブネーズミ、みたいに」

8

椎名は予定より一時間以上も早く、なんば駅に到着した。ひとまず、真昼の道頓堀商店街で時間を潰すことにした。

事前に腹を満たすのは失礼だと分かっているが、路上に染み付いたソースと油の匂いには勝てず、たこせんを購入してしまった。平たくて丸い海老《えび》煎餅にたこ焼きを挟んだ、大阪のソウルフードだ。グリ下の連中とこの店でたこせんを買い、三十分ほど掛けて通天閣《つうてんかく》まで歩いたこともある。遠足のようで楽しかったが、通天閣とその周辺の新世界と呼ばれるエリアは、グリ下周辺よりもディープでレトロな空気感を纏《まと》っていた。広く見れば同じミナミだが、外連味《けれんみ》溢れる道頓堀界隈の方が、椎名の性には合っている。

グリ下に通い始めた当初は、飲食店と服屋が軒を連ねる雑多な雰囲気に、圧倒されっ放しだった。巨大でド派手な看板が林立し、ドン・キホーテの店舗ビルの壁面には、何故か黄色い観覧車が併設されている。お笑いの劇場だって、いくつもある。通行人の半分以上は観光客か何処かの店の従業員で、何で生計を立てているのか分からないような人達もよく歩いている。公務員や会社員らしき人達の方が、よっぽど少数派だ。

ミナミは大阪の背骨として、「大衆の街、コテコテの大阪」という幻想を一手に引き受けてくれている。剝き出しのテーマパークだ。

ここにいても、別にええよ。心地好い街の喧騒は、いつもそう言ってくれる。くいだおれ太郎を見ながらそんな夢想に耽《ふけ》っていると、セットしていたスマートフォンのアラームが鳴った。

椎名は逸《はや》る気持ちを抑え、歩みを遅くした。マップアプリを開き、指定されたバーの住所を打ち込んで向かう。

「おい、歩きスマホは危ないぞ」

揶揄うような声に、顔を上げた。「宗右衛門町」と記された風流な看板の下で、ヤオが右手を上げていた。ノーマスク姿で、洒脱《しゃだつ》な緑のシャツにゴールドチェーンが映えている。

「あ、すみません！　こんにちは」

「ういっす。誰か迎えに行ったれ、言うたら、心配なら自分で行けって、伯爵の奴が」

「すみません。ありがとうございます」

本心から恐縮し、頭《こうべ》を垂れた。

「ほな、行こか」

背中を叩かれた。横並びで、宗右衛門町のど真ん中を闊歩し始める。

「お疲れ様です！」

無料案内所の従業員から中華料理屋の店員まで、様々な人間が声を掛けてきた。ヤオは鷹揚《おうよう》に右手を上げ、頷いている。

ヤオに挨拶をしてきたガラの悪そうな金髪の若者と、目が合った。両手を前で組み、椎名にも丁寧に頭を下げてきた。

慌てて、会釈を返す。つい、口許が綻んだ。マスクが隠してくれた。

「グリ下には、あれ以降も行ってるんか」

「行ってないです。バイトで忙しくて。なんか、あんま行きたいとも思わんくなって」

どうしてはぐれたのか、心配のＤＭが大量に寄せられていた。慌てて逃げたら、みんなと真逆の方に走っていたと釈明した。また、行けたら行くわ。そう書き添えておいた。

「まあ、無理に行かんでもええやろけど、時々は行ったらどないや。出会いは縁やし、しばらく入り浸ってたってことは、居心地がよかったんは間違いないやろ」

「そう、ですね。そうします」

ヤオが目尻を下げて笑った。そのまま、さり気なく後ろを見やる素振りをする。つられて振り返ると、ヤオが照れ臭そうに言った。

「後ろ見んの、癖やねん。漫画とかで、ようキャラが尾行されてる気配に気付いて、振り返るやろ。あんなん無理やからさ、実際はちまちま確認せなしゃあない。後ろから頭ぶん殴られたら、どうしようもないからな」

後頭部を軽く叩き、肩を竦めた。心なしか、先程までより目が真剣に見える。

雑居ビルに到着した。螺旋《らせん》階段で地下一階に下り、入店する。店名は、「ＢＡＢＹ」だ。

店内は、小ぢんまりとしていた。カウンターが六席と四人掛けのソファが一つだ。カウンターの内側では、黒いベストを着た、いかにもバーのマスター然とした男が、シェイカーを振っている。

伯爵がソファに坐り、センセーと李はカウンターに腰を下ろしている。カウンターには他にも、前回はいなかった男が二人いた。誰一人、マスクを着けていない。

「そっちのハゲが壺田《つぼた》。金の亡者でドケチや。坊さんみたいな見た目しとんのにな」

「坊さんは大体、金の亡者でドケチでしょ」

　壺田がつまらなそうに言った。

「言えとる。で、そっちの見た目激ヤバなんが、ミスタ。『ミスター・キャンバス』いうオリジナルのブランド立ち上げてんねん。アパレル界隈やと、多少有名人や」

　椎名はおざなりに頷いた。ミスタの強烈な外見に、釘付《くぎづ》けになっていた。

　自然な七三分けにTシャツとジーンズというシンプルなアメカジ姿だが、顔面にも首筋にも腕にも、タトゥーが彫られている。教科書で目にした縄文土器の文様のようだ。

「こんな見た目やけど、ホンマ穏やかな人間やから、安心してくださいね」

　敬語で物腰やわらかく挨拶された。温厚な人ほど怒ると怖い。経験則が頭を過ぎる。

「以上、ここにいるマスター以外の胡散《うさん》臭い連中が、顔役や。まあ、飲もうや」

　ヤオに促され、ソファに腰を下ろす。長身のヤオと伯爵に挟まれると、一層自分が小さく感じられた。

「あ、そうや、ヤオさん。これ、この前のタクシー代のお釣りです」

「ええよ、そんなん。律儀やな」

　言下に退けられた。

「それより、椎名。おはぎ、好きか」

「いや、あんまり食べたこと自体ないです」

「よっしゃ。そういう奴にこそ、食べて欲しいねん。玉製家《ぎょくせいや》いうてな、日本橋のおはぎやねんけど、堪《たま》らんぞ。酒も飲も」

　ヤオがメニュー帳を開き、マスターに手を振って指し示した。

「マスターな、聾《ろう》やねん。聾て分かるかな、耳聞こえへんねん」

「あ、そうなんですね。へえ」

「注文がちょっと邪魔臭いけど、ナンボ下品な会話しようが文句言われへんのはええで」

「一杯千円以上もするんが、玉に瑕《きず》」

「ケチな下戸は黙っとれ。バーやと普通や」

一蹴され、壺田が肩を竦めた。

「すまんな、椎名。こいつ、ずっと少林寺習《なら》っとってんけど、鬱病のレベルも黒帯やねん。金がなくなる妄想に、取り憑《つ》かれとる。まあ今は大分よくなってきて、ただのケチ臭い奴と化してきてるけど」

反応に困ったが、壺田の方を見ると、気恥ずかしそうに頭を掻いて笑っていた。マスターを除く他の五人も、声を出して笑っている。グリ下を思い出した。

間もなく、山崎のハイボールが運ばれてきた。旨い訳ではないが、缶ハイボールよりも香りが良く、飲みやすい。そして何より、おはぎが絶品だ。ごろごろと粒の残った米の食感が心地好く、しっかりと効いた塩味が甘みを引き立たせている。自然と、頬が緩んだ。

「気の置けん仲間と一緒に、こういう旨いもんを飲み食いできる生活を一生送りたい。俺の行動原理はそれだけや」

ヤオが煙草のようなものを取り出した。薄茶色で、太さは葉巻と紙巻煙草の中間くらいだ。手巻き煙草というやつだろうか。

「椎名も吸うか」

強制するような言い方ではないが、断られることも想定していない口ぶりだ。

「いただきます」

声が掠れ、心臓が早鐘を打ち始めた。紙巻煙草はグリ下でみんなと吸ってきたが、これは本物の大人の嗜《たしな》みという感じだ。手汗をズボンで拭い、受け取る。

「細い方が吸い口や」

よく見ると、普通の煙草と違って、微妙に円錐《えんすい》形だ。教えられた通り口に銜えると、ヤオが高級そうなライターを差し出してきた。甲高い音が鳴り、火が灯《とも》る。

目で礼を言い、そっと吸い付けた。喫味はあるが、煙草よりは遥かにマシだ。マンゴーのようなフレーバーがする。

いつの間にか、マスターを除く全員が吸い始めていた。濛々《もうもう》たる白い烟が部屋中に立ち込める。

些か胸焼けしたが、慣れれば気にならなくなった。

ヤニクラを警戒したが、むしろ飲酒時よりも上質な、ほろ酔いの感覚に襲われた。何も面白いことは起こっていないのに、温かな笑いの衝動が肚《はら》の底から湧き上がってくる。

「なんか、すごいっすね、これ」

「旨いやろ」

だらしなく頬を緩めたまま、頷いた。味の良《よ》し悪《あ》しは正直よく分からないが、今まで経験したことのない不思議な気持ち好さに包まれている。目がとろんとしているのが自分でも分かるが、視界はいつも以上に鮮明だ。

「ええか、椎名。よう覚えとき。この世界は、弱肉強食や。みんな等しく価値がある、なんて綺麗事やぞ。職業に貴賤《きせん》はありませんって真面目腐った顔で言うのは、ど底辺の仕事とは無縁のインテリ連中だけや。いざというとき、大人は誰もお前を守ってくれへん。お前を守れるのはお前だけや。人生に勝ち負けはない？　冗談やない」

椎名はヤオの真剣な横顔に見惚《と》れていた。ヤオが視線に気付き、はにかんだ。

「人生と闘って、勝て。ええな？」

「はい」

　ゆっくりと、大きく頷いた。

「まあ別に、ごっつ大金を稼ぐとか、半端ない権力を握るとか、そんなんは目指してへん。ここにおる仲間と一緒に、毎日楽しくそこそこ贅沢《ぜいたく》に過ごせたらええ。のんびり現状維持が、最大の目標。お山の大将は、俺にとって褒め言葉や。ほら、何やっけ、センセー。俺の座右の銘」

「自分の座右の銘を忘れんでくださいよ」

「ちゃうねん、意味は覚えてるけど、一言一句正確には分からんねん。牛と鶏のやつ」

「鶏口と為《な》るも、牛後と為るなかれ」

「それ！　椎名。意味、知ってるか」

「いや、知らないです」

「牛のケツになるくらいなら、鶏の口になれ。要は、デカい群れの最後尾にいる奴より、小《ち》っちゃくても群れを率いる奴の方が立派やと。そりゃもちろん、牛の口になれたら一番ええねんけどな。まあ、分相応いうもんがある」

　ヤオが愉快そうに笑った。自虐的な響きは、一切ない。

「俺達は、愛すべき小さなこの街で、顔役として幅を利かせる。それでええねん」

「具体的に、どんなことしてはるんですか」

　意を決して、尋ねてみた。つい、語尾が小さく掠れた。

「トラブル処理と出資。これが大半やな。まず、トラブル処理いうのは、まあそのままや。街で、揉め事が起きる。飲み屋の店主同士の場合もあれば、チンピラとかヤクザとか、ややこしい連中が相手のこともある。そういうときに、俺らが出て行って、まあまあお互い仲良くしましょうよ、言うたら、大抵丸く収まる。ほいで、解決してくれてありがとう、ってお礼をくれる訳や」

「へえ。なんか、格好良いですね」

「せやろ！　せやねん」

李が嬉々として言った。

「で、出資の方は、まあ簡単に言うたら金貸しやな。なんか事情があって、銀行とか消費者金融からは借りられへん、けどどうしても金が要る。そんな奴らに、ぽんっと貸したる。ほんで、後で色付けて返してもらうと」

「金貸し、って言ったら闇金とか、そんなイメージあるけど、全然違うから」

センセーが穏やかな声で話を引き継ぐ。

「返されへんような利息を吹っ掛けて、骨の髄までしゃぶって破産させる、みたいなことはせえへんよ。むしろ、僕らから金借りられて、感謝してる奴ばっかりや。この前も、給付金が全然下りひんから、申請が通るまでお店が持つように貸してくださいって人がいっぱいおった。僕らのお陰で潰れんと商売できてる飲食店が、何軒あるか。言うたら、必要悪や。だって法律よりも、暮らしの方が大事やろ」

暮らし。やたらと胸に響く三文字だ。

「とはいえ、厳密には違法やけどね」

センセーが涼しい顔で言ったが、「違法」という言葉に、椎名は息を呑《の》んだ。

「すまん、ちょう出てくるわ」

ヤオがスマートフォンを片手に、腰を浮かせる。

「あの――」

つい声を発していた。思ったよりも大きく響き、全員の視線が向けられる。

「なんや」

ヤオが目を向けてきた。力強く、鋭い。やっぱ何でもないです、とは言えない眼光だ。

「いや、その、なんでそんなことまで俺に教えてくれんのかなって。この前初めて会ったばっかりやのに、こんなに」

こんなに気に入ってくれるなんて、という言葉は、気恥ずかしくて飲み込んだ。

静寂が流れた。センセーの顔を見やると、曖昧に視線を逸らされたような気がした。束の間、繊細で不穏な空気が漂った。

だが、すぐに勘違いだと分かった。ヤオが前歯を剝き出しにし、肩に手を置いてきたのだ。

「椎名を見てるとな、昔の自分を見てるみたいで、グッとくんねん。エモい、いうやつか」

顔が熱くなるのを感じた。

「じゃ、ちょっと一瞬出てくるわ。ナンボでも、お代わりせえよ」

店を出るヤオの背中を見送ってから、グラスに残ったハイボールを一気に呷った。頭が一瞬くらっとし、炭酸が喉の奥で心地好く弾ける。

「椎名君。よっぽど、気に入られたみたいですね。珍しいですよ」

ミスタが相好《そうごう》を崩して言った。ヤオ本人から直接、好意的な言葉や態度を示されるのも嬉しいが、ヤオの仲間から聞かされると、不思議と一層の喜びが湧き上がった。

ヤオが戻ってきた。背後では、若い男女が上気した顔で立ち尽くしている。

「椎名、端っこ行け。伯爵はカウンター」

伯爵がカウンターに移り、椎名は慌ててソファの端に寄った。ヤオに導かれて、二人組がソファの真ん中に腰を下ろす。落ち着かない様子で、店内を見回している。

「こちらが、ユウカちゃんとケンゴくんカップル。俺のインスタをフォローしてくれてて、はるばる香川から来てくれてん」

照れたように、カップルが俯く。憧れの芸能人を前にしたファンそのものだ。

「そこまでして。交通費、ナンボ掛かんねん」

壺田がぞんざいな口ぶりで言った。

「深夜バスで、二人で六千円くらいです」

「おお、深夜バス。それは安くて偉いわ」

ヤオが壺田を目顔で黙らせてから、ユウカに向き直った。

「ぶっちゃけ、俺の何処が魅力的なん？」

ヤオのおどけた声に、場が笑いで弾ける。

「まあその何というか、格好良いですよね。可愛い系とか中性的な男子が流行ってる中で、ザ・男前というか。憧れます、本当に」

ユウカの声は昂《たかぶ》り、震えていた。

「ケンゴくん。ユウカちゃん、奪ってもええか」

「駄目です！」

「奪ってください！」

声を揃え、楽しそうに言った。またしても、場が沸く。二人とも、既に酔っている様子だ。

「なんや、ユウカちゃんを取られへんようにするためなら、俺とでも闘う気か」

「が、頑張って闘います」

「おう、ええやん！　それでこそ、男や」

ユウカがケンゴの躰を肘で小突いた。嬉しそうに見つめ合い、笑う。

急に、酔いが醒めてきた。

さっきまで自分が主役だったのに、いきなりよく分からないカップルに話題を持っていかれたのが、もどかしい。くだらない嫉妬だが、自分の好きな人が自分の知らない誰かと仲良くしているのを見るのが、昔から苦手だ。

会話は続いているが、徐々に愛想笑いになってきていることを自覚した。

「せや、こいつらの紹介がまだやったな」

ヤオが顔役の面々を紹介していく。いちいち、カップルは大仰なリアクションを示した。

「ほいで、そっちが椎名。まだ高校生やけど、お巡りに啖呵切ってんの見て、連れて来た」

息が詰まる思いがした。あたかも顔役の一員かのような紹介のされ方に、胸が躍る。事実、カップルが目を輝かせて、微笑み掛けてきた。尊敬の眼差しだ。

先程までの嫉妬は拭ったように消え、得も言われぬ優越感に満たされた。

他愛のない雑談が一区切りつくと、ヤオがソファに深く坐り直した。

「それで、相談ってなんや」

「あ、はい、実は」

束の間、逡巡する素振りを見せてから、口を開き始める。

「地元の友達の美咲《みさき》って子が、今は大阪の大学に通ってて。昔から仲良しで、私とは違って真面目な子なんですけど、この前、恋愛相談されたんですよ。そしたら、どうやら悪い男に引っ掛かって、借金まで作っちゃったみたいで」

ユウカの顔からは、笑みが消えていた。

9

エースは部屋の扉を押し開き、顎をしゃくった。

「どうぞ、ごゆっくり」

「ありがとう」

男が鼻孔を膨らませて頷いた。少女と手を繋《つな》いだまま、部屋に足を踏み入れる。約四十平米の室内は、落ち着いたグレーとブラウンのカラーで統一している。ダブルベッドや大型テレビ、電子レンジなどの生活用品を完備し、広々とした浴室とトイレも設置している。ないのは、生活感だけだ。

中から、扉が閉められた。自動で鍵が閉まる音が響く。この雑居ビルを買い取って内装をリフォームした際、二階のプレイルームにはオートロックを後付けした。外から解錠しない限り、部屋から出ることは不可能だ。

エースは扉に凭《もた》れ掛かり、鞄《かばん》からiPadを取り出した。ワイヤレスイヤフォンを耳に装着し、室内に仕掛けているカメラの映像と音声を確認する。

——お風呂に入ってくるよ。

少女が頷き、浴室まで同伴しようとした。男が呆れたように苦笑する。

——君はいいんだ、そのままで。僕だけでいい。いい加減、覚えなさい。

男が少女の頭を優しく撫でた。触れられた瞬間、少女が身を竦めたことに、男は気付いていないらしい。

男が浴室へ消えると、少女はベッドの端に腰を下ろした。無言で爪を噛み、斜め下を見つめている。

五分ほどして、バスローブ姿の男が戻ってきた。スマートフォンを耳にあてがい、通話している。本来は電子機器の使用を禁止しているが、男はVIP客だ。目を瞑ることにしている。男が外部に情報を流出させる恐れもない。

――そうなんだよ、まだお仕事が終わらなくてね。うん、来週のランドは必ず行くから。もちろん、パパも楽しみにしてるよ。うん。お誕生日、おめでとう。おやすみ。

男が電話を切り、そのままスマートフォンを少女に向けた。

――なんだ、その顔？　撮られるのが嫌か。

少女が微かに頷き、男が声を立てて笑う。

――今更、おかしな子だな。いつもは喜んでるじゃないか。

男は、半ば本気でそう信じている。エースにはそれが分かった。認知が歪んだ大人の男とそれを押し付けられるガキのやり取りは、いつ見ても面白い。

前方で、気配がした。顔を上げると、シックスが近付いてきていた。寝癖の酷い金髪を掻き毟《むし》りながら、頭を下げてくる。全面にブランドロゴがあしらわれたグッチの黒いジャージ姿だ。これ以外の服装を見た記憶は、殆どない。よっぽど気に入っているのか、あるいは何も考えていないのだろう。

「今から、始めるとこや。くれぐれも、失礼のないようにな」

「了解です。何者なんですか、このおっさん」

ｉＰａｄの画面を覗き込み、呂律《ろれつ》の回らない舌で言った。

「知らんでええ。とにかく、丁重に扱え。スマホの使用も許しとる。多少の我儘《わがまま》は聞いたれ」

「分かりました。あ、この子、結構可愛いですね。俺もいけますわ」

「変態やの。まだガキやぞ」

「躰は女になってるのに、顔と心が子供いうのがグッときます。滅茶苦茶《めちゃくちゃ》したなりますわ。何歳ですか」

エースはｉＰａｄの画面をタップして、少女の情報が入ったファイルを開いた。

「年は――」

生年月日の項目を見て、思わず頬が緩む。

「十五歳や。ちょうど、今日の誕生日でな」

画面をカメラの映像に戻すと、ＶＩＰ客が真っ白なバスローブを脱ぎ捨てていた。

10

寺西は阪急《はんきゅう》うめだ本店で買い物を済ませ、北新地方面へと歩き始めた。沈み行く夕陽が、高層ビルに貫かれている。聳《そび》え立つビル群を目にすると、何故かいつも得体の知れない凋落《ちょうらく》の予感に襲われる。

梅田を中心とするキタは、西日本最大級のオフィス街だ。様々な企業の本社や支社が数多く存在している。同時に、百貨店やファッションビル、大型の複合商業施設がいくつも存在する繁華街でもある。ミナミに較べれば大人しく、洗練された都市空間だが、隅々まで上品さが行き届いた街という訳ではない。行き交うカップルや家族連れ、サラリーマン達の声はいずれもやかましく、路上にはあらゆる傷が刻まれている。

だが、キタ特有の煌《きら》めきを放つ場所や時間は、確かに存在する。その一つが、夜の北新地だろう。昼間は公務員や会社員ら御用達《ごようたし》の洒脱なランチスポットだが、夜の闇が濃くなるにつれてネオンは眩《まばゆ》い輝きを放ち、噎《む》せ返るほどの大金の匂いが、上質な香水や酒の香りに擬態して、辺り一面に漂う。

店へと到着した寺西は、シャッターを上げ、鍵を開けて店の中に入った。本物の木の素材ばかりを使用した、こだわりの内装だ。オーセンティックなバーの雰囲気を残しつつも、現代的なカジュアルさもある。洗練された空気感で客を陶然とさせるのは大切だが、緊張させ過ぎないのはさらに重要だ。

店内の清掃を済ませ、カルティエの腕時計に目をやると、約束の時間の四分前だった。

ドアスコープを覗くと、茶髪の若い男が所在なげに立っているのが見えた。

「小暮《こぐれ》くん？」

扉を開いて声を掛けると、背筋を伸ばして男が一礼してきた。

「はい！　よろしくお願いします」

「数分前には到着して待機。偉いね」

笑顔で頷き、店内に通した。テーブル席に、向かい合わせで腰を下ろす。

「田岡《たおか》から、優秀な後輩だって聞いてるよ」

「そんな。恐縮です」

「市大《いちだい》だよね。あれ、もう変わったんだっけ」

「いや、来年の四月からですね」

大阪市立大学は大阪府立大学と統合し、新たに大阪公立大学を開設する予定だ。

「ああ、申し遅れました。堂本順一《どうもとじゅんいち》です」

何食わぬ顔で、偽名を名乗る。

「まあ、そう硬くならずに、のんびりやろう」

伊藤園《いとうえん》の緑茶とホチキスで綴《と》じられた分厚いA４の資料を差し出した。資料は全て、水溶紙だ。

マニュアルやカモの名簿などは、水溶紙に印刷するのが鉄則だ。

「一時間あげるから、全部読んで頭に叩き込んでみようか。そのあと、テストをしよう」

きっちり一時間後、寺西はテスト用紙と鉛筆、消しゴムを差し出した。硬い表情で、小暮がテストを解き始める。

【問】ターゲットをどういった基準で選び、どうやって接触し、恋愛関係にあると信じ込ませるか。また、いかに巧妙に借金を背負わせ、性風俗産業へと斡旋《あっせん》するか。

テストはこの一問のみだ。マニュアルを覚えたかではなく、理解したかどうかを試す。

三十分後、解答用紙を受け取った。小暮の解答は、端的かつ具体的だった。

ターゲットは、同じ大学に通う地方出身の素朴な女。田舎から出てきた女子大生は、定番だ。嘘臭過ぎない程度に運命的な出会いも、恋愛関係への発展の仕方もスムーズで自然だ。

自分が高級バーの店員だと打ち明け、来店を促す。店員は稼いだ分に応じて売上がバックされ、大きな夢のために金が必要だから日々懸命に働いているのだと伝える。恋に溺れた女に徐々に高額な酒を注文させ、ツケという名の借金を背負わせる。

借金返済のために、まずは提携先のガールズバーやホステスなどを紹介して夜職へのハードルを下げさせ、田舎はともかく都会では今どき性風俗のバイトをしている若者も多いと刷り込む。金を稼ぐのは大変だが、その点性風俗は効率的で、人生経験も豊かになるため、人間としての成長に繋がると思わせる。

そうして女にシビアでリアルな金の教育を施す一方で、自分の夢は自分達二人の夢だと、定期的に甘い言葉を囁く。時には、自分が女のことを真剣に愛しているということを、バーの他の店員や常連客の口から客観的事実として伝えさせる。第三者から聞く褒め言葉は、信用してしまう。ウィンザー効果の利用だ。

やがて、借金額が膨大になったところで、ついに性風俗店を紹介する。

解答にマニュアルを超える発想力はないが、きっちりと要点を押さえている。何より、ごく自然な感情として女を見下していることが、文章の端々から読み取れる。女を騙《だま》す罪悪感が最初から希薄な者は、好都合だ。

採点を終え、微笑を浮かべて小暮を見た。

「話通り、優秀だね。ほぼ満点だ」

小暮が顔を輝かせた。

「ちなみに、ほぼということは、どの辺があかんかったんでしょうか」

「うん。たとえば、洗脳という言葉の使い方が不正確かな。洗脳というのは、暴力などを用いて恐怖を与え、精神が壊れたところに特殊な思想を植え付けることだ。恋愛関係や親子関係における精神的な刷り込みと支配は、マインドコントロールと呼んだ方が正しい。でも、そうやってすぐに教えを乞う姿勢は、素晴らしいよ。向上心が感じられる」

寺西は右手を差し出した。小暮が鼻孔を膨らませてから、両手で固く握り返してきた。

「ようこそ、ＳＴＡＩＲＳ《ステアーズ》へ」

この店の、そして寺西が現在率いているグループの名だ。メンバーの誰もが、社交的で容姿端麗な高学歴の大学生だ。

「まあ、仕事についてはこのマニュアル通りに行えば一定のレベルまでは到達できるし、後は習うより慣れよ、経験を積むしかない」

「はい、頑張ります」

「よろしく。中村屋《なかむらや》のコロッケ、よかったら。甘くて旨いよ」

コロッケを頬張りながら、しばらく実のない話に花を咲かせた。

「え？　堂本さん、大阪生まれですか。てっきり、関東の方かなと」

「喋り方でかな。気持ち悪い？」

「いやいや、知的です。上京したりして、中途半端に標準語が交じった関西弁話す芸人いるじゃないですか。ああいうの聞くと、サブイボ出ますけど。堂本さんのは筋金入りというか、文章読み上げてるみたいな感じで」

「小さい頃、極度の人見知りでね。人とまともに会話すらできなかった。一人で図書館に籠もって本ばかり読んでいたから、大阪弁よりもこういう喋り方の方が性に合うんだよ。気心の知れた相手だと大阪弁も出るけど、基本的には、脳内で予《あらかじ》め文章を組み立ててから喋っちゃうかな。癖だね。あとは、父親が理不尽に俺を殴るとき、いつも大阪弁の怒号が飛んできたから、脳が拒絶してるのかも」

「そう、なんですね」

反応に困ったように、曖昧に頷く。

「まあ今の説明は、ホンマっちゃホンマやけど、嘘っちゃ嘘かな」

口許に笑みを浮かべ、砕けた大阪弁のイントネーションで言った。

小暮が呆気に取られた表情を浮かべる。

「口は禍《わざわい》の元やから。頭の中で文章組み立ててから喋ったら、失敗せえへんやろ。それに、大抵今みたいに、大阪弁じゃない理由を訊かれる。そこで父親に虐待されてた暗い過去を覗かせたら、女はコロッといきよる」

「なるほど。むっちゃ、悪いですね」

「それに、大阪人は標準語を本能的に遠く感じる。そこで不意に大阪弁で喋り出したら、一気に心理的な距離が近付く。今みたいに」

小暮の笑顔が固まった。

「ギャップ萌《も》え。古典的なテクニックや。身に付けていき。何にでも役立つで」

満面の笑みを浮かべ、小暮の肩に手を置いた。口調を標準語に戻し、続ける。

「ウチで働けば、礼儀作法もコミュニケーション能力も今以上に付くし、スケジューリングやマルチタスクの対応力も付く。マニュアルにも書いてたけど、ＰＤＣＡとＯＯＤＡループを併用して仕事を進めていくから、その辺の思考プロセスも身に付く。こんな大学生、滅多にいないからね。ウチの出身者の多くが、就職先で即戦力になってるよ」

いくつかの有名企業の名を挙げた。小暮の顔が和らぎ、だらしなく頬が垂れる。

「世の中、努力が必ずしも報われるとは限らない。でも、方向性の正しい努力は、必ず人を成長させる。期待してるよ」

「ありがとうございます、頑張ります！」

晴れやかな笑顔で、小暮は帰っていった。

三十分後、田岡が出勤してきた。

「後輩くん、優秀だったよ。採用だ」

田岡が嬉しそうに礼を述べる。

「抜かれないように、頑張れよ」

穏やかな声で言い、ドン・フリオ　レアルを手に取った。最高級のテキーラだ。

田岡がカウンターの中で開店準備を始めた。邪魔にならないように、端の席に腰を下ろし、グラスを回して香りを堪能する。

「オープンします」

田岡が店の外に看板を出した。ターゲットの女を密室空間で上手《うま》く騙せるように、月曜日と水曜日と土曜日は会員限定デーと称して常時鍵を閉めているが、木曜日と金曜日と日曜日は通常のバーとして営業している。

カウンターの上のスマートフォンが振動した。着信画面に、「雄次《ゆうじ》」と表示される。

「もしもし。どないした？」

――例の件やけど、居場所が分かった。

「ああ、ホンマに。ありがとう」

寺西を殺すと吹聴しているオレオレ詐欺グループ時代の元部下を探ってくれと、雄次には頼んでいた。

――近々、会うて話付けてくるわ。

「了解。俺も行こかな」

――一人でええ。

些か不服そうな声が返ってきた。

「もちろん、お前を信頼してる。ただ、この目であいつの心が折れるのを確かめときたい。すまんけど、そういう性分やから」

返答はない。寺西は小さく息を吸った。

「また、そのうち飯行こうや。お礼に奢るわ」

――割り勘でええよ。

「遠慮すなって。店に助成金も下りたし」

田岡がさり気なく聞き耳を立てていることに気付いた。聞き慣れない親し気な口調に、興味を抱いているのだろう。弟の存在は、ＳＴＡＩＲＳの誰も知らない。

「雇用調整助成金って、あれむっちゃザルやで。従業員の交通費も申請できんねんけど、東京在住で大阪まで通ってるって言うたら、新幹線代全部払われんねん。だから、東京の実家に住民票置いたままで休学中のスタッフがいたから、実家におる体にして申請したら、通ってもうた。笑うやろ」

――へえ。

「相変わらず、リアクション薄いな」

――ああ、すまん。

沈黙が流れた。思わず、苦い微笑が洩れる。

「とにかく、ありがとう。寿司《すし》でも行こ」

――肉の方がええな。焼肉。

幼い口調に、愛《いと》おしさが込み上げてきた。

「オッケー。万両《まんりょう》、行こか」

天神橋《てんじんばし》筋商店街にある焼肉店だ。雄次が小さく嬉しそうに笑うのが、電話越しにも伝わってきた。

電話を切り、グラスを呷る。田岡は電話の相手を詮索してこない。グループ内で、礼節を重んじる教育を行っている成果だ。

「不正受給だけでも、結構いい小遣い稼ぎになったよ」

田岡が顔を上げ、小さく頷いた。

「企業や役人を抱き込めば、もっと大規模な給付金詐欺も可能だろうけど、その分リスクも大きいからね。細分化すれば証拠が揃わないから、首謀者まで捕まることはないだろうけど、色々と面倒だ。オレオレ時代に懲りたよ。しばらくは、地道にやるのも楽しい」

「オレオレ詐欺、やってはったんですか。あ、すみません。いらんことを」

「いいよ。そっか、知らなかったっけ。内緒だよ。信用してるから、口が滑ったんだ」

田岡が口許を緩めて頷いた。

「この国では、老人の老人による老人のための政治が横行してる。問題を丸投げされた下の世代が安い金で働いて高い税金を払い、老人は年金で優雅に遊ぶ。血は、循環しなければいけない。血の流れが止まると、そこから腐って、いずれ躰全体が蝕《むしば》まれる。国も一緒だ。老い先短い老人が溜め込んだ金は、下の世代が頂いて派手に使って、社会に還元すべきだ。

オレオレ詐欺は必要悪だ、とは言わない。所詮俺達の動機は、シンプルに金儲《かねもう》けだったからね。ただ、老人が無意味に貯《た》めた金を奪うことに、そういう社会的な意義が生じてしまうというのは、否定できない事実だ」

田岡が小刻みに頷くのを見て、寺西は忍び笑いを洩らした。己の言葉が詭弁《きべん》だと、自覚しているからだ。貧富の格差を世代間の格差にすり替え、対立を煽っているだけだ。

「ある種、今の俺達の仕事も、日本経済の活性化に繋がってはいる。女達が風俗で働くことで、大金の流れが生まれるからね。それに、一生体験できないようなドラマチックな恋愛を、味わわせてあげている。空虚な現実よりも、甘美な夢の方がいいだろう」

田岡は同意を示したが、どう考えても噴飯物《ふんぱんもの》の屁理屈だ。だが、同情できないのだから仕方がない。どうしても、女を下に見てしまう。物心がつく前に実母に捨てられ、継母《ままはは》には性的虐待を受けた上に、それに気付いて嫉妬した父親に半殺しの目に遭ったから。そう理由付けして自己憐《れん》憫《びん》に浸った時期もあったが、理屈ではなく生理的な感覚として女を下に見てしまうというのが、率直なところだ。

「結局、世の中は搾取する側とされる側しかない。公営ギャンブルもパチンコもホストも銀行も、アイドルやメイド喫茶や派遣会社のピンハネも、携帯電話の高過ぎる料金設定だって、本質は俺達と同じだ。人を騙してお金を奪うのは、悪いことです。みんなそう言うが、誰もが羨む一流企業が不祥事の隠蔽を図った事例は枚挙に暇がないし、公約を果たさずに議会で寝てばかりの政治家が辞職に追い込まれることもない。冤罪を生んだ警察官や推定無罪の原則を無視して報道を過熱させたマスメディアが、後に責任を取ることも殆どない。

正義や悪っていうのは、実にいい加減なものだよ。野良猫をいたぶって殺した奴のニュースを観て本気で憤るくせに、自分が使っている化粧品の会社が動物実験を行っているかどうかには、全く無頓着。それが大衆だ」

饒舌《じょうぜつ》に話すうち、自らの見識をもっとたっぷり披露したくなった。

「俺は自分が悪党だと自覚している。だが世間の大半の連中は、自分が善人だと信じて疑わない。あまりにも無自覚で、醜い」

「そう、ですね。はい、むっちゃ分かります」

「だろ？　この世のどんな事件や事故にも、どんな人間にも、色んな側面がある。世界は全てグラデーション、相対評価だ。当事者にとっての絶対的な善や悪、喜劇や悲劇はある。だが、俯瞰《ふかん》して見れば、絶対的な評価を下せるものなんて、この世に何一つとして存在しない」

「戦争が医療を飛躍的に進歩させたって、言いますもんね」

我が意を得たりとばかりに、寺西は頷いた。

「二〇一一年以降、震災をテーマにあれこれ語る連中で溢れたけど、殆どが悲劇的な側面を強調したものばかりだった。もちろん、人が死んでる訳だから、悲劇性はある。が、大半の奴は、一万人以上死んだ事実と、当時のショッキングな映像の記憶でしか、震災を語っていない。ホームレスが熱中症で死んだり、火事で一家四人が死んだりという悲劇は日々起きているが、見えないから語らないんだ。

世間の連中は、あの震災を過去に類を見ない悲劇だと口にする。震災とは、一万人の命が失われた一回の悲劇だと捉えているからだ。本当は、一人の命が失われるという悲劇が、一万回起きたのに。無自覚のうちに、悲劇の重さを死者の数で測っているグロテスクさに、彼らは一体いつ気付くんだろうね」

田岡が大きく息を吸い込み、噛み締めるように頷いた。義務教育さえまともに履修していない自分の言葉に、高学歴の大学生が感銘を受けた表情を浮かべる。強烈な快感だ。

「もっと言えば、憎んでいた相手があの震災によって命を落としたからと、喜んでいる奴だっているかもしれない。この想像力を働かせられる奴だけが、搾取する側に回れる。今のご時世だって、同じだ。どうかな？　一面的な悲劇以外の何かを、想像できるか」

田岡の黒目が大きく揺れ動いた。

「そう、ですね。想像じゃなく事実ですけど、マクドはデリバリーとテイクアウト需要のお陰で、営業利益、絶好調ですよね」

頷き、他にも考えるように目で促した。しばらくして、田岡が両手を打ち鳴らした。

「外出自粛のお陰で、俺ら大学生の華のキャンパスライフは奪われました。でも、陰キャの奴にとって、オンライン授業はむしろ大歓迎かも。同じ理屈で、青春を奪われた子供もおれば、いじめから逃げられて、救われた命もあるかもしれません」

「なるほど。ええやん、ええ想像力や」

「ありがとうございます。いやホンマに、こういうハイブロウな会話できる度に、ＳＴＡＩＲＳに入ってよかったって思います」

微笑して頷き、グラスの残りを呷った。

「感染者は悪だ、パチンコ屋を吊るせ、夜の街を吊るせ、不要不急な活動を止めろ。命より大切なものなど存在しないと信じ、自分の命が今日尽きる可能性など一度も考えたことのないような大衆は、そうしてヒステリックに騒ぐ。その間に、人生自体が不要不急な営みだと理解している俺みたいな悪党は考えるんだよ。どうやってこれに乗じて、金を儲けようかなって」

悠然と言い、脚を組み替えた。グラスにもう一杯注ぎ終えたとき、ドアベルが鳴り響き、男が三人、入店してきた。

「いらっしゃいませ。どうぞ、そちらに」

田岡がテーブル席を指し示した。会釈と共に、男達が着席する。黒人の血が流れていると思しき躰格《たいかく》のいい男の顔に、見覚えがあった。ネット上で見た気がする。洩れ聞こえてきたヤオという呼び名にも、聞き覚えがある。

ヤオがグレンファークラスの二十五年とポールジローの三十五年、烏龍茶《ウーロン》を注文した。髪を剃《そ》り落とした男が烏龍茶の値段に文句をつけ、ヤオに窘《たしな》められた。もう一人のシーナと呼ばれている男は、明らかに未成年だ。仕立てのいいネイビーのジャケットとパンツだが、服に着られている印象がある。

「新地も、多少活気戻ってきたんかな」

ヤオがグラスを呷りながら、カウンターの田岡に尋ねた。

「そうですね。一時期に較べれば、人通りはそれなりにあるかなと思います」

「ああ、ホンマに。よかった。早よ、元に戻って欲しいな。騒動の初期とか、最悪やったで。明らかに、街中で避けられねん。こんな時期に日本に来やがって、みたいな目ェされて。もうすっかり慣れっこになったつもりやったけど、やっぱ改めて思い知らされたわ。俺はニッポン人にとって、余所者《よそもの》やねんなって」

「腹立ちますね、それは」

田岡が沈痛な面持ちで言った。

「分かってくれるか、ええ奴やな。いやホンマに、色々ダルい思いしてきてんねんから。さもオリジナリティ溢れるいじりやろ、みたいなテンションで、日焼け云々《うんぬん》言われたときのダルさとか。分かるか、クリリン」

「俺もそのいじりには、うんざりです」

ヤオが大笑いし、謝りながら男の頭を撫でた。

「十六のときにされた職質が、いっちゃん屈辱的やったな。散歩してたらお巡りに囲まれて、在留カード見せろって高圧的に言われてん。持ってへん言うたら、いきなり無言で持ち物検査しようとしてきたから、咄嗟に振り払うやろ。そしたら、ブチギレながら地面に押さえ付けてきよった。大の大人が数人がかりでやで。公務執行妨害や、とか叫ばれて、俺も抵抗して大暴れや。結局しょっぴかれたけど、俺が日本国籍やと分かったときのあいつらの反応、どんなんやったと思う？」

話を振られたシーナが、戸惑ったように小首を傾げる。

「紛らわしい見た目してるから、しゃあないがな。そう言われてん、半笑いでな」

微かに、語尾が震えていた。重苦しい沈黙が店内に流れる。寺西は横目でヤオを見やった。

視線が、ぶつかった。

「すんませんね、静かに飲んではるとこ」

明るい声で言い、グラスを掲げてきた。小さく首を横に振り、会釈をして返杯する。

ヤオの視線が、田岡へと移った。

「生まれも育ちも大阪、日本語しか喋られへんし、ガーナ人の父親とは会うたこともない。子供の頃は、母方の祖父《じい》さんの仏壇に、毎朝まんまんちゃんしてたっちゅうねん。最近のガキより、よっぽど信心深いやろ」

そう言って、大口を開けて笑い始めた。頷き掛けられた田岡が、目尻に皺《しわ》を寄せて笑う。

「なに笑ろてんねん、コラ！」

突然、怒号が響き渡った。

「俺が仏壇に手ェ合わせてお供えもんしたら、なんかオモロいことでもあるんかい」

眉根を寄せ、鋭い目で田岡を睨み付ける。隣の男は無表情で烏龍茶を啜《すす》り、シーナは自分が怒鳴られたように固まっている。

寺西は不意に、ヤオの正体を思い出した。

「人が散々辛い思いしたっちゅう話したのに、よう笑えるな。舐めとんか」

田岡が唇をひくつかせ、助けを求めるように視線を寄越してきた。

「流石《さすが》に、少し理不尽では？」

穏やかな声で割って入った。ヤオの黒目だけが動き、威圧的に見つめてくる。

「なんや、お前。どういう意味や」

立ち上がり、こちらにやってきた。顔を眼前まで近付け、見下ろしてくる。

「説明してみい」

寺西は小さく息を吸った。恐怖心は湧かないが、場を収める道筋が見えない焦燥はある。

「あなたはハーフとして――失礼、最近はミックスというんですかね、僕らの想像の及ばない大変な苦悩を抱えて生きてこられたんでしょう。ただ、少なくとも今の会話の流れで怒り出しては、彼が可哀想《かわいそう》だ。あなたが自分で大笑いして、同意を求めるように頷いたから、彼は調子を合わせて笑ったんです。進んで揶揄した訳じゃない。あくまで、あなたに合わせたんです。接客業ですからね」

「何が接客業やねん。詐欺師やろ」

瞬く間に、表情が憤怒《ふんぬ》から侮蔑へと変わった。にやにやとした笑いを浮かべ始める。

「どういう意味ですか」

「女騙して風俗に沈めてんのは、知っとんねん。お前も仲間の一人やろ。ちゅうか、お前が仕切っててんねやろ」

肌が粟立った。首筋を冷たい戦慄が走る。

「ただの客ですよ。この店の名義も――」

「名義なんかどうでもええ。ただの客が、店のシャッターのリモコンと鍵、持っとんかい」

「見張っていたんですか。あなたが嫌っている警察みたいな真似をするんですね」

「やかましい。別に、俺らは正義の味方やない。こんな真似はやめろ、とか言うつもりもない。ただ、近藤《こんどう》美咲には金輪際関わるな」

思わず、ため息が洩れた。あの野暮ったい女が、思わぬ連中と繋がっているものだ。

「今まで払った酒代も返せ、とは言わん。これ、ツケの二十万や。預かってきた。これから借金地獄にするつもりやったんやろうけどな、もうこれで終《しま》いや。ええな？」

茶封筒を差し出された。受け取れば、恐らくそれで済むだろう。あの女を逃したところで、大きな損失ではない。

だが、ヤオの顎をしゃくる仕草が、耐え難く不快だ。父親が怒る度に、よく似た動きをしていた。

気付けば、言葉が口を衝いていた。

「ミナミの顔役が、キタで威張んなよ」

ヤオの目が、大きく見開かれた。次いで、すっと細くなった。

「ええ根性しとんな」

視界で火花が散り、鼻梁《びりょう》と背中に鋭い痛みが走った。束の間、呼吸ができなかった。

天井から吊り下げられたシャンデリアが、弧を描いて揺れている。

顔面を殴られ、椅子から仰向けに転げ落ちたのだ。少しして、そう気付いた。

ヤオがカウンターに封筒を叩き付けた。財布を取り出し、一万円札を数枚、床に捨てる。

「ご馳走さん。酒の品揃えはええな」

痛みを堪え、立ち上がった。退店する三人の背を、無言で見つめる。

「大丈夫、ですか」

田岡が気まずそうにおしぼりを差し出してきた。礼を言い、垂れてきた鼻血を拭う。

「折れてはないみたいだ。加減されたね」

「すみません、俺が」

「いや、連中は端から揉めに来たんだ。謝る必要はない。しかし、しばくぞとか殺すぞって啖呵を切る前に、問答無用で殴ってくる奴もいるんだね。いい勉強になった」

落ち着き払った声で言ったあと、おどけた口調で続けた。

「でも、怖かったわあ。むっちゃ痛い」

田岡が表情を崩した。だが、笑みが目まで達していない。

「格好悪いとこ、見せてもうたな」

寺西は目を逸らし、口許に薄ら笑いを浮かべた。頰が痙攣《けいれん》した。

11

ＢＡＢＹに戻ってからも、椎名の心臓は烈しく脈打っていた。目の前で大人が殴られるのを目にしたのは、生まれて初めてだ。

「俺も行きたかったなあ」

顚末《てんまつ》を聞かされた李が、悔しそうに言った。

「椎名も終始、堂々と落ち着いとったな」

「いや、ビビって固まってただけです」

「謙遜すなって。一段、大人になった感じや」

「服のお陰ですよ」

カチコミに行くための勝負服だと、ジャケットとシャツ、パンツを購入してもらった。ブランドは、エンポリオ アルマーニだ。

「よう似合っとる。いずれ、自分でもっと稼いで、ジョルジオ アルマーニ買い」

「頑張ります」

「俺にもなんか買うてくださいよ」

「育毛剤、買うたるわ。いや、手遅れか」

壺田とマスターを除く五人が、手を叩いて笑った。椎名もつられて遠慮気味に笑い、口から白い烟を吐き出す。

「そういやあいつ、俺のこと知っとったな。ミナミの顔役やって」

「ほう。何者でしょう」

ミスタが怪訝そうに言った。

「さあ、分からん。インスタで見たんちゃうか。シュッとしたイケメンの割に、度胸はあった。腕っぷしはなさそうやったけど」

会話を聞きながら、熱に浮かされているときのように、頭がぼうっとしてきた。

言われるがまま付いて行っただけだが、女性を騙して苦しめる悪党を痛い目に遭わせたのは、途轍もなく昂奮した。ＭＣＵのヒーローになった気分だ。ここにいるのはアベンジャーズで、自分は見習いのスパイダーマンだ。

くだらない妄想だと内心で一笑に付したが、深い喜びが込み上げてくるのは抑えられない。表情に出ないように、必死で押し殺す。

伯爵が平板な声で言った。

「何が正義の味方や。あのカップルから、たんまり謝礼貰ったくせに」

「いやあ、正義の味方ごっこをしたあとに飲む酒は、格別や」

「だから、ごっこやと言うたやろ。俺は正義の味方やない。街の顔役、ビジネスマンや」

乾いた声だった。失望はしなかった。むしろ、格好良いとさえ感じる。

「椎名。もう一本、吸うか」

李が尋ねてきた。

「ありがとうございます。いいんですか」

「もちろん。すっかり嵌《は》まったな。旨いし、吸うてたら、とろんとしてくるやろ」

「はい。同じ煙草でもこんなに色々違うんやって、初めて知りました」

「うん？　ああ、そうか、せやな」

「おい。良かったら、これも食うてみ」

ヤオがカウンターから小さな半透明の袋を投げてきた。キャッチし、視線を落とす。

黄色の錠剤が、大量に入っていた。冷たい不安が、足許から這い上がってくる。

まさか、普通そんなものを渡してくるだろうか。いや、この人達が普通ではないのは明らかだ。

でもイメージは、主人公側のワルだ。力で問題を解決する、綺麗事とは無縁のワル。でもドラッグなんて、完全に敵側の悪だ。強姦とか無差別殺人とかと同じ、引いちゃうタイプの悪さ。顔役とは、結び付かない。でも、今渡されたのは——。

思考の濁流が押し寄せてくる。頭が回っているのか回っていないのか、よく分からない。数学の問題と格闘しているときみたいだ。

「リラックスできんで」

李が明るい声で言い、袋をひったくってきた。無造作に何粒か取り出し、口に抛り込む。躰が震え出したり、大声で叫び出したりする様子はない。

「まあ別に、無理に食わんでもええけど」

李が淡々と言った。ビビっている、と思われたくない。何より、変な疑念を抱いていると思われて、嫌われたくはない。

「いや、いただきます」

引き攣《つ》った笑みを浮かべ、一粒取り出した。鼓動が速まり出す。呼吸が浅く感じられた。舌の上に載せた。甘酸っぱくて、美味しい。レモン風味のラムネ菓子のような味だ。何の変化も、躰に起きない。安堵のため息が洩れ、表情が緩んだ。

「美味しい、です」

「せやろ。意外と高いねんで」

李が悪戯《いたずら》っぽく笑った。

「特に、何も変わらないですけど」

「エナドリも、そない即効性ないしな。俺とか、カフェインの錠剤効かんもん」

そういった類のものか。言われてみれば、なんてことはない話だ。

「俺もコーラ大好きで毎日飲んでたら、カフェインとか全く効かなくなりました」

顔を見合わせて笑った。あれこれ悩んだのが、馬鹿らしく感じられた。

少し考えてから、もう一粒口に抛った。

12

——ガキに逃げられました。

電話口で、シックスの震える声が言った。

「どういう意味や」

口にしながら、エースは足許が冷たくなるのを感じた。

「どうやって、あの部屋から逃げんねん」

——いや、実は、その、あの。

「ごちゃごちゃ言うてんと、早よ喋れ」

シックスの焦燥が伝わり、苛立ちが募る。パンチドランカーのあほんだらめ。

——れ、例のＶＩＰ客が、ガキと一緒に外出したいって言いよって。デートやって。

「デート？　お前、それを許したんか」

——多少の我儘は聞いたれって、エースさんが。

「何処が多少やねん」

殺意を覚えた。アホだとは知っていたが、ここまでリスクの計算ができない無能だとは考えていなかった。延期できる予定を優先して、監視役をシックスに任せてしまった己の采配にも、後悔が募る。慢心していた。

——二人きりを邪魔せんように、言われて、ちょっと遠くから監視してたんですけど、ガキが急に、あの、客のスマホを奪って、走り出しよったんです。ど、どうすればいいですか。

「ガキを捜せ！　捜し回れ！　客は？」

――すぐ近くにいます。

「代われ！」

エースは深々と息を吸い込んだ。少しして、震える声が言った。

――もしもし。本当に、申し訳ない。

「えらい真似してくれましたね」

――申し訳ない。一体、どうすれば。

「もういい、起きたことはしゃあないです。オロオロせんでください。逃げられた場所は？」

――心斎橋《しんさいばし》のパルコ付近だ。

「ミナミ来てんすか」

客とガキの密会場所は、愚狼會が所有する箕面《みのお》市のビルだ。ミナミからは二十キロ以上離れている。

「遠出し過ぎやろ」

――何処か行きたい場所はあるか尋ねたら、あの子がミナミに行きたいと言ったんだ。

殺意と同時に、昂奮が湧き上がった。まさに、不幸中の幸いだ。ミナミまで来ているのなら、発見できる可能性は格段に上がる。

――私の方でも、どうにかして捜してみる。

「じっとしててください。単独で動かれても邪魔やし、誰かを動かしても事が大きくなるだけや。まだ、その段階やない。いや、待った。スマホを奪われたんですよね」

――そうだ。あのスマホはまずい。色んな動画が……。

「スマホの紛失を申告して、位置情報を調べるように手配できませんか。あくまでも、大ごとやない風を装って」

――やってみる。例のビルを出るとき、あの子が着の身着のままだったのは確認している。電車やタクシーで、遠くに逃げた可能性は低い。

消え入りそうなほどか細く、怯えた声だった。おざなりに返事をし、電話を切る。

「ぶち殺すぞ、あほんだら！」

怒号を放った。幾分か、怒りが鎮まった。

キングとクイーン、セブンに電話を掛けたが、繋がらない。ファイヴはシノギの一環で遠方にいる。よくジムで寝泊まりしているジャックも、こういう日に限って旅行中だ。唯一、ナインだけが電話に出た。手短に状況を説明し、逃亡した少女の写真をパソコンのフォルダから取り出して、送信する。

電話を切ってすぐに、キングからも折り返しの電話が掛かってきた。

「緊急事態や。えんのガキが一人、逃げよった。VIPのアホの相手してる最中にや。ついさっき、心斎橋のパルコ周辺。金持ってへんから、まだミナミのどっかにおるはずや。捜してくれ。ガキの写真はすぐ送る。今動けるんは、お前とナインだけや。しゃあないから、キッズも動かす。頼むで」

――了解。

エースは吸い掛けのマリファナを消した。スマートフォンを片手に、会長室を出る。呻《うな》るようなため息を洩らし、階段を駆け下りた。

13

「業務用パインアメ。ぼんち揚。ええな、大阪人の誇りや」

李が嬉々とした声で言った。カップ焼きそばが食べたいと言い出したヤオに命じられ、ドン・キホーテで夜食の買い出し中だ。指名されたのは椎名と伯爵の二人だけだったが、李とセンセーも付いてきた。

「BABYで朝まで飲むんは楽しいけど、案外こういう夜の買い出しの時間が、一番ワクワクしたりするよな」

センセーが朗らかな声で言い、お菓子をカゴに投入していく。

「ポテチばっか大量に買うたら、太りますよ。せっかく、痩せてはんのに」

李が揶揄うように言った。

「普通にデブって言われるより、腹立つな」

「マジでキレんでも。ジョークやないですか」

「しょうもない喧嘩、すな」

伯爵が辟易《へきえき》した声で言った。

「椎名。もう放って行こ」

苦笑し、伯爵の背を追ってレジに向かった。

「ホンマに置いて行かんとってくださいよ」

店を出てしばらく進んだところで、李とセンセーが怒りながら追い掛けてきた。人通りのない、薄暗い路地だ。

「椎名も酷いぞ」

「すんません」

「謝らんでええ」

伯爵が首を横に振ったあと、眉を顰めた。目を細め、李とセンセーの背後を凝視する。

椎名もつられて、視線をやった。明かりの消えた飲食店の間に、暗闇が広がっている。

「少女の霊が見える」

「伯爵さん。またそんな、怖いこと――」

李が言葉を切り、口を半開きにした。

「ホンマや」

椎名もその存在に気付き、背筋が冷えた。

セーラー服姿の少女が、膝を抱えて坐り込んでいる。

伯爵が歩み寄り、穏やかな声で言った。

「大丈夫か」

少女が素早く顔を上げた。立ち上がって逃げ出す素振りを見せたが、背後が行き止まりになっていると気付き、呆然《ぼうぜん》と立ち尽くす。

小麦色の肌をした女の子だ。鼻の先端が大きく、丸みを帯びた団子鼻だが、欠点のようには映らない。反りの浅い眉と綺麗な二重瞼の目に、調和しているからだろう。ショートカットの黒髪は、何処となく乱れている。一見健康的に日焼けしたテニス部の女子のようだが、表情は虚《うつ》ろで不健康そうだ。

少女と目が合った。次第に、大きく見開かれていく。既視感めいたものが、ちらと脳裏を掠めた。深く考える間もなく、李が口を開いた。

「みんな、後ろ」

振り返り、全身が硬直した。

屈強な躰格の三人組に、取り囲まれていた。マスクを着け、キャップを目深に被っている。

「カツアゲなら、他当たってくれるか」

伯爵が手をひらつかせた。男達は無反応だが、少女の怯えが、明らかに増している。

「用があんのは、この子みたいですね」

「ヤバい取引現場でも、目撃してしもたか」

李とセンセーが落ち着いた声で口々に言った。椎名は震える太腿を拳で強く叩いた。

「まあ、行こか」

伯爵が顎をしゃくり、その場を立ち去ろうと一歩踏み出す。

「え？　伯爵さん？」

椎名は思わず呼び止めた。伯爵が足を止め、きょとんとした顔で振り返る。

「何ィ？」

「えっと、何というか」

「なんや。助けろってか。事情も分からんのに？　赤の他人やぞ」

絶句した。なんて薄情なのだ。あんなに格好良いヤオの仲間とは、顔役とは思えない。

「あー、そういう訳でお兄さん達、俺らは消えるから。別に、警察に駆け込んだりもせえへん。

面倒事はこっちもごめんや」

伯爵が両手を軽く掲げ、ニューエラを被った男と黒キャップを被った男の間を通ろうとした。

突然、ニューエラの男が伯爵に殴り掛かった。上躰を反らし、拳を避ける。すかさず放った右フックが、ニューエラの顎先を掠めた。

ニューエラが大きくバランスを崩し、足をもつれさせた。伯爵が追撃するよりも速く、躰勢を立て直し、右足で踏み込んで正拳を放つ。

伯爵の顔面に、突きがヒットした。同時に伯爵が、カウンターの拳をニューエラのボディに叩き付けていた。ニューエラがくぐもった呻《くもん》き声を洩らす。

伯爵がバックステップで退がった。苦悶の表情を浮かべ、拳を見舞われた顔面を擦《さす》る。

「あかん、あいつ話通じひんわ」

「オモロなってきましたね」

李が嬉々とした声で叫ぶ。

「俺はニューエラをやる。李は黒キャップを、センセーはアディダスをやれ」

「ええ、マジですか」

センセーが憂鬱そうに顔を伏せた。

「俺か李がすぐ終わらせて合流するから、それまで耐えェ。この前、ヤオにスパーリングしてもろたんやろ」

「その結果、やっぱお前は頭脳担当やということで、落ち着いたんですよ」

「センセー。骨は拾いますわ」

李の半笑いの言葉に、センセーが嘆息する。

「椎名は、危ないから退がっとき」

李が小声で言った。悔しい。だが、言われるがまま、後ろに退がっていた。

「椎名。さっきのは冗談や。最初から、闘う気満々やったからな」

伯爵が間延びした声で言った。どう考えても嘘だが、つい笑ってしまった。伯爵の憎めないキャラのお陰か、あるいは恐怖で感覚が麻痺《まひ》しているからか。

突然、両肩に触れられた。心臓が跳ね上がり、情けない声が洩れる。

少女だった。椎名の躰を盾にして、身を縮こまらせている。烈しく、震えていた。

不思議と、少女の震えが伝わるにつれ、鼓動は落ち着きを取り戻していった。

「大丈夫やから」

無責任に言い、頷き掛けた。潤んだ瞳のまま、少女が小刻みに何度も頷く。

視線を前にやった。李が背中に隠している右手には、小さな刃物が握られている。

肚の底から、恐怖が込み上げてきた。

男達が、一斉に踏み込んだ。拳が飛び交い、刃が街灯の光を弾く。

叫び声がした。李と対峙《たいじ》した黒キャップが、流血した腕を押さえている。

その奥では、センセーがアディダスに馬乗りにされている。拳の乱打が、両腕のガードの隙間を縫って、顔面に叩き込まれている。すぐに、センセーの躰は動かなくなった。

アディダスが立ち上がり、背後から李の脇腹に横蹴りを放った。勢い良く地面を転がる。

李が怒声を上げ、立ち上がった。アディダスと黒キャップが、前後から挟み撃ちで迫る。

縦横無尽に、刃が走った。二人の躰から、浅く血が噴き出す。

アディダスが中段蹴りを放ち、李の手から刃物が弾《はじ》き飛ばされた。そのまま李の腕を絡め取り、顔面に肘打ちを叩き込む。

李が苦悶の声を洩らし、不安定な躰勢で蹴りを放った。空振りだ。がら空きになった股間に、背後から黒キャップの蹴りが炸裂《さくれつ》する。

股間を押さえ、受け身も取らずに崩れ落ちた。掠れた声で喘《あえ》ぎ、悶える。

黒キャップとアディダスが、一呼吸置いたあと、静かに椎名の方を見つめてきた。

椎名は荒々しく息を吸い込んだ。脇汗が止まらない。買い物袋を持ったまま両手をゆっくりと上げ、胸の前で拳を握って、ファイティングポーズを取る。腰が抜けそうだ。

「おらおらおら！」

怒号がした。目をやると、伯爵が何度もニューエラの男に頭突きを浴びせていた。帽子のつばが、無惨に折れ曲がっている。

アディダスが椎名と伯爵を交互に見たあと、躰の向きを変え、伯爵の方へと走り寄った。伯爵が頭突きをやめてニューエラを突き飛ばし、アディダスの方を振り返る。顔が血で赤く濡《ぬ》れている。目がぎらつき、口角が吊り上がっていた。

だが、椎名にはもはや、それ以上そちらの戦況を気にする余裕はない。黒キャップが肩を怒らせ、ゆっくりとこちらに歩いてきている。

掌《てのひら》が汗ばむ。大声で叫び、両手に提げた黄色い買い物袋を投げ付けた。さも鬱陶しそうに、手で払い除《の》けられた。

その隙を突いて、顔面に殴り掛かった。あっさりと、狙いを外された。拳が空を切り、たたらを踏む。

味わったことのない強烈な痛みが、躰を貫いた。膝蹴りが鳩尾にめり込み、地面に投げ出される。呼吸ができない。酸素を求めた肺が、他の内臓を蹴り立てる。

椎名を一顧だにせず、黒キャップが少女へと近付いていく。

視界が反転し、ぼやけた。口中に、胃液の味が広がる。血の味もする。腹が熱く、烈しく痛い。最悪だ。だが、このままのびていれば、もうやられずに済む。

その発想こそ、最悪だ。

深く考えるよりも先に、立ち上がり、駆け出していた。足音に気付き、黒キャップが振り返る。拳を握り締めるのが見えた。

上躰を低くし、左脚に飛び付いた。短パンで剝き出しのふくらはぎに嚙み付く。くぐもった悲鳴が、上から聞こえてきた。

右脚で、ボディを執拗《しつよう》に蹴り付けられた。激痛が走り、涙と鼻水が溢れてくる。歯を食いしばった。皮膚を嚙み切る感触がした。黒キャップの悲鳴が聞こえ、キャップの悲鳴が聞こえ、口の中に血が流れ込んできた。錆《さ》びた鉄の味に、吐き気が込み上げる。黒こめかみを蹴られ、堪え切れず吹き飛んだ。衝撃で、頭痛と眩暈がした。視界が真っ白になる。

黒キャップの姿が、ぼんやりと見えた。躰を折り曲げ、ふくらはぎを擦っている。

次の瞬間、飛び出してきた影が黒キャップに躰当たりし、地面に組み敷いた。

「ナイス、椎名！」

李だ。刃物を逆手に持ち、何度も振り下ろす。血が迸《ほとばし》り、悲鳴が谺した。

椎名は四つん這いの姿勢で、呆然とその背を見つめた。

「椎名、行こ。あとは任せて、逃げよ」

いつの間にか、汗だくのセンセーが脇に立っていた。前歯が折れている。

「撤収、撤収！　撤収や！」

伯爵が血塗《ちまみ》れの顔を拭いもせず、常軌を逸したほど陽気な声で叫びながら歩いてきた。普段からは想像できないほど異様なハイテンションだ。奪い取ったアディダスの帽子を被っている。瞳が潤み、股間が怒張していた。疲れや危機に直面すると、性的昂奮がなくとも生存本能で勃起することがあると、何かで読んだ記憶がある。

李が立ち上がった。慣れた手つきで刃物をひらつかせ、ポケットに仕舞う。

椎名は深々と息を吸い込み、ゆっくりと立ち上がった。全身が痛い。目の前では三人の男達が血を流し、弱々しく呻きながら倒れている。眩暈がした。頭がぼうっとする。あまりにも、非現実的な時間だった。

遠くから、騒ぎ声が聞こえてきた。酔った若者の一団らしい。徐々にではあるが、声が近付いてきている。倒れていた男達も、声に気付いたらしい。真っ暗な路地裏に身を潜めようと、苦悶の声を洩らしながら地面を這いずり始めた。

椎名は少女の方を見やった。心なしか、少しだけ目に輝きが戻っているような気がする。

「あの子、どうします？　警察に駆け込まれたら、面倒ですよ。傷害、銃刀法違反の目撃者や。ワンチャン、殺人未遂？」

センセーが苛立たし気に言った。折れた前歯が痛むのだろう。

「かと言って、どうせえっちゅうねん」

落ち着きを取り戻した伯爵が舌打ちすると、少女が小走りで近寄ってきた。

椎名の前で立ち止まり、シャツの裾をぎゅっと握る。潤んだ眼差しで見つめられた。綺麗な茶色の瞳だ。椎名には、ヤオと初めて会ったラウンジで接したような、華やかで色香を湛《たた》えた大人の女性への免疫はない。だが、同世代の女子と見つめ合う程度なら、どぎまぎすることもない。

ただ、少女の顔を凝視するうち、心臓が大きく跳ね上がった。

「グリ下で、会うたやんな」

思わず、大きな声を出していた。少女がこくりと頷く。ブルーノ・マーズの曲で、一緒に踊った子だ。

「なんや、知り合いか」

「一応、はい」

乗り気ではない伯爵の心を動かすために、力強い声で続けた。

「グリ下の、仲間です」

ついさっきまで忘れていたくせに、声に出してみた途端、鼻の奥が微かにツンとした。本当に大切な存在なのだという錯覚に見舞われた。

少女は椎名のシャツを固く握り締め、一向に離す気配はない。騒いでいる若者の声は、すぐそこまで近付いている。

「伯爵さん」

名前だけを呼び、無言で顔を見上げた。

「ヤオの判断を仰ぐ。一旦な」

億劫そうに、ため息を吐いた。

14

椎名は少女にシャツの裾を摑まれたまま、ＢＡＢＹに戻った。少女はＢＡＢＹに連れ帰っても、一言も口を利かなかった。ミスタのタトゥーだらけの顔を見て目を丸くした以外、大きな反応はない。何を訊いても、顔を伏せて固まってしまう。

「グリ下で会うたときは、普通に喋ったんですけどね。内気っぽい感じではありましたけど」

「なんとか、喋らせェ」

ヤオの命令であれこれ尋ねたが、結局何一つ聞き出せなかった。強固な沈黙だ。

「お手上げやな」

ヤオが両手の掌を上に向け、肩を竦めた。

「制服で学校も分かるやろうし、いっそのこと、警察を呼びましょうか」

ミスタが言った瞬間、初めて少女が首を大きく横に振った。

「警察沙汰は嫌か。ここにいたいんか」

伯爵の問いに、微かに頷いた。

ヤオが辟易したように顎をしゃくる。少女はひとまず、カウンターの端に坐らされた。マスターがオレンジジュースをカウンターに置いたが、手を伸ばそうとはしない。

「カップ焼きそば頼んだだけやのに、えらいけったいなもん拾ってきたな」

何処となく棘《とげ》のあるヤオの呟きに、肩身が狭くなった。

「ああ、てか、俺の焼きそばは？」

「すみません。俺が相手に投げ付けたせいで」

「なんや、椎名か。なら、ええわ」

苛立ちを覚えた。一人前扱いされていない。

「椎名、大活躍やったんすから。ＭＶＰは伯爵さん、次点で椎名っす」

李が嬉々とした表情で、椎名の激闘ぶりを解説し、褒め称《たた》えてくれた。

「ホンマか、凄いやん。殴り合いの喧嘩なんか、したことないやろ」

ヤオが表情を和らげて言った。

「小学生のとき以来です。めっちゃ、怖かったです。噛み付きとか、ダサいですけど」

「ルール無用が喧嘩のルールや。ようやった」

満面の笑みで、親指を突き立てられた。

「ありがとうございます」

表情がだらしなく緩んだ。熱く烈しい感情が込み上げ、小さく躰が震える。

「俺みたいなんは、勇気とは呼ばんからな」

「いや、伯爵さん、ホンマ凄かったです」

「違うねん。ただ、昂奮してただけやねん」

「昂奮、ですか」

「そう。ヘマトフィリアいうてな、人間の血ィ見たら、性的昂奮を覚えて、勃起すんねん。どうや、引いたやろ」

伯爵が歯を剝き出しにして笑った。

「いや、全然、そんな」

言い淀《よど》んだ。正直、ドン引きした。

「まあ、焼きそばは椎名の頑張りに免じて許すとして、結局どうしよか、あの子」

「父親がヤクザで、嫌になって家出したら、組員が捜しにきたとかっすかね」

李が小首を傾げながら言った。

「極道のガキは、もっとツンケンしてるやろ。いや、これも偏見か」

ヤオがため息を吐く。

「ヤバい取引現場を目撃したとか、ヤバい連中の秘密を知ってもうたとかで、命を狙われてるパターン。あるいは――」

ヤオが口を噤み、少女の全身に視線を滑らせた。

「なんにせよ、追手《おって》の連中はガチですよ。ナイフで刺して、その血ィ見せつけたりましたけど、平然としてました。大概の奴は、そこでビビるのに」

李が布で刃物を丹念に拭う。刃先に浮かぶ白い脂は、一向に取れない。柄の部分に貼られたシールに気付き、違和感を覚えた。日本国旗のシールだった。

「まあ、お前らの大立ち回りの目撃者でもあるからなあ。このまま警察に引き渡して、べらべら喋られたら面倒やろ」

「警察に引き渡さんでも、店の外に追い出したらええ」

伯爵が冷たい声で言った。ぞっとするほど無関心な声だ。

「それで今度こそ追手の連中に捕まってみい。この店に、報復に来よるぞ。ここに連れてきてもうた時点で、手遅れやねん」

ヤオが耳たぶを引っ張りながら言った。

「すまん」

伯爵が肩を落として項垂《うなだ》れる。

「本人の同意があっても、未成年の誘拐は、三ヶ月以上七年以下の懲役です。一応やけど」

「センセーはまたそうやって、水を差す」

李の言葉に、センセーがしょげ返る。

「でも、リスキーやなとは、俺も思います」

ミスタが怜悧《れいり》な顔で言った。途端に、李が「確かに」と呟く。

「未成年の失踪でしょう。捜索願が出されれば、警察は動きますよ」

「まあな。おい、スマホ、持ってたら出してくれ」

ヤオが少女に向かって手を差し出した。

「警察なら、携帯会社を通じて位置情報を特定できる。電源切って、預かるわ」

少女は手ぶらだ。持っているとしたら、セーラー服のポケットの中だろう。

「持ってへんのか」

一呼吸置いてから、少女がぎこちなく頷いた。椎名でさえ、嘘だと分かる反応だった。

「もうええ。誰か、一一〇番せえ。面倒事はごめんや」

ヤオが冷たく言い放つ。

「待って。待って、ください」

少女がか細い声で言った。スカートのポケットをまさぐり、黒のスマートフォンを取り出して、カウンターの上に置いた。

ヤオが大股で近付いていった。スマートフォンを手に取り、店内の明かりにかざす。ディスプレイも背面も粉々に砕け、半分ほど欠けたSDカードが露出している。

「電源、点かんな」

「その状態は流石に、本体もデータも死んでるでしょ」

センセーが言うと、ヤオが少女にスマートフォンを返した。おずおずとした手つきで受け取り、ポケットに仕舞う。

「自分が壊したんか。なんでや。そもそも、自分のスマホか、それ」

ヤオが矢継ぎ早に尋ねたが、少女は俯いて答えなかった。微かに舌打ちし、ヤオが無愛想な顔で戻ってきた。椎名と目が合った途端、肩を竦めて柔和な笑みを浮かべる。

「悪い奴らの正体と秘密が詰まってたかもしれんのに、残念や」

ヤオがソファに腰を下ろし、悠然と脚を組む。もしスマートフォンが生きていたら、悪い奴らの正体と秘密を知って、どうするつもりだったのだろうか。

沈黙が流れた。空気が停滞する。

椎名は背筋を伸ばし、口の渇きに抗《あらが》って言った。

「ヤオさん、お願いします。あの子は、グリ下の仲間なんです」

値踏みするような視線で見据えられた。

「助けたいんか」

ヤオの目を見つめたまま、頷いてみせる。

「はい。助けたいです」

頭を下げた。ヤオのため息が聞こえてきた。

「とりあえず、事情が分かるまで、匿《かくま》ったろ」

「ありがとうございます！」

顔を上げて礼を述べる。

「いいんですか」

タトゥーだらけのミスタの顔に、憂慮の色が浮かぶ。

「今日は正義の味方ごっこデーや。椎名の前で、ええ格好もしたいしな」

ヤオがウインクしてきた。冗談でも、嬉しい。ヤオは少女の抱える秘密に、何かしら金の匂いを嗅ぎ付けているのかもしれない。利用価値があると踏んで、少女を匿うことを決めた。仮にそうだとして、それが何か問題だろうか。ヤオや顔役が根っからの正義の味方ではないことくらい、分かっている。それでも言葉の通り、利益と引き換えに正義の味方ごっこをしてくれる。それって、充分凄いことじゃないのか。この時代、この国に、そんな大人が果たしてどれだけいるというのか。

それに、椎名の前でええ格好をしたいという気持ちは、強《あな》ち冗談ではない気がする。目の前の少女を助けたいという純粋な動機だって、きっとあるはずだ。ないはずがない。そこまで、冷酷で薄情な人達ではない。

「事情が見えてきて、俺らの手には負えんとなったら、そのときまた考えたらええ」

それ以上、異を唱える者はなかった。

「そうと決まったら、椎名。名前だけでも聞き出して来い。ずっと『あの子』じゃ困る」

ヤオに命じられ、少女の席へと近付いた。

「隣、ええかな」

努めて、明るい声で言った。反応はない。

独り言ち、右隣の席に腰を下ろした。少女が目だけ動かし、見つめてきた。

「坐っちゃお」

「しばらく、ここにいていいって」

「ありがとう、ございます」

消え入りそうな声が言った。途端に、大粒の涙がこぼれ始めた。

「うわ、え、ちょ」

驚き、しどろもどろになっていると、マスターがそっとティッシュ箱を差し出した。少女がティッシュで目許を拭い、洟《はな》をかむ。

「まあ、泣きたいときは、泣いたらええよ。落ち着いたら、名前だけでも教えてや」

ヤオのように余裕のある態度を意識して、微笑んだ。少女がカウンターに突っ伏し、嗚咽《おえつ》する。すぐに、慟哭《どうこく》に変わった。静まり返った店内に、少女の泣く声だけが響き渡る。

むっちゃ、子供やん。内心で苦笑した。

自分が最後にこんな風に泣いたのは、一体いつだろうか。インターハイの開催が中止になったときも、ウインターカップ予選が不戦敗に終わったときも、父親の会社が潰れて退部を決めたときも、他の部員が大して引き止めてくれなかったときも、彼女に振られたときも、こんな風には、泣かなかった。

五年前の母親の葬儀が、最後だ。驚くほど小さい遺骨を目にし、恐怖と悲痛のあまり、大声で叫びながら泣いてしまった。あれ以来、涙ぐむことはあっても、泣いたことはない。泣くと、何かに負けた気がするからだ。大声で泣ける少女が、心底羨ましい。

「リン」

唐突に、震える声が言った。椎名が理解するまで、洟を啜りながら、人差し指でカウンターに何度も文字を書く。

「ああ、名前ね。凜《りん》ちゃん。ええ名前やん」

背中を擦ってやろうと、左手を伸ばした。気障ったらしくて、照れ臭い。

結局、空気を撫でてから引っ込めた。何の前触れもなく、涙が込み上げてきた。

グリ下に来ていたこの子は、一体何に苦しめられてきたのか。どうして、物騒な連中に追われていたのか。具体的な背景は、何一つ分からない。真に迫った感情移入など、できるはずがない。

にも拘《かか》わらず、心が揺さぶられた。

手で口許を覆い、必死に涙を堪える。凜の声が響き、胸の奥が鋭く痛んだ。

椎名には、衝き上げてくる激情の正体が、分からなかった。

15

「こんばんは」

ＢＡＢＹに足を踏み入れ、さり気なく店内を見渡したつもりだったが、李が口許に悪戯っぽい笑みを浮かべた。

「残念、椎名。凜はおらんで」

「え？　あ、そうなんですね。へえ」

耳たぶが熱くなるのが自分でも分かった。

「昨日、椎名が帰ったあと、流石にこのままここに寝泊まりさせんのはしんどいやろ、いう話になってな。伯爵さんの彼女さんのマンションに泊めることにした」

「住所教えたるから、後で会いに行ったれ」

ヤオが手招きしながら言った。

「いやまあ、別に」

「凜が心許してるお前が行ったった方が、琴音《ことね》も――伯爵の彼女も楽やねん」

「なかなか、苦戦してるらしいですからね」

ミスタが苦い微笑を浮かべた。

「了解です。分かりました」

ヤオの隣のソファに腰を下ろした。間もなく、ハイボールが出てきた。

「ニッカのフロム・ザ・バレル。ソーダ割りでも、ごっつ旨い」

旨くはないが、確かに、滑らかな甘みの上質さは、椎名でも感じ取ることができた。

他愛もない話が途切れた頃合いを見計らって、口を開く。

「あの、こんな俺を拾ってもらって、ホンマ感謝してます。いつもいつも、こんな美味しいお酒とかご飯、ご馳走してもらって」

「なんや、最終回か」

李が茶化すように言ったが、ヤオが軽く睨むと、頭を垂れて押し黙った。

「それであのこれ、全然足りないですけど」

封筒を差し出した。必死に貯めてきた全財産の十万円だ。ヤオが受け取り、中を覗く。

「気にしてたんか、奢られること」

椎名は曖昧に頷いた。出会って日の浅い自分に対して、父親なんかよりよっぽど気前よく奢ってくれる。だが、何一つ顔役に貢献はできていないし、そこまでしてもらえるほど濃い関係性を築けている自信もない。本当は内心鬱陶しがられているのではないかという不安は、どうしても拭い切れていない。

「あのな、気にせんでええねん。俺らは、椎名を呼んだらオモロいから呼んでんねん。その時間の見返りとして、酒とか飯代を出してる訳や。こいつらなんか、ご馳走様でしたも言わんと、平気で毎回奢られとる」

李とミスタが顔を見合わせて笑った。

「仲間やろ。無粋な真似、すな。仕舞っとけ」

ヤオが封筒を胸に押し付けてきた。そのまま、軽く胸許を拳で叩かれた。どんな言葉よりも真っ直ぐ、胸の底まで心地好く響いた。

「ありがとうございます」

「泣くなって、椎名」

「いや、泣いてないでしょ」

語気強く突っ込むと、李が喉の奥で笑った。一気に、和やかな雰囲気になった。

「ありがとうございます」

誰にも聞こえない声で、もう一度呟いた。


「なあ、椎名。さっきの話やけど」

店内が烟で満ち、酔いも回ってきた頃、ヤオが口を開いた。

「奢られる云々の話、ホンマに気にせんでええねん。でもまあ、そう言うたかて気にしてまうもんはしてまう、いう気持ちは分かる」

「はい。そう、ですね。やっぱり」

「だからさ、椎名も俺らのために働いてみいひんか。俺らの役に立ってるって実感できれば、気兼ねなく今後も来れるやろ。それにちゃんとバイト代は渡すから、一石二鳥やし」

「バイト、ですか」

「そうそう。やるか」

曖昧な不安が絡み付いてきた。鼓動が早鐘を打ち始める。

「このあと凜に会いに行く前に、やって欲しい。何軒か住所教えるから、客にこれ渡して欲しいねん」

白い封筒を五つ差し出された。

「これって、あの、中身とかは」

上擦った声で尋ねる。目を見開いたヤオが、真顔で見つめ返してきた。

「中身は――」

鼻先が触れるほど顔を近付けられ、肩に手を置かれた。力が込められている。

生唾を飲んだ。唾が喉に張り付いて痛い。たっぷりと間を置いてから、ヤオが口を開いた。

「勃起薬や」

しばらく、呆然とヤオの顔を見つめた。

「勃起薬？」

ようやく、言葉が口を衝いた。

「そうそう、勃起薬。あそこが勃《た》たんフニャチン達の救世主や」

思わず声を立てて笑い、自分の笑い声の大きさにびっくりした。固めていた覚悟が行き場を失い、笑いに転化しているらしい。

「ただし、未認可の勃起薬でな。違法は違法やねん。その代わり、ごっつい強力。だから、丸っきりクリーンな仕事とは言われへん」

「なるほど」

未認可。違法。途端に、リアルな恐怖が押し寄せてきた。

「まあ、そない難しく考えんでもええ。酒も煙草も、未成年やったら違法やぞ」

「そう、ですよね」

「やってもらっても、ええか」

嫌だ、怖い。でもヤオは、椎名の意思を尊重して、凜を匿ってくれた。リスクを承知の上で。

それなのに、自分はヤオのためにほんの僅かなリスクを冒すことさえ、拒否するのか。

断る選択肢はない。断れる訳がない。

「やります」

封筒を受け取ると、手の震えで封筒がカサカサと音を立てた。

「バイト代や。凜に何か買うて行ったれ」

差し出された手には、無造作に三万円が握られていた。不安がすっと軽くなった。

16

涼しい夜気に当たると些か酔いも醒め、緊張と足の震えは強まっていった。だが、受け渡しは拍子抜けするほどスムーズに終わった。

指定された場所に赴き、薬の入った封筒を渡す。皆、常連客で代金は前払いしているとのことで、本当に封筒を渡すだけだった。

「またのご利用、お待ちしております」

五人目に渡すときには、そんな軽口を叩く余裕と高揚感さえあったが、客の若い男は暗い一瞥《いちべつ》をくれただけだった。

完了のＬＩＮＥをヤオに送り、閉店間際のケーキ屋でケーキを三つ購入した。教えられたマンションへと、足早に向かう。

現代的でスマートな外観だった。エントランスに入り、インターフォンに部屋番号を入力して、呼出ボタンを押す。

――はあい。

「あ、はじめまして。椎名です」

――ああ、はいはーい。ちょう待ってね。

間もなく、ドアが開いた。五〇二号室へとエレベーターで向かう。呼吸を整えてから、部屋のインターフォンを押した。

ドアが開き、金髪の女が笑顔を覗かせた。

「ちゃお！」

白ギャルの甘い香りに、立ち眩《くら》みがした。臍《へそ》と生脚が露出した大胆なパジャマ姿に、目が泳ぐ。

「さあさあ、入って」

若干前屈《まえかが》みになりながら、室内へと入る。

「凜ちゃん。椎名君、来たよ」

廊下を抜けてリビングに入ると、凜がソファに坐り、テレビを視聴していた。

顔をこちらに向け、ぼんやりとした表情で見つめてくる。

「もうちょいでご飯できるから、凜ちゃんの相手してて。あ、お土産？　ありがとー」

潑溂《はつらつ》と言い、キッチンへ向かう。家庭的なカレーの香りが漂っている。懐かしい。

密着し過ぎず、離れ過ぎず、二人掛けソファの適度な距離で、凜の隣に腰を下ろした。

「オモロいか、ニュースなんか観て」

前首相の公職選挙法違反の疑いが不起訴で終わったのはおかしいと、検察審査会とやらが発表したらしい。どうでもいいニュースだ。

「テレビ観たことないんか。昭和初期か」

「あんまり、ないです」

言葉に詰まった。

「そっか。じゃあ、オモロいかも」

「椎名君、ちょっと手伝ってえ」

素早く立ち上がり、キッチンに向かう。指示されるがまま、炊飯器から器にご飯を装《よそ》い、福神漬けの封を切り、サラダを盛り付ける。

「あの子、ずっと無言で頷いたり首振ったり、指差したりでさ。あんなすんなり喋るなんて、びっくりしたわ」

囁くような声で言われた。

「俺――僕にだけは、喋ってくれたんですよ。単語、単語ですけど」

「こうちゃんに頼まれたから面倒は見るけど、正直どないしよかなって思ってたから。ずっとしんどそうやし。ご飯も最初は、なかなか手ェ付けへんかったんよ」

「こうちゃんっていうのは――」

「ああ。伯爵、やっけ。ウチにとっては、こうちゃんやから」

「へえ。なんか、いいですね」

琴音がそれまでとは違う、恥じらいを含んだ笑みを浮かべた。

「食べよっか。お腹空《なか》いた」

食器を卓上に並べる。凛がテレビから離れてやってきた。椎名の右隣に、腰を下ろす。

「いただきまーす」

両手を合わせ、向かいの琴音と声を揃えて言った。いただきます、と言ってから食事をするのは、数ヶ月ぶりだ。家庭的なカレーライスを口にするのは、いつ以来だろうか。

「椎名君、ちゃんとサラダも食べや」

「あ、はい。普段は食わないですけど」

「草吸うくせに、草食うのは嫌なんや」

面白い冗談を言ったように笑う。よく分からなかったが、愛想笑いをしておいた。

横目で凛を窺《うかが》うと、黙々と食べ進めていた。口許がほんの僅かに綻んでいる。

椎名は琴音と視線を交わし、微笑み合った。

「ご馳走様。ちょっと下のコンビニ行ってくるから、洗い物よろしく」

明るい声で言われた。

「あ、はい、分かりました」

「ごめん、食洗機ないけど」

「全然、大丈夫です。洗い物、慣れてますから」

「お願いね」

琴音が片手を上げ、部屋を出て行った。食器類を重ね、キッチンに運ぶ。

「手伝います」

凛が呟き、立ち上がった。

「マジで。ありがとう。じゃあ洗っていくから、拭いてって」

凛が頷き、隣にやってきた。洗剤を染み込ませたスポンジで皿を洗い、水で濯《すす》ぐ。軽く水を切ってから、皿を渡した。ぎこちない手つきで拭き、ラックに置く。

互いに無言のまま、洗い物を進めた。蛇口から流れ出る水の音が、やたらと大きく響く。

「せや、タメ口でええよ。グリ下で会うたときは、タメ口やったやん」

凛が頷き、はにかんだ。悪戯っぽい笑みだった。

「分かった。でも、しばらくウチのこと、思い出さんかったやんね」

「ごめん、それどころちゃうかったから」

「ウチは、すぐ分かったよ。びっくりした。ウチを捜して、助けに来てくれたんかなって。そんなはずないのに、でも、そう思っちゃった」

語尾が掠れた。目が微かに潤んでいる。

「グリ下で踊ったの、楽しかったな。椎名君はそこまでちゃうかったかもしれんけど、ウチは十五年生きてきて、あのときが一番楽しかった」

「そう、なんや」

どうにか困惑を隠そうとしたが、うまくいかなかった。正直、あの夜の印象は、ヤオ達との初対面が大半を占めている。グリ下でいつものようにくだらないことで盛り上がったのは楽しかったが、十六年の人生のベストテンにはランクインしない。

「椎名君と踊って、恥ずかしかったけどドキドキしたし、そのあとみんなでわちゃわちゃ踊りまくったんも、すっごい楽しかった。初めて、あんなに笑ったもん。青春って、こんな感じなんかなって。普通の人生って、こんな風なんかなって」

凛が俯いたまま、頬を綻ばせる。

グリ下で出会った奴らの中には、椎名よりも過酷なバックグラウンドを抱える者も少なくなかった。だが、不幸にはベクトルがある。他のみんなより自分の不幸の方がマシだとは、どうしても思えなかった。

でも、凛は違う。椎名にとっては楽しい思い出の一つにしか過ぎない夜が、凛にとっては宝物らしい。椎名にとって、グリ下は奪われた青春の代替品だったのかもしれない。だが凛にとっては、初めて手に入れた青春だったのだ。椎名は病禍のせいで青春を奪われたが、それでも凛よりは幸せな人生を送ってきたのだと、突き付けられた気分だ。そのことを憐《あわ》れみ、同時に安堵している自分が、心底嫌になった。

「俺も、楽しかったよ」

「ホンマに？　やった、よかった」

凛が無邪気な声で言い、双眸《そうぼう》を輝かせる。罪悪感に似た胸の痛みに襲われた。

「凛は、家族とかは？」

「おらん、かな」

「そうなんや」

実在しないのか比喩的な意味なのかは、読み取れなかった。親から虐待を受けているのか、愛する両親が死んで親戚の家をたらい回しにされているのか。様々な可能性が浮かぶ。

「グリ下に来たのは、何がきっかけで？　やっぱ、ネットで知った？」

「テレビのニュースで。スマホは持ってへんし、パソコンもあんま触れる環境ちゃうから」

「そうなんや」

「うん。でも、ホンマ居心地よかったな。だから昨日も、グリ下に行きたいと思って。誰もおらんくて、離れたけど。そしたら、椎名君達と――」

凛が首筋を擦り、口を噤んだ。追手の男達を思い出したのだろう。

「今まで、何があったん？」

凛が困ったように笑った。喋りたくないという固い意志を感じた。

「まあ、全然無理には」

「ごめん」

中学生のときに観た映画を思い出した。麻薬密売組織を裏で牛耳る刑事に家族を惨殺されたショートカットの可愛い少女が、中年の殺し屋と出会い、共に暮らす物語だ。凛は、同じような境遇なのではないか。残酷でロマンティックな妄想に、束の間浸った。

「慣れてるね。ようやるん、洗い物」

「え？　ああ、うん。家でずっとやってきたから。母親が死んじゃって、父親と弟と三人暮らしでさ。父親が働いてて忙しいから、その分俺が家事とかも結構やってたし。まあ父親が馘《くび》になったせいで、家事プラス働かされる羽目にもなったけど。クソやわ」

肩を竦め、自虐的に笑った。凛と目が合う。唇が動き、何か言おうとするのが、スローモーションのように捉えられる。

予感に襲われた。

ボールを放った瞬間、リングに吸い込まれると分かったときの、あの感覚だ。

「頑張ってて、偉いね」

穏やかな声だった。途端に、鼻の奥が熱くなった。

「せやねん、頑張ってるやろ」

お道化《どけ》たつもりが、声が掠れてしまった。言葉が続かなかった。

父親に謝って欲しかった訳じゃない。教師やクラスメイトに同情して欲しかった訳じゃない。ただ、誰かに褒めて欲しかった。労《ねぎら》って欲しかった。それだけだったのだ。

微かに眉を顰め、涙の衝動を堪える。凛の瞳を見据えた。強い眼差しが見つめ返してきた。

胸が、高鳴った。

「ただいまー」

勢い良く、部屋のドアが開いた。慌てて、視線をそちらに向ける。

「おかえりなさい」

琴音が何やら言い、レジ袋の中身をテーブルの上に広げる。酒と肴《さかな》だ。

「甘いものも買おうと思ってんけど、椎名君がケーキ買ってきてくれたん思い出して」

軽快な足取りで冷蔵庫に近付き、ケーキの箱を取り出す。

「残りは後で、ケーキの皿と一緒に洗お」

中断し、凛と共にテーブルに戻る。急に、凛の顔を見られなくなった。

「じゃじゃーん。お、美味しそう。高そう」

高かった。一つ七百円以上した。そんな値段のケーキなど、食べたことがない。

「ショートケーキ、チョコケーキ、これは何や、桃か。いいね。凛ちゃんは——」

顔を上げた琴音が、口を半開きにして固まった。つられて、凛を横目で見やる。

大きくつぶらな瞳から、涙の粒がこぼれ落ちていた。

「どうしたん、凛ちゃん？」

眉間と鼻の付け根に皺を寄せ、洟を啜り始めた。

「ごめんなさい。誕生日ケーキ、初めてで」

「え？　今日、誕生日なん？」

「昨日、です」

凛が呟いた。

「そっか。誕生日やったんか」

小さく頷き、涙を拭う。

「好きなん、選び。ベタにショートケーキがいい？　うん、やっぱそうやんね。あ、どうしよ、蠟燭《ろうそく》ないわ。でも、やりたいやんなあ。ないかな、ちょっと見てこよ」

口早に言い、慌ただしくキッチンに向かう。努めて明るく振る舞ってくれているのだと、伝わってくる。

椎名は瀟洒《しょうしゃ》な皿の上にケーキを取り分けた。凜の前に、ショートケーキを置いてやる。手の甲で何度も目許を拭い、洟を啜る。ようやく、泣き止《や》んだ。きめ細かな小麦色の頬に、涙の跡が残っている。盗み見ているうち、胸が締め付けられた。

「ごめん、これしかない。ま、ないよりは」

琴音が頭を掻いて笑い、象のイラストが描かれたマッチ箱をテーブルの上に置いた。

マッチ箱を手に取り、一本取り出す。三回擦って、ようやく火が点いた。独特の刺激臭が鼻を衝く。

「ほら、擦ってあげ」

琴音が「ハッピー・バースデー・トゥー・ユー」と口ずさみ始める。凜が熱心に揺らめく火を見つめる。口許が、綻び始めた。

「ハッピー・バースデー・ディア、凜ちゃん」

歌を切り、目で促してきた。軽く頷き、続きを引き取る。

「ハッピー・バースデー・トゥ・ユー。誕生日、おめでとう」

凜の目を見つめ、笑顔で頷き掛けた。凜がゆっくりと瞬《まばた》きをしてから、身を乗り出す。勢いよくマッチに息を吹き掛け、火を消した。吐息の感触が肌に伝わる。

琴音が拍手した。椎名はもう一度、口を開いた。

「おめでとう」

凜が涙を瞳いっぱいに溜め、真っ白な前歯を覗かせた。

「ありがとう」

思いがけず、明るい声だった。頬に赤みが差し、生気の漲《みなぎ》った笑みを浮かべている。マッチの烟が断末魔の蛇のようにうねり、凜の笑顔の前を漂った。

17

「聞いたで。凜に懐かれてるらしいな」

伯爵が白い烟を吐き出して言った。

「いやまあ、懐かれてると言いますか」

だらしなく頬を緩めた。一緒に誕生日ケーキを食べて以来、琴音に乞われて何度か凜に会いに行っている。

いつの間にか、呼び名は「凜」「カズくん」に変わっていた。両親以外の者に下の名前で呼ばれるのは、生まれて初めてだ。

凜は琴音に対しても、ある程度心を開き始めたらしい。だが、グリ下に来ていたという事実と、おっかない男達に追われていたという事実、そして何より時折生気を失ったような顔で俯いているのを見ると、まだ椎名が触れられない心の傷の存在を感じてしまう。

差し出された手巻き煙草を受け取り、火を吸い付けた。枯れ草を燃やしたような匂いが漂った。頭の芯が鋭く冴《さ》え渡る。

「あの、ヤオさん。結局、凜を捕まえようとしてた奴らの正体って」

「さあ、分からん。手掛かりがないからな」

調べた上での発言なのか、調べていないのか。詰問したかったが、しつこく訊くのは、烏滸《おこ》がましい気がした。

「椎名の方こそ、凜からなんか聞いてへんのか」

「いやあ、それについては喋りたくないみたいで」

「そうか」

テレビやネットのニュースで、凜の失踪は報じられていない。家に帰らなければ家族が心配して捜索願を出してくれる、というのが決して当たり前ではないことは、グリ下のみんなの話を聞いて散々思い知った。

「そういえば、今日は李さんいないんですね」

「オリンピックの閉会式、見たいらしいわ」

「へえ、スポーツとか、好きやったんですね」

何となく、意外だ。そういえば、椎名がオリンピックを一度も観なかったのは、人生で初めてだ。せっかくの自国開催だというのに。

「あいつは愛国者やからな」

「なるほど」

「在日やのに、って思うたか」

ヤオに問われ、返答に窮した。

「そんな困った顔せんでええ。俺とかあいつみたいな存在は、アイデンティティの喪失に直面しがちや。日本人として扱われへん自分は何者やと。そこで俺は、国とかいう曖昧なもんは信じんと、自分の目の届く範囲の仲間だけを愛することにした。けどあいつは、逆説的に愛国者になった。国を愛することで、国から愛されたかったんやろう。出会った当初ほど熱烈やないけど、あいつの愛国心は今でも変わらん。自分はミナミの住人、大阪人、すなわち日本人なんやと」

小難しい言葉遣いだが、言わんとしていることは分かった。李が刃物の柄に日本国旗のシールを貼っていた理由にも納得し、またそれを見て違和感を覚えた自らを恥じた。

壺田がつまらなそうな声で口を挟んできた。

「オリンピック、開会式だけ見ましたけど、酷かったですよ。高い税金使《つこ》うて、あれはあかんわ。没になった元案が見たかった」

「税金も納めてへん奴が偉そうに」

「消費税は払ってます」

壺田の抗議を無視し、ヤオが顔を向けてきた。

「椎名。この前はバイト、ありがとうな。助かったわ」

「いえいえ、とんでもないです。最初はちょっと、ビビりましたけど」

「合法か違法か、そんな杓子《しゃくし》定規な考え方で生きる必要ないねん。賢く生きようや。マリファナもそうやな。酒飲んで人殺したり死んだりする奴が後を絶たんのに、酒の広告は街中に溢れとる。一方で、たかがマリファナ如《ごと》きが、シャブやヘロインと同じような扱いされとる。印象論、レッテル貼り以外の何物でもない。事実、酒や煙草の方が大麻より依存性が高くて有害やっちゅう研究データは、探せばいくらでも見つかるしな」

椎名は曖昧に頷いた。マリファナが酒や煙草よりましだとは思えない。

「まあ、俺は酒好きやからかまへんけど、下戸の連中にとって、違法なもんでしかガス抜きできひん現状は、地獄やろ」

ヤオが肩を竦め、ラムネを口に抛った。つられて、何粒か口に運ぶ。

「ちなみに、これにも大麻成分が入っとる」

ヤオがラムネの袋と吸っている煙草を指で指し示した。すっと、首筋が冷たくなった。

「どうや、椎名。冷静に考えてみ？　この煙草が吸いたくて吸いたくて堪らんくなったか。このラムネが食べたくて食べたくて堪らんくなったか。そんなことないやろ。あるから吸おう、あるから食べよう、くらいの感覚やったやろ。これの何処が危険やねん」

顔役のたまり場に顔を出す際には、ほぼ欠かさずこの二つを摂取してリラックスしているが、それ以外の場で思い出して禁断症状に駆られたことは、確かにない。

「酒とか煙草の方がよっぽど、うわあ欲しいって衝動に駆られるわ」

父親を見ていれば、分かる。特に、ここ数ヶ月の酒に溺れる父親を見ていれば。

「政府が推奨してるからってだけで何の躊躇いもなくワクチンを打つような連中が、頭ごなしに大麻を否定してんねやろな。良いとか悪いとか、合法か違法かとか、そんなんどうでもええ。リアルか、リアルじゃないかや」

怖い。理性がそう訴え掛ける一方、心が鷲《わし》掴《づか》みにされた。要領よくそつなく人生を送る恵まれた連中をごぼう抜きできる、ストリートのリアルな知恵。学校では教えてくれない人生哲学だ。ゼロから異世界生活を始めなくても、ここで一歩踏み出せばいい。

「どうする？　これも、売り捌いてみるか」

錠剤の入ったパケ袋をひらつかせながら、あっけらかんと言われた。

「違法やっちゅう意味では、この前の勃起薬とリスクは何も変わらへん。報酬は倍や」

ただ売るだけで、六万円だ。何十時間もクソみたいな客の相手をしてようやく得られる金を、半日足らずで手にできる。

「この前と違って、指定客はおらん。椎名自身で、客を見つけて売り捌いてみ。自分の頭で考えて行動することで、成長に繫がる」

大麻の売買――十六年間で育まれた価値観とは、どうしても相容《い》れない。

でも、この空間から抜け出したくない。このソファに、ずっと坐っていたい。惚《ほ》れ惚《ぼ》れするヤオと、頼りになる伯爵と、笑わせてくれる李と、包容力のあるミスタと、気軽に甘えられるセンセーと、愚痴ばかりで憎めない壺田と、そして、凜と、まだ離れたくはない。

母親の顔が浮かんだ。生きていれば、絶対に叱られるだろう。酒や煙草、況《ま》してや大麻の売買など、激怒されるに決まっている。そんな悪い人達と付き合わないでと、大号泣されるかもしれない。

でも、母親はもう生きていない。椎名のために、泣いたり怒ったりしてくれることはない。それに、顔役のみんなは、そんな極悪人なんかじゃない。凜を連れ帰った夜のヤオや伯爵は、少し怖かった。丸っきりの善人じゃないことくらい、分かっている。でも、こんな世の中に丸っきりの善人なんていない。

「まあ、返事は別に急がへんからさ。気持ちが固まったら、連絡しいや」

ヤオが軽い調子で言った。その言葉でようやく、息ができたような気がした。

帰宅し、父親からここ最近の夜中までの外出をそれとなく咎《とが》められ、口論に発展した。負い目があるのか、強くは出ない父親の煮え切らない態度に、余計腹が立った。

「父親面すんなや」

言ってから後悔したが、構わず家を出た。

エア ジョーダンを履き、ボールバッグを担いで、公園に向かう。ブルーノ・マーズの「Ta

lking To The Moon」を聴きながら、シュートを放つ。幾度《いくど》もリングに弾かれた。プレイが精彩を欠いている。ストレス発散のはずが、苛立ちが募る。

背後で、足音がした。何の気なしに振り返り、鼓動が跳ね上がった。

「ういっす。椎名やん。久しぶり」

中学時代、同じバスケ部に所属していた二人だった。それぞれ苗字に由来した綽名で、こっじー、花ちゃんと呼んでいた。二人を含め、バスケ部の連中六人ほどでよくつるんでいたが、卒業を機に、次第に疎遠になっていった。

「こっじー！　花ちゃん！　久しぶり！」

思わず、明るい大声を発していた。何処となく、よそよそしい笑みを返される。

「そっか。二人、同じ高校やもんな。まだ、バスケ続けてるん」

「え？　ああ、うん。続けてるよ」

こっじーが言ったが、「椎名は？」とは尋ねてこない。狭い街だ。父親の失業や退部の件は、何処からか洩れて、耳に入っているのだろう。

「二人は、他のみんなと最近会うてる？」

「いやあ、会ってへんかな。やっぱ学校違うと、なかなか会わへんよな。まあそのうち、同窓会とかやるやろし」

「そっか。せやんな」

気まずい沈黙が流れた。

「バスケ、ちょっとやってく？」

リングを指差し、おどけた調子で尋ねてみた。曖昧に笑い、曖昧に首を横に振られた。

「もう、遅いし。ごめん、明日も朝練やから」

「せやんな。こっちこそ、なんかごめん」

「ういっす。まあそのうちグループLINEで、なんか集まろとか、話出るんちゃう」

「せやな。おっけー、おっけー。お疲れ」

「うん。おやすみ」

笑顔で手を振り、連れ立って去っていった。Tシャツが汗で張り付き、夜風が冷たい。荒々しく息を吸い込み、ゆっくりと吐き出した。地面を蹴り、リングに向かって駆ける。全身がバネになるイメージで、高々とジャンプした。大きく、真っ直ぐ、腕を伸ばす。掌が空を切り、バランスを崩しながら地面に落下した。受け身を取れずに転がり、目の前が反転する。躰の節々が痛んだ。大の字になって、仰向けに横たわる。

八月。新月。真っ黒な夜空に、無数の星が瞬いていた。

18

寺西は前方の荒れ果てた山道から視線を落とし、速度計に目をやった。時速三十キロをキープしていることを確認し、再び視線を前へと戻す。

脇道に逸れ、寂《さ》びれた廃小屋に近付いた。小屋の前に、濃紺のワンボックスカーが停《と》まっている。その隣に、車を停めた。事故を起こさず到着したことに胸を撫で下ろし、レンタルした軽自動車を降りる。

空は殆ど光を失い掛けていた。青々と茂った周辺の雑草は、黒に近い色味を帯びている。一陣の風が、夕闇を吹き流した。頭上の木々が音を立てて枝を揺らす。

寺西は廃小屋の入口に向かった。ノックをする前に扉が開き、二メートルを超す大男に出迎えられた。愛用のミリタリージャケットを今日も着ている。

「遅かったな」

「安全運転で来てん」

暗がりの中でも、雄次が唇の端を吊り上げて笑うのが分かった。

「あれ。お兄ィ、顔どないしてん」

「え？　ああ、ちょっと風呂場で転んで」

「気ィ付けえよ」

寺西は小さく頷いた。耳たぶが熱くなる。本当は顔役のヤオに殴られた傷だが、打ち明ける気にはならない。犯罪者としての自身の武器は、暴力ではなく知性だというプライドがある。シノギの障壁を暴力装置たる雄次の手で取り除くのは、何ら恥ずべきことではない。

だが、顔役の件は別だ。あの屈辱を吐露することは、男としての弱みを見せるに等しい。兄としてのプライドに、傷が付く。

「早よ入りィや」

急《せ》かす声で、我に返った。薄暗く埃《ほこり》っぽい小屋の中へと、足を踏み入れる。

朽ち果てた木々と共に、全身を縛られた男が床に転がっていた。言葉にならない呻き声を上げている。

寺西はスマートフォンを取り出し、ライトを点けた。男が眩《まぶ》しそうに顔を顰めてから、血走った目を見開いた。口許をガムテープで塞がれているが、外傷は殆ど見受けられない。

「久しぶり。俺を捜してたらしいね」

男の前で屈み込み、口許のテープを剝がした。

「大村《おおむら》ァ！」

男が怒鳴り声を上げた。オレオレ詐欺グループを率いていた頃、寺西が名乗っていた偽名だ。

「出所おめでとう」

「ふざけんな。お前だけ、まんまと逃げやがって」

「俺だけじゃない。捕まらなかった奴は、他にも何人かいる」

「お前がリーダーやったやろが」

「まともな企業や役所でさえ、上が責任を取らない国だ。詐欺グループに何を期待している？」

「殺す。殺すぞ。殺すぞ、お前！」

寺西は嘆息し、立ち上がった。振り返ると、雄次の顔がライトで浮かび上がった。顔一面に、凄惨な傷痕が広がっている。

陳腐で酷な比喩だが、どうしてもピカソのキュビスムのような顔だと思ってしまう。日本の外科技術をもってしても、一度破壊された人間の顔を完璧に修復することはできない。

寺西が十七歳、雄次が十三歳のときだった。奈良県の山を登っている最中、野生の熊に遭遇した。穏やかな声を発し、大きく両手を振りながら、背を向けずに後退《あとずさ》りして避難するべし。対処法を知ってはいたが、思い出す余裕も実行する時間もなかった。熊は二人の姿を捉えた瞬間、一目散に突進してきたのだ。

雄次は迷うことなく寺西の盾になり、気付けば兄弟揃って崖から転落していた。寺西が目を覚ますと、雄次の顔半分の皮膚がべろんとめくれ、風になびいていた。人体模型さながらの真っ赤な筋線維が覗いていた。

「じゃあ、頼むわ」

寺西はライトを消し、男から離れた。雄次が無言で頷き、寺西と入れ替わりで男に近付く。

「やめろ、何する気や。殺す気か。俺を殺す気か！」

「静かにしてくれ」

雄次が低い声で言った。男が引き攣った笑い声を上げる。

「遅い。もう遅いぞ。お前のことはマトにかけた。俺には極道の知り合いがおる。お前のこと話して、懸賞金懸けたったからな。遅かれ早かれ、お前は殺される。俺を消しても一緒や。俺が依頼を取り消さん限り、お前は終わりや」

上擦った声で、口早に言い募る。ハッタリであることは明白だ。寺西は一笑に付したが、雄次が深々と息を吸い込む音がした。

「何処の組の奴や」

雄次が抑揚のない声で言い、男の前で胡坐を搔いた。

「誰が教えるか、ボケ。依頼を止めて欲しかったら――」

小枝をへし折ったような音が、微かに響いた。次いで、男の絶叫が谺した。

寺西は雄次の背に優しく声を掛けた。

「多分、嘘やで。出鱈目こいてるだけや」

「ホンマかも分からんやろ。確かめなあかん。何処の組の奴や」

「死ね」

男が息も絶え絶えに言った。すぐに、新たな悲鳴に変わった。

「嘘や。すまん、ごめんなさい。勘弁してください。全部、出鱈目です」

「もう喋らんでええ。それを今、確かめてる」

「だから、嘘やっちゅうてるやろ。やめてくれ」

「お前には訊いてへん。お前の躰に訊いてる。まだあと、八本ある」

雄次が単調な声で言い、男が啜り泣いた。寺西は空咳を一つした。

「ちょっと、外の空気吸ってくるわ」

「了解」

「頼んどいて言うのもアレやけど、あんまやり過ぎなよ。二度と俺に対して妙な気を起こさんように、思い知らせるだけでええ」

雄次がゆっくりと振り返った。表情は暗くて見えない。

「殺した方が早い。こいつが妙な気を起こす可能性が、ゼロになる」

「リスキーや。殺人が露見したときのリスクの方が、こいつを解放するリスクよりデカい」

「大丈夫。初めてやない」

雄次の呟きを聞いて、男がか細い声を洩らした。

「ええから、殺しはするな」

「なんで？」

「予約に間に合わんくなる。万両、三時間後に取っとんねん」

雄次が好きな焼肉店の名前を挙げた。

「今日行くなら、言うといてえや」

「すまん」

「三時間では、無理やな」

「ああ。だから、ええな？」

「カルビのためなら、しゃあないな」

雄次が朗らかな声で言った。男が安堵したように息を吐き出し、すぐに悲痛な叫びに取って代わった。もう一本、折られたらしい。

「まあ、ええ塩梅《あんばい》で頼むわ」

寺西は肩を竦めて言った。雄次の代わりに、男が泣き声で応えた。

扉を押し開き、小屋を出た。足早にその場を離れ、手にしていたスマートフォンを耳にあてがう。間もなく、電話が繋がった。

「あ、もしもし。今日、二名で予約をお願いしたいんですが」

愛想のいい女の店員に、満席だと断られた。府内に何店舗かある姉妹店に、片っ端から電話を掛けることにした。

19

真夏の太陽が照り付けている。手で庇《ひさし》を作りながら、薄暗いグリ下へと足を踏み入れた。一ヶ月ぶりだが、顔ぶれは殆ど変わっていなかった。

「ええ！　ジョーダンやん。久しぶり」

ジョーダン、という綽名の響きが懐かしく、椎名は自然と表情を緩めた。

「久しぶり、ルイ」

「わ、嬉しい。名前覚えてくれてたんや」

ルイがピアスをいじりながら、微笑んだ。ミッチーら懐かしの面々とも挨拶を交わしたあとで、初対面の何名かを紹介された。

仲間意識や喜びに混じって、軽い優越感も覚えた。ルイやミッチーや初対面の奴らが、どうしようもなく幼く見える。

椎名は気が付くと、両手でネイビージャケットの襟を触っていた。薄手の生地とはいえ、かなり汗ばむが、どうしてもこの格好を見せびらかしたかった。

「ジョーダン、えらいシュッとしたなあ。むっちゃ大人な感じで。イメチェン？」

ミッチーが明るく囃し立てるような口調で言った。おどけた口調の中に、思春期の男子特有の押し殺した嫉妬の響きを感じたが、素知らぬ顔で応じた。

「そやねん、イメチェンしてん。大人やろ」

エンポリオ　アルマーニやで。そう自慢したかったが、自分の金ではない後ろめたさと気恥ずかしさがあった。

しばらく雑談に応じ、近くに用があったから久しぶりに顔を出してみたのだと、嘘を吐いた。罪悪感と共に、妙な高揚感を覚えた。

「最近どないよ、みんなは」

「変わらへんよ。暇で退屈で地獄。だから、ここにたむろってんねんし」

口々に、日常の辛さを語り出す。絶望や虚無など大袈裟《おおげさ》な言葉が飛び交うが、まんざら嘘でもないことは、椎名も知っている。

「そっか。ああ、せや。じゃあ、ちょっとした気晴らしに、こんなんあんねんけど」

努めて、さり気なく言った。自分でも驚くほど、落ち着いた声が出た。

「食べたら、結構リラックスできるで」

マスク越しにも伝わるよう満面の笑みを浮かべ、ジャケットの懐に手を入れた。

20

蒸し暑さに目を覚ますと、早朝の四時だった。椎名は枕許のリモコンで冷房を点け、瞼を閉じた。頭の芯はぼうっとしているが、眠気は飛んでしまった。うつ伏せになってスマートフォンを手に取り、漫然とネットサーフィンを始める。

ネットニュースやTwitterを漁ってから、殆ど無意識の裡《うち》に、「大麻　売人　逮捕」と検索していた。

ヤオから預かって三度売った大麻成分入りの小さくて黄色い錠剤は、表面に施された星型のマークのせいで、グリ下界隈で「ステラ」という綽名が付けられた。イタリア語で「星」という意味だ。

――グリ下とは、目の付け所がええわ。

ヤオにもそう褒めてもらえた。小学生のとき、バスケのクラブチームに体験入学した際、初めてなのにセンスがあると褒められた。あのときに似た嬉しさだ。

検索して出てきた弁護士事務所のホームページによれば、初犯でも営利目的の所持は、実刑判決を受けるケースも珍しくないという。殺人や強盗でもあるまいし、初犯なら執行猶予が付くだろうと甘く見ていた。

だが、ホームページに目を通すうち、少年法の文字が目に飛び込んできた。安堵のため息が洩れ、たちどころに躰が軽くなった。椎名が辿りそうなのは、保護観察か、児童自立支援施設への入所か、少年院送致だろう。凶悪犯罪の場合、成人と同じ扱いで刑事裁判を受けさせられることもあるというが、たかが大麻の売人程度なら問題ないはずだ。

少年院の実態などの検索に、さらに時間を費やした。冷房は利いているが、全身は汗ばんだままだ。

「大麻　バレない」「大麻　売人　証拠不充分」「大麻　売人　やり方」インターネット上に答えが転がっているはずのない問いを検索エンジンに掛け続けたが、得られたのは若年層の大麻乱用が全国で深刻化しているという情報だけだった。感染症流行と社会活動の自粛の影響で、大半の犯罪は減少傾向にあるが、大麻や薬物犯罪は増加しているという。覚醒剤などのドラッグはともかく、大麻まで殊更に恐ろしく有害なものだとする大手メディアの記事に辟易とした。悪質な印象操作だ。実際に使ってみれば分かる。大したことがない嗜好品《しこう》だ。間違っているのは、法律と世間のイメージの方だ。

大人の無理解に苛立つうち、逮捕される恐怖が和らいできた。大丈夫だ、なるようになる。

急増する大麻汚染とやらの記事を読み終え、次にレコメンドされた記事をタップする。特殊詐欺被害にまつわる記事だった。詐欺の受け子として逮捕され実刑判決を受けた男の母親が、インタビューに応じている。

――最初、困っているお年寄りを助ける仕事だと、息子は聞かされていたそうです。息子みたいに、下っ端は騙されていいように使われて、尻尾切られて。実際に指示を出していた上の人間は、何にも痛い目に遭わずに、今もお金を稼いでいるんです。こんなに悔しいことはありません。

深く考えるより前に、スマートフォンのディスプレイを消灯した。

「どないしてん、なんか今日元気ないんちゃうか」

ヤオが屈強な腕を肩に回してきた。

「ホンマですか。そんなことないです、元気です」

椎名はハイボールのグラスを手に取り、口を付けた。

「ほな、ええけどな」

ヤオがしわがれた声で言った。椎名は小刻みに頷いた。ヤオの目を見ていたつもりが、視線が横に走ってしまった。

いつも通り和気藹々《あいあい》としたＢＡＢＹでの酒の席。しかも今日は、顔役全員が揃っている。だが、朝に読んだ記事が脳裏にこびり付いて離れない。

「そうや、椎名。ステラやけど、また売ってもろてええか」

ヤオがさらりとした口調で言った。椎名は曖昧に頷き、両手で鼻を覆った。

「この前渡したのは、試供品みたいなもんやからな。今回から、量もマネーもがっつりいくで」

椎名は顔に硬い笑みを浮かべた。いつの間にか全員が口を噤み、店内に流れるジャズのトランペットが大きく響いている。

「次は、前回の二十倍、お前に託す。ええか？」

椎名は瞼が痙攣するのを感じた。前回、報酬として六万円を手に入れた。その二十倍は、単純計算で百二十万円だ。当然、これまで手にしたことのない大金だ。

「そんなに、売れますかね」

「どやろな。どうやって、誰に売るか、考えてみ」

椎名は腕組みした。末端の売人としていいように使われ、いざとなったら斬り捨てられるのではないか。都合よく利用されているだけではないのか。ヤオや顔役に抱き始めていた疑念が、百二十万円の重みで小さく萎《しぼ》んでいく。

「そう、ですねえ。今までも、友達の分も欲しいから二袋売って、三袋売って、とか言われてたんですよ。その量を増やせば、いけるかもです」

「なるほど。ええやん。でも、椎名が今まで直接売ったんって何人や」

「十人もいないです」

「そいつらの友達の数にも限りがあるしさ、そんな頻繁に椎名から何袋も買い続けられへんわな。お金もないやろし」

閃《ひらめ》きが走った。

「あいつらも、儲かるようにすればいいんじゃないですか」

思わず、大きな声を出していた。

「あいつらに十袋売って、自分で食う以外の九袋は、ちょい高めに別の友達とか友達の友達に売ったら？　って提案するんです。その友達の友達も、自分で食う以外の八袋は、別の奴らに売る。そうやっていけば――」

ステラの顧客は、爆発的に増大する。

「おお、よう思い付いたな。やるやんけ」

口許がだらしなく緩んだ。我ながら、画期的な名案だ。いや、商売というのは基本的に、こうして成り立っているのではないか。十六歳にして、その境地に行き着いてしまった。

「ありがとうございます、頑張ります」

声が掠れた。引き受けた途端、萎んでいた疑念が再び膨らんできてしまった。逮捕されて少年院に送られるのも、地元で悪い意味で有名になるのも嫌だ。だがそれよりも本当に怖くて嫌なのは、自分が顔役に騙されて利用されているだけかもしれないということだ。今まで交わした会話の数々も、笑い合った出来事も全て、椎名を末端の売人に仕立て上げることだけが目的だったとすれば、その事実を受け入れる余裕はない。顔役という心の拠《よ》り所《どころ》が偽りの幻想だったとは、到底信じたくない。

椎名の表情の翳《かげ》りには気付かず、ヤオが両手を打ち鳴らした。

「よっしゃ、椎名。お前を顔役のステラ販売・流通部門のトップに任命する。ええか、椎名の直属としてステラを売ってくれる第一段階の人間は、よう厳選せえよ。今後、マーケットが広がってまえば、こっちのもんや。簡単には、出所の椎名まで辿り着かれへん。ただ、足が付くとしたら、その最初に卸す数名や。グリ下の中でも、信用できる奴にせえ」

足が付く――響きの怖さに、軽い吐き気を催した。だが同時に、胸の高鳴りを覚えた。顔役のステラ販売・流通部門のトップということは、斬り捨てられる下っ端ではない。

「俺達はお前を信頼してる。お前に預けるステラの量と責任が、その証《あかし》や」

椎名は背筋を伸ばした。心地好い重圧が押し寄せてくる。

「一個、リアルな話しよか」

声を潜め、真剣な面持ちだ。

「椎名まで警察の手が伸びんように、俺達もサポートする。ただ、もし仮にこの件で椎名が捕まったとしても、俺達は関与を一切否定する。この件の首謀者は、お前や」

心臓を撫でられたような恐怖に襲われた。

「俺達まで捜査の手が伸びるだけの証拠は残らんように、システム化してる。警察が辿り着けたとしても、マックスでお前までや。ただし、もし椎名が俺達の関与を裏付ける証拠を提出したり、俺達とのやり取りを一切合切喋ったりしたら、そこから尻尾を摑まれる恐れはある。だから、捕まったとしても、絶対に俺達を売るな。俺達を裏切るな」

冷たく澄んだ目で、見据えられた。鼻の奥が熱くなり、目が潤みそうになった。

「もしお前が俺達の関与を口にせんと男を貫けたら、当然俺達も、椎名を裏切ることはせん。旨い酒と飯を用意して、帰りを待つ。顔役の存在意義は、仲間を守ることや。この誓いを破ったら、俺はごっつキレる。手ェ引くなら、今の内や。ただし、顔役の一員として誓いを守れるっちゅうなら、俺達は改めてお前をファミリーとして歓迎する」

掌の汗を太腿で拭った。太腿が震えていることに気付いた。逮捕されたら、顔役は本当に、自分を待っていてくれるのだろうか。一人にだけ罪を背負わせるのが、仲間なのか、ファミリーなのか。やっぱり、都合よく利用されているだけかもしれない。

でも、本当の家族だった父親だって、守ってはくれなかった。だったら、ドライで冷たい一面も隠さずに見せてくれる顔役の方が、よっぽど身を寄せたいと思える。ちょっと悪くて怖くても、仲間への情の厚さは綺麗事じゃなく本物だと信じられる。

顔役の一員として――あまりにも、魅力的な言葉だ。自分もこの人達みたいに格好よくなれるだろうか。なりたい。

深々と息を吸い込み、口を開いた。

「誓います」

声が鋭く震えた。ヤオがグラスを持ち上げ、黙って話を聞いていた他の五人も続けて、グラスを掲げた。

慌ててグラスを手に取ると、ヤオがグラスをぶつけてきた。甲高く、美しい音が響いた。

21

「ガキを匿ってる連中が、割れました」

電話越しにでも、男が深々と息を吸い込むのが伝わってきた。

――おい、ちょっと待て。こんな話、電話では。

エースは嘲りを込めてため息を吐いた。

「映画の観過ぎです。電話じゃヤバくて話せへん、直接会って話さなあかん話なんて、実際はないんすよ。ＣＩＡに盗聴されてる武器商人とテロリストですか、俺達は？」

――日本の警察が秘密裏に盗聴することも、珍しくはない。

「俺らが現段階で警察に盗聴されるような理由はないでしょ。どうしても言うなら、会うてもいいですけど」

鬱陶しさを隠さずに言うと、男が引き下がった。流石に自分で蒔《ま》いた種だと自覚しているらしく、横柄な態度でも文句を言ってこない。

――で、誰なんだ?

「顔役って呼ばれる、半グレ集団ですわ」

――確かなんだろうな。

「間違いないです」

血に昂奮する変態ノッポとナイフを使うすばしっこいチビという特徴から、割り出すことができた。逃げたガキを発見したものの、妙な集団と鉢合わせしてやられたという連絡をナインから受けたときは驚いたが、顔役だと判明して合点がいった。心底気に食わないが、ミナミの顔役を名乗っているのは、伊達《だて》ではないらしい。

――時間は掛かったが、正体が割れたのは流石だ。

「時間が掛かったって、元はと言えばねえ」

――ああ、すまない。申し訳ない。

「俺らが探ってるってバレへんように、水面下で調べなしゃあなかったんですよ。スマホも見つからんし」

――電源を切られているみたいなんだから、仕方がないだろう。子供のくせに、小賢《こざか》しい知恵は回るようだ。しかし、その顔役とやらはどうして、あの子を匿っているんだ。

「さあ。ガキを助けたんは成り行きっぽかったらしいですが、その後の経緯は謎です。正義のヒーローなんて柄やないはずや。ただ、ラッキーですよ。その辺のパンピーが凛を見つけて交番にでも行ってたら、ヤバかった」

――ベルリンの壁が崩壊したのも、末端の役人の勘違いが理由だからな。

「はあ？」

――何でもない、すまない。それで、どうするんだ？

「どうするって、取り返すしかあらへんでしょうが」

語気荒く、言い放った。


「あれが顔役のミスタっすか。すげえ顔やな。彫るとき、絶対痛いやろうに」

助手席のシックスが感心したように言い、運転席のナインが声を立てて笑った。

「えらい能天気やなあ、お前ら」

エースは低い声で言った。途端に、重苦しい沈黙が車内に降りる。後部座席から身を乗り出し、左手でシックスの金髪を鷲摑みにした。ナインのニューエラのキャップに右手を伸ばすと、慌てて脱帽した。

「なんや、オキニの帽子には触られたないんか」

「いや、その、キャップ被ったままは失礼やなって、気付いたんで」

「いつも被っとんのに、今更？」

ナインのソフトモヒカンを右手で摑んだ。首筋に大粒の汗が浮かんでいる。

「失態をした、ばっかりですし」

「せやな、よう分かっとる。今こんな事態を招いてんのは、お前らのせいや」

「すみません」

二人が声を揃えて言った。髪の毛から手を離し、座席に深く躰を沈める。

「ナイン。お前の判断自体は、間違ってへんかった」

ガキを発見した際、顔役の連中は関わり合いになるのを避けたいと言って立ち去ろうとしたそうだ。だが、口ではそう言いながら後で警察に通報する恐れは充分にある。そこで、全員まとめて痛め付け、身分証でも奪い、口を噤むようたっぷり脅すつもりだったと、ナインは弁解した。

「ただ問題は、負けたことや。お前が顔役の伯爵とやらより、弱かったことがあかん。戦意のない奴に殴り掛かって、最終的に負けたと。ダサ過ぎる」

ねちっこい声で言うと、ナインが身を縮こまらせた。

「すみません」

エースはにやついた笑みを浮かべて、小さく頷いた。恐怖と屈辱に塗れたナインの背中が堪らない。この件が片付くまでは、ねちねちと厭味《いやみ》を言っていたぶってやろう。

「猫は九つの魂を持つ、言うたかてな、俺はそんな何回もチャンスやらんぞ。次負けたら、終わりやと思え」

西洋の迷信で、猫は九つの魂を持つと言われている。ナインの名を与えたのは、本人が大の愛猫家を自称していたからだ。

「事の顛末次第では、愚狼會からの追放も覚悟しとけ」

返事はない。無言で頷いただけだ。

「ほいで、シックス。お前は論外やからな。ホンマ、ええ加減にせえよ」

「はい。すんません」

ナインに関しては、それこそ愛玩動物の猫をいたぶる感覚だが、シックスへの怒りは殺意に近い。おまけにシックスはナインとは違い、愚狼會を追放したあとで敵に回らないようにいくら脅しを掛けたとしても、通用しない可能性がある。今回の件で分かったが、度を越えた馬鹿だからだ。買春の顧客とガキの街中デートを暢気に離れて見守るような馬鹿は、追放された腹いせに、愚狼會のシノギを後先考えず暴露しかねない。

「まあ心配せんでも、無事に凜を奪還できたらええ話や」

一件落着したとしても、シックスの処遇は追々考える必要がある。だが、もうしばらくは、駒として使うつもりだ。

苛立ちを紛らわせるために、マリファナのジョイントに火を点けた。

「ヤオがアホみたいにインスタし腐っとるから、写真とか動画からアジトの場所くらいさくっと特定できるかと思ったけど、何も映らんように案外注意払っとったわ」

パソコンオタクのジャックが特定できないと言ったのだから、疑う余地はないだろう。

唯一、出没先の予測を立てられたのが、ミスタと呼ばれるメンバーだ。自身が経営するアパレルショップ『ミスター・キャンバス』に、しばしば顔を出しているのだ。実際に今も、店頭で接客に勤《いそ》しんでいる。

しばらくして、髪を剃った男が現れ、店先でミスタと楽しげに話し始めた。

「あれ。あいつも確か、顔役の一人ですよね」

ナインがおずおずと言った。

「せやなあ。二匹も釣れてもうた」

エースは人差し指を突き立てた。

「どちらにしようかな、天の神様の言う通り。ぷっとこい、ぷっとこい、ぷっぷっぷ」

知らず識《し》らずのうち、口許に陰惨な笑みが浮かんでいた。

22

「おい、ハゲ」

背後から声を掛けると、男が素早く振り返った。街灯に照らされたこめかみに、太い血管が浮かび上がる。

無言のまま、両手をだらりと下げて、一見無防備な構えで見つめてくる。目出し帽姿の不審者達を相手に冷静な態度を崩さない辺り、ある程度修羅場を潜《くぐ》ってきたらしい。

「俺らが仕掛けるのを、誘っとんなあ」

エースは鼻腔を膨らませて言った。男の困惑と動揺が、手に取るように伝わってくる。

「少林寺の達人やねんて。ヤオのインスタで見たで」

「誰やねん、お前ら」

ようやく口を開き、背後に視線をやる。

先回りさせておいたキングが現れた。身長百八十センチ超、体重百九十キロ超の巨軀《きょく》が、逃げ道を塞ぐ。キングの名を与えるに相応しい威圧感だ。角界を引退して何年も経つというのに、未《いま》だに似合わないロン毛姿のままだ。目出し帽から、襟足がはみ出ている。ビッグシルエットのTシャツにボリュームのあるパンツを合わせたB系ファッションだが、巨躰のせいで殆どジャストサイズになっている。

男が無言のまま、エース、キング、シックス、ナインと順番に見やった。品定めだ。

一対複数の喧嘩の場合、大抵の奴は次々と襲い掛かってくる相手に漫然と応戦し、疲れ果てて蹂躙《じゅうりん》される。間違った戦法だ。一対一の喧嘩を高速で繰り返す——この意識が要だ。たとえ他の人間から攻撃を受けようと、そちらは最小限の防御に徹し、まずは一番弱そうな標的一人を着実に潰す。それから、次に弱そうな奴に移行する。

実際にエースは過去、十五人に囲まれた際、最初の三人を徹底的に壊して、残り十二人の戦意を喪失させ、退散させたことがある。

男も、そうした複数人相手の喧嘩の仕方を知っているのだ。最初に潰すべき雑魚を、見定めている。

だが、それではつまらない。

「安心せえ、相手は俺がしたる。タイマンや。こいつらは、道を塞いでお前が逃げへんようにするためだけの保険や。もし俺に勝てたら、そのまま立ち去ってくれてええで。気ィ散りながら戦われても、オモンないからな。俺にだけ集中して、全力で殺《や》りにこい」

嬉々として言い、一歩ずつ距離を詰める。大股で踏み込んだ。

間合いが、死の領域に達した。

ノーモーションで、左ジャブを放つ。疾《はや》さに特化した、殆ど不可避の速攻だ。ストレートに較べて大きく腰を使わない分、一撃で相手を沈める威力はない。しかし、強靱《きょうじん》な手首と揺るぎない躰幹を持つエースのジャブは、凡百のストレートを凌駕《りょうが》する。

男が上躰をずらし、紙一重で躱《かわ》した。拳は頰を掠ったが、顎先を捉えることはなかった。最速の拳に反応できるはずはない。ジャブを放つ前の背筋と肩の僅かな動きから、ジャブの流れを見切ったのだ。

驚喜に近い感嘆を覚えたのも束の間、男がカウンターの突き蹴りを放ってきた。鞭《むち》。強烈なイメージが喚起される。

が、それがエースの肉躰で爆《は》ぜることはなかった。

一瞬早く、男の顔面に、右の拳を叩き込んでいた。

前歯が飛び散り、鮮血が噴き出す。男が地面に頽れた。

陶然とした面持ちで、男を見下ろす。深々と息を吸い込み、心地好い脱力感を味わった。

「運べ」

虚ろな声で、キング達に命じた。

23

セブンが胡坐を掻き、涼しい顔でスマートフォンに齧り付いている。一見高校生らしい姿だが、断続的に男の悲鳴が漏れ聞こえてくる廃倉庫を背にしていることを考えると、明らかに異様な光景だ。

「何してんねん」

エースは画面を覗き込んで尋ねた。

「プロセカっていう、音ゲーです」

「ようこの状況で、暢気にゲームできるな。肝が据わっとる」

「壊死《えし》して、機能してへんのちゃいますか」

ジャックがとぼけた顔で言い、トム フォードの黒縁眼鏡を押し上げた。エースが買い与えたものだ。

「最近のガキってヤバいなって、俺思うんですよ。俺とか、ほら、分かりやすいトラウマいうか、道を踏み外して荒野を歩かなあかんくなる原因あったでしょ。みんなかて、そうや。でも、セブン。こいつ、家柄も学校の環境も普通や。それがあっさりと、俺らの仲間になる。ナチュラルボーンでネジが外れとる。ネット見ててもね、普通の奴がイカれてるって、最近よう思うんですよ。何が原因なんやろな」

「もうちょい小さい声で、短く喋れ。声高いから、余計耳に響く。会話はキャッチボールや、ストラックアウトちゃう」

　エースは辟易して言った。いじめられる奴にも原因がある、という論調はやはり正しい。そう言ってやりたいが、ジャックはその辺のいじめられっ子とは違い、いじめに立ち向かうために格闘技を習い始め、中学校を卒業する前にいじめっ子の内の一人を殺害して少年院に送られている。評価に値する行為だ。二十七歳になった今でも中学生のように垢抜《あかぬ》けない童顔で、垂れ下がった口角は覇気を感じさせないが、髪は短く服装はシンプルにワイシャツと黒のパンツを身に着けろというエースの命令を忠実に守っているお陰で、どうにか冴えない会社員程度の見てくれにはなっている。ジャックの外見で唯一、人目を引くのは、烈しい柔術のトレーニングで変形して潰れた餃子耳《ぎようざ》だけだろう。

「でも、セブンの普通さはやっぱ怖ないですか。今日も別に、断ってもよかったのに」

　ジャックが言った。セブンがスマートフォンから顔を上げ、穏やかに微笑した。

「拷問に使う秘密基地とか、気になるじゃないですか。まあ、こんな韓国映画に出てくるような、ベタな廃倉庫とは思いませんでしたけど」

「怖ないんか」

　ジャックに問われると、気障ったらしく肩を竦めた。

「僕ら世代は、結構物事に対して冷淡なところがあるかもですね。弱い奴は自業自得、この世で大事なのは他人を蹴落としたり騙したりしてでも金を儲けること、真面目な奴、正直者は馬鹿を見る。そういう価値観が蔓延《まんえん》してる中で、生まれ育ちましたから」

　セブンがスマートフォンを仕舞い、落ち着いた口調で続ける。

「漫画とかアニメとか観て、ヒーローに憧れたりもしますけど、じゃあ実際そういう風に生きていけるかって言ったら、無理な訳で」

「Z世代やなあ」

エースは朗らかに笑った。セブンからは悪党としての自覚のようなものが、あまり感じられない。そのぬるさが、手許に置いていて、妙に面白い。

ジャックがセブンに人差し指を突き付けた。

「お前がパクられたら、平凡な高校生の心の闇とは、みたいな紋切り型の報道されて、なんやかんやとコメンテーターに言われんねんで」

「でしょうね。どっちか言うたら、僕ら世代はダークな闇じゃなくて、病気の方の病みやと思いますけど。強盗も詐欺も転売も無断アップロードも世の中の真っ当とされてる仕事も、全部そんなに違う？　グラデーションやんっていうのが、僕の感覚です。この先、どんだけ世の中がしっちゃかめっちゃかになっても、正直あんま何も思わないです。第三次世界大戦が起こっても、楽しくプロセカやってますよ」

セブンが端整な顔を崩すことなく言った。

耳障りな音を立てて、倉庫の扉が開いた。綺麗に刈り揃えられた口髭を擦りながら、クイーンが顔を出す。シャツの左胸許には、白字で小さく「ＤＩＯＲ」と記されている。唐草模様の赤いシャツのボタンを全て開けている。隆々たる筋肉を見せ付けるように、右肩から胸許に掛けて彫られたタトゥーが覗いていた。トランプのクイーンをあしらったデザインだ。妖艶な笑みを浮かべながら右手に鞭を持ち、ボンデージ姿の少女の首輪に繋がった鎖を左手で握り締めている。

「まだ、喋らんわ」

「へえ。女王様でも、手こずる相手か」

「ああ、気合い入っとる」

クイーンがそう言うとは珍しい。ＳＭプレイ好きが高じて、今や拷問の専門家だ。

「誰か代わってくれ。一服したい」

クイーンが顎をしゃくって言った。

24

少女の眉間には、くっきりとした皺が二本、縦に刻まれていた。軽く俯いてはいるが、澤田を時折見上げる視線は鋭い。

交番の巡査の報告によると、逮捕の際には烈しく抵抗したそうだが、パトカーに乗せられてからは一言も口を利かず、固く瞼を閉じていたという。

「取り調べを担当する、天満《てんま》警察署生活安全課少年係係長の澤田です。近頃あんま取り調べせえへんねんけど、部下がまとめて陽性になったせいで、人手不足でね」

柔和な笑みを浮かべて頷き掛けたが、反応はない。

「一応、マスク着けてくれるかな」

無視された。無理強いする気にもなれず、本題に入ることにした。

「友達と喧嘩すんのは、しゃあない。けど、限度いうもんがあるやろ。殴り過ぎや」

「友達ちゃう。ただの同級生。やっぱ、学校なんか行くんじゃなかった」

透き通った声だった。髪の毛を派手なブラウンに染め、ピアスを複数開けているが、相貌は幼い。声は、十五歳という実年齢を表していた。

「そうか、友達と違うんか。じゃあ、なんでそこまで揉めたんや」

「本人に訊けや」

「殴られた本人には、別の刑事が訊いとる。俺らは、殴った本人に訊く担当や」

背後を指し示した。部下の鮎川優希《あゆかわゆうき》巡査がパソコンを開いている。化粧は薄く、肩まである髪の毛を後ろで一本に結っている。交番勤務を経て、この春から少年係に配属された三年目の若手だ。

「どうでもええやろ。どうせ、ウチが悪いってことになんねやろ」

「そう拗《す》ねんと、一遍話してみいひんか」

少女の略歴が記された手許の紙に、視線を落とす。

「補導されるん、初めてと違うな。だから、女子やのにそんな落ち着いてるんか」

「女子やのに？　キショ。古臭い」

「すまん、時代錯誤やったな」

少女が目を微かに見開いた。澤田は微笑を浮かべ、頷き掛けた。視線を外される。

三分近い沈黙のあと、少女が絞り出すように言った。

「馬鹿にされてん、名前」

少女の名前は、当て字が使われた特徴的で珍しい名前だ。所謂《いわゆる》キラキラネームの中でも、難解な部類だろう。

少女が語気強く話し始めた。

「ずっと昔から、色んな奴に馬鹿にされてきた。泣いたらいつまでも揶揄われて、キレたらウチが怒られる。なんとかちゃんも悪いけど、手ェ出すのは駄目でしょ、しかも女の子なんやから。はあ？　何が？　意味が分からへん。言葉でグサグサ刺してくるのより、ボコボコにする方が悪いん？　そんな傷、すぐ治るやん。ウチの心の傷は、一生消えへん。

こんな変な名前付けやがって。あいつにそう言ったら、なんでそんな酷いこと言うねんって怒られるし。愛情込めた？　知らんし。大体、どうせ名付けたんは、あっちの方やろ」

言葉を切ると、荒々しく息を吸い込み、一気に吐き出した。震えていた。

少女は数年前から父子家庭だ。母親は外で男を作り、蒸発したという。

「大人はいつも、大人とか大人予備軍みたいなツラしたキショい子供の味方や。もっと辛い目に遭ってる人はナンボでもいるよ。理由が何であれ、悪いことは悪いんよ。みんな、そう。ただただ話を聞いて受け入れてくれる人なんか、誰もいいひん。どいつもこいつも、ごちゃごちゃ言うてきてさ。大人はウチの話なんか、一個もまともに取り合ってくれへん。そのくせ、自殺したりグレたりした奴に対しては、もっと早く相談せえだの、やり直すチャンスはあっただの言うねん。どんだけ相談しても、何もしてくれへんくせに！」

少女が甲高い声で怒鳴り、固く握り締めた拳を机に叩き付けた。

「すまん」

少女の目を見据えて言った。真っ赤に充血して潤んだ瞳が、鋭く見つめ返してくる。

「苦しかったんやな。申し訳ない」

「なんで、あんたが謝るん？　意味分からんねんけど。意味分からん」

少女が言葉を詰まらせ、机に突っ伏した。躰を震わせ、嗚咽し始める。

澤田は前髪を掻き上げた。少女が泣き疲れるのを、待つことにした。


少女は無言のまま、頭を下げた。澤田も無言のまま、右手を軽く上げた。

躰を丸め、留置場に連れられて行く。小さな背中だ。やはりまだ、子供だ。

「真っ当な道に、戻ってくれますかね」

鮎川が呟いた。

「戻ってくれますかね、違う。戻すねん。相談に乗って、保護者に助言して、立ち直りを支援する。少年係はそこまでが仕事や」

「了解です」

力強い返事だった。

「父親、こっち向かってんねやろ。ほんだらまだ、関係が壊れてる訳やないかもしれん」

澤田は大きくため息を吐いた。やり甲斐のある仕事だが、疲弊する。

「キショ、言われたけど、やっぱ女の子やのに強いよ、あの子は」

「そう、ですね」

鮎川が曖昧な声で返事をした。

「うん？　あれか、やっぱキショいか」

「いや、そんなことはないですけど。私の母の言葉を思い出してしまって」

「どんな言葉や」

「ホンマは男の方が弱くて、女の方が強い。だから、あえて真逆の性格を男らしさ、女らしさって呼ぶようにした。男らしくしなさい、女らしくしなさいって言わんと放っといたら、男は何処までもうじうじ弱なって、女は横暴なくらい強くなるからやって。そんな内容でした。まあ、ウチの母親が強過ぎるだけな気もしますけど」

鮎川が苦い微笑を浮かべて言った。母子家庭で生まれ育ったと聞いたことがある。

「お母さん、女だてらにトラック運転手やっけ。立派やな」

「ありがとうございます。ただ、女だてらも微妙にアウトかもです」

「すまん。ムズいな」

澤田は苦笑した。

「大丈夫です。悪気がないのは、知ってますから」

鮎川が屈託のない笑みを浮かべた。女性らしく華やかで可愛い笑顔だと感じたが、それを口にしないだけの分別は、澤田にもある。

初めて鮎川に会ったときは、緊張した新米教師のような印象を覚えた。だが、鮎川が配属されて四日目に、その印象は覆った。

――生活安全課も制服勤務に変えて欲しいな。優希ちゃんの制服姿、見たいわ。

――まあでも、スカート穿いてるのは内勤くらいやからなあ。女もズボンや。

――確かに。まあ、スカート姿を見たなるような奴の方が少ないか。ああ、こんなん言うてたらまた、セクハラや、言われるな。

先輩課員二名が、談笑の中で口々にそう言って笑った。鮎川はにこりともせず、澤田が二人を咎めるよりも早く口を開いた。

――不愉快です。

澤田が鮎川のことを気に入った瞬間だった。

「腹減ったな。昼にしよ」

澤田は生活安全課のデスクで鮎川と共に昼食を摂《と》ったあと、ロッカーに隠しているウイスキーを軽く口に含んで、手の震えを止めた。鮎川と共に取調室に舞い戻り、次の取り調べの準備に入る。

被疑者が連れてこられた。製造業の会社に勤める四十五歳の男だ。上下ともに、グレーのジャージを着ている。被疑者には推定無罪の原則が適用されるため、留置場では私服の着用が形式上は許されているが、自殺防止の観点からネクタイやベルト、紐《ひも》やボタンのついた服は禁止されている。実質的には、大半の被疑者が署から貸与されるジャージ類とサンダルを使用することとなる。

ため息を洩らし、男が椅子に腰を下ろした。長い前髪が脂でべたつき、割れている。陰気な表情ではあるが、何処にでもいる大人の男にしか見えない。

「そろそろ、喋る気になりましたか」

不貞腐れたように、視線を逸らされた。昨日から、黙秘権を行使し続けている。

「証拠は揃ってるんですよ」

「じゃあ、そのまま起訴すればええやろ」

警察が被疑者の身柄を検察に引き渡すのは、正確には「送検」と呼ぶが、いずれにせよ、男の言う通りこのまま自白が取れなくとも送検するつもりだ。客観的証拠は揃っている。

だが、検察に引き渡すまでの四十八時間は、自供を取るべく動かなければならない。

ただ内心、澤田は辟易している。とっとと退勤したい。

男は十三歳の少女を脅し、無理矢理性行為に及んだ疑いが持たれている。少女と知り合ったきっかけは、Ｔｗｉｔｔｅｒだ。少女は「ゆあ@貢がせＪＣ」という名前でアカウントを運用していた。プロフィール欄には、「ＪＣにお貢ぎしたいマゾ豚くんのための調教垢。リアル、エンは×」と記されている。リアルとは実際に会うこと、エンとは援助交際の略語だ。「円」や「円光」という隠語も、売春のやり取りではよく用いられている。

少女は実際に会って援助交際することはしていなかったが、ＤＭの文面でのやり取りは五百円、ボイスメッセージは千円、通話調教は三千円、ビデオ調教は五千円で行っていた。支払いは全て、ＰａｙＰａｙだ。女子中学生にインターネット上で調教をされたい男達にこぞってフォローされ、月二十万円近くを稼いでいた。

少女は自身が本物の女子中学生であることを証明するためか、あるいは承認欲求を満たすためか、定期的にボイスメッセージや顔が写らないようにした自撮《じど》り、生脚や半裸の写真、部屋や愛犬の写真を投稿していた。

男は、そこに目を付けた。執念深く投稿をチェックし、画像に写る些細《ささい》な情報から地域や自宅アパートの位置などを特定し、一年以上掛けて少女の素性を突き止めたのだ。

「ほいで、下校途中の彼女に接触して、友達や親に知られたくなかったら、言うて、無理矢理、車に連れ込んだと。強制的に行為に及び、その様子も盗撮して、それをネタにその後も関係の継続を強要。二ヶ月後、少女が浴室で自殺を図ったことで、事件が発覚」

少女は一命を取り留めた。捜査の過程で、男には余罪も発覚している。少女買春ならびに児童ポルノの所持だ。動画や画像は、ＳＮＳ上で複数の少女に金を払い、時には脅して手に入れたものだ。逆に男が、少女らに性器の画像や手淫の動画を送り付けたりもしている。

「以上、全ての罪について、間違いはありませんか」

返事はない。貧乏揺すりをし、壁を睨みながら親指の爪を噛んでいる。

澤田はため息を押し殺した。理性を保ち、苛立ちを抑えるのが億劫だ。

「一般論やけど」

男が不意に口を開いた。澤田は顔を上げ、目で続きを促した。

「そんなことして金稼いでたクソ生意気なメスガキ、どうなろうが自業自得やないですか」

「自業自得やあるかい」

低い声で即答した。男の眉間に皺が寄る。

「確かに、アホなガキや。けど、寄ってくる男がようけおったから、エスカレートしたんやろ。それに、どんな理由があれ、脅して犯してええ訳ないやろ」

「犯すって、大袈裟やな。あのガキは合意しましたよ。金も受け取りよった。それを今更、一丁前に被害者面し腐って」

あっさり自供した。だがもはや、どうでもいい。嫌悪感が限界だ。

背後で調書を作る鮎川が、一字一字キーボードを強く叩いている。

「まあ、いいでしょう。あのガキについては、俺が悪かったとしましょう。何人か、脅すような形で写真を送らせたこともあります。やとしても、少なくとも本人達の同意があって行った援助交際と動画の購入に関しては、ホンマにそれって悪いことなんですかね」

「法律で――」

「法律とかは、一旦脇に置いての話や。法律でしか喋られへんアホが」

鼻で笑われた。無性に、ラムかウイスキーを呷りたくなってきた。

「大人の女が風俗で働いたりAVに出たりすんのは、職業選択の自由なんやろ。大人はええのに、なんで子供はあかんねん。それともあんたはクソフェミみたいに、AVも風俗も性的消費やから反対やとか抜かすんか」

話すうちに昂奮してきたのか、語気が強まってきた。黙秘しているときも鬱陶しかったが、饒舌になられると、怠《だる》さは比ではない。

「なんで子供はあかんねん。判断能力の有無は、一様に年齢で測れるものちゃうやろ。大人と同レベルか、それ以上に頭がええ、まともな判断ができる子供もおる。反対に、まともな判断ができひん大人もようけおる」

「お前みたいにか」

陰湿な笑みを浮かべてやると、男が瞬く間に顔を紅潮させた。

子供と大人の線引き？　やかましい。知ったことか。子供は子供だ。

「いくら子供本人が同意してようと、子供の性を金で買う奴には、嫌悪感を覚える。良いとか悪いとかは知らん。論理的な意見も知らん。感情論や、すまんけどな」

「多様性の時代やのに、小児性愛者には人権なしか」

男が睨み付けてきた。

「同性愛者は配慮されまくって、俺みたいに子供を好きになってまう小児性愛者の苦しみは、なんで理解されへんねん。子供に性的昂奮を覚えることの何が悪い。答えてみいや。できひんやろ。所詮は差別しとんねん」

澤田は深々と息を吸い込んだ。

「なんか勘違いしてへんか。お前はそもそも、子供を脅して画像や動画を送らせたり、犯したりしとる。脅して、無理矢理にや」

「論点をずらすな。俺は、子供に欲情すること自体が罪かって訊いてんねん。金で女を買ったことある奴なんか山ほどおるし、普通の風俗に行った話は飲み会のネタになるのに、相手が子供やってだけで異常者扱いか。おかしいやろ。子供が金欲しさに心の底から同意してる買春とか、子供の方もホンマに相手を好きになる場合もあるやろが」

「心の中で子供に欲情するのは、好きにしたらええ。してまうもんは、しゃあない。ただ、子供本人が何と言おうと、大人が子供と実際に行為に及ぶことは断じて許されへん」

男の表情が凝り固まっていく。

「同意があれば子供とセックスしてもええやんけと思うなら、社会運動をして世論に訴えろ。でもその前に、まずは罪を償え」

「お前らはええよな、まともに生まれて。俺らの苦しみなんかこれっぽっちも理解せんと、楽しく生きていけんねんから。多様性を認めましょう、小児性愛者は排除しましょう。そうやって、上から目線の健全な世の中を作っとけや」

「被害者面すんのもええ加減にせえよ」

「なんやと」

「これ以上、お前と議論をするつもりはない。ここは、お前の取り調べの場や。少女達の心と躰に深い傷を与えたお前の罪を確かめる場や。小児性愛者の中にも、子供は傷付けたらあかん、傷付けたくない——そう思って、苦しみながらも理性で欲望を抑えとる奴は、ようけおるやろ。そういう人達は、警察官として守るべき大切な一般市民に変わりない。ただ、お前は違う」

真っ直ぐ見つめ、短く言い放つ。

「お前は、ゴミ屑《くず》や」

怒号を上げ、摑み掛かってきた。鮎川が素早く立ち上がり、引き剝がす。

「弁護士呼べ！　暴言や！　人権侵害や！　違法な取り調べやぞ！」

鮎川に組み敷かれながら、烈しく身を捩らせる。

「何が違法じゃ、法律でしか喋られへんアホが。法律なんかどうでもええ。守るべきは、魂の規範や。子供に恋しようが欲情しようが、たとえ誰かを傷付けたり殺したりしたいっちゅう欲望を抱えてようが、理性で抑えられてる限り、何も文句はない。どんな邪悪な欲望を内心で抱えてようと、それを実行に移さんと暮らしてる人間は、俺の魂の規範には反してへん。

でもお前は、行動に移した。ホンマに子供にしか欲情できひんのか、それとも大人の女と向き合うのが怖いから、性欲と支配欲を満たせる対象として子供に目を付けたんか。動機はどっちでもええ。現実に子供を傷付けて、苦しめた。それが問題や。弁解の余地はない」

男が叫び声を上げげた。泣いているように見えた。まるで、子供のように。

25

寺西准一は田岡からの着信を受け、すぐさまSTAIRSに向かった。鍵を開け、「臨時休業」の札が掛かった扉を開く。

サイドを刈り上げ、剃り込みを入れた男が、股を広げてソファに坐っている。

男から距離を取って、田岡と小暮が立っていた。二人とも、普段店で客やカモの女を相手にしているときの笑顔とは打って変わって、険しい表情だ。小暮の口許には、血が滲んでいる。

「あんたが責任者か」

粘っこい声で問われた。黒の布マスクを顎に掛け、ピンクのアロハシャツの第三ボタンまで開けて、胸許の刺青《いれずみ》を覗かせている。輪郭だけ彫って彩色の施されていない筋彫りだ。

「堂本と申します。お名前をお伺いできますか」

「奥田《おくだ》や。谷町《たにまち》でガールズバーやっとる。ウチの店の従業員がな、最近やたらとシフトに入って働き出した。結構なこっちゃ、思うてたけど、どうも様子がおかしい。えらい疲れてるみたいや。ほいで調べたら、なんとおっぱいパブで働き始めてた。あのガキのせいや」

奥田が直立する小暮を指差した。

「うちの子問い詰めたら、白状したわ。甘い言葉囁いて、えらい頻度でこの店に通わせて、ごっつい額請求しとるらしいがな。ぼったくりバーが。どうやって、責任取ってくれんねん」

「女の子がバーのイケメン店員に恋をして通い詰め、納得してお金を支払った。それだけの話です。責任などありません」

「舐めとんちゃうぞ、コラ！」

奥田がテーブルに足を叩き下ろした。

「出て行ってください。警察を呼びますよ」

「呼べるもんなら呼んでみんかい。呼ばれて困るのはそっちやろ」

「こちらとしては、呼んでも一向に構わないんですよ。この店はぼったくりではありませんが、仮にぼったくりだとしても、刑事事件としての立件が難しい場合が多い。警察官はやってきても、民事不介入だと言うだけですよ。明確に暴力や恐喝の証拠があれば、別ですが。むしろ、彼への暴行で捕まるのはあなたですよ。唇が切れている」

奥田が呻吟《しんぎん》した。冴えない店を経営し、従業員に手を出されたことで激昂、脅して小金でも稼ごうとしたが、後先考えず感情任せに小暮を殴ってしまった馬鹿なチンピラだ。

「こちらとしても、事を荒立てるつもりはありません。どうぞ、お帰りください。それで、終わりです。穏便に済ませましょう」

奥田が肩を怒らせ、顔を紅潮させる。

「それとも、警察沙汰にしますか」

スマートフォンを取り出す素振りを見せると、勢い良く立ち上がった。

「一発ドツいたったからな。それで勘弁しといたるわ」

寺西は笑いを嚙み殺し、軽く頭を下げた。奥田が荒々しくドアを閉めて退店した。

「さて、小暮くん。どういうことかな」

表情を打ち消し、厳しい目で見つめる。

「ターゲットは水商売とは一切無縁の女にするようにと、マニュアルに記しているはずだ。何故、ガールズバーで働く女を狙った」

「手っ取り早いかなって、思ったんで」

不貞腐れた声だ。今までの自分への態度とは違う。

「時代が進んだとはいえ、水商売に厄介な筋の連中が絡んでいることは、やはりまだある。だからこそ、堅気の女を狙い、我々と提携している店に斡旋するんだ。不要なトラブルを避けるためにね。さっきの男は、おっぱいパブと言っていたが、提携先にその業態はないはずだ。君が勧めたのか」

「いや、違います。あいつが勝手に、自分で稼げる店を選んだだけで」

「つまり君は、マニュアルに背いて勝手にガールズバーで働く女に接近し、この店の常連にして金を巻き上げ、その女は金を工面するために自分で働く店を選んだと。小暮くん、ただ楽に金を稼ぎたいだけなら、適当にナンパをして、誰かのヒモになったらどうだ。システム化されたビジネスであるこの店で働いてもらう必要はない」

「俺の監督不行き届きでもあります。すみません」

田岡が頭を下げた。

「優秀な後輩だと言うから、期待していたんだけどね」

小暮が下唇を嚙み、荒々しく息を吸い込んだ。それから、口の中で何か呟いた。

「何かな？」

「所詮、ただの詐欺師やろ」

小暮が硬い声で言った。田岡が隣で顔を強張《こわば》らせる。

「たった一度の叱責で不貞腐れてそんな態度を取るなんて、残念極まりないな」

ため息を吐いた。採用ミスだ。見る目がなかったらしい。

「マニュアル通りやろうが俺のやり方やろうが、店の売上に繫がってんから、一緒やんけ」

「提携先の店から得られる紹介手数料は、得られていない。それに現に今さっき、厄介事が起こったろう。あの男はただのチンピラだったから簡単に追い払えたが、もっと面倒な事態だってあり得た」

「マニュアル通りやってても顔役とかいうヤバい奴らは来たし、あんたは殴られて何もできずに終わったんちゃうんかい」

小暮が陰険な笑みを浮かべて言った。

寺西は鋭く息を吸い込み、思わず田岡を睨み付けた。凍り付いたように、見返される。

あえて口止めはしなかったが、まさかあの夜の出来事を他の連中に嬉々として喋るとは、思いもしなかった。

「偉そうなこと言うなら、顔役とやらにも反撃しろよ。さっきのおっさんからも、俺を殴った慰謝料を巻き上げろよ。結局、暴力とは関わらない賢いスタンスです、みたいな顔して、ビビってるだけやんけ」

「おい、小暮！」

田岡の手を振り払い、小暮がドアに向かう。

「二度と来るか」

奥田よりもさらに烈しく、叩き付けるようにしてドアを閉めた。

感情を鎮めようと、深々と息を吸い込む。駄目だ。怒りが収まらない。

「すみません、堂本さん。別にその、何というか」

「構わないよ。日頃スマートぶっている人間が殴り飛ばされたダサい話なんて、格好の面白エピソードだ」

厭味たらしく、情けない口調になった。田岡が傷付いた表情を浮かべる。

「ホンマに、そんなつもりじゃなかったんです」

「構わないって。怒ってないから」

「いや、ホンマなんです。信じてください。むしろ逆というか、ああいうヤバそうな連中を相手にすることもある危険さに痺れたというか。それでつい、喋ってもうて」

「もういいって」

努めて、声を抑えた。弁解がましく、田岡が言い募る。

「小暮の解釈がおかしいだけで、俺はちゃんと、堂本さんは俺なんかと違って毅然とした態度で、落ち着いて渡り合ってたって言いましたし。その――」

「もうええ、言うてるやろ!」

つい声を荒らげてしまった。田岡が躰をびくつかせる。

寺西は親指の爪を噛んだ。苛立ちが収まらない。田岡から目を逸らし、棚に陳列された洋酒を数える。銘柄と本数の気持ちいい組み合わせを見つけ出し、何度も何度も数え直す。

「タムデュー、一、二。タムデュー、一、二。タムデュー、一、二……」

声に出さずにはいられなかった。呪文のように、繰り返し唱え続けた。

26

澤田はOsaka Metro谷町線に乗り込み、イヤフォンを装着した。スマートフォンを操作する。音楽を聴く気分ではなかった。久しく、音楽を能動的に聴いたことはない。
『Waltz for Debby』というジャズの名曲がある。ジャズにも音楽にも疎いが、その曲とそれを収録した同名のアルバムは、学生の頃にたまたま聴いて以来、その美しいピアノの旋律に惹かれて愛好してきた。あの曲を堂々と胸を張って聴くことのできる人間でいることが、澤田にとっての魂の規範だ。

だが、最後にあの曲を聴いたのは、一体いつだっただろうか。もう、思い出せない。

笑福亭松鶴《しょうふくていしょかく》の「らくだ」を再生した。落語は常に、寄り添ってくれるからいい。

聴いているうちに、手先が僅かに震え始めた。膝から下に力が入らず、苛立ちと焦燥が募る。

空腹時の低血糖状態に似ている。

日本酒は好みではないが、笑福亭松鶴の日本酒を呷る酔っ払いの芝居は、無性に酒を飲みたくさせる魔力があった。

車内の乗客を軽く見回し、鞄からラフロイグのハーフボトルを取り出した。マスクを顎に掛け、酒を軽く口に含む。躰が落ち着きを取り戻し、震えが治まった。

車内アナウンスが、南森町《みなみもりまち》駅への到着を告げた。気分が軋《きし》む。美しい記憶の残滓《ざんし》を払うべく、ボトルをさらに呷った。

＊　＊　＊

南森町駅の改札を抜け、伊織《いおり》の姿を捜した。見当たらず、周囲を何度も見回す。

「お父さん」

振り返ると、黒のキャップを被った伊織が見上げていた。

「ああ、おったんか」

「おったんか、ちゃうよ。きょろきょろして」

「帽子なんか被ってるから、分からんかった」

「娘の姿が？　碌《ろく》に家帰って来えへんからや」

冗談めかした声だったが、鋭く胸に刺さった。

「すまん。行こか」

一番出口を出て、西へ向かう。

「なんの帽子や」

「シミラボ。むっちゃイケてる日本のグループ」

伊織がキャップの前頭部を指で叩いた。白字で「ＳＩＭＩ ＬＡＢ」という文字が縫われている。

「知らんな」

「むっちゃ格好良い。特に、ＯＭＳＢがヤバい。一遍、聴いてみ」

「おむすび？」

「ローマ字でＯ、Ｍ、Ｓ、Ｂって書いて、そう読むねん。メンバーの一人。ラッパー」

「ラッパーか」

「何、その反応？　うわ、偏見持ってんねや」

「いや、別に何も思てへんよ。偏見持つほど、よう知らんし」

「逆やろ。知らんから、偏見持つんやん」

「頭ええこと言うなあ。誰に似たんや」

「自力で獲得したん」

ため息を押し殺した。可愛げのない娘だ。だが、可愛くないところが愛おしい。

「しかし、ラッパーなあ。伊織のイメージと結び付かんわ。キンプリ、好きやったやろ」

「今でも好きやで。けど、好みの幅は広がるもんですよ。多感な時期ですから」

他人行儀な言い方をすな。そう冗談めかして突っ込もうとしたが、寸前で飲み込んだ。

微笑みながら歩く伊織を、横目で見やる。ますます、母親に似てきた。ショートカットが似合うのは、美人の証だ。

予約しているレストランに到着した。木に包まれたビストロ風の店内は、明るく瀟洒な雰囲気だが、肩肘を張らずに済むカジュアルさもある。

「帽子、脱ぎ」

「えー、髪ぐちゃぐちゃやわ」

キャップを脱ぎ、指で前髪を整える。

「キマらへんわ、前髪。一遍もキマったことない」

「変わらんて」

「変わるの。前髪は、女子の永遠の悩み」

「今どきの中学生は、洒落《しゃれ》とんの」

「そやで。前髪の行方、ってタイトルのエッセイ集、出そかな」

店員がやってきた。フランス産ビールとフレッシュぶどうジュースを注文する。

「どないや、最近」

「ぼちぼちかなあ」

会話が終了し、沈黙が流れる。運ばれてきた飲み物と前菜に、助けられた。

「バリ旨い」

頬を綻ばせ、帆立を口に運ぶ。

「そうや、お母さんと喧嘩した」

「なんでや」

「私がヒップホップ聴いてることに、やいやい言うてきたから。ドラッグ、マリファナ、タトゥー、暴力、みたいなイメージらしい。全く違う訳ちゃうけど、でもそれだけじゃないし。宇宙人に、人類は戦争ばっかしてるから滅ぼすべきやって言われた感じ。分かる？」

澤田は笑みを浮かべて頷いた。

「タトゥー、入れよかな。普通に、デザインとしてオシャレやねん。どう思う？」

「よっぽど入れたいんやったら、好きにしたらええんと違うか」

「何それ。どうでもいいん？」

「伊織の人生は、伊織の人生や。何をして何をせえへんか、選ぶ権利は、伊織にしかない」

「おお。お母さんに言うたってよ」

「無理や、よう言わん」

家事や育児に口を挟む資格はない。家を空けて、捜査に精を出してばかりだ。一週間前にも、伊織の誕生日を祝う家族四人の食事を当日にキャンセルした。

「すまんかったな、この前の焼肉。行けんで」

「仕事やもん。それに私は、焼肉にフレンチに、二回もええもん食べれてラッキーやし」

「それをお母さんにも伝えてくれ。まだ、口利いてくれへん」

伊織の頬に笑窪《えくぼ》が浮かんだ。

「タトゥーでも何でも好きにしたらええけど、お母さんを悲しませんといたってくれ。どうしてもしたかったら、よう話し合って納得させて」

「お兄ちゃんにも言いや。ワルなって、お母さん悲しんでんで」

「あんなもん、ワルとは言わん。粋がりたい年頃なだけや」

妻が純平《じゅんぺい》を過剰に心配していることに、澤田は辟易していた。どちらかと言えば内向的だったのが格闘技を習い始めて活発になり、時折学校をサボって遊んでいるだけだ。

「まあ、お兄ちゃんは焼肉に来て、私の誕生日も祝ってくれたしね」

皮肉っぽい声の調子に、苦笑する他なかった。

「もし純平がホンマに道を踏み外しそうになったら、そのときは責任をもって俺が元の道に戻す。けど、そんなことにはならんやろ」

「チンピラに絡まれて喧嘩になったって、昨日顔腫らして帰ってきたで。煙草の臭い、むっちゃした」

「ホンマか。あいつが三歳のとき、臭いって泣きよったから、禁煙したのに」

「昨日は、お母さんが泣いてたわ」

「喧嘩とか煙草くらい、ある程度好きにさせたったらええねん。男の子やねんから」

「時代錯誤やなあ。私もグレたろかな。ラップ聴いてたら、やっぱマリファナに興味出てきてさ。もし捕まったら、揉み消してな」

「警部補にそんな力はない。大体、マリファナ程度の快楽で捕まるんは、アホらしいぞ」

「経験者は語る？」

「大麻吸う警察官が何処におんねん」

「結構おるやん。たまにニュースになってる」

返す言葉がなかった。グラスを呷り、フルボディの白ワインを注文する。

「お酒、そんなに美味しい？」

「飲まんでええ。これぞハードドラッグや」

「どの口が言うてんの」

「この口やからこそ、言うてんねん」

伊織が声を立てて笑った。他のファミリー客が振り返り、澤田は頭を下げた。

「ごめん、ごめん。まあ、別に飲まんから、安心して。カルピスの方が絶対旨いし」

「そうや。腸内環境を整えとけ」

絶品の料理と美酒と娘の笑顔に浸るうち、時間は瞬く間に過ぎていった。

「なあ、伊織。最近、何か嫌なことあったか」

「なんで？」

「何となく。父親の勘や。いじめか」

「まあ、クラスの男子に名前揶揄われたりはしたけど。伊織って、ホンマは男の名前やでって。宮本武蔵《みやもとむさし》の息子」

「すまんな。俺もお母さんも、当時は知らんかったから」

「ええよ。気に入ってるし、今は結構女子でもおるし。そいつも、何か理由をつけて私を攻撃したかっただけやろうからさ」

伊織が諦念を含んだため息を吐いた。

「そっか。でもまた何かあったら、誰か頼れる大人に言えよ。もし、伊織じゃなく、他の子がいじめられててもな」

「りょ」

「りょ？」

「了解って意味」

「何でも略すな」

「略語を使わんのは、年寄りへの第一歩やで。ただでさえ、落語とか聞いて年寄り臭いのに」

揶揄うように笑ったあと、何かを言い掛けて、口を噤んだ。目で続きを促すと、言い辛そうに顔を顰めてから、話を続けた。

「正直、いやまあお父さんのことではないけど、頼れる大人がどんだけおんねんっていうかさ。いじめは駄目です、なくしましょうって大人は言うけど、絶対無理やん。だって、大人がいじめしまくってんねんから。私ら子供は、その姿をずっと見せられてる訳で。自分達もできてへんくせに、子供に対しては上から目線でお説教。大人が決めたルールで、大人を中心に世の中動かしといて、面倒な問題は見て見ぬふりで子供の世代に丸投げやろ。

で、大人にちょっとでも意見したら、自立して生活もできひんようなガキが一丁前なこと言うな、ってスタンスでのらりくらりやんか。何でもかんでも自己責任やって冷たく斬り捨てる割に、自分達は何の責任も取ろうとせえへん。そんな大人ばっか」

声を荒立てるでもなく、淡々と言った。

「日本が、嫌いか」

「ほら、出た、それ。こういうこと言うと、日本が嫌いなら出て行けパターーン」

「出て行けとは言うてへん」

「お父さんはね。でも、そういう風潮、あるやん。好きな相手でも嫌いなとことか直して欲しいとこは絶対あるはずやのに、国とか社会に対して文句言うたら、すぐに嫌いなんやって決めつけられる。自分達大人に都合悪いからやろ。好きに決まってるやん、日本。愛してるからこそ厳しくもなるって、なんで分からへんねやろ」

「逆に、その年でようそれが分かるな。親が子供に抱く気持ちやろ」

伊織が大人びた表情で肩を竦めた。満面の笑みの店員が、皿を回収しにきた。

「いかがですか、お料理は」

「むっちゃ美味しいです」

途端に、屈託のない笑みに変わった。店員が去ると、拭ったように笑みが消えた。

「なんかごめん。こんなこと言うて」

「いや、貴重な意見や」

「カスタマーセンターか」

伊織が笑い、澤田も相好を崩した。

「あのさ、漫画家、目指してるんよ、私」

唐突に、口を開いた。

「漫画家。そうか」

「うん。だから、普通に高校、大学行く気もあんまないなあって。でも、お母さんがそんなん漫画家なんてどうのこうのって。またそれで、大喧嘩」

「まあ、甘い世界ではないやろからな」

「大丈夫。この年頃の女子にしては珍しく、甘いもの好きちゃうから」

すました顔で言ったあと、目を伏せる。

「お待たせいたしました。マスカットとパイのミルフィーユです」

テーブルの上に、白い大皿が二つ置かれた。伊織の皿の縁には、「Happy Birthday Iori 生まれてきてくれてありがとう」とチョコレートで記されている。

「一週間遅れで、すまんけどな」

「余命宣告でもされたん。こんなメッセージ、全然ガラちゃうやん」

「甘いもの好き違うなら、全部食うたんで」

伊織が顔を上げた。

「そういう意地悪を言うから嫌いやねん、大人」

澤田は低い声で笑い、ミルフィーユを口に運んだ。ゆっくりと、甘美な味を噛み締めた。

27

椎名はミッチーから、封筒に入った十万円を受け取った。場所はグリ下ではなく、パークスガーデンのウッドデッキスペースだ。南海《なんかい》電鉄なんば駅直結の複合商業施設の二階から九階まで続く、段丘状の広大な敷地だ。木々や花々が植栽され、テラスや広場として開放されている。こんな風に緑豊かな香りを嗅ぐことができる場所は、ミナミではそうない。

「凄いな、ミッチー。売上、段違いや」

「多少、ヤンチャな友達とかおるからさ」

格好付けた口ぶりで言い、目を細める。

椎名が直接商品を卸す相手は、ミッチーやルイら、最初にグリ下で出会ったうちの数名だけに絞っている。

「売ってる相手に、俺のことって」

「言うてへんよ。卸してくれる奴がおるとしか。てか、言うたところで、別に大丈夫やろ。俺、ジョーダンのこと、全然知らんし」

何処となく、語気が尖《とが》っているように感じた。返答に窮していると、甲高い子供の声が耳に飛び込んできた。二歳くらいの男の子が満面の笑みでよちよちと走り回り、奇声を上げている。両親は「ゆう君、しーっ」と言いつつ、顔を綻ばせている。

胸の底が鈍く痛んだ。達樹が生まれる前、両親と公園で遊んでいたときの幸福感が、おぼろげに甦ってくる。自分でも服用しているから断言できるが、大麻もステラも決して、悪いものではない。でも、やっぱり犯罪だ。いくらこの国の今の法律の方がおかしいのだと言い張っても、犯罪であることに変わりはない。母親は、椎名が犯罪に手を染める未来など、絶対に望んではいなかった。そんなことが起こり得るとすら、想像だにしていなかっただろう。

「ホンマ、何処で手に入れてん、あんな凄いもん。誰から仕入れてんの」

「それは、言われへん」

「ケチやなあ、独り占めかよ」

拗ねた口調に、優越感が芽生えた。胸の痛みが幾分か和らぐ。

「マジで最高やもんなあ、ステラ。バリ効くわ」

「とろんとするよな」

「とろんってか、カーッて感じやろ。血管、開く感じ。目ェの裏で、光、弾けるやん。ステラってネーミング、バリ合ってるわ」

「そんなん、なるか」

「え、ジョーダンはならんの。相性あんのかな。ドンマイやん」

ミッチーが目を瞬《しばた》かせ、同情するように肩を竦めた。

「まあ、今後も頼むで。ボス」

明らかにふざけた、若干の厭味さえ込めた言い方だったが、不快感は覚えなかった。現に、ステラを売り捌くマーケットのボスは、椎名だ。

ミッチーと別れた椎名は、Ｏｓａｋａ Ｍｅｔｒｏ御堂筋線心斎橋駅からほど近い韓国料理屋を訪れた。ミスタとセンセーに、ケジャンを食べないかと誘われていた。店のガラス扉には、大阪府独自の基準を満たした飲食店が掲示することのできる「感染防止認証ゴールドステッカー」が貼られていた。

入店すると、マスク越しでも潮っぽい香りと甲殻類の匂いが鼻腔をついた。入口に備え付けられたアルコール消毒液を両手に塗り広げ、現れた店員に向き直る。

「検温にご協力お願いします」

非接触型の体温計を額に向けられた。三十七・五度以上だと感染症の罹患《りかん》を疑われ、入店を断られる。すぐに音が鳴り、店員が画面表示を確認した。三十四・七度だ。汗で濡れた額が一時的に冷たくなったのか、あるいは単なる誤作動だろう。

「まあ、大丈夫ですね」

大丈夫ちゃうやろ。心の中でツッコミを入れ、既に席に着いていた二人に合流し、腰を下ろしてマスクを外した。ミスタとセンセーが瓶ビールを頼み、椎名はジンジャーエールを注文した。

「飲みたかったら、やるから言うてな」

センセーが朗らかな口調で言った。

「ありがとうございます。いやあ俺、ケジャンとか生まれて初めて食べます。正直、何かすら知らんかったです」

ビールを飲みたくない本心を悟られないように、話を逸らす。コチュジャンベースのタレにワタリガニを漬け込んだのがヤンニョムケジャン、海老を漬け込んだのがヤンニョムセウ、醤油《しょうゆ》ベースのものがカンジャンケジャン、カンジャンセウだ。蟹《かに》は四千円弱、海老は二千円弱するが、ミスタが気にする風もなく何杯分も注文する。

「美味しいですよ。蟹味噌《みそ》とかサザエの苦い部分が好きなら、ハマると思います」

「へえ」

ミスタの言葉に、空返事で応じてしまった。蟹味噌もサザエも、食べた記憶がない。

「楽しみです。誘ってくれて、ありがとうございます」

「まあ、最近椎名大変やろからさ。大丈夫か、無理してへんか」

「無理、ですか」

「うん。やっぱ、ステラ販売の責任者っちゅうのはデカいからさ、プレッシャー感じてへんかなって。それに、椎名は真っ直ぐやから、やっぱ俺らのシノギを手伝うことに、罪悪感みたいなんがあるんちゃうかなって。まあ、そのピュアさは別に、悪いことやないねんけどな」

言葉に詰まった。ヤオや伯爵や壺田や李は、椎名にステラを売り捌かせることに対してあっけらかんとしている。だが、ミスタとセンセーは違うらしい。その気遣いが嬉しく、同時に心苦しかった。

「大丈夫です。楽しく、やってます」

硬い声で応じた。

センセーが目尻に皺を寄せて言った。

「ホンマに。なら、ええんやけど」

「ほいじゃまあ、乾杯」

センセーがグラスを掲げ、椎名もそれに倣った。飲み物が運ばれ、会話が中断された。飛沫《ひまつ》感染防止のためテーブルの上に設置されたアクリル板のパーテーションが邪魔で、実際にグラスをぶつけ合うことはできない。

「こんなもん、効果ないけどな。マウスシールドとかも、正直アホちゃうかって思うわ。今まで、あんなマウスシールドなんか目にしたことなかったやろ」

透明の樹脂やプラスチックで口許を覆うものだが、肌に密着していないため、飛沫の拡散を防ぐ効果は殆どないという。

「いきなり！ステーキでは、見たことありますけどね」

冗談めかして言うと、ミスタもセンセーも笑ってくれた。いきなり！ステーキは父親がたまにご馳走として連れて行ってくれたが、病禍以降、めっきり行かなくなってしまった。

「思いっ切り唾飛ばんように、いう衛生面でなら効果あるやろうけど、ウイルスは防がれへんで」

ミスタが頷き、勢いよくビールを流し込んで喉を鳴らした。小さくゲップをし、口を開く。

「やってる感だけです、この国の政治家と役人は」

「東京は何故か通勤電車を減便して、激混みらしいな。イカれてるわ。都民が可哀想。俺ら大阪人は、イソジンがぶ飲みしてバリ元気やいうのに」

センセーの言葉に、ミスタが乾いた笑いを洩らす。意味が分からず、椎名は解説を乞うた。昨年、大阪府知事が会見を開き、ポビドンヨードという成分を含んだイソジンなどのうがい薬を感染者が使うことで、唾液の検査で陰性になる速度が加速したとの研究結果を報告したそうだ。言われてみれば、「嘘みたいな本当の話をさせていただきたい」と口にする知事の姿をニュースで見たような気がする。

会見後、該当するうがい薬の買い占めや転売が横行した。知事は翌日の会見で、予防薬や治療薬ではないため買い占めを控えるように述べたが、歯科医療機関でさえ入手困難な状態が続いた。事実無根のデマを拡散した訳ではないが、「このうがい薬を使ってうがいをすることで、陽性者が減っていく」「薬事法上、効能を言う訳にはいきませんが、感染症に効くのではないかという研究が出ました」といった言葉を使って結果的に購入を煽動《せんどう》する形になったことに対して、批判する向きもあるという。

「まあ、ちょっと質《たち》の悪い風邪やろ。飯食うて、よう寝てたら大丈夫や」

センセーが言い終えると同時に、ちょうど料理が運ばれてきた。

「こういう美味しいものを食べられる幸せを、当たり前と思っては駄目ですね」

ミスタが蟹を咀嚼し、しみじみと言った。

「ストリートで生きていると、若くして命を落としてしまった人間を何人も見てきました。それこそ、壺田が鬱病を患ったときだって、俺達は驚いたもんです。宗教家や自己啓発セミナーの講師ぶる訳やないですけどね、人間、生きてるだけで奇跡ですよ。日に日に、そう実感します」

「人生は、今ここにしかないからな」

センセーが海老の頭を啜りながら言った。

「過去の良かった思い出を愛《め》でるんもええけど、やり過ぎたら鬱になる。逆に、過去をくよくよ悔やんだり、やたらと未来に期待したり怯えたりしてもしゃあない。今、ここ。人生はそれだけや。俺もミスタも椎名も、一秒後には死んでるかもしれん。南海トラフが来るかもしれんし、血迷った誰かが核のボタンをポチりよるかもしれん」

「今のこの自粛ムードは、それを分かっていない連中が作り上げたものですよ。自由は、命よりも重い」

ミスタが厳かな声で言った。二人の言葉が突き刺さり、声が出なかった。日本中で感染症が流行しようが、それによって何人命を落とそうが、知ったことじゃない。青春をバスケに捧《ささ》げたかった。そんな本音を吐露することは人として間違っているのだと思い、胸中に封じていた。でも、ミスタやセンセーの言葉は、意図していないだろうが、椎名の苦しみを汲んでくれている。

「椎名も食べや」

タレに漬かったワタリガニを手に取り、とろりとした身に吸い付いた。

母親はもうこの世にはいない。逮捕されたらどうなるかなど、起こるかどうか分からない未来を心配していても仕方がない。顔役が——ヤオと伯爵と李と壺田とミスタとセンセーが、自分を使い捨ての駒としてしか見ていないはずがない。

濃厚な蟹味噌の旨味が、口一杯に広がった。

28

韓国料理屋を出たあと、琴音からのＬＩＮＥに気が付いた。一読し、直ちに電車で琴音のマンションへと向かう。

「こんばんは。ごめんね、椎名君」

部屋のドアを開けるや否や、琴音が心底辛そうに詫《わ》びてきた。

「いやいやそんな、琴音さんが謝るようなことじゃないです」

もごもごと言いながら、室内に通される。凜の姿が見当たらない。

「こっち、こっち」

琴音が囁き、寝室へと導かれた。

凜がベッドの上で、すっぽりと毛布にくるまっていた。

「凜。どないした」

反応はない。ベッドの脇の椅子に、腰を下ろした。

「ここ二、三日、やたらとぼーっとしてて元気がないことが多くて。どうしても椎名君に会いたいって、朝から聞かんくて」

琴音が声を出さずにため息を吐く。

「すみません。ありがとうございます」

「こっちこそ。ちょっと、買い物してくるね」

寝室で、二人きりにされた。室内を見回し、壁に掛かった抽象画をぼんやりと見つめる。

「カズくん」

囁くような声がした。毛布から顔の上半分だけ出し、こちらを見つめている。

「おはよう。大丈夫か」

小さく、首を横に振る。それから身じろぎし、ベッドに空間を作った。

「こっち、来て」

「いや、ここでええよ」

鼓動が速まり、声が上擦った。

「嫌や。来て欲しい」

むずかられると、従う外ない。椅子から腰を浮かし、持ち上げられた毛布の中に入る。

凛とベッドで、毛布にくるまりながら横になっている。凛の右肩が、自分の左肩に押し付けられるように密着している。温かく、やわらかい。

顔が火照った。ヤオが連れて行ってくれる夜の店のお姉さんや琴音の甘い香水の匂いとは違う、甘酸っぱい汗の匂いがした。

「ずっと、ここがいい。戻りたくない」

潤んだ声が言った。込み上げてくる熱いものを押し戻そうと、椎名は深呼吸した。

「今まで、何があったん？」

返事はない。顔を腕に押し付け、小刻みに首を横に振る。半袖シャツのため、凛の涙の濡れが腕に伝わってきた。

「カズくん」

「うん？」

「ううん」

そっと、横目で盗み見た。サイズの大きなシャツの首許から、肩の辺りが覗いている。日焼けしていない白い筋が見えた。

「陸上かなんか、部活してたん」

軽い調子で、尋ねてみた。沈黙のあと、呟きが返ってきた。

「えっち」

「ああ、いや違う、別にそういうことじゃ――」

舌をもつれさせながら弁解する。凜が喉の奥で笑った。

「カズくんなら、ええよ」

声が詰まった。どういう意味や。そういう意味か。

「部活は、してへん」

「え？　ああ、そうなん」

「うん。時々、お肌焼く時間があるん。日焼け跡もわざと。その方が自然やからって」

「どういう意味？」

返事はない。何となく追及するのが怖くなり、椎名も押し黙った。淡いトーンで統一されたモダンな寝室に、沈黙が降りる。疑問符が脳内で踊る。

しばらくして、凜がうなされるような声を発し始めた。声を掛けても反応はない。躰を起こし、ベッドの上で膝を丸め、爪を噛み始めた。喉の奥で苦しそうに、呻いている。

「大丈夫か」

気怠そうな視線を向けられた。椎名も正坐《せいざ》し、凜と向かい合う。

「ちょっと、しんどくて」

「そっか、そっか」

口にしてから、凜の爪がボロボロなことに気が付いた。

「ちょいちょい、あかんで、あんま噛んだら」

そっと凜の腕を掴み、爪を噛むのを止めさせる。

「苦しい」

熱に浮かされたような顔で、見上げられた。

「カズくん。苦しいよ」

切実な声で、繰り返された。気付くと、抱き締めていた。怯えたように身を竦めてから、両手を背中に回してきた。安心させてやるつもりが、反対に安心感が胸いっぱいに広がった。幼い頃に、母親に抱き締められたときの感覚を思い出す。鼻の奥が熱くなった。

自分もこんな風に、誰かに素直に「苦しい」と言いたかった。でも、言えなかった。頼れる相手がいなかった。でも凜は、自分を頼りにしてくれている。守りたい。否、守らなければならない。誰にも守られてこなかった椎名にとって、使命のように感じられた。

「ありがとう。ごめんね」

凜が小さな声で呟き、もう一度横になった。椎名の左腕を抱き枕にして、目を閉じる。すぐに、規則的な寝息を立て始めた。むにゃむにゃと唇を動かし、寝言にもならない声を洩らしている。鮮やかな唇に、目を奪われた。

考えまいとしていた胸の感触に、どうしても意識が向いてしまう。小さく膨らんだおっぱい。やわらかいけど、弾力もあるおっぱい。

「アホか、俺は」

あえて声に出した。湧き上がる欲情を抑え付け、凜の頭を撫でる。思いの外硬く、毛羽立っている。

力を込めず、起こしてしまわないように細心の注意を払いながら、何度もゆっくりと頭を撫でる。腕の怠さが、妙に心地好かった。

29

琴音は回転寿司《ずし》チェーン店の袋を提げ、伯爵と共に帰ってきた。

「俺のこと、分かるかあ」

凜が椎名に身を寄せたまま、小刻みに頷いた。まだ、体調は万全ではないらしい。

「今日はお寿司でーす」

琴音が明るく宣言し、四人でテーブルに着いた。伯爵がテレビを点ける。

「伯爵さんも、回転寿司とか食べはるんですね」

「回らん寿司も回転寿司も楽しめてこそ、大人やぞ。今度、回らん方も連れてったるわ」

「ありがとうございます」

声が弾んだ。当然、生まれてから一度も行ったことはない。回転寿司でさえ、贅沢という認識だ。

ふと、凜がテレビ画面を見つめているのに気付いた。つられて、視線をやる。行方不明になっていた女子高校生が無事発見され、三十代の男が逮捕されたニュースだった。

「凜の行方不明は、ニュースにならんなあ」

伯爵があっけらかんと言った。凜が顔を強張らせる。

「まあ、そういう環境に身を置いてる奴は一定数おる。俺もせやった。失踪してすぐに誰かが気付いて、捜索願出してくれる時点で、幸せ者やで」

「でもこの子、パパ活しまくってたんやろ」

琴音が箸で画面を差した。

「ネットで結構、話題になってる。パパ活して稼ぎまくって調子乗ってたら、ヤバい奴に狙われたって。躰も売ってたらしいからね。自業自得、とまでは言わんけど、でもまあねえ。私、こう見えて案外、硬派な清純派白ギャルやから」

言葉の間とドヤ顔が面白く、椎名は吹き出した。

「でもホンマに、金で躰売るとか、考えられへんタイプかな。端金《はしたがね》で自分の魂を汚されるって、虚し過ぎひん？　エッチはやっぱ、大事なもんよ。ねえ、椎名君」

琴音の口から放たれる「エッチ」という言葉に多少動揺しつつも、何とか平静を装った。

「まあ、俺もそういうのはナシかなと。ホンマに好きな相手とすべきですよね」

そんな機会が訪れたこともない童貞だが、余裕ぶって答えた。

「おい、そんな話はええ」

伯爵が低い声で言い、真顔のまま凛の方を見て顎をしゃくった。

「ごめん、気まずかったよね」

琴音が両手を擦り合わせて謝る。椎名は隣の凛を見やった。照れて俯いているのかと思ったが、よく見ればいつもの強い眼差しが影を潜め、虚ろな表情をしている。

数秒して、凛は顔を上げ、サーモンに箸を伸ばした。

「凛。大丈夫か。なんか――」

「え、うん。何が？」

凛が微笑を浮かべ、小首を傾げた。

「いや、別に。大丈夫ならええねんけど」

「そっか」

素っ気なく聞こえた。嫉妬したのだろうか。さっきは格好付けたが、自分は誰ともエッチしたことはないと弁解したい。ただ、伯爵と琴音の前で口にするのは憚《はばか》られた。

ニュースが終わり、クイズ番組が始まった。それを見ながら、四人で寿司を平らげた。

琴音に乞われて、片付けと洗い物を手伝う。伯爵はソファに坐ってスマートフォンを操作している。凜が廊下に続くドアを開けて、出て行った。

五分ほどして、伯爵が口を開いた。

「トイレ、ちょっと長ないか」

「確かに。ちょっと見てくる――」

琴音の声を搔き消すように、勢いよくドアが押し開かれた。内側のドアノブが壁にぶつかって大きな音を立て、蝶番《ちょうつがい》が軋む。

男が、姿を現した。目と口の部分にだけ穴があいた黒のフェイスマスクを被っている。乱雑にドアを閉め、首から上だけを動かして、室内を見回す。ドアの右手はすぐ壁だが、左手には一メートルほどの空間を隔てて、カウンターキッチンが設置されている。椎名は琴音と二人、その中で身を竦ませていた。

男がリビングの奥のソファに坐る伯爵を見、無人のテーブル席を見、最後にキッチンに視線を滑らせてきた。SF映画のアンドロイドのように滑らかで不気味な首の動きに、得も言われぬ恐怖と汗が噴き出してくる。

「何じゃ、お前」

落ち着いた声とは裏腹に、伯爵が素早く立ち上がった。

「ガキは何処や。寝室か」

問いを無視し、伯爵が男に近付く。男は微動だにせず、繰り返し言った。

「ガキは何処や」

伯爵がストレートを繰り出した。男が両手で顔面をガードする。

伯爵が続けて拳を放った。男が上躰をずらして躱し、右フックを炸裂させる。

頬に直撃すると同時に、伯爵が顔を背けて衝撃を受け流した。すかさず、カウンターのローキックを繰り出す。太腿の付け根を烈しく蹴り付けられ、男が呻いた。

伯爵が長い腕を伸ばし、男の目出し帽を摑む。顔面を床に叩き付けようとしたが、男が身を捩って抵抗した。男の躰が、テーブルの上に投げ出された。片付けの途中だった食器類が散乱する。

男が弱々しく呻き、鈍い動作でテーブルから這い下りようとした。伯爵が背後から男に近付く。

男が俊敏な動作で陶器のコップを摑み、振り返りざまに伯爵の頭部に叩き付けた。鈍い音が響き、伯爵が足許を危うくした。男が前蹴りを浴びせる。後ろ向きに数歩よろめき、伯爵がドアに背中を打ち付けた。

男が胸の前で拳を構えた。先刻の弱々しさはない。伯爵を油断させて近寄らせるための罠《わな》だったのだ。

伯爵の左側頭部からは、血が流れていた。伯爵が血を拭い、赤く濡れた掌をじっと見つめた。顔を近付け、嬉しそうに匂いを嗅ぐ。椎名の耳には啜り泣いているように聞こえたが、顔は確かに笑っている。

男が伯爵に呼応するかのように、低い声で笑った。椎名は生唾を飲み、キッチンの中で琴音と顔を見合わせた。

男と伯爵の笑い声が、ぴたりとやむ。不穏な静寂に包まれた。

男が一歩踏み出し、拳を放った。伯爵がガードし、カウンターを返す。互いに高速で打ち合い、相手の拳を弾き、躱す。一分にも満たない攻防の中で、男も伯爵も数発ずつのダメージを負っていた。

突然、男が口から真っ赤な霧を噴き出した。だが伯爵は、男の呼吸と口許の動きから、血飛沫《ちしぶき》による目潰しを予測していたらしい。左手を顔の前にかざして目を守り、右腕で男の拳を防いだ。男が瞬時に手を引いた。同時に、上躰を斜め下へ沈ませる。伯爵の懐に飛び込むように跳躍し、前回りで受け身を取る躰勢に入った。後ろ足を大きく跳ね上げ、胴を捻《ひね》る。

傍《はた》から見ていた椎名には、男の大きなモーションがはっきりと見て取れた。だが伯爵は、至近距離での打ち合いと目潰しへの警戒に注意を割いていたせいか、僅かに反応が遅れた。

全体重を乗せた捨て身の回し蹴りが、伯爵の脳天で炸裂した。

二人の躰が折り重なって倒れ、すぐに男だけが立ち上がった。ワイシャツの胸許が破れ、トランプのエースを模したタトゥーが覗いている。伯爵は横たわったまま、ぴくりとも動かない。

男が短く笑い声を発し、キッチンへと視線を移した。

椎名を襲ったのは、恐怖やパニックよりも強い、冷静な絶望だった。

あんな奴に、自分が敵《かな》うはずはない。あと少しで、へたり込んでしまいそうだ。

「椎名君、下がってて」

琴音が包丁を手に取った。刃先が震えている。

男がカウンターキッチンに侵入してきた。目出し帽から覗く切れ長の瞳には、白目が殆どなく、真っ黒だ。

琴音が荒々しい呼吸のまま、包丁を握り締めて男に突進した。刃先が男に到達する前に、男の拳が琴音の顎を揺らしていた。包丁が音を立てて落下し、次いで琴音も頽れた。

「女に守られるって、どないやねん」

せせら笑う声がしたかと思うと、強烈な痛みが鼻梁に走った。呼吸ができず、眼前が曇る。気付けば、フローリングの床に倒れていた。

「ガキは何処や」

「凜には、手ェ出すな」

あらん限りの力で叫んだつもりだったが、掠れた声が洩れただけだ。

髪の毛を鷲掴みにされた。太い指で、首を絞め上げられた。無我夢中で抵抗したが、すぐさま視界が反転し、意識が遠退き始めた。

暗黒の中で、男の鼻歌が最後まで尾を曳《ひ》いていた。

30

「昔は鬱でたまに何日も連絡取れんくなったこともあったけど、ここ最近はない。現に、家に行ったけどおらんかった」

ヤオの貧乏揺すりが烈しさを増す。

「一昨日、俺の店に顔を出したときにも、普通に元気そうでした」

ミスタが沈痛な面持ちで言った。

「そこへ来て、今日のこれか」

伯爵が眉根を寄せて呟く。いつもの比ではないほど、目が真っ赤に充血している。

琴音は一撃で脳震盪《のうしんとう》を起こし、失神しただけだった。琴音だけタクシーで病院に行かせ、伯爵と椎名はヤオに連絡し、別のタクシーでＢＡＢＹまでやってきた。

凜は、姿を消した。トイレに籠もっているのを発見され、連れ去られたのだろう。

マスターも明らかに普段と違う雰囲気を察知し、いつも以上にバーカウンターの内側で気配を消している。

警察に通報するという椎名の案は、既に却下されている。

――警察が役に立つかい。蛇の道は蛇や。

苛立ったようなヤオの口調に、それ以上口を挟むことはできなかった。

ヤオのグラスの氷が独りでに融《と》け、音を立てた。

「琴音のマンションを突き止められたのは、壺田の口を割らせたからやろな」

「でも壺田さんは、そんな簡単に口割るような人ちゃいますよ」

李が悔しそうに言った。

「それを割らせるような手段に出たんやろ」

ヤオが抑揚のない声で言った。目出し帽の奥の目を思い出し、椎名は胴震いした。

殴られた鼻とタクシーの中で無意識のうちに噛み千切ってしまった下唇の内側が、今更ながら鋭く痛む。緊張の糸が張り詰めているのが、自分でも分かる。凛を守れなかった怒りで、どす黒い感情が肚の底に渦巻いている。

凛のことが心配で堪らない。地に足がついていない感覚がする。だが不思議と、取り乱したり泣いたりする気にはなれない。そんなことをしても、何の意味もない。凛は帰ってこない。今は、凛を取り戻すことだけに、全てを使うべきだ。

そう決意し、震える膝を手で押さえ付けた。首を絞められ、呼吸ができずに意識を失ったときの記憶が、まざまざと甦ってくる。心臓が烈しく脈打ち、躰が蒸発するような感覚だった。生まれて初めて感じた死の恐怖は、途轍もなく暗く、冷たかった。

「俺がおって、不甲斐ない話や。申し訳ない」

「初めてやろ、一対一でやられたの」

ヤオの言葉に、伯爵が頷く。

「途中で急にギアが上がって、強なりよった」

「何者やろな。胸許のトランプのタトゥーか」

「片っ端から、界隈の彫り師達を当たってみましょう」

ミスタが提案し、全員が曖昧に頷く。

「とりあえず今は、壺田が解放されることを祈ろう。もし万が一の場合は、殺った奴を見つけ出して、必ず償わせたる」

ヤオが吐き捨てるように言い放った。

31

安曇《あずみ》警視が両手を擦り合わせ、室内を見渡す。生活安全課の課長だ。褐色で頬がこけた見た目は、流木を思わせる。

「ここ最近、確認されているだけで大阪府全域、兵庫、京都の一部地域で、急速に流行してる錠剤状の薬物がある。中身はＭＤＭＡやけど、ケタミンやなんやと、色々混ぜ物が入っとる。見た目は黄色くて小っこくて丸くて可愛い。まあ、お決まりのパターンやな」

澤田は小声で鮎川に耳打ちした。

「純粋なＭＤＭＡは、常温では白っぽい色してる。そこに他の物も混ぜた粗悪品は、それを誤魔化すために着色されんねん」

「なるほど。ありがとうございます」

「あと、カラフルでキャンディとかラムネみたいな手軽な見た目やと、若者の手ェ出す心理的ハードルが下がるしな」

鮎川が納得したように頷く。頬に、赤みが差している。違法薬物への嫌悪感と怒りが湧いているのだろう。若さと熱さに、羨望を抱いた。

「――このステラは、同種の合成麻薬に較べて、安い。ただ、やっぱ安いのにはそれなりに理由がある。これまで押収されたステラの混ぜ物の種類や割合には、錠剤ごとに大きなばらつきがあったそうや。一粒ごとに、微妙に効果に差がある。つまり、効果を低く見積もって一気に何粒も服用したら、容易に過剰摂取が起こり得る。危険極まりない」

安曇が憤然とした声で言った。

「感染症の大流行の影響で、犯罪件数は大幅に減少した。家庭内での犯罪件数も、数字上は大きな変化はない。ただし、データに表れないレベルで児童の苦しみが増していることは、肌感覚として、みんなも分かってることやと思う。

また、サイバー犯罪は増加傾向にある。サイバー攻撃への対策が不充分なまま、新しい生活様式とやらに対応するために、急速に電子空間への移行が進んだせいや。これは同時に、一般市民が今までとは違って、金や生活に関わる大事な取引をサイバー空間で行ってもええと認知し始めてることを意味する。その是非は知らん。ただ、今回のステラの拡大には、世界的な感染症拡大によって犠牲を強いられた子供達の存在と、インターネットがより身近になった副作用として、電子上で違法行為に手を染める心理的ハードルまでもが低くなってもうたこと――この二つの要因が背景にあるのは、念頭に置いとって欲しい。

薬物のプッシャーいうイメージとは違うて、ホンマに普通の子供らが買うたり売ったりしとるそうや。Ｔｗｉｔｔｅｒやインスタグラムでの口コミ、それから、テレグラムいうアプリが活用されとる。知っとるか」

澤田を含む十六人の課員は皆、一様に鈍い反応を示した。

「知らんか。テレグラムいうのは――」

ロシア人が開発した、誰でもダウンロード利用が可能な無料アプリだ。LINEとは違ってメッセージは暗号化され、一定の時間が経過すると自動で消滅する。秘匿性の高さから近年、しばしば犯罪に利用されている。二〇二一年現在、日本警察の技術力をもってしても、削除されたメッセージの復元は不可能だという。

ステラの注文や受け渡し方法のやり取りをする際には、テレグラムを使うようにという共通認識が、ステラの購入者や売人の間に広まっているそうだ。ステラの販売を取り仕切る者達が流した情報だろうと、目されている。

「大阪府警本部主導で、兵庫県警、京都府警とも連携を取り、特別捜査チームが立てられることになった。各所轄は、捜査協力の要請があった場合、速やかに従うべしとのお達しや。天満署《ウチ》でも刑事課の薬物係はもちろん、我々生安の中やと少年係辺りは、有力な手掛かりを掴む可能性がある」

安曇の視線を受け、澤田は力強く頷いた。電子空間でのサイバー犯罪捜査には付いていけないが、街を歩く者から情報を得ることは、二十年以上やってきた。

「少しでも手掛かりに繋がるような情報を得た場合、速やかに報告するように。以上」

席に戻り、スマートフォンを取り出してLINEアプリを開いた。伊織とのトーク画面をタップする。

――久しぶり。元気か。急に申し訳ない。いきなりですが、仕事に関連して少し心配になったため、連絡しました。もし誰かから、痩せるからとか疲れが取れるからとか言われて、妙な薬を勧められても、絶対に飲まないように。見た目が可愛くてポップなものであろうと、相手が信頼できる人であろうと。返信は不要。

文章を打ち込んでから、悩んだ末、送信することなく削除した。


退勤後、澤田は署の管轄外のサイゼリヤに赴き、赤ワインとプロシュートとエスカルゴを注文した。約束に五分遅れて、常岡がやってきた。

「もう、勘弁してくれませんか」

席に着くや否や、辺りを憚るように言った。

「そんな小声で喋らんでも、誰も聞いてへんて。大体、遅刻したらまず謝るもんや」

常岡のこめかみに血管が浮かび、痙攣する。意に介さず、右手を差し出した。

「早よ、寄越さんかい」

常岡が荒々しく息を吸い込み、鞄から掌ほどの大きさの箱を差し出してきた。受け取り、代わりに封筒を差し出す。

ひったくるように、常岡が鞄に仕舞った。

「いつまで、続ければええねん」

「俺が満足するまでや」

「俺が何したって言うねん」

「文句垂れるなら、金を受け取るな」

「あのなあ！」

突然、大声を発した。周囲のざわめきがやみ、視線が一斉に向けられる。

「まあまあ、落ち着きいな」

常岡が指で烈しくテーブルを小突きながら、声を潜めて続ける。

「急に攫《さら》われて、痛め付けられて喋らされて、おまけに盗聴までさせられてる。たかだか月五万で、命張っとんねん。めちゃくちゃやろ。なんや、これ。悪夢か」

「すまんな」

ぶっきらぼうに言った。

「あの人らのことをべらべら喋ったなんてバレたら、況してや盗聴してるなんてバレたら、百パー殺される」

「だからもう、お前は続けるしかないねん。もし今更やめるなんて言うたら、これまでのことを全部密告したる。お前との会話はずっと、録音してるからな」

目をひん剝き、今にも摑み掛かってきそうなほどの眼力で睨み付けてくる。

無言で、見つめ返してやった。

「もう、許してくれや」

苦しそうな声だ。何も感じない。愚狼會が母体のジムに通う人間を可能な限り調べ上げ、痛め付けて利用しても何ら罪悪感を抱かない屑を選んだのだ。

冷えたワインをお代わりするために、呼出ボタンを押した。


帰宅してシャワーを済ませ、冷凍庫で冷やしたグラスに、サッポロ黒ラベルを注ぐ。

ソファに坐り、常岡から回収した盗聴器をパソコンに接続して、再生を開始した。

三ヶ月前。ガソリンを使って常岡を拷問し、愚狼會や愚狼會が母体である総合格闘技ジムの内情を吐かせた。それから、ジムの会長室に盗聴器を仕掛けさせ、毎月音声を提出するよう命じた。

会長室の掃除は毎日ジム生が交替で行うというルールがあるのだ。掃除の番は、およそ月に一度回ってくる。

盗聴器は、盗聴発信機と録音盗聴器の二つに大別できる。後者は文字通り設置した場所近辺の音声を自動で録音するため、一定期間後に回収が必要だ。リアルタイムで会話を盗聴することはできないというデメリットもある。だが、電波を発しないため探知機に検知されず、長期間の盗聴が可能だというメリットは大きい。

断片的に音声が入っている箇所まで飛ばし、倍速再生する。室内で、時折独り言を言いながら、パソコンを操作しているようだ。

六月二十日から盗聴を開始し、録音音声を聞くのは、これで二回目だ。会長室の掃除は二人一組で行うため、室内のコンセントに挿し込む電源タップを盗聴器が内蔵されたものにすり替えることくらいはできるが、もう一人に気付かれずに隠しカメラを設置するのは不可能だ。

ジムは警備会社と契約している上に、ジムのトレーニングコーチが時折営業終了後に寝泊まりしているそうだ。夜間に痕跡を残さず侵入するのは、不可能だろう。

今回の盗聴でも目ぼしい犯罪の手掛かりが得られなければ、そろそろ次の策を検討すべき頃かもしれない。

澤田は立ち上がり、キッチンに向かった。チャンネル登録している料理研究家・コウケンテツのＹｏｕＴｕｂｅチャンネルを開く。

結婚していた頃は自炊など一度もしなかったが、独り身に戻ってから、好きで作るようになった。元妻が知ったら、怒るだろうか。いや、怒るほどの情さえ、失っているはずだ。

豚バラ肉の塊と薄切りにした生姜《しょうが》、千切った葱《ねぎ》の青い部分を鍋に入れ、たっぷりと水を注ぎ、強火に掛けて煮立てる。出てきた灰汁《あく》を取り除き、厚手のペーパータオルで蓋をして、今度は弱火に掛けた。弱火で一時間以上じっくりと茹《ゆ》でることで、格段に肉がやわらかくなる。

角煮に限らず、強火で急速に加熱しても、表面が焦げたり硬くなったりするだけで終わりかねない。中までじっくりと火を通すには、弱火で時間を掛けるのがベストだ。

マル暴時代の捜査方法も、よく似ていた。功を急げば、末端の連中しか捕まえられない。

鍋を弱火に掛けたまま放置し、ソファに戻った。二本目のビールを開ける。

焦る必要など、何処にもない。急ぐ必要はない。たとえ何年掛かろうと、確実に愚狼會を壊滅させ、純平の死の責任を取らせてやる。

手許の紙の束に視線を落とした。地道な調査や常岡の証言を基にまとめた、愚狼會に関する資料だ。

愚狼會の設立は二〇一六年、団体のトップは二十九歳の男だ。父子家庭だが父親のネグレクトに遭い、非行の道へ。補導歴や前科こそないものの、界隈ではそれなりに知られた不良だったようだ。ヘビー級のプロボクサーとしてデビューを果たしたあと、総合格闘家に転向。エースというリングネームで全国各地の地下格闘技大会に出場してカリスマ的人気を誇ったのち、愚狼會とそれを母体にした地下格闘技団体兼総合格闘技ジム「ＷＯＬＦ　ＰＡＣＫ」を旗揚げした。

エースは中学卒業後に家を出て一人暮らしを始め、ボクシングジムに入門している。プロデビューの二週間前に、エースの父は階段から足を滑らせて死亡している。

ＷＯＬＦ　ＰＡＣＫの登録選手やジム生は五十人以上いるが、それらを束ねる愚狼會の正規構成員は現在、八名しかいないという。ジムや大会に出入りする連中の身許は、澤田の独自の捜査でもある程度判明したが、そいつらの中で果たして誰が愚狼會の構成員なのかは、突き止めることができなかった。準暴力団に指定されている半グレ集団の構成員は、組織犯罪対策本部が秘密裏にデータとしてリストアップしている。本籍、生年月日、前科の有無、暴力団員との交友、刺青や身体的特徴まで、把握可能な限り記されている。澤田はかつて、現場で暴力団犯罪を捜査する刑事部捜査第四課に所属していた。暴力団の情報収集と分析を担う組対本部にも、未だにツテはある。だが、愚狼會は準暴力団に指定されていないため、そもそも組対本部に情報が存在しない。常岡から聞き出すしかなかった。

半グレ集団は地元の繋がりで形成されることが多いが、愚狼會の場合、エースが強さを見出《みいだ》した者をスカウトしている形らしい。メンバーにはそれぞれトランプの名前が与えられ、証としてそれに対応するタトゥーを躰の何処かに彫るのだという。漫画に登場する悪の組織にでも、憧れているのだろうか。現在は八名だが、いずれは十三人にしたいのだろう。

愚狼會のキングは横綱、大関、関脇に次ぐ小結の地位まで登り詰めた、三十歳の元力士だ。中学卒業を機に入門し、十九歳の若さで十両に昇進した。

キングは、将来有望な力士だった。過去に十代で関取になった者のうち、三割近くが横綱にまで登り詰めている。悲願の日本出身横綱候補として、熱い期待を寄せられていた。幼い頃に母親が父親を保険金目的で殺害して逮捕されたため、夢《ゆめ》の木童園《きどうえん》という児童養護施設で育ったとゴシップ誌に報じられたが、母親の罪が当時の角界のホープのイメージを毀損することは殆どなかった。だがその後、泥酔しながら野球賭博を行い、負けた腹いせに相手に重傷を負わせたため、自らの手で名声に泥を塗る形で、角界を追放された。

WOLF PACKに元力士が在籍しているのは把握していたが、客寄せパンダのような扱いだと考えていた。だが常岡曰《いわ》く、キングは愚狼會のナンバーツーだという。

鼻の下に付着した泡を指で拭い、ガソリン塗れの常岡とのやり取りを反芻《はんすう》する。

――エースさん、キングさん、それにクイーンいう人が、愚狼會を創ったらしい。

――クイーンいうのは、何者や。

――知らん。ジムにも大会にも来えへんし、俺も一遍しか会うたことない。ちょろっと顔見ただけや。

――何でもええ。何か情報ないんか。

――情報？　ああ、そういえば、むっちゃＳＭマニアで、エグ過ぎて、大阪中の店から出禁喰らってるらしい。

――何や、それ。

四番手のジャックは、中学生時代に虐《いじ》めの加害者である同級生の一人を扼殺《やくさつ》している。澤田も当時のワイドショーやインターネットの賑《にぎ》わいを覚えている。ジム生のトレーニングコーチであり、格闘技能のセンスはずば抜けているそうだ。

ジャックの下に、全日本フルコンタクト空手道選手権大会で優勝経験のあるナイン、元陸上自衛隊第１空挺《くうてい》団員のファイヴ、有望なボクシングの新人王だったが慢性外傷性脳症を患って引退したシックス、地下格闘技大会に初出場して優勝し、鳴り物入りで加入した現役高校生のセブンがいる。

――俺は、ホンマに愚狼會がなんかヤバいことしてんのかは知らん。けど、あのオーラとか、なんか怖いなとは思う。街で明らかにヤバそうな奴らに因縁付けられたときも、俺のジムのジャージ見て、去っていきよったし。

――単なる地下格闘技集団ってだけで、半グレ連中が一目置くかね。裏で、それなりにおっかない面を見せてきたんやろ。

――知らん。ホンマに知らん。

不意に、意識が現実に引き戻された。録音した音声の中で、エースが怒号を発したのだ。

聞き直すため、音声を巻き戻す。日時は七月三十日、午後十時二分だ。

ビールの缶を口に運び、しばらく耳を傾けた。次第に、鼓動が速くなっていく。

キッチンからは、豚肉がじっくりと煮える音が、微かにしていた。

――緊急事態や。えんのガキが一人、逃げよった。

32

椎名はアメリカ村の三角公園に足を踏み入れた。マスクを着けた若者で、ごった返している。中空の太陽が、アスファルトの路上に輝きを投げ掛けていた。

「久しぶり。言うて、二週間くらいか」

優しく声を掛けると、ルイがマスクを顎に掛け、曖昧な笑みを浮かべた。ベンチに坐ったまま、立ち上がろうとしない。隣に、腰を下ろした。

「グリ下以外で待ち合わせるの、何かちょっと変な感じじゃやんね。まだ、慣れへん。グリ下で集まって、みんなでどっか行くことは、たまにあったけど」

「確かに。で、今日はどんくらい買う？」

「えっと、今日はええかな。今日はその話じゃなくて。いや、その話やねんけどさ」

ピアスをいじりながら虚空を見つめるばかりで、目を合わせようとはしない。

「その話じゃないって？」

そういえば、事前に送られてきたテレグラムのメッセージの内容は、会って話がしたいというだけだった。

「ジョーダンさ、あれ、どっから手に入れてんの？　誰から買ってんの？」

「それは言われへんよ。もしかして、その人からもっと安く買おうとか考えてたりする？」

冗談めかして笑ったが、ルイの表情は曇ったままだ。何か言いたそうにしているが、何も言わない。

じれったい。こっちだって、今はそれどころではないのだ。グリ下の友達の誘いだから、無理をして、会ってやっているのに。

「あれさ、大麻成分入りやって、言うてたやんか。いやまあ、それ自体、聞かされたんは、二、三回買ったあとやけど」

新鮮な怒りを含んだ声だ。

「ごめんって。大麻っていきなり言うても、植え付けられたイメージがあるかなと思って」

「うん。でもあれさ、ホンマに大麻なん？」

椎名は無言のまま、小首を傾げた。何が言いたいのか、よく分からない。

「もっと、ヤバいクスリちゃうん？　覚醒剤とか？　知らんけど」

「覚醒剤？」

つい、甲高い声が出てしまった。

「分からん。コカイン？　ヘロイン？　あんま分からんけどさ。ステラ、ネットとかでも結構話題になってるの、知ってる？」

知っている。ユーザーがＳＮＳに口コミを投稿し、想像以上に拡散していて凄いとヤオが褒めてくれた。

「ネットでもやっぱ、ぶっ飛んだクスリ、みたいに言うてる人いたよ。ジョーダンが言うてるみたいな、リラックスして気持ちいいほろ酔い感覚が、とかじゃないやんか、実際」

困惑した。問い詰め、責め立てるようなルイの口調が、納得できない。冤罪で取り調べられているみたいだ。

「ごめん、ホンマに何言うてるか分からん」

「そうやって、誤魔化すん？」

潤んだ瞳で、睨み付けられた。

「ホンマに、分からへんねんもん」

動揺が声に滲んだ。ルイが眉根を寄せたまま、立ち上がった。

「もしそうなら、ジョーダンも騙されてるんちゃう」

呼び止める間もなく、立ち去ってしまった。告白してもいないのに、フラれた気分だ。

スマートフォンを操作し、ステラの口コミに目を通す。ちゃんと読むのは、初めてだ。インスタグラムに錠剤の画像を投稿する人達の軽率さに改めて驚きつつ、ルイの言葉が正しいことを思い知らされた。

この人達は、自分が食べてきたものとはまるで別物を食べたような感想を述べている。脳味噌が煮えるような感覚に陥った。

酒の場でみんなと食べているものと実際に売り捌いているものは、別物なのか。

不意に、スマートフォンが鳴った。心臓が跳ね上がる。深々と息を吸い込んだ。

「はい、もしもし」

――椎名。早よ来い。

「あ、はい。あれ、予定では二時からじゃ？」

胸許にトランプのエースのタトゥーを入れた男を突き止めるため、ミナミだけでなく大阪中の彫り師達に、連日聞き込みを行っている。覆面で訪ねて胸倉を摑み、暴力と現金をちらつかせて情報提供を促す行為を、聞き込みと呼ぶのならば。

――予定変更。今すぐや。有力なタレコミがあった。

高揚した声で、ヤオが言った。

33

「西天満《にしてんま》のタトゥーショップや。そいつ自体は何も知らんかったけど、ある日、これがポストに投函《とうかん》されてたらしい」

李に差し出されたA4サイズの紙を受け取る。パソコンでタイプされた文書だ。

――突然のお手紙で申し訳ありません。あなたも噂でご存じかもしれませんが、近頃大阪界隈の彫り師達の許に、次々と覆面の集団が現れ、胸許にトランプの刺青をした男の情報を求めて回っています。私はその人物を知っており、また個人的な恨みも抱いていますが、私自身は彫り師ではなく、覆面の男達の素性も分からないため、勝手ながらこの手紙をあなたに託すことといたします。もしあなたの許にも覆面の男達が現れたなら、この手紙をお見せください。ちなみに、この手紙は複数の彫り師達のポストに、無作為に投函しています。

文書の続きには、刺青の男の情報が記されていた。通称・エース。総合格闘技ジム会長。ご丁寧にも、ジムの住所が地図付きで添付されている。

「聞き込みの情報、洩れてるんですね」

「人の口に戸は立てられぬ、いうやつやね」

運転席のセンセーがあっけらかんと言う。

「このエースいうのが率いてる愚狼會って団体は、界隈じゃ多少知られとる。壺田の口を割らせて、俺を倒した容疑者候補としては、まあ妥当や」

伯爵が苛立たし気な声で言った。

「この手紙、凛を攫った奴らが用意した罠やったりは、しませんかね？」

椎名は思い付きを口にした。

「おう、椎名。自分の頭で、色々考えるようになったな。成長しとる。けどまあ、罠の可能性は低いと思うわ」

ヤオが淡々と言った。

「自分がトランプのタトゥーの男やったとして、考えてみ。もし自分のことを捜してる追手の正体が全く分からん場合なら、その手の文書を用意して追手を何処かにおびき寄せて、正体を暴いたろ、いう発想になるかもしれん。けど実際は、タトゥーの男は壺田を拉致って、琴音のマンションで凜も攫ったあとで、俺らに捜され始めた訳やろ。となれば当然、追手の正体は顔役やなって、見当は付くはずや。そんな文書を用意して、俺らを誘い出す必要はない」

「なるほど。確かに、そうですね」

「まあ、その紙に書いてある住所に行ったら、俺らをひっ捕らえるために大勢で待ち構えてる、いう可能性はあるけどな。ただ、それは別にかまへん。喧嘩上等や」

「虎穴に入らずんば虎子を得ず」

センセーがリズムよく言った。それきり、車内に沈黙が降りた。冷房が利いているはずなのに、空気が熱く滾《たぎ》っている。

三列目に坐る椎名からは、助手席のヤオの表情は、前の席の伯爵が邪魔で読み取れない。

沈黙が続くうち、ルイとのやり取りをつい反芻してしまった。凜を攫った男に辿り着いたかもしれない。前向きな闘志を抱くべきはずなのに、胸に去来するのは、ヤオに対する疑念ばかりだ。

凜のことが心配じゃないのか。自分のことばかりか。自己嫌悪と苛立ちが募る。

「着きました」

センセーが言い、車が滑らかに停止した。五十メートルほど先に、総合格闘技のジムが見える。

伯爵が双眼鏡を二つ取り出し、一つを手渡してきた。李がレジ袋を広げる。牛乳とあんパンが大量に入っていた。


「おい、来たぞ」

伯爵が落ち着いた声で言った。車内に緊張が走る。慌てて、双眼鏡を覗いた。

「椎名、どうや」

ヤオに問われ、何度も小刻みに頷く。

「多分。躰格が、よう似てます」

電話しながら身を仰《の》け反《ぞ》らせて笑う男の顔を見て、胃袋が波打った。

凜を攫っておいて、どうしてあんなに無邪気に笑えるのだ。

男はそのまま、建物の中へと入っていった。

「出てきたらゴーや。全員、気合い入れェよ」

椎名は掌に浮かぶ汗を目出し帽に擦り付けた。李が力強く背中を叩いてくる。

「きっちり、落とし前付けさしたろ。俺達は自国民を攫われとんのに何もせえへんような、腰抜けの政府とは違う。顔役や」

躰が震えた。武者震いだ。


辺りはすっかり、夏の夜の闇に包まれている。街灯の頼りない光が路上を照らす。

ジムの営業時間が終わり、練習生らしき男達が続々と建物を出てから、三十分以上が経過している。もうすぐ、日付が変わる。

建物内部の明かりが消えた。少しして、玄関から男が出てきた。

「出てきました。一人です」

椎名は掠れた声で言い、双眼鏡を外して車内を見渡した。代わりに、全員が自分達の双眼鏡を一斉に覗く。その光景が何故か妙に可笑《おか》しく、笑いを噛み殺した。疲れを自覚した。

「行け。ハイビームは焚《た》くなよ」

エンジンが掛かり、滑らかに車が発進した。ヤオ達が目出し帽とゴーグルを装着する。慌てて、椎名もそれに倣った。口の中が酸っぱくなってきた。尿意と便意に襲われる。

車が加速した。エースに接近する。躊躇うことなく、車の速度は上がり続ける。

34

タイヤの軋む音で、エースは振り返った。車輛《しゃりょう》が眼前に迫っていた。

反射的に、上に跳んだ。ボンネットに、一瞬着地する。右脚に走る激痛を意識するより前に、もう一度跳躍し、ルーフに飛び乗ろうとした。

間に合わず、フロントガラスに背中を叩き付けられる。視界が反転し、ルーフの上を転がってから、地面に落下した。辛うじて、受け身を取る。

素早く立ち上がった。車から躍り出た男達に囲まれる。五人。目出し帽とゴーグルを装着し、特殊部隊のような出《い》で立《た》ちだ。太った男が、運転席に残っている。

「何じゃ、お前ら、コラ！」

明かりの消えたジムを横目で見やり、大声を発した。一番背の低いガキだけが躰をびくつかせたが、残る四人は微動だにしない。

しばらく怒鳴り散らしたが、正体の見当はつく。目出し帽を被っているとはいえ、ノッポとガキには、先日会ったばかりだ。

「お前ら、顔役やろ」

ノッポに向けて指を突き付けた。

「その節はありがとうなあ。伯爵、言うねんて。強くて、びっくりしたわ」

「お前が襲撃者やって、認めんねんな」

しゃがれた声が言った。恐らく、こいつがヤオだ。

「ウチのメンバーに、ごりごりのサディストでマゾヒストの奴がおってなあ。喧嘩すると、殴っても殴られても昂奮するから、ごっつ強い。お前も俺とやったとき昂奮しとったから、てっきりその手合いかと思ったけど、血ィに昂奮すんねんて？　オモロいなあ」

伯爵を見つめ、のんびりとした口調で言った。一秒でも長く、時間を稼ぎたい。

「あんまりお前が昂奮してるから、途中から段々俺も昂奮して、いつも以上に力発揮できたわ。ありがとうなあ」

マンションでの格闘の際、伯爵の性的昂奮が伝染し、得も言われぬパワーが湧き上がってきたような気がした。共感力が高く、相手の感情に触発されるエンパスの特性のお陰だと、エースは信じている。

ヤオが何か動く素振りを見せた。右手をかざし、声を発して制する。

「まあ、待て。そう焦んな。どうせこの人数や、俺には何もできひん」

紛れもない客観的な事実だ。だからこそ説得力があり、隙が生まれる。

「なんで俺がお前らの仲間を攫ったか。理由を知りたいやろ」

五人の刺々《とげとげ》しい殺気が心になだれ込んでくる。陶然とした。破壊衝動が膨れ上がってくる。五人全員を相手取って、血みどろの殴り合いを繰り広げてみたい。

衝動が疼《うず》く一方で、頭は冷静な判断を下していた。壺田、伯爵の二人と闘ってみて分かったが、いつものように誰か一人を選んで徹底的に潰したところで、顔役はそれでひるむようなやわな相手ではない。このまま一対五にもつれ込めば、勝てる見込みは限りなく低い。

「俺かて、ホンマはあんな真似したくなかった。事情があんねん」

「事情ってなんやねん」

肝が据わっている方のチビががなり立てた。恐らく、こいつがナイフ使いの李だろう。

「分かった。説明する。ちょう待ってくれ」

エースは深々と息を吸い込んだ。

「壺田は、生きてんのか」

ヤオが切り込んできた。表情を崩さないように努め、ゆっくりと頷く。

「ああ、生きてる」

安堵のエネルギーが、李から伝わってきた。

が、漆黒。ヤオの感情は、憤怒の黒に変わっていた。

「嘘やな。お前、何を時間稼ぎしとんねん」

言うや否や、素早く右手を突き出してきた。黒い缶を握っている。

咄嗟に目を瞑り、右腕で顔を覆った。腹部に、強烈な蹴りが食い込んでくる。足許がふらつき、躰が仰け反った。

「やれ！」

ヤオが怒号を放った。五人全員が、スプレーを突き付けてきていた。一斉に噴射される。

顔面に切り付けられたような激痛が走る。眼球は針で掻き回されたように痛み、目を開けることができない。痛みに悶絶し、悲鳴すら出せない。

無意識のうちに膝を突き、躰を丸めてうずくまっていた。呼吸を止め、袖で顔を拭う。何の意味もない。激烈な痛みだ。痛みの性質からして、唐辛子に含まれるカプサイシンを主成分としたＯＣガスだろう。辛い料理を食したときと同じで、拭おうが水で洗おうが効果はなく、自然に和らぐのを待つ他ない。

だが、そんな悠長な状況ではない。乱打の嵐が降り注ぎ、刃物で切り付けられている。

「舐めんな！」

気力を振り絞って叫び、立ち上がった。腕を乱暴に振り回すと、誰かの躰にヒットした感触があった。

聴覚にのみ意識を集中させ、ファイティングポーズを取ってガードを固める。

「完全復活じゃ」

暗闇と激痛の中、シャドーでジャブを一発繰り出した。

「掛かってこいや。顔面砕いたる。何も見えてへんと思ってるやろ。罠かもしれんぞ。そう思わせといて、のこのこ近付いてきたところをワンパンや」

左手で、蹴りを摑んだ。案の定、股間を狙ってきやがった。捻り潰すつもりで力を加える。

心地好い叫び声がした。すぐに別方向から顎を殴られてよろめき、手を離してしまった。

まだ、目を開けることができず、顔の痛みもやまない。皮膚が溶けていると、錯覚してしまいそうだ。

厭なイメージが瞼の裏に浮かんだ。地獄の業火に焼かれる罪人の画だ。

「椎名君。股間は狙わん方がいいですよ。目の見えへん状況で、あいつも股間への攻撃を一番警戒してるはずです。殴り放題のサンドバッグでも、あそこだけは狙ったら、逆に今みたいに取られかねません」

ミスタが耳打ちして教えてくれた。確かに言われてみれば、さり気なく左手を下げて、股間をガードしている。

椎名は足首を擦りながら、助けてくれた礼を述べた。

エースは目も開けられない状態で、必要以上に攻めさせないラインを死守している。凶暴な手負いの獣を連想した。

「もう一遍、浴びせたるか」

ヤオが冷酷な声で言い放った瞬間だった。

ジムの入口の扉が開き、フルフェイスのヘルメットを被った男が飛び出してきた。

「大丈夫ですか！」

警棒のようなものを振り回し、エースの盾になる。素早く接近したミスタの躰に、警棒が軽く触れた。電撃の走る音が響いた。

ミスタが叫び、躰を硬直させて後退る。

伯爵が催涙スプレーをフルフェイスに噴射した。ヘルメットに真っ赤な染料が付着したが、男は微動だにしない。顎を引き、僅かな隙間さえ作らないようにしている。

ヤオがスタンガンを狙って蹴りを放った。素早く手を引き、躱される。

「危な！　速ェ！」

男が感嘆したように叫び、今度はスタンガンをゆっくりと振り回した。

「もう一遍来いや、バチッといったんぞ」

ヤオの蹴りへの反応速度から察するに、凶器に頼っているだけの相手ではない。誰も、安易に近付けなかった。

「ガチ寝し過ぎやろ、ジャック。何遍叫んだと思っとんねん」

「いやいや、割と早めに起きたんですよ。けど、ギリギリまで粘ろうと思って。すぐ出てって、二人ともやられたら、意味ないでしょ」

ジャックと呼ばれた男が声高に喋る。

李がナイフを突き出した。スタンガンで牽制《けんせい》される。

膠着《こうちゃく》状態が続いた。人数で上回っているとはいえ、リーチの長いスタンガンは厄介だ。

だが、二対五の状況は変わらない。崩せるのは、時間の問題だ。

遠くから、怒鳴り声がした。視線を移し、首筋が冷たくなった。

屈強な男達が大勢、走ってきている。ジャックが応援を呼んでいたのだろう。

「十対五やなあ！」

ジャックが嬉々として叫んだ。

「退くぞ」

ヤオが短く言い放った。

「え、でも！」

「退くぞ！」

不服そうな李を一喝した。椎名は伯爵やミスタに続いて、車に乗り込んだ。

ヤオが助手席の扉を開けた。乗り込む前に、何かを取り出し、エース達の方を向き直る。

綺麗なフォームで、建物目掛けて投擲《とうてき》した。二階の窓ガラスが割れる。

「何しとんねん、コラ！」

ジャックの叫び声を無視し、ヤオが車に乗り込む。

「出せ」

車が急発進した。男達が行く手を阻もうと、前方に立ち塞がる。

センセーがアクセルを踏み込んだ。

衝突する寸前で、男達が飛び退く。振り返ると、無意味に走って追い掛けてきていた。

背後の建物では、二階の窓からどす黒い塊のような烟が立ち昇っていた。

36

「ホンマ、硫酸とかやなくてよかったなあ」

暢気な声でキングが言った。束の間苛立ちが湧いたが、すぐに萎む。心底安堵していることが伝わってきたからだ。

ＯＣガスに健康被害や後遺症はない。だが、数多《あまた》の痛みを経験してきたエースでさえ悶絶する痛みと、鈍重な獣をいたぶるように暗闇の中で攻撃され続けた屈辱は、一週間以上経っても到底忘れられるものではない。

「ジムまで燃やし腐って。許せません」

ジャックがハンドルを握り締め、潤んだ瞳で言った。全焼したあのジムを自分の次に愛していたのは間違いなく、トレーニングコーチとして足繁《しげ》く通っていたこいつだ。

ジャックの無念が、痛みとなって胸に伝わってくる。報復として、シックスとナインに命じてミスタのアパレルショップ二軒に放火させたが、その程度では憎悪は収まらない。

コインパーキングに駐車した。キングとジャックを従え、ミナミの街に繰り出す。

海鮮居酒屋で腹ごしらえをする。ファイヴとナインから、LINEが送られてきた。

「二組とも、店に入ったって」

ファイヴとシックス、ナインとセブンの二組はそれぞれ、ミナミでキャッチの女に付いて行き、ガールズバーに入店したのだ。共に、ブルータスという半グレ組織が経営するぼったくりバーだ。顔役の構成員は愚狼會同様、十名にも満たないが、顔役は愚狼會とは違い、いくつかの半グレ組織を実質的な傘下に収めている。ブルータスは、その一つだ。顔役の連中の所在が突き止められないなら、何本もある手足を一つずつ順番に潰していけばいい。

「ほな、俺らもキャッチされに行くか」

キングが腰を上げ、ジャックが後に続く。

「エース。クイーンから連絡は？」

「ない。楽しんどんねやろ」

「しゃあない奴っちゃな、ホンマ」

キングが苦笑した。

二人が去って三十分後、クイーンから電話が掛かってきた。

――もしもし、俺や。ちょっと、頼みがあんねん。聞いてくれへんか。

怯えて弱り切ったような声だが、昂奮が隠し切れていない。

「どないしたんや、大丈夫か」

三文芝居にひとしきり付き合ってから、電話を切った。居酒屋を出て、指定された雑居ビルへと向かう。「ヴェガ」というガールズバーだ。軽快な足取りで四階まで階段を上り、ドアブザーを押す。

ドアが開き、赤い髪の少年が姿を現した。

「金、持ってきました」

エースは五十万円の束を差し出した。少年が目を瞠《みは》る。電話越しに請求されたのは、八万八千円だ。

鼻孔を膨らませた少年の鳩尾に、前蹴りを喰らわせた。宙に浮いて吹っ飛び、床に叩き付けられるようにして転がった。

「お邪魔します、と」

薄暗く安っぽい内装だ。若くて小綺麗な女が二人、啞然とした表情で見つめてくる。

クイーンが全裸で正坐させられ、涙を流していた。しょぼくれた無様な姿と英国紳士のような口髭のアンバランスさが、無性に笑える。

「な、なんじゃ、お前！」

カウンターの中の男が怒鳴った。奥からも、男達が飛び出てくる。一撃で使い物にならなくなった赤髪を除いて、あと五人。どいつもこいつも、ガキばかりだ。リーダー格と思しきガキと、茶髪、銀髪、そばかす、剃り込み。

スマートフォンを取り出し、グループＬＩＮＥに一言、送信した。

――暴れろ
今に、他の三軒でも法外な値段の会計を巡り、店側との口論が始まるだろう。

にこやかな表情で、ソファに近付いた。女達が飛び跳ねるように立ち上がり、カウンターの中に身を隠す。

悠然と腰を下ろした。ガキ共は怒鳴ってくるばかりで、襲ってはこない。

「お前、何モンや。何しに――」

「潰しに来た。今日で閉店や。ここだけやない。他の三軒も、俺の仲間が潰しに行っとる」

にたにたと笑い掛けると、どよめきが走り、怒号が響いた。そばかすと銀髪が店の奥に引っ込んだかと思うと、ゴルフクラブと金属バットを手に戻ってきた。

「お前らの敗因は、嗅覚の鈍さや。客引きするときは、相手を見極めなあかん」

テーブルの上のラム酒を手に取った。レモンハート　デメララ　151。アルコール度数は75度以上だ。

聞き取れない怒号を涼しい顔で受け流し、口を開く。

「日米安全保障条約って、どない思う？」

「はあ？」

「俺、思うねん。絶対いざっちゅうとき、アメリカは日本を守ってくれへんって。そやのに日本は、アホみたいにアメ公に金積みまくる。アメ公のケツ舐めとる連中の何処が愛国者やねん、いう話や。米軍なんか全部追い出して、日本も核武装したらええねん。やいやい言われても、持ってもうたら、こっちの勝ちやねんから」

ガキ共が苛立たし気に顔を見合わせる。

「要するに、俺らはロシアや。お前らはニッポン。さあ、今から侵略するけど、アメリカは助けにやってきてくれるかな」

「殺す」

リーダーが呟いた。覚悟を決めた声だ。

クイーンが静かに立ち上がった。

「おい、コラ！」

リーダーがクイーンの肩に手を置いた。クイーンが素早く振り返り、手首を捻り上げる。そのまま、躊躇《ちゅうちょ》なく指をへし折った。

絶叫が谺した。クイーンのどろどろとした性的昂奮のエネルギーを切り裂くようにして、ガキと女共の恐怖と混乱のエネルギーがなだれ込んでくる。心地好い。

クイーンの頭目掛けて、銀髪がバットを水平にスイングした。あの年で人間の頭部にバットを振れる度胸は評価できるが、やはり勢いに躊躇が見られる。

クイーンが上躰を屈めて軽々と躱し、バットの遠心力でふらついた銀髪の脚を強《したた》かに蹴り付けた。バットをもぎ取り、膝に叩き下ろす。鈍い音が響いた。悲鳴を上げて、倒れ込む。

エースは女が使っていたらしいロックグラスを手に取った。氷がウイスキーに融け出し、どろりとした模様を形作っている。中身を床に捨て、レモンハートをなみなみ注いだ。香りを嗅ぎ、顔を上げると、茶髪と剃り込みも床に沈んでいた。

そばかすがゴルフクラブを構えた。先端が震えている。

「クイーン。服着ぃ。ターミネーターか」

「ええがな。全部終わってから、着るから」

クイーンの鍛え上げられた広背筋と引き締まった臀部《でんぶ》を見ながら、エースは苦笑した。

「しゃぶれ」

そばかすに向かって、冷たい声で命じた。嫌悪と恐怖に塗れた顔で睨み返されている。

「どうせ、しゃぶることになるんや。痛い思いせん方がええやろ」

「だ、黙れ！　殺すぞ」

ゴルフクラブを床に振り下ろし、威嚇する。乾いた音が響いた。

「もしかして、お前も俺の同類か。痛め付けられたいから、抵抗すんねんな」

歓喜に満ちた声だ。ちらと見えたクイーンの横顔には、涙が光っていた。インポテンツのクイーンは、昂奮が絶頂に近付くと、代わりに滂沱《ぼうだ》の涙を流す。病的なサディストかつマゾヒストで、将来の夢はとびきり美しい女を理不尽にいたぶって地獄の苦しみを味わわせたあと、その報復としてより惨《むご》たらしい方法で殺されることらしい。だが、到底叶《かな》わぬ夢だと、よく嘆いている。

自分より異常者であるクイーンのことが、エースは好きだ。安らぎを与えてくれる。だから今回も、先に一人で店に行ってリンチを受けたいという無益な我儘を聞いてやったのだ。

「ああ、エース。どっちか、つまんでええで」

そばかすの方を見たまま、カウンターの中で怯えている女二人を指し示した。

クイーンの提案で、俄かに股間が脈打った。

「確かに、ぼったくりバーなんぞしとる悪い女は、お仕置きせんとあかんな」

レモンハートを一気に飲み干した。喉がかっと熱くなる。股間をまさぐりながら、カウンターに近付いた。押し殺した悲鳴が昂奮を掻き立ててくれる。

高慢そうな黒髪の女に決めた。小刻みに震え、身を竦ませている。怯える目を覗き込むうち、突き抜けるような昂奮が走った。

「心配せんでも、殺しはせえへんから。大丈夫や。殺しは、せえへん」

優しい声で言い、頭をそっと撫でた。そのまま指に髪の毛を絡め、鷲摑みにした。

37

澤田はタッチパネルを操作し、次に歌う曲を選んだ。ポテトを咀嚼し、マイクを手に取る。

『あの素晴しい愛をもう一度』のサビを熱唱していると、部屋の扉が開いた。

「泣かせる選曲やな」

加藤《かとう》が口許に笑みを浮かべ、ソファに腰を下ろした。マル暴は極道に似てくるとよく言われるが、短く刈った加藤の丸坊主姿は、厳格な軍人のようだ。髭こそないが、『日本のいちばん長い日』で三船敏郎《みふねとしろう》が演じていた陸軍大臣を彷彿《ほうふつ》とさせる。

「遅刻やぞ」

舌打ちし、端末の演奏中止ボタンを押した。

「すまん、すまん。仕事が長引いた」

「なんか歌うか」

「ええわ。音痴やから」

つまらなそうに言ってピース・ライト・ボックスを取り出し、口に銜える。

澤田も胸ポケットからセブンスターの箱を取り出すと、加藤が声を立てて笑った。

「ついに禁煙失敗したか。よう持った方や」

無言で受け流し、火を点けた。

「で、澤田。話ってなんや」

「顔役と愚狼會、なんで捜査せえへんねん」

「何の話や」

「何の話や、はないやろ。街の噂になっとる」

「街？　管轄が違うやろ」

澤田が所属する天満署は、大阪市北区の一部地域を管轄している。一方、加藤が所属する南警察署は、大阪市中央区の南側、所謂「ミナミ」を含むエリアが管轄だ。加藤はそこの刑事課暴力犯係の巡査部長だ。

「なんで捜査せえへんねん。両方、壊滅させられるチャンスやろ」

加藤がわざとらしくため息を吐いた。

「噂で警察は動かん。被害届は出てへん」

「愚狼會の格闘技ジムと、顔役の一人がやってるアパレルショップ。放火されたやろ」

「よう知っとんな。放火の被害届はそれぞれ受理して、鋭意捜査中や。でも、どっちも犯人に心当たりはないと」

「そんな言い分、信じてんのか。半グレ同士が揉めとんのは、周知の事実や。顔役の配下のグループが襲われたり、息の掛かった飲食店が嫌がらせの被害に遭ったり、反対に愚狼會ンとこのジム生やら選手やらが襲われたりしてるっちゅう噂やぞ」

「だから、噂で警察は動かん。愚狼會は一応、半グレではないとされてるしやな。一件でも被害届が出るか、道頓堀川に死体でも浮かんだら、捜査されるやろ」

「加藤。同期やねん、肚割って話そうや」

「不幸な事故やったとはいえ、お前が愚狼會を恨む気持ちは分かる。ただ、だからといって、警察官の仕事に私情を挟むな」

「悪い奴を取り締まって正義を実現したい、いう気持ちも、私情と言えば私情やけどな」

「屁理屈はええ」

　加藤が低い声で言い、灰皿で煙草を捻り消した。

「純平が死んだんは、単なる事故やない」

「どういう意味や」

「あいつは確かにアホやったから、イキって半端にグレよった。でも、試合の出場同意書の親権者欄を偽造する——そんな小賢しい真似は、せえへんはずや。実際、正直に出場したいって、事前に母親に頼んどる」

　そして、にべもなく断られたのだ。

「子供は親が思うてるほど、子供やないぞ」

「それでも、分かんねん。純平が死んだあと愚狼會が偽造したか、少なくとも、テキトーに誰かにサインさせたら試合に出したんでって、愚狼會の方から純平に言いよったんや」

「そう思いたい気持ちは分かる。いや、ええ。仮にそうやったとしよう。でも、それを証明はできひんし、酷な言い方やけど、最終的に出場を決めたんは結局、純平君自身や」

胃がのたうつ感覚を押し殺し、澤田は口を開いた。

「純平が死んでしばらく経ってから、ある噂を耳にしてん」

「また噂か」

「ああ。愚狼會は定期的に、一見いつも通りの地下格闘技の大会のふりをして、公開処刑を開催してるって」

「公開処刑?」

二本目の煙草に火を点けようとしていた加藤の手が、ぴたりと止まる。

「実力のかけ離れた二人に試合をさせて、一方がタコ殴りにされる様を見せて金を取る。出場者はどいつもこいつも、腕自慢のヤンチャ坊主やろ。簡単にギブアップなんかせえへん。片意地張って殴られ続けて、次第に意識朦朧《いしきもうろう》としてギブアップもできひんようになったところを、それでも殴り続けると」

「誰から聞いたんや」

「噂や」

加藤が舌打ちし、煙草に火を点けた。

「じゃあ俺も一個、ちょっと前に聞いた噂教えたるわ。純平君の試合相手やった岩尾《いわお》とかいう選手やが、暴漢に夜道で襲われたらしい。半年以上前の話やけどな」

「そうか。知らんかったわ」

「覆面の男達に襲われて、財布を奪《と》られたとか。金目的なら、必要以上の暴行を加える必要はないし、そもそももっと弱そうな奴を狙ったらええのにな」

「複数人で襲うなら標的は誰でもええ、思うたんと違うか」

「肚割って話そう、言うたんはお前やろ。ええ加減、肚割らんかい」

どすの利いた声で言われた。

「たとえ試合中の事故でも、純平君が望んで出場したとしても、お前は純平君の死がやっぱり許せへんかった。だから、対戦相手の岩尾を襲った」

「俺がそんな喧嘩強い訳ないやろ」

「背後から一撃とかスタンガンとか、ナンボでも手段はある。昔のツテで、どっかの組の人間にやらせたとかいう可能性もな」

「そんな真似はせえへん。ヤー公に弱み握られるようなことするかい」

「じゃあ、自分でやったんやろな。で、攫って痛め付けるうちに、岩尾の口から、実はあれは最初から仕組まれた無茶な試合――公開処刑か、そういう類のやつやったと聞かされた。フェアな試合やなく一方的な暴力やったけど、殺すつもりはなかったんや、勢い余って死なせてもうただけなんや、とかなんとかな。違うか」

「もしそうなら――」

言葉を切り、澤田も二本目の煙草に火を点けた。

「もし、岩尾も公開処刑やと分かった上で試合に臨んでたんやとしたら、全治一ヶ月程度じゃ済まさへんかった。殺しとる」

空気が張り詰めた。他の部屋から、Ａｄｏの『うっせぇわ』の熱唱が聞こえてくる。

愚狼會は裏できな臭いことをしているのではないかという噂は、マル暴時代から耳にしていた。純平が死んだ試合の主催者が愚狼會だと知ったとき、単なる事故死だと信じることはできなかった。だから、対戦相手の岩尾を襲ったのだ。

岩尾は本当に何も知らなかった。知らなかったが、客の歓声と純平を滅多打ちにする昂奮に酔い痴《し》れ、必要以上に攻撃を加えてしまったと涙ながらに詫びた。そして、あくまで可能性の話としてだが、公開処刑の話をし始めた。

よく考えれば、それ以前やそれ以降にも、あまりに実力や階級に差のあるマッチメイクが時折行われていると。そういうときは決まって、普段とは違う客層の連中が、最前列に紛れ込んでいると。だが誓って、純平を死なせたときには、そんなことは考えもしなかったと。

岩尾の目は、真実を語っていると感じた。

「澤田。お前、警察官として――」

「それ以上続けたら、俺らの友情はここで終いや」

青臭い単語を口にし、不覚にも鼻の奥が熱くなった。

「肚は割った。今度はお前の番や。顔役と愚狼會の抗争、なんで野放しにしとんねん」

「ちょう待て。まさかとは思うけど、二組が潰し合うように、お前が焚き付けたんと違うやろな」

「火は点けてへん。燃え始めとったから、薪はくべたけど」

加藤が大袈裟に天井を仰いだ。

「で、なんで捜査せえへんねん」

「当然、するつもりやったよ。妙なタレコミもあったしな」

そう言ってから、不意に凝視してきた。

「あのタレコミもお前か、澤田」

「あのタレコミ？」

白々しく応じると、歯の隙間から絞り出すような声が返ってきた。

「愚狼會は児童売春の元締めやっちゅう――」

「ほう。そりゃえらいこっちゃ。捜査せな」

加藤が烈しく舌打ちした。

「あれもお前か。事実なんか」

曖昧に頷いた。

「管理売春してるらしいって、あんだけのタレコミは味気なさ過ぎるぞ。なんか知ってるなら、隠さんと全部教えろ」

教えたいのは山々だが、それ以上の詳細は澤田も知らない。

「愚狼會が顔役と揉めてるんは明白な上に、眉唾かもしれんとは言え、売春を仕切ってるらしいっちゅうタレコミまであったんやろ。それで、何一つ動かずか」

「待ったが掛かったんや。異常な速さで」

「なんで？」

「游永会《ゆうえいかい》分裂の余波はまだまだデカい。全国で二、三ヶ月に一遍は、発砲事件が起きとる。この日本でや。ミナミは組事務所があちこちに乱立しとるしやな。そっちの対応が最優先、半グレ如きの、被害届も死体も出てへんような抗争の噂なんか捨て置け、と」

「理由になってへん。デカいヤマがあるから他の仕事はせえへんて、あり得へんやろ」

澤田は眉を顰めて続けた。

「加藤。顔役は全盛期に較べて、パワーダウンしてるって話やろ。斜陽とは言わんけど、余裕たっぷりでもないとか」

「よう調べとんな」

「愚狼會との抗争は、パイの取り合いかもしれんぞ。活《い》きのええ半グレ同士のシノギの奪い合いは、極道の分裂と較べても大差ない被害を生み得る。発砲事件こそなくてもな。それでも、放置しとくんか」

「無理が通れば何とやら。そういう無理を通せるレベルからの圧力や」

「誰や」

「確証はない。確証はないけど、恐らく、刑事部の参事官や」

澤田は唾を飲み込んだ。大阪府警刑事部参事官――階級は、警視正だ。全国二十九万人以上の警察官のうち、八百人ほどしかいない幹部警察官だ。

「刑事部の参事官は、組対本部の本部長も兼ねとる。その人が游永会を優先せえ、言うてきたら、もうそうするしかないやろ」

「そっちの署長は何も言わんのか」

通常、警察署の署長の階級は警視だが、天満警察署や南警察署などの大規模警察署の署長の階級は、刑事部参事官と同じ警視正だ。

「カイシャ内でのパワーバランスがあるからな。ウチの署長は、キャリア組に弱い」

現在の南警察署の署長は五十歳を超えたノンキャリア組であるのに対し、刑事部参事官は三十代後半のキャリア組だ。いずれさらに階級が上がり、大阪府警、延《ひ》いては警察組織全体のトップ層にも登り詰め得る。現在の階級が同じでも、南警察署の署長が捜査差し止めの要請を呑む可能性は、充分にある。

「一般市民がいずれ、抗争の巻き添えを喰らうかもしれんぞ」

「どの口が言うとんねん」

荒々しい声で言われた。

「確かにな。すまん。もしそうなったら、その罪は償うつもりや」

「償う？　どうやって？」

「巻き添えのレベルに依《よ》る。ケース・バイ・ケースや」

もし何の罪もない一般市民が顔役や愚狼會のメンバーと誤認されて襲われ、命を落としたり重大な後遺症を負ったりした場合、全ての片が付いたあと、自ら命を絶つ覚悟だ。

加藤が目を逸らし、鋭く息を吸い込んだ。

「俺にも、守るもんがある。息子ももう高二で、来年大学受験や。無茶できひん」

言ってから、純平が死んだのも高校二年生のときだと思い出したのか、気まずそうに口を閉ざした。

「そんな顔すなよ。あいつは、大学に行く気なんかさらさらなかった。格闘技でビッグマネー摑むんやとか、ほざいとったわ」

穏やかな声が、虚しく響いた。終了十分前を告げる内線が鳴った。


加藤と別れ、車に乗り込んだ。笑福亭松鶴の落語を流しながら、あてどもなく夜の街をドライブする。

一秒も惜しんではいられない。一刻も早く、事件を解決しなければならない。

頭では分かっているが、気力が湧かない。日々警察官としての職務に忙殺されながら、睡眠時間を削って、退勤後や出勤前の時間を私的な調査に充てている。疲労と眠気は、気力を奪う最大の敵だ。マルチ商法やカルト宗教の洗脳、諜報《ちょうほう》機関や犯罪組織の尋問でも、標的を眠らせないのは常套手段だ。

路肩に車を停め、甘いダークラムを一口舐めて、躰の震えを鎮めた。ロン サカパだ。BGMを落語から、録音した盗聴音声に変える。

慎重に、車を発進させた。

――えんのガキが一人、逃げよった。

――ガキを匿ってる連中が、割れました。

――顔役って呼ばれる、半グレ集団ですわ。

エースの表情豊かな声を聴きながら、まだ見ぬ少女の姿を想像する。

無防備な盗聴音声を基にすれば、事の背景を推理するのは、難しいことではなかった。

愚狼會は少女売春の斡旋を行っており、顧客の許に少女を派遣した際、逃げられたのだ。強制的な手段で少女を管理していると見て、間違いない。

被害者は、逃げた少女だけではない。

えんのガキが一人――言い方から察するに、複数の少女に援助交際という名の売春を強要しているはずだ。

愚狼會がどのようにして少女達を集めているのかは分からない。ただ、澤田は過去に、闇金業者に借金のカタとして実の娘を差し出した男に出会ったこともある。無力な少女を集める方法など、いくらでもあるだろう。血の繋がりの濃さなど、幻想に過ぎない。

盗聴した音声から、逃げた少女が顔役に匿われていることも分かった。エースは電話の中で、顔役のミスタを拉致し、少女の居場所を吐かせるといった内容の話をしていた。

音声を聞いてすぐに調査したところ、ミスタではなく同じく顔役の一員・壺田が行方不明だと判明した。標的を変更した理由は不明だ。

また、胸許にトランプのエースの刺青が入った男を捜す謎の男達の噂も、耳にした。

壺田の失踪直後に、今度はエースが何者かに捜される立場に陥ったのだ。偶然にしては、タイミングが良過ぎる。顔役は何らかの理由で、刺青の男が壺田を拉致したという情報を入手し、報復に動き出したのだろう。顔役に愚狼會のエースの情報を流せば、抗争に陥るのは必至だ。そのまま警察が介入することで愚狼會の管理売春の実態が明らかになれば、少女達を救い出し、愚狼會を壊滅させることができる。

そう考えたが、水面下で抗争が勃発しても、愚狼會の管理売春疑惑を南署に匿名で垂れ込んでも、捜査は始まらなかった。盗聴音声を聴いた際に、エースの言葉の端々から感じた、電話相手の顧客は警察関係者ではないかという疑念は、当たっていたらしい。だが、刑事部参事官本人もしくは参事官を動かせるクラスの有力者とは、想像以上の大物だ。

実態把握が困難とされる半グレ団体の中でも、特に愚狼會の違法行為が表に出ず、準暴力団に指定されてこなかったのは、圧力の主がこれまでにも捜査の差し止めを行ってきたか、あるいは捜査機密情報を愚狼會に流していたためという可能性もある。

少女は今、どうしているのか。顔役が依然として匿い続けているのか、愚狼會が奪還に成功しているのか。どちらにせよ、危険な状態だ。顔役が完全なる善意で少女を保護したとも、考えにくい。

――もう一遍、教育し直さなあかんな。

音声の中で、エースが呟いていた。反吐《へど》の出る物言いだが、口封じに少女の命を奪うことまではしないという希望を見出せはする。現に、大阪府内で小学生から高校生の少女の死体は上がっていない。隈《くま》なく調べたが、該当しそうな少女が事件性のある失踪を遂げたという情報も、現時点では確認していない。

尤《もっと》も、少女が大阪府以外の児童である可能性もある。また、中学卒業後に親許を離れて労働に従事している少女などの場合、忽然《こつぜん》と姿を消したとしても、発覚は遅れるだろう。

思考を巡らせるうち、伊織の笑顔が浮かんだ。瞬く間に、冷たい顔へと変化した。最後に言葉を交わしたときの表情だ。

——あれは事故やったかもしれんけど、お父さんがもっとちゃんとお兄ちゃんと向き合ってたら、お兄ちゃんは変にワルぶったりせんと、死なんかったんちゃうかな。ホンマやったら今も家族四人で、おれたはずやのに。

怒鳴ることも泣くこともせず、静かな声で言われた。何も言葉を返すことができなかった。

憎悪と苛立ちが渦巻いてきた。ようやく、気力を奮い立たせることができた。ジムが全焼し、愚狼會の連中が地下に潜ってしまった以上、手掛かりは途絶えた。

だが、諦めるつもりはない。

38

数日ぶりに帰宅し、布団に突っ伏すや否や、椎名は意識を失うように眠りに落ちた。

すぐに、目が覚めた。夢の中の情景が一つだけ、胸に残っていた。

教室で、文化祭の準備をしていた。凜がいた。顔役のみんながいた。ミッチーやルイらグリ下の連中もいた。中学時代のバスケ部の奴らも、何人かいた。全員で楽しそうに、段ボール箱やビニールシートを使ってお化け屋敷を作っていた。

それ以外の内容は、何も覚えていない。目覚めると、乾いた涙の跡が頬に残っていた。

枕許のスマートフォンを手に取った。夜の八時前。畳の寝室を出ると、リビングで達樹がテレビを観ていた。

「おはよう」

「ああ。うん」

曖昧に返事をし、冷蔵庫から取り出した水を一気飲みした。浴室でシャワーを浴び、ジャケットを羽織って、玄関に向かう。屈んで靴を履いていると、ドアが開いた。

「どっか行くんか。こんな時間に」

父親が低い声で見下ろしてきた。

「おん。ちょう出てくるわ」

立ち上がり、目も合わせずに脇をすり抜けようとした。

「和彦。ちょう待て」

力強く、腕を摑まれた。反射的に振りほどき、睨み付ける。鋭く、見返された。

久しぶりに、目と目が合った。

「何処行くねん」

「ちょっと、友達と遊びに」

「どんな友達や」

「どんなって」

「悪い友達と違うやろな」

厳めしい顔で言われた。思わず、吹き出しそうになった。

もう、あんたが思ってるような次元ちゃうよ。そう言ってやりたくなった。顔役のみんなと一緒に、来る日も来る日もＷＯＬＦ ＰＡＣＫの出場選手やジム生を攫い、暴行を加えている。誰も何も知らない。姿を消した愚狼會の連中の所在も、もちろん凜の居場所も、何一つ知らない。

それが分かると、警察に駆け込んだら殺すと徹底的に脅して、解放する。

椎名だって、何度も殴り、何度も蹴りを浴びせた。凛を攫った連中の仲間なら、何をしたって構わない。最初はそう自分に言い聞かせていたが、もう特に何も考えず暴力を揮えるようになってしまった。日に日に、心が乾燥し、ひび割れていくような感覚がある。

あまり、眠れていないからだろうか。

——眠い、寒い、腹減った。どんな怒りや憎しみより、人間のメンタルをおかしくするのはこの三つや。

いつだったか、ヤオがそう言っていた。ヤオが初めて人を刺したのは、指先の感覚がなくなるような、寒い冬の夜だったという。

「おい、和彦。聞いてんのか」

「え？　うん」

欠伸を噛み殺し、目を逸らした。

「学校にも、あんま行ってへんやろ。電話、掛かってきたぞ」

「ああ、そう」

「退学になったら、どないすんねん」

「別にええよ」

「別にええって、お前」

「なんやねん、急に。何を急に説教し始めてんの。何なん、今更」

声を荒らげた。父親が唇をきつく結び、喉仏を上下させた。

「雇ってくれる会社が、見つかった」

何故か、釈明するような口ぶりだった。

「前より給料は下がるけど、でもなんとか、お前も達樹も食わしていけると思う。大学にだって、奨学金は借りてもらわなあかんけど、行けるだけの金は貯めるつもりや。だから、だからもう一遍、やり直すチャンスをくれへんか」

充血した目で、苦しそうに言われた。抑揚のない声で、短く返す。

「もう、遅いわ」

見知らぬ相手を殴ろうが、怖くなくなってしまった。大麻成分入りの錠剤を、いや、それよりきっともっとヤバいクスリを大量に売り捌こうと、買う奴の自業自得だと思ってしまうようになった。手渡される現金の厚みに、気持ちが弾む。顔役に貢献できているのだと、自分の居場所はここなのだと、実感できる。ヤオ達に騙されていたことはショックだが、それでも離れられない。離れたくない。問い詰めて、追い出されたくもない。

何より、凜を取り戻さなければならない。守らなければならない。

父親の躰を押し退け、玄関を出た。

「和彦！　待て、和彦！　和彦！」

父親の縋《すが》るような声が、背中に届く。だが、追い掛けてはこなかった。

39

一ヶ月近くぶりにSTAIRSの扉を開くと、カウンターの中の田岡の表情が束の間曇った。すぐに打ち消し、笑顔で席を勧めてくる。客は他に、一人だけだった。

今日はSTAIRSが通常のバーとして営業する日だ。寺西はあくまでも、客の一人として扱われる。STAIRSの一般の常連客も、いずれ性風俗店に斡旋されていく標的の女達も、誰一人として寺西が店の実質的な支配者だとは知らない。

おしぼりを受け取り、ヘーゼルバーンの二十一年をストレートで注文した。

「ご無沙汰しています。お待ちしてました」

田岡が軽く頭を下げた。無表情で頷きを返す。会うのは、奥田とかいうチンピラが店に来た夜以来だ。完璧に構築されたマニュアルとシステムがある。寺西の不在は、ＳＴＡＩＲＳの運営に影響を及ぼさない。

だが、一ヶ月近くも寺西が店に顔を出さないという初めての事態に対して、誰一人として確認の連絡を寄越してくる者はいなかった。

あんな醜態を晒《さら》した以上、合わせる顔がないのだ。田岡がそうやって、他の連中にも面白おかしく吹聴して回ったに違いない。

「お忙しかったんですか」

グラスを差し出しながら、田岡が白々しく訊いてきた。カウンターの下で拳を握り締め、微笑を絶やさないように努める。

「ちょっと、バタバタしていてね」

「翔太《しょうた》くん、お代わりもらえますか」

カウンターに坐る女が陶然とした面持ちで言った。女の対応を終えた田岡を目顔で呼び付け、女には聞こえない声で囁き掛けた。

「標的を店に呼ぶのは、会員限定デーだけだ。通常営業日には呼ばない。マニュアルに、そう書いていなかったか」

「すみません。一応本人にも会員日に来るよう言うてたんですけど、友達と飲んでたとかで、酔って来ちゃいまして」

寺西は肩をそびやかした。見え透いた嘘を吐くな。どうせ、自分の不在をいいことに、好き勝手していたのだろう。誰がこの店を創ったと思っている。誰がこのグループを率いていると思っている。

「残念だ」

十日前、ＳＴＡＩＲＳが女達を斡旋している性風俗店のオーナーから連絡があった。店で働く女の内の一人が、店で働くことになった経緯を警察から訊かれたそうだ。刑事の口からは、ＳＴＡＩＲＳの名前も挙がったらしい。女は体調不良を装って途中で任意聴取から逃れ、どうすればいいかとオーナーに相談の電話を寄越してきた。斡旋された先のオーナーを恨むどころか、むしろ慕っているのだという。ストックホルム症候群に似た心理現象だろう。

警察の捜査が進んだところで、寺西が逮捕される心配はない。関与した証拠を一切残していない。ヤオ達に見張られていた一件以来、不用意に店に立ち寄ることもしていない。

だが、田岡達に教えてやるために、念のため潜伏したあと、今日こうしてわざわざ来てやった。その好意を無下にされた。自業自得だ。もはや、守る価値はない。手塩に掛けて育てた店と従業員だが、自分を裏切った以上、もう用済みだ。

立ち上がり、出口へと向かう。呼び止められたが、手をひらつかせて声を払った。全く酔いは回らず、世界は醒めていた。

40

部下が作成した調書の確認をしていると、内線が鳴った。

「はい、生活安全課少年係です」

――お疲れ様です。澤田係長、いらっしゃいますか。

「僕ですが」

――ああ、お疲れ様です。澤田係長に会いたいという女の子が、受付に一人で来ているみたいなんですが。

「一人で？　分かりました。すぐに行きます」

事件の被害者や加害者として接した未成年者が、後日お礼に会いに来ることは、時折ある。しかし、大人に連れられてではなく、一人で来たケースは初めてだ。

生活安全課の部屋を出て、受付へと向かう。廊下の向こうから、下腹の出た恰幅《かっぷく》の好い男が歩いてきた。青い夏用制服のシャツのボタンがはち切れそうだ。

為末邦雄《ためすえくにお》警視正。天満警察署の署長だ。マスクを顎に掛けている。

歩を緩めて止まり、半身に立って一礼した。

「そない他人行儀な真似せんでも」

「何を仰《おっしゃ》いますやら」

為末が闊達な笑い声を上げた。垂れた頬の肉が揺れる。新人時代に出会い、かれこれ二十年以上経つが、当時は為末がこれほど出世するとも、これほどブルドッグに似てくるとも思わなかった。

「緊急事態宣言も今月末までらしいし、またそのうち、飲みにでも行こうや」

「はい、是非」

実現しないのは承知の上で、頷いた。為末とサシで酒を飲んだのは、遥か昔のことだ。

「ほいじゃ」

小さく頭を下げ、足早に受付へと向かう。

鮎川が長椅子に坐る少女と言葉を交わしていた。自身のキラキラネームを揶揄してきた相手に過度な暴力を揮い、澤田と鮎川が取り調べを担当した少女だ。反省の態度と更生の意思が認められ、家庭裁判所の審判の結果、保護処分に付す必要もないという不処分が決まった。

声を掛けると、少女と鮎川が同時に振り返った。

「あ。こんにちは」

丁寧な口調で、頭を下げてきた。

「たまたま、ここで会ったんです。そしたら、係長に会いに来たって言うんで、ちょっと話してました」

「そっか、そうか。どないしたんや、今日は」

「ちょっとまあ、お礼と、あと相談が」

「相談？」

「相談っていうか、まあ、言っといた方がいいかもなって思うことがあって」

長くなりそうな予感がした。

「あ、じゃあ、私外しますね」

鮎川が少し寂しそうに言った。少女の取り調べを担当し、親身になって話に耳を傾け、ケアしてきたのは、鮎川も同じだ。少女の父親にも会い、関係の修復に手を尽くした。

「ああ、いや、そんな、別に。一緒にいてください」

少女が舌をもつれさせて言った。他人の気持ちに敏感な子だ。

空いている会議室に少女を案内し、鮎川と二人で、少女の対面に腰を下ろす。

「相変わらず、ピアスはしてへんねんな」

「駄目っすか」

むっとしたような声だ。素朴で単純な反応に、微笑ましさを覚えた。

「駄目とは言うてへん。ピアスの有無と人間性は関係ない。シャキッと生きるならな。よう似合ってる」

照れたように目を伏せ、口許を綻ばせた。

「それで、相談って?」

鮎川が穏やかな声で尋ねた。

「ああ、そうですね。実はその、いやまあ、せっかく少年院とかに送られずに済んだのに、これをわざわざ言うのは、むっちゃアホやなって自分でも分かってるんですけど。でもなんか、言わんままにしれっとこの先も生きてったら、気持ち悪いっていうか、散々嫌ってきた大人と同じやん、みたいに思って。で、まあ、二人なら、信用してもええんかなって」

弁明するような口調で言い、深々と息を吸い込む。覚悟を決めたように、吐き出した。

「ステラっていうクスリが、最近流行ってるんです」

澤田は鼓動が速くなっていくのを感じた。隣の鮎川を見やると、大きく目を瞠って見つめ返してきた。

「そのクスリに関しては、私達も把握してる」

「ヤバいクスリなんですか」

「うん。とっても」

少女の顔に、諦めの色と傷付いたような表情が浮かんだ。

「グリ下って、知ってますか」

澤田は頷いた。管轄は違うが、知っている。世界的な病禍のせいで閉塞感に満ちた社会から逃げ出そうと、未成年者達がこぞってグリ下に集まるようになった。瞬く間に、危険な色相を帯びた場所と化した。

「ウチは、結構そこに行ってました。それこそ、この前捕まるまで、割とずっと。そこで、ジョーダンっていう男の子と会いました」

「ジョーダン？」

「綽名ね。日本人です。みんな、テキトーに綽名名乗って、呼び合ってたから。Ｔｗｉｔｔｅｒのハンドルネームとか。ウチは、ルイって」

ルイ。本名とは、ほど遠い綽名だ。

躊躇う素振りを見せてから、再び口を開く。

「七月の途中から、ジョーダンはグリ下にぱったり来なくなりました。けど、また先月ふらっと来て。で、ステラを勧められたんです。そんときはまだ、ステラとか呼ばれてなかったけど」

「流行する前、割と早い段階やったんやな」

「はい。というかワンチャン、ウチらが流行らせてもうたというか」

震える声が言った。

「ウチらの仲間内で軽く流行って、ステラって名付けたんもグリ下の子やし、それにその、あのクスリをもっと大々的に色んな人に売ろうって言い出したのはジョーダンで、ウチとかはがっつり、それ手伝っちゃってて」

澤田は鋭く息を吸い込んだ。今話題に上っているジョーダンとやらは、末端の売人のレベルではないかもしれない。

「最初は、違法やなんて聞いてなかったんです。それに、あとから聞いたときも、大麻やって。ホンマは、あんまお酒とか煙草と変わらんって。でも、大麻じゃないですよね、多分」

湊を啜り、涙こそ流していないが、泣き始めている。

「大麻ではないな。粗悪な合成麻薬や。色んな成分が入ってて、効き目に差があるから、うっかり過剰摂取しやすい。最悪、死ぬ」

涙が流れ始めた。下唇を強く噛み締める。

「いっぱい、お金稼げて、嬉しくなって。可愛い服とか、プチプラやない高い化粧品も買えるし。アホですよね。段々、ちょっとヤバそうやなとは思ったけど、でも食べたら気持ち良くなるし、別にクソみたいな人生、どうなってもええわと思ってたから」

ピアスを指でいじり、眉根を寄せる。

「罪に、問われますよね。少年院とか、送られますかね」

咄嗟には、言葉が出なかった。

「明確な返事はできひんけど、私達は、今日の君の勇気ある決断が間違いじゃなかったと思ってもらえるように、ベストを尽くします」

鮎川が少女の目を見つめ、強い口調で言った。澤田は遅れて、大きく頷いた。

「信じても、いいんですか」

「信じてくれたから、話してくれたんでしょ」

鮎川が優しく微笑み掛ける。少女が固く瞼を閉じ、小刻みに何度も頷いた。

「お願いがあります。聞いてくれますか」

目を開き、鋭い視線をぶつけてきた。

「ジョーダンに、やり直すチャンスをください。悪い子やないんです。どうにか、自首させて欲しいんです」

「ジョーダンと、連絡は取れるんか」

少女がスマートフォンを差し出してきた。

「Ｔｗｉｔｔｅｒでも、テレグラムってアプリでも」

澤田は腕を組み、押し黙った。

「お願いです。お二人を信用して、ここまで来たんです。ウチもジョーダンも、大人を信じられへんようになってたんです。でも、根っからの悪い子じゃないんです。お酒も煙草も弱いのに、無理して格好付けて飲むような、可愛い男の子なんです。このまま普通に逮捕されたら、ジョーダンはもっと悪い奴になっちゃう気がします。澤田さん達が話して、説得して、自首させてあげてください」

切迫した声で、懇願された。

「ちょっとだけ、待っててくれるか」

少女に伝え、鮎川に目顔で合図して廊下に出る。

「どう思う？」

鮎川が険しい顔で見上げてくる。

「速やかに課長に報告する。多分、それが正解ですよね。捜査に私情は、禁物です」

「警察官としての正解は訊いてへん。自分は、どう思う？」

「自首、させたいです」

即答だった。

「この件を上に上げて、ジョーダンという少年が逮捕されたら、あの子はきっと、私達を見限ります。私達に、失望します。これ以上、あの子を絶望させたくない。大人に、この国に、希望を持って生きて欲しい。そう思います。ただ――」

鮎川が言い淀んだ。代わりに、言葉を継いでやる。

「ジョーダンに自首を促すっちゅう独断を行った結果、ジョーダンを取り逃がしたり、逮捕の時期が遅れたりして、薬物汚染が拡大することを懸念してる、と」

「はい」

重々しく、頷いた。

「俺らの百倍優秀な連中が、特別捜査チーム立ち上げて、事件を追ってる。ステラの危険性も知られ始めてるし、売人の検挙率も上がってる。ジョーダンが主犯格やとして、大量の薬物が既にジョーダンの手を離れて流通してるであろう以上、ジョーダンを捕まえる時期が多少前後しようが、大した違いはない。そういう見方もできる」

「はい」

「ただ一方で、何かしら取り返しのつかない事態を招く可能性も当然ある。それでも、前者の可能性に賭けて、目の前のあの子のために、独断で動くか」

鋭い声で尋ねた。

「課長に報告して、自首を促すから逮捕は待つように、掛け合えませんかね」

「まあ、ＯＫって言われる可能性は、限りなくゼロに近いやろな」

鮎川が鼻から息を吐き出した。

「なら、私はジョーダンに自首を促したいです。あの子のためやとは言いません。あの子に今後の人生を見限らないで欲しいと、私が思ってるからです。私自身のためです」

最後の一言が、決め手となった。

「分かった。やってみよう」

低い声で言った。

41

この前のことを謝りたいと、ルイから連絡が来た。ステラの販売を始めた初期段階に、ヤオのアドバイスに従って、グリ下の連中とのメッセージのやり取りは全てテレグラムで行うように切り替えた。だが今回は、わざわざＴｗｉｔｔｅｒのＤＭで送られてきた。あくまでもグリ下の友達として、直接会って謝りたいということらしい。別にこの前のことなど気にしていないが、少しだけ公園で会って話をすることにした。どうせヤオ達と会う予定がある。ついでだ。

ベンチに並んで腰を下ろし、ルイが何か言うまで待ってやった。しばらくしてようやく、気まずそうに口を開いた。

「傷付けちゃったかなと、思って」

「いや別に、大丈夫やで」

「そっか。ごめんね」

気まずそうに顔を伏せ、ピアスをいじる。

「ナンボか、買うていく？」

「ううん。もう、せえへんことにしたから。ちょっと、頑張って生きてみることにしたから」

「頑張って？　俺も頑張ってるけど」

つい刺々しい声が出た。

「ごめん、そういう意味じゃなかってんけど」

「ああ、そう」

「うん」

小さくため息を洩らし、ルイが顔を上げる。

「ジョーダンもさ、こういうの、もう止めたら？　危ないよ。怖い目に遭うかもしれんし」

グリ下の仲間が、目を潤ませて心配してくれている。感動的だと頭で思いながら、心は全く動かなかった。

「やらなあかんことがあるから。じゃあ。もう、ええよ」

「ちょっと。ジョーダン。ジョーダン！」

泣いているような声で呼び止められた。だが、追い掛けてはこない。デジャヴだ。


心斎橋で、ヤオ達と合流した。車に乗り込み、目的地に向かう。愚狼會のメンバーの一人の居所が、ようやく割れたという。

「俺らが揉めてる噂を聞き付けた銭ゲバの女王様が、連絡してきた。あたしの客に界隈じゃ有名なSMマニアがおりまっせ、そいつが愚狼會の関係者って噂ですよと」

グループ展開するような体制の整ったSM倶楽部《くらぶ》に関して言えば、大阪中で出入り禁止措置が取られているという。ミナミのSM界隈に悪名が轟《とどろ》いており、もっぱらミナミ以外でフリーランスのSM嬢とプレイしているそうだ。

「ミナミの顔役としたことが、そんな有名人の存在、全く知らんかったわ」

ヤオがせせら笑ったあと、一瞬にして真顔に戻った。

「躰に、トランプのクイーンのタトゥーが入っとるらしい。エースはトランプのエースのタトゥー、入れとったからな。関係者どころか、本命のメンバーと見て間違いないやろ」

エースを襲撃した際、サディストかつマゾヒストがメンバーにいると言っていたのを思い出した。

「そろそろ、ケリを付けたいところではありますからね。いつまでもだらだらと、地味に抗争して、削り合うのはキッツい」

ミスタが疲れの滲んだ声で言った。配下の半グレグループへの襲撃や顔役を慕う飲食店への度重なる嫌がらせのせいで、ミナミの顔役としての威光が弱まってきている。

駐車場に進入した。阪急十三《じゅうそう》駅から徒歩十五分ほどのところにある、寂れたラブホテルだ。個人経営のホテルで、露出プレイや覗き、スワッピングなど、普通のラブホテルではできない変態プレイができるマニア御用達の場所だという。

「軽く調べたけど、あんまよう分からん胡散臭いおっさんが経営しとる。愚狼會がそいつを抱き込んで、罠を張ってきた可能性もある。警戒せえよ」

ヤオが言い、全員で車から降り立った。ホテルに入り、無人のエントランスを素通りしてエレベーターに乗り込む。ラブホテルに入ったのは初めてだが、薄暗いだけで、あとは普通のホテルと大差ない。

指定された部屋の前で、コートを着た黒髪ボブの女が立っていた。

「ああ、どうも。こんばんは」

ハスキーな声で言い、笑い掛けてきた。

「目隠しして、ヘッドフォンして、身動きできひんように縛り付けてるから。放置プレイ」

ヤオが李に向けて顎をしゃくった。李が頷き、ドアを開いて忍び足で入室する。

椎名は部屋の中を覗いた。ベッドは見えなかったが、李が振り返り、親指を立ててきた。

全員の躰が硬く緊張するのが、ひしひしと伝わってくる。椎名自身、様々な感情が入り乱れ、口の中が酸っぱい。

「なんで、情報をくれてん」

ヤオがしゃがれた声で女に尋ねた。

「金のため。あとあいつ、あたしらの業界で、評判悪いから。エゴマゾは珍しくないけど、女王様を殴るんはいくら何でも屑過ぎ」

センセーが封筒を差し出した。中身を確認し、目を細めて頷く。

「じゃあ、あたしはこれで」

「このまま、その足で警察に行ったり、せえへんやろな」

ヤオが目を見開いて尋ねた。

「そんな意味のないこと、せえへんよ」

女が苛立たし気に鼻を鳴らす。椎名には、気圧されたのを隠すための虚勢に見えた。

ヤオ達に続いて、椎名は最後に入室した。けばけばしい赤で統一された内装だ。

全裸の男が大の字になり、手足をベッドに拘束されていた。首輪で鎖にも繋がれ、アイマスクとヘッドフォンを装着されている。口髭の似合う濃い顔立ちが、より一層滑稽さと変態さを際立たせている。情報通り、右肩から胸に掛けてトランプのクイーンのタトゥーが入っている。禍々《まがまが》しいほどエロティックなデザインだ。

六人で、ベッドを取り囲んだ。ヤオがヘッドフォンとアイマスクを乱暴に剝ぎ取る。

一瞬眩しそうに眉を顰めてから、目を瞠った。

「さあ、プレイ開始や」

ヤオが口角を吊り上げて言った。

「わん」

男がとろんとした目つきで甘く吠《ほ》えた瞬間、ヤオの拳が鼻梁に炸裂した。いつの間にか、グローブを装着している。

鼻がひしゃげ、前歯が血に染まった。瞬く間に、目に涙を浮かべ始める。

「ちょう待ってくれ。タンマや」

「愚狼會の仲間は何処にいる？　何人おる？　壺田を殺ったんは、誰や」

「頼む、許してくれ」

伯爵が拘束されている男の左手を摑み、小指をへし折った。絶叫が迸り、男が白目を剝いて泣き始めた。

「何すんねん。頭バグっとんか」

恐怖の籠もった嘆きを洩らす。

「同じようなことを、もっと酷いことを壺田にしたんでしょう」

ミスタが言い、顔面を殴り付ける。折れた歯が男の腹の上に飛び散った。

「ちょっと待ってくれ。分かった。何が望みや。何が聞きたい。何でも喋る、だからやめてくれ。もう殴らんでくれ」

「仲間の情報、居場所。少女の居場所。そもそもの少女との関係。壺田を殺したのはどいつか。全部、教えてもらおか」

「殺した奴を聞いて、どないすんねん」

「殺すに決まってるやろ」

ヤオが無造作に言い放った。途端に、男が目を見開き、躰を震わせ始めた。

「もしかして、お前が殺ったんか。おい！」

李が怒鳴り、ナイフを取り出した。そのまま、刺し殺す勢いで迫る。伯爵が制止した。ナイフの刃先が、男の太腿を切り付ける。血が飛び散り、叫び声が響いた。

「李ィ。カッカすなよ」

伯爵が間延びした声で言った。

「すんません」

ナイフを仕舞う。男が涙を流しながら、命乞いをした。

「勘弁してください。殺すつもりはなかったんです。ガキの居場所を吐かせようといたぶってい
たぶって、でもなかなか吐きよらへんから、何時間もぶっ通しで痛め付け続けたら、急に心臓止
まったんです。殺すつもりまではなかった。ホンマです、信じてください」

すぐ金のことで小言を口にする壺田の、陰気な顔が浮かんだ。懐かしく、切ない。今更ながら、
死を実感し、悲しみが湧いてきた。

椎名はベッドに一歩近付き、剝き出しの睾丸《こうがん》を全力で殴り付けた。悶絶し、身を仰け反らせる。

「今のはキツい」

センセーが身を縮こまらせた。

「許してください！」

大声で泣きながら、泡を吹かんばかりにのたうち回っている。ざまあみろ。清々《すがすが》しい。

「なんか、胡散臭いな」

ヤオが険しい顔で言った。

「お前、嘘吐いてへんか」

「嘘？　吐いてません、吐いてないです。ホンマに、命まで奪うつもりはなかったんです」

「いや、そういうことやなしに。お前、この状況、楽しんでるやろ」

「ええ？」

怯え切った顔のまま、眉を顰める。ヤオが男の髪の毛を鷲摑みにした。

「調子こくなよ、大根役者。そんなに殴られるのが好きなら、あとでなんぼでも殴ったる。だか

らまずは、ホンマのこと喋れ。そしたら望み通り、殴り殺したるわ」

瞬く間に、男の顔つきが変わった。

「ああ、違うな。もうええわ。萎えた」

怯えの色が一切消え、退屈そうな表情に変わった。

ヤオが摑んでいた髪を放す。椎名は呆然と男の顔を見つめた。

「純度百パーの殺意とか憎悪とかサディズムをぶつけて、いたぶって欲しいねん。分かるか。さっきのお前のパンチとか、最高やった」

椎名はねっとりとした視線を向けられた。嫌悪感に、首筋が粟立つ。

「ご褒美に殴ったるから、まずは情報を寄越せ？　それは悪手やわ。ヤオ。お前、頭良くて有能なんやろうけど、人間のフェティシズムをもうちょい学んだ方がええ」

嘲るような笑みに、ヤオの拳が叩き込まれた。苦しそうに喘ぐ。

「なるほど。小馬鹿にされた怒りを込めたパンチは、なかなか気持ちええ」

「壺田を殺したのは、お前ちゃうな。誰や」

「さあ？」

伯爵が中指をへし折った。ヤオが問い、伯爵が指を折る。あっという間に、左手の指が全て折られた。男の額に油を塗ったような汗が浮かび、呼吸も荒くなっている。

だが、先程までの狼狽《ろうばい》ぶりとは打って変わって、恍惚とした表情だ。

「口を割らん俺に対する、マジな苛立ち。ええ感じや。ちゃんと気持ちが籠もっとる」

伯爵がため息を洩らした。倦怠《けんたい》感の滲んだ沈黙が流れる。耐え切れず、椎名は口を開いた。

「凜は、生きてんねやろな。今、何処におる。そもそも、なんで凜を追っ掛けててん」

男が粘り付くような笑みを浮かべた。

「悪そうな大の大人が何人も、小っちゃくて可愛い女の子を血眼になって捜してた背景なんか、なんとなく想像付くやろ」

男のわざとらしい舌なめずりを目にして、言葉に詰まった。吐き気が込み上げてくる。

凜は躰を売らされていた――ようやく、その考えに思い至った。

眩暈に襲われ、室内の光景が炙《あぶ》られた蠟細工のように歪んだ。

「お前もどうせ、あのガキとヤリたくてしゃあないんやろ。三割引きで、斡旋したろか」

烈しい怒りで、こめかみを締め付けられた。ベッドに飛び乗り、馬乗りになる。顔面を殴り付けた。何発も何発も殴り、男の前歯で指や手の甲の皮膚が切れて出血した。痛みを感じない。

腹を殴り付け、股間に蹴りを喰らわせる。何度も何度も、蹴り付けた。

男は終始苦しそうに悶え、大声を張り上げたが、その声は歓喜の色を湛えていた。それでも、攻撃をやめることはできなかった。生まれて初めて、殺意というものを知った。

だが、血に塗れた男の顔を直視して、振り上げた拳が固まった。こいつは死んで当然の屑だ。この状況を楽しんでさえいる。それでも、堪え難い嫌悪感が押し寄せてきた。

「椎名。もうええ」

肩に手を置かれた。伯爵だった。

「止めんとってください」

震える声で言った。

「もう、充分や」

言うや否や、男の顔面に重たい拳を叩き込んだ。骨が砕ける鈍い音がした。

男が白目を剝いた。潤んだ瞳から、不気味なほど美しい涙が一筋、頬を伝う。直後、躰を烈しく痙攣させ、失神した。

悔しさと怒りと屈辱で、視界が歪む。泣いて堪るか。泣いたら、負けだ。奥歯を噛み締め、必死に押し留める。

伯爵が男の拘束具を外した。意識を取り戻したあと、自力で立ち去れるようにだろう。いつまでも拘束を解けずにチェックアウトできないでいるうち、ホテルの人間がやってきて通報でもされては困る。

電話の着信音が鳴り響いた。ヤオがスマートフォンを取り出し、耳にあてがう。愕然《がくぜん》とした表情に変わった。送話口を手で覆い、全員を見回して口を開く。

「カトレアのママからや。愚狼會のエースが来て、俺を呼んでるらしい」

カトレアは、椎名が初めてヤオらに会った宗右衛門町のラウンジだ。

「行くぞ」

ヤオが覇気に満ちた声で言った。

42

店のキャストは誰一人、席に着かなかった。ラガヴーリン十六年をボトルで飲みながら、一人で顔役の到着を待つ。ママと思しき女が、入口に「CLOSED」の看板を掛けた。

客は、エース一人だけだ。キャストの女が皿に盛ったチョコレートアソートを持ってきた。慇《いん》懃《ぎん》無《ぶ》礼《れい》な態度でテーブルの上に置き、立ち去る。大量に頬張った。柄にもなく緊張するが、高揚もしている。

チョコレートを平らげたところで、店の扉が開いた。顔役の面々が立っていた。

ヤオ。伯爵。ミスタ。李。センセー。調べは付いている。もう一人のガキの名前は不明だが、近頃入ったと噂の新入りだ。

無言のまま、ヤオが向かいの椅子に腰を下ろした。李とセンセーとガキがその後ろに立ち、伯爵とミスタが背後に回ってくる。

振り返り、伯爵とミスタに微笑み掛けてやった。無表情で、睨み返される。

店の人間が全員、裏口から外に出て行った。

「俺らのシマで俺らを呼び出して、どんなことされるか想像付かんのか。それとも、お前も俺らにボコられたいマゾなんか。お仲間の男と一緒で」

ヤオが言った。思わず、驚きが顔に出てしまった。

「クイーンに何をした？」

「壺田を殺したのは自分や、言うてたからな、同じ目に遭わせたった」

エースは深々と息を吸い込んだ。

「嘘やな。今のお前らから感じ取れるのは、敗北感のエネルギーや」

返事も反応もない。

「アレをいたぶっても、埒《らち》あかんかったやろ。そういう奴や。俺でさえ、御されへん」

「用件は何や」

ヤオが鋭い目で見つめてくる。

「用件は――と、その前に、一応保険を掛けとこう。もし俺が一時間以内に出てけえへん場合、ウチの連中がミナミ中の飲食店に火を付ける。顔役を慕って、何かあったら顔役が守ってくれると信じてる連中の店や。そうなったら、顔役の信用はガタ落ちやろな」

口だけの脅しはよせ。そういった類のことは、言われなかった。本気だと知っているからだろう。無論、本気だ。

「用件は何や」

無感動な声で繰り返される。

「この辺で、手打ちにせえへんか。壺田を死なせた奴を差し出す。煮るなり焼くなり、好きにしてもらってええ」

「ほう。仲間を売るんか」

「それで、お前らが矛を収めてくれるならな。俺としては、壺田を痛め付けてガキの居場所を聞き出したら、慰謝料握らせて解放するつもりやった。ところが、事情聴取を担当した奴が、勢い余って死なせてもうた。殺すつもりはなかったやろう。過失致死、いうやつか。それでも、そいつのヘマのお陰で、いらん抗争が起きたんは事実や。責任は取らさなあかん。俺かて仲間は大切やし、一遍揉めた相手はホンマならぺちゃんこになるまで潰したい性分や。けどやっぱ、第一に考えてんのは、愚狼會の存続やからな。ビジネス・イズ・ビジネス、いうやつか」

「そこが、お前と俺らとの違いやろな」

ヤオが重々しく口を開いた。

「愚狼會はお前にとっては所詮、ただの箱。中身をとっかえひっかえしても、自分が率いてさえいればそれでええ。自分自身が一番大切なんやろ」

「自分が一番なんは、当たり前やろ」

「俺らはな、一人一人が顔役や。このメンツやから、この繋がりやから、意味がある」

「ああ、そう。けど、百パー仲良しこよしのお友達グループでもないやろ。それとも、金もシノギも求めてへん、なんて綺麗事、抜かしたいんか」

「仲間の前では、金は二の次。お前には一生理解できひんやろうけどな、そういう人間も、世の中にはおんねん」

「愛や友情は金では買えへんと。でも、愛も友情も、金がなかったら長続きせえへんぞ」

ヤオが押し黙った。他の連中も口を開かない。畳み掛けることにした。

「俺らもお前らも、事務所を構えるヤクザやない。流動的や。このままずるずると抗争を続けても、周辺の人間に被害を与えてばっかで、なかなか互いの本丸には辿り着かん。無益やろ。壺田の件に関しては、実行犯を差し出すことで収めて欲しい。それ以外のお互いの放火やら暴行やらに関しては、どっちもどっち、喧嘩両成敗といこうや。クイーンの件もまあ、水に流そう。俺も、痛い目に遭わせてもうたしな」

伯爵を横目で見やった。歯痒そうな顔で、睨み付けられる。

「凜は？　解放するんか」

ヤオが眉根を寄せた。

「する訳ないやろ。大事な商品や」

「お前！」

ガキが大声を張り上げた。ヤオが左手を上げて制する。

「凜に関しては元々、こっちのもんや。あとから出会ったお前らに、とやかく言われる筋合いはない」

「自分の意思やないやろ。無理矢理やらされとる。外道や」

自分でも気付くより先に、笑い声を洩らしていた。腹を揺すって笑い、首を横に振る。

「何笑うとんじゃ、コラ」

「ヤオ。そんな綺麗事はやめようや。お前らも、レイプ・ドラッグとか売っとるやろ」

ヤオの瞳に、危険信号が灯った。まずい、不用意な発言だったかもしれない。怒りや憎しみに任せたものではなく、冷静なビジネスマンとしての殺意が、エースの心になだれ込んでくる。話を逸らすことにした。

「最近、ソーシャル・ディスタンスとかいう訳分からん言葉が流行ってるやろ。人間は社会っちゅう言葉が大好きやな。人間は社会的動物ですよ、いうてな。けど、実際には獣でも昆虫でも、社会を形成する奴はようけおるらしい。あいつら、結構社会的やねんな。じゃあ、人間と獣の違いは何やろな。何やと思う？」

　反応の鈍い面々を見回し、得意げに続ける。

「俺の答えは、変わらへん、や。獣にも感情があるし、昆虫も文明を築く。人間も獣も昆虫も、変わらん。俺もお前も所謂反社や。けど、このカスな社会に反抗して、何が悪い。他人を蹴落として蹴散らして踏ん付けて、それでも自分達がハッピーならそれでよし。世界は半径一メートル以内にしか存在せえへん。違うか」

　ヤオが咳払いを一つしてから、口を開く。

「改めて、話し合いの場を設けよう。手打ちの細かい条件は、そのときに決める」

「了解。ただし、場合によっては呑まれへん条件もあるぞ」

「それはこっちも同じじゃ。話は以上。失《う》せろ」

　エースは頷き、電話番号を記した紙きれをテーブルに置いた。番号は、何台も所有している飛ばしの携帯電話の内の一つだ。

「え？　ちょっと待ってください」

　ガキが引き攣った笑みを浮かべて言った。

「終わりですか。え、凛は？　凛のことは？」

　ガキの声が虚しく響く。どいつもこいつも険しい表情で、虚空を見つめている。誰か、答えてやれ。余所のガキがどうなろうが、知らんがなって。

人間なんて、みんなそんなもんやろ。

43

悠然とした足取りで、エースが出口に向かった。ドアノブに手を掛け、振り返る。

「そうや、ええこと教えといたろ。凜は、自分の意思で帰ってきたぞ」

言っている意味が分からず、エースの顔を凝視した。にやついた笑みを返される。

「確かに俺は、凜を奪還しに行った。けど、お前らを気絶させたあとで部屋中捜し回ったけど、凜はおらんかった。しゃあないから引き上げたら、その後ひょっこり凜が帰ってきてん。自分の足でな。理由は知らん。けど、自分の生きる道はここしかないって、悟ったみたいやわ」

「嘘吐くな。そんな訳ないやろ」

声を荒らげてから、首筋が冷たさを帯びた。最後に寿司を食べたときに、琴音と交わした会話が甦る。

――でもホンマに、金で躰売るとか、考えられへんタイプかな。端金で自分の魂を汚されるって、虚し過ぎひん？　エッチはやっぱ、大事なもんよ。

――まあ、俺もそういうのはナシかなと。ホンマに好きな相手とすべきですよね。

エースが手をひらつかせ、店を後にした。重苦しい沈黙が流れる。

「あんなん、嘘に決まってます。出鱈目です。凜が自分の意思で、俺の前からいなくなる訳ない。あいつが攫ったんです。ヤオさん」

「すまんな、椎名」

掠れた声が言った。正面を見据えたまま、振り返ろうともしない。

「凛は、どうなるんですか」

「凛の躰に、目立った虐待の痕はなかった。異常なプレイまでは、させられてへんはずや」

「子供と無理矢理やる時点で異常や」

ヤオが大きくため息を吐き、立ち上がった。ズボンのポケットに手を突っ込んだまま、振り返って見下ろしてくる。ぞっとするほど、背が高い。

「大人になれ、椎名。世の中、何でもかんでも望み通り手に入る訳やない。顔役を守るためには、妥協も犠牲も必要や。ホンマは俺かて、壺田を死なせた責任を連中全員に問いたい。けど、実行犯一人で収めようとしてるんや。分かってくれ」

「凛を見殺しにするんですか」

「殺されはせえへん」

「心が死んでまいます」

ヤオが眉を顰め、喉の奥で低く呻った。

「ヤオさんは――伯爵さんも李さんもミスタさんもセンセーも、凛とあんま会わんかったから、そんなあっさり冷たく斬り捨てられるんですよ。でも、俺は違う。そうや、伯爵さん。琴音さんに、このこと言えますか」

「仲間を守るためなら、分かってくれるやろ」

断言された。耳の奥で、どくどくと血の流れる音が脈打つ。

「ヤオさん。凛は、仲間に入ってないんですか」

「そうや。残酷ですまん。けどな、顔役を守るのが最優先や。分かってくれ」

肩に手を置いてきた。力を込めず、優しく二度、叩かれた。

「俺は、顔役に入ってるんですか」

肩に置かれた手に、力が籠もる。

「今更、何言うてんねん。当たり前や。仲間やろ」

「じゃあなんで、騙したんですか」

言ってしまった。僅かに下がっていたヤオの目尻が、きっと吊り上がる。

「騙した？」

「ステラは大麻やない。もっとヤバい麻薬でしょ。それにさっき、エースがレイプ・ドラッグって。そんな話、聞いたこと――」

はたと口を噤んだ。足許が冷たくなる。ステラを売り捌くよりも前に、ヤオから初めて頼まれた運び屋の仕事――未認可の勃起薬だと言われて顧客に届けたものは、本当に勃起薬だったのか。

ヤオが肩から手を離した。

「最初からこのクソみたいなストリートでサバイブするエグさを伝えたところで、拒絶反応示して終わりやったやろ。騙すような形になって、やり方は悪かったかもしれん。でも俺達は本気でお前のことが好きやし、仲間やと思うてる。お前もそうやろ。だから、薄々勘付いてからも、ステラを売り続けてくれたんとちゃうんか」

ヤオの顔が滲んだ。溢れてくる涙を拭う。止めどなく、流れ続ける。

「俺も、仲間やと思うてます。みんなのことは、大好きです。でも、凛はどうなるんですか」

「必要な犠牲や。痛みや。ここにいる全員が、経験してきた。それで、成長してきた」

涙が止まらない。頭痛がしてきた。吐き気が湧いてくる。

悲しげな顔をした李と目が合った。

「李さん。李さん、事あるごとに言うてるやないですか。顔役は格好良い存在なんやって。なら、格好良く、凛を助けてください」

李が気まずそうに目を瞬かせた。

「きっちり、落とし前付けさしたろって、言うてくれたやないですか」

「俺にとっては、顔役が一番の居場所やねん」

「答えになってませんよ」

自分でも驚くほど、強気で挑発的な声が出た。ヤオが労わるような調子で口を開く。

「疲れてんねやろ。今日は帰って、ゆっくり休め。豊北《とよきた》まで送ったる。俺は、お前が正しい選択をしてくれると信じてる」

少ししてから、背筋が凍った。大阪府池田《いけだ》市豊島北《とよしまきた》。自宅の住所など、伝えたことはない。どうして、知っているのか。

顔を上げた。穏やかな笑みを浮かべたまま、真っ直ぐ、目を見据えてくる。

「凜のことは、忘れろ。誰にも言うなよ。絶対にや。これは、顔役としての俺とお前の約束や。この意味が、分かるな」

強い口調で言われた。ヤオの深くて濃い茶色の瞳には、光が全く宿っていなかった。

44

「ホンマにすまん。尾行に失敗した」

鮎川が電話越しに、喘ぐような声を洩らした。胸の痛みに襲われる。

「かなり、警戒しててな」

――そんな、警戒って。

驚き、詰問するような口調だ。

「連中はしばらくして、二つの車に分かれた。一台がもう一台の少し後ろを走って、尾行してくる車を発見、妨害するやり方や。無理に追ったけど、案の定気付かれて、後ろの車に進路を塞がれた。ジョーダンが乗り込んでたのは、その前を走ってた方の車や。せめてこっちも、二台以上で追えてればよかったてんけどな」

鮎川にも聞こえるように、ため息を吐き出した。

――そうですか。いや、仕方がないです。

苛立ちと後悔を隠し切れていない声だ。

「すまん。まずは尾行して調べて、外堀を埋めてからやとか、俺が提案せんかったら」

――いいえ。正しい判断だったと思います。あの子の証言だけで明確な証拠もない、ジョーダンの本名さえ知らない状況では、自首するように促しても、躱されてお終いだった可能性が高いですから。

ジョーダンと少女の薬物売買に関するやり取りの大半はテレグラムで行われ、メッセージは既にアプリの機能によって自動消滅していた。ごく初期の段階にはＴｗｉｔｔｅｒのＤＭでやり取りをしていたが、その中には、薬物売買に関連付けられる文言はなかった。薬物の量を指定する隠語を教えられたが、文章には略語や若者言葉、ネットスラング、グリ下界隈だけでの造語が多用されている。それらと同じで特に意味のない言葉だと言い逃れされれば、追及する手段はない。

ジョーダンの素性を突き止めて何らかの物的証拠を見つけ、「自首しなければ、この証拠を基に逮捕の手続きを行う」と逃げ道を塞ぐのが最善だ。澤田はそう提言した。

「とりあえず、そっちに向かうわ」

――はい、お願いします。

少女に、今夜の失態を説明し、謝罪しなければならない。気が重い。

――今後、どうしましょうか。

「もう一遍、ジョーダンに会ってもらう、っちゅうのは難しいやろな」

少女には、何か口実を設けてジョーダンを公共の場に誘い出すよう頼んでいた。現れたジョーダンを澤田と鮎川で尾行し、身許を特定するためだ。少女はジョーダンと前回会ったときに喧嘩別れをしてしまったから、その謝罪を会う口実にすると言って承諾した。

喧嘩の理由も聞いた澤田は、少女とジョーダンを繋ぐ糸が切れてしまわないように、あくまでもこの前の険悪なムードを謝罪するだけでジョーダンを刺激しないように、釘を刺した。だが結局感情的になり、恐らくは修復不可能なまでに、関係はこじれてしまった。

「まあ、上に上げたら、いずれ逮捕はできるやろ。大阪か兵庫、京都の男子高校生で、父親の失業を機にここ一年以内に退部。情報は揃っとる」

――私が心配しているのは、ジョーダンの逮捕じゃないです。ジョーダンを自首させられへんかったことで、あの子が……。

重苦しい沈黙が流れた。

「とりあえず、向かうわ」

――はい、お待ちしてます。

二言、三言交わし、電話を切る。罪悪感で、胸が押し潰されそうになった。ウイスキーを舐め、気持ちを落ち着かせる。

公園で少女と別れたあとのジョーダンの尾行は、鮎川が単独で行った。尾行は複数名で行うのが鉄則だが、ジョーダンが万が一車で移動した場合に備えて、澤田は鮎川と連絡を取りながら、近くで車に乗り、待機していた。

ジョーダンは心斎橋で、仲間らしき男達の車に乗り込んだ。澤田は問題なく、車での尾行に切り替えた。かなり距離を取って尾行を行い、淀川《よどがわ》区内のラブホテルに到着した。ジョーダンと共に降り立った男達を双眼鏡で確認し、言葉を失った。

顔役だったのだ。

愚狼會との抗争を機に、全員の顔は把握している。ジョーダンが顔役の一員となると、自首の説得に応じる可能性は限りなく低い。ステラの流通が顔役のシノギであれば、自首は顔役への裏切りを意味する。

三十分ほどして出てきた顔役の連中とジョーダンは、宗右衛門町のラウンジに向かった。

そして、顔役の入店の十分後、男が一人で出てきた。さらに、絶句した。

愚狼會のエースだった。

服装の乱れや目立った外傷は、見受けられなかった。顔役と争い、全員を倒して出てきたという訳ではなさそうだ。

抗争に関して、何らかの和解が成立した可能性がある。その場合、少女の救出は絶望的だ。

顔役のメンバー全員、少なくともトップのヤオを含めて数名を何らかの容疑で逮捕できれば、顔役の連中に愚狼會との抗争の件を喋らせることができるかもしれない。顔役は大打撃を受けたのに、愚狼會は無傷で済んでいいのか。そう焚き付ければ、死なば諸共とばかりにうたうはずだ。

もし少女がまだ顔役の庇護《ひご》下にあるなら、警察が代わりに保護し、愚狼會の管理売春の実態を証言させる。既に愚狼會に奪還されている場合でも、顔役の連中に抗争の顚末を喋らせることができれば、愚狼會を捜査する理由が生まれる。

だが、ステラ流通の容疑でヤオらまで辿り着ける可能性は、恐らくかなり低い。捜査の手が届くのは、ジョーダンまでだろう。顔役の関与を否定して少年刑務所で数年我慢すれば、出所後にジョーダンを待つのは手厚い歓迎だ。反対に、顔役を売れば、自身や周りの人間に報復が及ぶ。

少なくとも、そう思わされてはいるはずだ。

顔役は準暴力団には指定されているが、準暴力団は暴対法の対象外だ。暴力団の組長に通用する「下っ端が罪を犯した際の使用者責任」は適用できない。ジョーダンの罪をヤオに問うことはできないのだ。

エースを追うか、このあと出てくるであろうジョーダンや顔役の面々を追うか。頭は前者を選んだが、刑事としての直感が後者を選んだ。

数分後、顔役の面々に見送られながら、ジョーダンが憔悴《しょうすい》しきった表情で出てきた。池田市内のアパート前で、ジョーダンはタクシーを降りた。部屋の明かりが点き、すぐに消えた。

澤田はアパート名と住所、部屋の位置をメモしてから、鮎川に電話を掛けた。

「ホンマにすまん。尾行に失敗した」

嘘を吐いた。自分を信頼している部下と、友の未来のためにもう一度大人を信じてみようとした少女を、裏切ったのだ。

——信じても、いいんですか。

ボトルのまま酒を呷り、ピアスの少女の澄んだ眼差しを振り払った。

45

タクシーから降り、覚束ない足取りで階段を上がった。自室に直行し、布団を広げ、電気を消して頭から毛布を被った。蒸し暑い。

しばらく、何も考えられなかった。

「クソが」

呟いた瞬間、喉許から熱い塊が込み上げてきた。肩を震わせ、しゃくり上げる。胃が収縮するのを感じた。

堰を切ったように、涙が溢れてきた。口許を腕で覆い、声を押し殺して泣きじゃくる。

凛を救ってくれと警察に駆け込めば、顔役は達樹と父親に後々何をするか分からない。ヤオが何気ない風を装って自宅の住所を口にしたのは、明らかに脅しだ。

そして椎名は、ヤオ達がいざとなれば、平然と一線を越える側の人間だと知っている。

達樹と父親、そして凛。天秤《てんびん》に掛けられるはずがない。だが、掛けるしかない。

ここ数ヶ月で大嫌いになったはずの父親との、輝かしく楽しい思い出ばかりが甦る。嫉妬と疎ましさばかり覚えていた達樹との、兄弟の絆《きずな》を思い出す。母親が生きていた頃に四人で行った城《き》崎《の》温泉《さき》。入学祝いにエア　ジョーダン　5をプレゼントしてくれたときの父親の照れた表情。事あるごとに「お兄《に》ィ」と話し掛けてくる達樹の、間抜けで可愛い顔。

思い出さなくていい美しい記憶の数々が、改めて胸に刻まれる。

――カズくん。

凛の声が耳に反響する。か弱くて守ってやりたくなるような、でも何処か芯の通った声だ。

選べない。選びたくない。もう、何も考えられない。吐き気が込み上げてきた。

いっそのこと、死んでしまおうか。ここで自分が死ねば、達樹と父親に危害が加えられることはない。凛はこの先も苦しむだろうが、死んでしまえば、そのことに対して自責の念に駆られる必要もない。

気付くと、ベランダの窓を開けていた。濡れた頬に、夜気が心地好い。

靴下のままベランダに出て、手摺りから身を乗り出した。下は土ではなく、コンクリートだ。三階からでも、落ちれば死ぬだろう。

無表情な地面を見下ろすうち、歯の根が合わなくなった。鳩尾の辺りが重たい。

自覚してしまった。自分が凛と天秤に掛けているのは、達樹や父親の命なんかじゃない。自分が真に恐れているのは、達樹や父親の身が危険に晒されることではない。

本当は、自分の命が惜しいだけだ。

馬鹿な一言で凛の心の傷を抉《えぐ》ったくせに、自分の命を惜しんでいる。

躰を売らされていたなんて、知らなかった。悪気はなかった。いや、本当にそうだろうか。逃亡する女子中学生と追手の男達――少し真剣に考えれば、可能性の一つとして思い浮かべても良かったはずだ。目を逸らしていただけじゃないのか。悪党共の秘密を知ってしまったために命を狙われている、という劇的な想像だけしておけば、凛が躰を売らされていたなんて重苦しい現実を直視しなくて済む。椎名自身が傷付かないで済む。

知らなかった。悪気はなかった。どうしようもなかった。大人達のそうした振る舞いで、椎名は散々苦しめられてきた。それなのに、同じ思いを凛にさせた。自分がされてきたように、大人達と同じように、凛を裏切り、傷付けてしまった。

凛は、自分の意思で帰ってきたぞ――エースの言葉は、真実だという気がした。

熱い涙が鼻先を伝い、夜の底へと落ちていった。

46

澤田は腰の痛みで目を覚ました。デスクに突っ伏して、眠りに落ちていたらしい。大きく伸びをし、壁に掛かった時計に目をやる。

朝の五時過ぎだ。鮎川と二人で少女に謝り、詰《なじ》られ、泣かれてから、数時間経つ。

少女は最終的には落ち着きを取り戻し、澤田と鮎川の尽力に対して、礼さえ述べた。

――こんな無理なお願いを聞いてくれて、ありがとうございました。結果はあかんかったけど、やっぱり信じてよかったです。

取調室で初めて会ったときより、成長している。世の中、クソな大人だけやないなって。その大人びた物分かりの良さが、澤田の罪の意識を重くした。

今晩、少女を迎えに行って一緒に署に戻り、ステラ売買の容疑に関して自首させる手筈《てはず》になっている。ジョーダンの件は伏せておいた方が澤田にとっては好都合だが、鮎川も知っている以上、黙っていることはできない。ジョーダンを自首させるべく独断で動いたことについては、口を噤むよう鮎川に命じている。少女も口裏を合わせることに同意した。

夜まで待つのは、父親との別れの時間をくれと言われたからだ。自首をしたことで逃亡や証拠隠滅の恐れはないと判断され、逮捕・勾留はされずにその日のうちに自宅に帰され、在宅捜査になる可能性も充分ある。況してや、未成年だ。だが、罪状の重さを鑑みて逮捕の判断が下った場合、最長で二十日間は勾留を余儀なくされる場合もある。

自首することを父親に予め伝えたいという少女の言葉に、親子の絆が育まれているのを感じ、救われる思いがした。

インスタントコーヒーを淹《い》れ、ウイスキーを一滴垂らして、空腹の胃に流し込んだ。鈍い痛みが走り、躰に沁《し》みる。

署内が慌ただしくなる気配がした。何か、事件でも起きたのだろう。

鮎川が姿を現した。重たそうな瞼を擦り、頭を下げてくる。挨拶を交わし、コーヒーを飲み干して、腰を上げた。

「あれ、どちらへ」

「トイレや。コーヒー飲むと。老化やな」

苦笑し、鮎川の脇をすり抜けた。

「なんか事件か。朝っぱらから」

小便器の前で出くわした刑事課の巡査部長に、軽く声を掛けた。

「え？　ああ、はい、そうです。傷害、場合によっては、殺人か殺人未遂です」

「穏やかやないな」

「男が心停止で病院に搬送されたんですよ。ＳＭの女王様からの通報で」

「ＳＭプレイを傷害で引っ張るのは、酷やろ」

「それが、えぐい拷問の痕が無数にあったみたいで。金玉一個、潰されてます」

キレの悪い小便を出し切ったばかりの股間が、縮み上がった。

「通報してきた嬢は、私がやったんやなくて、来た時点で既にその状態やったと。ボロボロの死に掛けの状態で、ＳＭしに来たそうです」

「なんや、それ」

「ねえ。嬢もヤバいと思ったみたいですが、当の本人は昂奮しとるし、上客やし、何より逆らうと怖そうやからと」

「女王様が客にビビるんかい」

「プレイが手ぬるいと逆上するような奴で、大抵のＳＭ倶楽部からは出禁喰らっとるらしいです。通報した嬢も、個人で活動してるタイプの女で。で、じゃあ始めよかとしたら、ぶっ倒れたと。今後十年は、飲み会でネタにできるヤマですよ」

巡査部長が喉の奥で笑った。

カフェインとアルコールで混濁した脳内に、不意に覚醒が訪れた。

病院に搬送された被害者の所持品は、証拠品保管庫にまとめて保管されている。手袋を嵌めて財布を漁り、免許証を発見した。すぐさま、違法捜査用の二台目のスマートフォンで顔写真を撮り、常岡に送信する。返信がないため電話を掛けて催促すると、求めていた答えを得ることができた。礼も言わずに電話を切り、刑事課へと向かう。

「話がある。五分だけ、時間くれへんか」

盛山《もりやま》警部補を発見し、空いている会議室に誘った。刑事課強行犯係の係長だ。前置きを省き、被害者の男の素性を説明した。

「なるほどな。ミナミの半グレ連中の不穏な動きは、何となく俺らの耳にも入っとる。クイーンか。舐めた綽名や。漫画に出てくる悪の組織やな」

愚狼會の中でクイーンは唯一素性不明だったが、常岡は間違いなくこの男だと答えた。クイーンはジムや大会に滅多に顔を出さず、常岡も一度しか会ったことはないが、特徴的な口髭は印象に残っているらしい。

盛山が頭を掻いた。天然パーマが一層ボリュームを増す。

「抗争の末の傷害――最悪、殺人か」

クイーンは未だ意識を回復していない。いつ戻るか、あるいは一生戻らないかは、現時点では分からないという。

「南署に連絡せなあかんな。相手の連中――顔役か、そいつらの情報がいる」

「ああ。でも、ホシを挙げるのはこっちでやるやろ」

「もちろん。ウチの管轄や」

運び込まれた病院が天満警察署の管内だったのは、ラッキーな偶然だ。いや、ミナミのＳＭ界隈で悪い噂の広まっているクイーンが足を延ばす先の一つに、キタの歓楽街を選択するのは、必然と言えば必然か。

「情報提供、ありがとう。助かったわ。また何か知ってることがあったら、教えてくれ。こっちも、捜査状況くらい教えたる」

「ああ、頼む。どんな情報でも、全部見してくれへんか」

「捜査機密やけど、まあ、ええやろ。送るわ」

そう言って、意味ありげに見つめてきた。秘かに愚狼會を追っているのかと、尋ねたいのだろう。盛山も澤田の息子の件を知っている。だが何も言わず、肩を軽く叩いてきただけだ。そのまま会議室を出て、刑事課へと戻っていった。

南警察署に愚狼會と顔役の抗争を捜査しないよう圧力を掛けた大本が刑事部参事官なら、その圧力は天満警察署には通用しない。天満警察署の為末署長は、その手の圧力を嫌う。正義感からというよりも、自分が押さえ付けられるのが気に食わないという性格の問題だ。

――キャリア組はあくまでも警察官僚であって、警察官やないからな。

まだ為末が現場の捜査員だった二十年近く前の話だが、はっきりとそう口にしていた。自身が警視正にまで登り詰めた今、そこまであからさまな敵対心はないだろうが、根本の思想は変わっていないはずだ。いくら刑事部参事官が将来有望なキャリア組であろうと、今現在の階級が同じ以上、不合理な要請はきっぱりと撥《は》ね除ける。為末はそういう警察官だ。

澤田は椅子から立ち上がり、足早に会議室から出た。

47

あと半日足らずで、少女は自首をし、ジョーダンの情報は特別捜査チームに知れ渡る。国公立、私立含め、大阪、兵庫、京都府内にある高校は六百に満たない。情報漏洩《ろうえい》を防ぐために慎重に捜査が進められたとしても、ジョーダンの特定に要する時間は、一ヶ月ほどだろう。今日中にも、ジョーダンの身許は割り出しておきたい。アパートと部屋が割れているとはいえ、即座に特定できるものではない。

警察官の公式な職務として個人情報を取得するには、いくつか方法がある。

たとえば、街の防犯等を目的とした巡回連絡カードだ。交番勤務の警察官が受け持ちの区域の個人や企業を毎年訪れ、家族構成や従業員構成、緊急連絡先、勤務先、通っている学校などを聴取して、用紙に記入し、交番内部の厳重な金庫に保管しておくのだ。

だが、巡回連絡カードへの記載は任意のため、ジョーダンの親が記載を断っている可能性もある。また、巡回連絡カードを閲覧する際には、管内の警察署の地域課課長に捜査目的を説明し、事前に許可を得ておく必要がある。

別の手段として、アパートの管理人やマンションの管理会社に、入居者情報の開示を求める方法もある。だがテレビドラマのように、警察手帳を提示すれば簡単に情報を教えてくれるということはない。実際は、捜査関係事項照会書を作成し、管理人や管理会社に送付する。犯罪の捜査に必要なため、入居者の情報を提供するよう要請する文書だ。回答を拒否したり回答しなかったりしたとしても罰則はないが、入居者の名前程度の個人情報ならば、回答を得られることも多い。正式な捜査協力を要請されたという事実が、入居者の名前を勝手に教える後ろめたさを打ち消してくれるのだろう。

ただし、捜査関係事項照会書の発行には、警部以上の階級にある者の判断が必要だ。澤田の独断では、用意できない。

いずれにせよ、対象が前科者や暴力団員ならまだしも、一般市民の個人情報を警察内部の誰にも知られず得ることは、不可能に近い。

非合法に誰かの個人情報を得る方法は、いくつも知っている。事実、愚狼會に関する情報の大半は、そうして手に入れた。だが、いかんせん時間が掛かる。

非公式かつ可及的速やかに情報を得るには、直接的でリスキーな手に頼る他ない。

「ご無沙汰してます」

車に乗り込んでくるや否や、井出《いで》がキャップを外して頭を下げてきた。すれ違った次の瞬間には忘れてしまうような、何の特徴もない日本の中年男性の風貌をしている。

「急に、すまんな」

「いえいえ。びっくりしましたけどね」

「このご時世に、ノーマスクか」

「ええ。ミシェル・フーコーの愛読者なんで」

全く意味の分からない返答だったが、深く掘り下げずに封筒を差し出した。

「後払いで大丈夫です」

その言葉で、成功報酬主義だったと思い出した。

裏社会では、「○○師」や「○○屋」を名乗る自称専門家が大勢いる。だがその実、大半の連中は何の特殊技能も持っていない。その中で井出は、数少ない本物の一人だ。本人は単に「便利屋」と称しているが、その味気ない自己紹介には、大半のことならこなせるという自負も垣間見《かいまみ》える。殺しと暴力を伴う仕事以外なら、報酬次第で何でも引き受けるとの言葉に、恐らく偽りはない。

「じゃあ、行ってきます」

キャップを被り直し、マスクを着けた。政府から全世帯に二枚ずつ配布されたガーゼ製の布マスクだ。

「それしてる奴、初めて見たわ。てか、マスク着けるんかい」

「着けへん方が不自然な世の中になってもうたんで。顔も隠せるし、ちょうどいい」

車から降り、悠々とした足取りで、ジョーダンのアパートへ向かう。

井出には、ジョーダンの自宅に侵入して身許を特定する他に、集音マイク付きの高性能監視カメラの設置も依頼している。撮影データは全て澤田がアクセス可能なクラウドサービスに転送され、リアルタイムの視聴も録画の見返しも可能だ。

スマートフォンを取り出し、盛山から送られてきた資料に目を通す。クイーンと通報してきたSM嬢に関する情報が列挙されている。SM嬢の経歴に較べてクイーンのそれは、本人が昏睡《こんすい》状態のため致し方ない面はあるが、それにしても味気ないものだった。

――一九九一年三月二十六日生まれ。大阪市大正《たいしょう》区出身。幼少期より父母共に行方不明のため、児童養護施設『夢の木童園』に入所。泉尾北《いずおきた》小学校、大正東中学校を卒業。高校への進学、就職はしていない模様。補導歴も前科もなし。書類上はずっと無職、無収入だが、生活保護の受給歴もなし。

経歴を追えるのは義務教育の修了までで、それ以降は一切謎に包まれている。病院に搬送されてから、まだ半日しか経っていない。このまま捜査が進めば、詳しい経歴が明らかになる可能性もある。

だが、刑事の勘が告げている。掘っても何も出ないと。これまで、社会の裏側で生きることを早々に選択した犯罪者を幾人か見てきた。彼らは決まって、義務教育以降の足取りが杳《よう》として知れない。暴力団員や単なる半グレとも違う、真性のアウトローだ。調べたことはないが、井出も同じ匂いがする。

意図的に足取りが残らない生き方をしてきたことが窺える経歴を読んでいるうち、脳味噌の襞《ひだ》に、何かが引っ掛かる感覚があった。

夢の木童園という文字を、何処かで見た記憶がある。瞼を閉じ、指で眉間を擦った。

記憶が刺激され、目を見開いた。

愚狼會のキング。奴もまた、夢の木童園の出身だったはずだ。

愚狼會を創設したエース、キング、クイーン。その出会いは不明だったが、キングとクイーンに関しては、同じ児童養護施設で育ち、絆を育んでいたのだ。共に三十歳、時期も合致する。夢の木童園などという名前の施設で育ちながら、子供達に売春を強要し、夢を奪う悪党に成り果てるとは、皮肉なものだ。

だが背景には、児童養護施設出身者の貧困問題がある。児童養護施設とはそもそも、児童福祉法に基づいて存在する施設だ。保護者のいない児童や、両親の病気や貧困、虐待といった理由で安定した生活を送れない児童に対し、十八歳になるまで養育と自立の支援を行う。だが裏を返せば、十八歳になった途端、たった一人で社会に出ることを求められるのだ。施設には、卒園者に対して継続的に支援を行う義務がある。しかし、具体的な方法は定められておらず、行き届いた支援を行えるだけの充分な資金や人員が全ての施設にある訳でもない。

また、社会全体に蔓延《はびこ》る児童養護施設出身者への無理解もある。明確な差別意識を抱いている者は、滅多にいないだろう。だが、身許保証人が両親でなければ部屋を貸さないという不動産屋や管理会社は、決して少なくない。連帯保証人がいなければ、奨学金を借りて大学や専門学校に進むこともできない。身許保証人の不在は、就職活動やアルバイトの採用面接にも不利に働く。社会に出る第一歩を踏み出すどころか、スタートラインに立つまでに、様々な困難を乗り越えなければならない。その過程で心が折れ、生活保護を申請する者も多い。

澤田自身、児童養護施設出身の犯罪者を数名知っている。また、施設を退所後、社会の壁に阻まれて性風俗産業に従事した結果、望まない妊娠をした女性も知っている。産んだものの結局育てられず、その子もまた、児童養護施設に預けられることになった。

キングはそんな中、恵まれた躰格と天性の才能で、力士になった。だが、自らの手でその栄光の未来を閉ざしてしまった。クイーンもまた、十八歳どころか中学を卒業する段階で、裏社会で生きる道を選んでしまう何かがあったのかもしれない。

不意に、突拍子もない仮説が浮かんだ。

愚狼會が売春を強要しているのは、夢の木童園の入居児童なのではないか。

児童養護施設は所轄庁の認可を受けた社会福祉法人が運営し、児童の入所は児童相談所の所長の判断に基づいた都道府県知事の決定が必要だ。悪党が個人経営する児童養護施設など、この国には存在しない。

だが、必ずしも絶対的な信頼を置ける安全安心な場所という訳ではない。児童養護施設の職員が入居児童に性暴力を働いて逮捕される事案は、残念ながら珍しいとは言えない。

いや、児童養護施設だけではない。家庭で、学校で、塾で、教会で、アイドル事務所で、この国の、この世界のありとあらゆる大人と子供が存在する場所で、性暴力は起こり続けている。あまりにも、ありふれている。ありふれてしまっている。

児童養護施設全体あるいは一部の職員が反社会的組織と手を組み、管理売春が行われている。

突飛なようでいて、実は最も安易かつ強固な仮説なのではないか。

――えんのガキが一人、逃げよった。

エースの言葉の意味が、澤田の脳内で変容した。援助交際をさせているガキが一人、ではなく、そのまま言葉の通りだ。

――園のガキが一人、逃げよった。

48

インターネットで検索すると、「社会福祉法人　夢の木童園」の情報はすぐに出てきた。大阪市大正区に設置された創立二十二年の児童養護施設で、理事兼施設長は江藤総一《えとうそういち》、職員数六名、児童の定員は十名だ。児童養護施設としては、小規模だ。

一旦署に戻る、と井出にメールを送り、天満署へ車を走らせた。小走りで署内を駆け、パソコンを開く。パスワードを入力し、江藤の犯罪歴を検索した。

街中での職務質問の際には、現場の警察官が無線で免許証の情報を総務部情報管理課の照会センターに伝えることで、身許の照会が行われる。だが警察署内の特定のパソコンでも、警部補以上の階級にある者あるいは警部補以上から許可を得た者は、照会対象のフルネームさえ分かっていれば、過去二十年間の犯罪歴を調べることができる。

江藤に、犯罪歴はなかった。

インターネットで、江藤総一の名で検索を掛けてみる。夢の木童園の他に、もう一つ別のホームページがヒットした。

大阪市浪速区《なにわく》湊町《みなとまち》に診療所を構える、江藤クリニックだ。Ｇｏｏｇｌｅの口コミは五つ星中二・八点と決して高くはないが、心療内科の点数としては平均的だ。素晴らしい先生だというレビューもあれば、患者を見下しているというレビューもあった。

夢の木童園についてこれ以上詳細な情報を得るには、正式な捜査手続きが必要になる。

――もう一件、仕事頼めるか。

考えるまでもなく、井出にメールを送った。


夜七時過ぎ。澤田と鮎川、そして父親に連れられて少女が出頭し、三十分足らずで署内は騒がしくなった。生活安全課の安曇課長に報告し、情報はすぐに特別捜査チームに上げられた。瞬く間に、澤田と鮎川の手から捜査は離れた。少女の取り調べは、澤田ら天満警察署の生活安全課少年係ではなく、特別捜査チームの刑事らが行う。

「これから色んな大人が根掘り葉掘り訊きに来るけど、正直に答えたってくれ。ムカついたら、我慢せんとキレたらええ。負けんなよ」

少女が不安そうにピアスを触ってから、固く親指を突き立ててきた。

少女は自首という形で処理されたが、ジョーダンを自首させるという提案は、やはり安曇に一蹴された。

「大手柄や、澤田係長。鮎川。ようやった」

今にも拍手しそうな勢いの安曇に、二人して力ない笑みで応じた。

退勤の準備を整えていると、強行犯係の盛山が顔を覗かせた。

「バタバタしてるとこすまんけど、一応報告や。ええか」

盛山が顎をしゃくった。他の生安課員の耳を気にしている素振りだ。鞄を持って廊下に出、盛山と肩を並べる。

「愚狼會のクイーンがリンチされた件やけど、ホシが三人、出頭してきた。ウェスト・ボーイズとかいう、ミナミの半グレらしい」

「どうせ、顔役の配下の連中やろ」

「恐らくな」

「で、実際、顔役は挙げられそうなんか」

急き込んで尋ねたが、盛山の反応は鈍かった。空咳を一つし、無意味に廊下を見渡す。

「捜査は、これでお終いや」

数秒後、澤田は自分でも思いがけず、笑い出していた。

「お終い？」

「犯人は自首した。事件の翌日には出頭して、猛反省して自供しとる。これで調書を作る」

「そんな見え透いた身代わりで、終わらせるんか」

盛山が小さくため息を吐いた。眉毛を指で摘《つ》まみ、何本か引っこ抜いて、廊下に捨てる。

「奴が目ェ覚まして、自分を襲ったんは顔役の連中やと証言したら、どないすんねん」

「知らんがな。どうせマルガイもマルヒも、どチンピラや」

苛立たし気な声だった。

「誰が捜査を差し止めた？」

盛山が睨み付けるように見上げてきた。

「捜査終了は、刑事課長の判断か」

「まさか。上からの要請や」

「上ってなんやねん」

「ここで『上』言うたら、分かるやろ」

「署長が？」

盛山が口を閉ざした。雄弁な沈黙だ。

「年々ブルドッグみたいなツラになる、思うてたけど、根性まで犬に成り下がるとはな」

吐き捨ててから、内心のショックの大きさを噛み締めた。頑固で時代錯誤な面はあるが、筋の通らないことを嫌う警察官だと信じていた。

否、きっと今でも、そのはずだ。同階級のキャリア組に易々と屈するはずはない。為末がこの速さで捜査終了の決断を下すほど、圧力を掛けてきた人物が大きかったのだ。階級が明確に上の人物しかあり得ない。警視監、あるいは警視長だ。

大阪府警において警視監の階級に位置するのは、大阪府警本部長と副本部長、すなわち大阪府警のトップとナンバーツーだ。

また、警視監の一つ下、警視正の一つ上に位置する警視長には、警務部長、総務部長、地域部長、刑事部長といった、各部門を統轄する部長クラスの人物がいる。

いずれにせよ、もはや澤田が正攻法でどうこうできる相手ではない。

いや、正攻法と呼ぶには既に、ダーティな手を使い過ぎている。ならば、最後まで続けるまでだ。

「もう手ェ引け。所詮は半グレ同士の抗争や、放っといたらええ」

「報告、ありがとう」

「おい、澤田」

盛山の声を無視し、署長室へと向かった。ノックと同時に、扉を開ける。

驚いた表情で、為末がデスクから顔を上げた。

「澤田――係長。どないした？」

「少し、お話よろしいですか」

古い付き合いだとはいえ、署長の許にいきなり押し掛ける非常識さは承知している。だが、そんなことはどうでもいい。

「緊急の用件、みたいやな」

軽く一礼し、署長デスクの前まで歩み寄った。

「順を追って、ご説明します」

深々と息を吸い込み、頭の中を整理した。

「大阪のミナミに拠点を置く愚狼會という半グレグループは、複数の児童に強制的に売春行為をさせています。先月末、顧客に少女を派遣した際、少女が逃亡を図りました。愚狼會は捜索を開始しましたが、偶然にも同じくミナミに拠点を置く顔役という半グレ集団が、何らかの目的で少女を保護。愚狼會は少女の居場所を聞き出すために、顔役の一人を拉致しています。それを皮切りに、両グループは抗争状態に陥りました。少女が現在も顔役の保護下にあるのか、愚狼會に奪還されたのかは不明です」

為末が口を半開きにし、呆気に取られたように目を瞬かせた。演技には見えない。

「何の、話をしてる？」

「署長が何者かの要請または圧力で捜査を終わらせた傷害事件に関わる情報を提供しております。その事件のマルガイは愚狼會の幹部であり、マルヒは出頭してきたガキ共ではなく、ホンマは顔役の連中やと思われます」

為末の耳たぶが赤く染まった。

「愚狼會と顔役は抗争状態に陥りましたが、管轄の南署は、捜査を開始しませんでした。私は管理売春の疑惑も匿名で垂れ込みましたが、それでも一切動かなかった。府警本部の刑事部参事官から南署の署長へ捜査を行わないよう要請があったと、現場の人間は証言しています。同様に、ウチにも捜査の幕を引くよう要請があったんでしょう。ただ、私の知る為末邦雄という警察官は、同じ階級の警察官僚からの不合理な要請に、すんなり従う方ではありません。誰に命じられたんですか、署長」

為末が垂れ下がった頰の肉を震わせた。

「何の話をしてる、澤田警部補」

「つまらん押し問答は止めませんか、時間の無駄や」

ぞんざいに言い放った。為末の目つきが変わる。

「俺が刑事課の捜査を終わらせたっちゅう証拠は？　刑事課の課長が証言したか？　刑事課の連中が証言したか？　なら、連れてこい。同じ証言を、今ここでさせえ」

「無理でしょうね」

「せやろ。それに、南署に圧力を掛けたのが刑事部の参事官？　所轄の一介の刑事に、なんで圧力の出所が分かんねん。圧力なんちゅうのは、仮にそんなもんがあるとしてやが、矢印が見えへんようになってるもんや」

「上の人間がうまく隠したつもりでも、現場には現場だけの情報網があります。長らく現場から離れたせいで、お忘れになりましたか」

「なんや、その言い草は」

怒気が滲んだ声だ。構わず、話を続ける。

「街のチンピラを誰が半殺しにしようが、まあええか。そう思って、適当な身代わり出頭での捜査終了要請を吞んだのかもしれませんが、署長に頼んできた人間が隠蔽したかったのは、傷害事件そのものではありません。警察が顔役と愚狼會の抗争を捜査するとなれば、両グループの違法なシノギの実態にもメスを入れて、双方とも壊滅させようという流れになるかもしれません。そうなれば、愚狼會の管理売春が明るみに出る可能性がある。署長に圧力を掛けてきた相手は、自分が買春の客だと露見するのを恐れた。署長は、その片棒を担いだんです。たとえ、知らなかったにせよ」

為末の目を見つめた。喉の奥で低く呻り、視線を逸らされる。

「そもそも、お前はなんでそんな売春の件を知ってる？　その、仮にやが、俺に話を通してきた人物とやらが、児童売春の客やっちゅう情報源は何処や」

「愚狼會のリーダーを盗聴して、偶然手に入れた情報です」

「盗聴！　冗談やないぞ、そんなもん。違法捜査や」

「警察官としてではなく、個人的な理由で仕掛けたものです」

為末の目が大きく見開かれる。澤田の息子の件は、無論知っている。

「愚狼會を管理売春の疑いで捜査しようとしても、現実的に考えて、私一人では不可能です。かといって、捜査班を立ち上げて長期的に捜査することもできません。私の知らない誰かさんが、何やかんやと理由を付けて握り潰してくるでしょう。捜査員を投入するに足る確証がないと。現に、南署へのタレコミは潰されました」

もはや、為末は何も言葉を発さなかった。だが、再び顔をこちらに戻し、逸らすことなく澤田の視線を受け止めている。

「顔役と愚狼會の抗争が捜査され、両グループに大規模な捜査のメスが入った流れで、管理売春の件も浮上する。それがベストな形でした。だが南署は動かず、失敗に終わった。ただ、方法はまだあります。署長が一言、ウチの刑事課に捜査継続を命じてくだされぱいいんです」

「お前の話に、信憑性《しんぴょう》が感じられへん」

「信憑性？」

澤田は苦笑した。それから、鼻を鳴らして笑った。

「ほんなら、信憑性の有無は世間に判断してもらいましょか。新聞、テレビ、ラジオ、雑誌——各種マスコミに、全ての音声データを提供します。もちろん、俺の証言も付けます。ネットにも流しましょう。大阪府警の、日本国警察の信頼と権威は地に堕《お》ちますよ」

「やれるもんなら、やってみい」

眼光鋭く睨み付けられた。もはや、可愛い部下を見る目ではない。同じ警察官を見る目でもない。裏切り者を見る目だ。

だが、裏切ったのはどっちだ。

「言うてるだけやと思いますか。やりますよ」

「ああ。やったらええがな」

為末が顎をしゃくって言った。ため息が洩れそうだ。澤田とて、この方法が本気でうまくいくとは思っていない。

まず、大手マスコミには黙殺される。音声データが本物だという証拠はない。事実なら大スクープだが、事実でない場合、報道すれば大問題だ。澤田が大手マスコミに情報を提供したとしても、それを報道するか否か精査されている間に、澤田に関する様々な情報が流出するだろう。音声データの信憑性を損なうような内容だ。

曰く、息子の死を理由に愚狼會を逆恨みしている。曰く、妻と別れて荒《すさ》んだ生活を送っている。曰く、署の健康診断で一度、アルコール依存症が疑われている。曰く、マル暴時代に違法捜査の疑いで監察の調査を受けている。

大手マスコミとしては、警察との関係悪化や誤報のバッシングのリスクは大きい。いずれのテレビ局や新聞社も、他の報道機関が報じるならば後追いで報道する、というスタンスを取るだろう。

気骨のある一部週刊誌やゴシップ誌なら、取り上げるかもしれない。インターネットに音声データを流せば、大きな話題にはなるかもしれない。だが、警察は沈黙を貫き、同じように澤田の悪評が流れる。フェイクニュースだ、Qアノンのような陰謀論だと斬り捨てる者が大勢現れ、インターネット上でまことしやかに囁かれる未解決事件や都市伝説の類だと片付けられる。最初は話題にしていた者達も、次第に忘れていく。

大衆は、自分の人生を暮らすだけで精一杯だ。日々の暮らしに追われながら、余った時間で重苦しい社会問題にまで目を向ける余裕など、あろうはずもない。

「いざとなれば、やるときは、やりますので」

声が力なく響いた。いずれにせよ、音声の暴露は最後の手段だ。大きな爆発を巻き起こす可能性もあるが、不発弾と化し、あえなく撤去される可能性もある。

「今、こうしている間にも――」

澤田は重々しく口を開いた。

「売春を強要され、苦しんでいる少女達がいます。その存在を、見殺しにするんですか」

苦悶に満ちた表情で、睨み付けられた。

「睨む相手が、違うでしょう。その目を、圧力を掛けてきた人間に向けてください」

為末が何か言い掛けたが、口を噤んだ。

「署長。この世界は理不尽で出鱈目で、救いようのないクソみたいな地獄です。でも、子供に対しては、そんなことはない、世界は希望に満ち溢れてる、そうやって涼しい顔で嘘を吐くのが、我々大人の責務です。そして、少しでもその嘘がホンマになるよう全力を尽くすのが、我々警察官の仕事です」

「確固たる証拠を持ってこい。どうやっても捜査せなしゃあないような証拠を用意せえ」

「だから、それが難しいから、捜査継続を命じるように言うてるんですよ。何のために、警視正まで登り詰めたんですか。どこぞのクソ野郎に顎で使われて、悔しないんですか」

強い口調で言い募った。為末が腕組みし、固く瞼を閉じる。

「タメさん」

呼び掛けると、ゆっくり目を開いた。

「いつ、魂を捨てたんですか」

為末が荒々しく息を吸い込んだ。

「出て行け！」

怒鳴り声が、虚しく響き渡った。


「あ、澤田さん」

署の出口の前で、声を掛けられた。振り返ると、男が立っていた。

ピアスの少女の父親だ。言葉に窮していると、深々と頭を下げられた。

「同僚の刑事さんから伺いました。娘は、素直に取り調べに応じてるとか」

取り調べを担当しているのは厳密には同僚ではないが、訂正せずに頷いた。

「ホンマに、色々とご迷惑ばっかお掛けしてます。すみません」

「いえ」

小さく首を横に振った。

「澤田さんと鮎川さんのお陰で、やっとまたちゃんと親子になれるかなって、そう思ってた矢先やったんですけどね」

「あの子は、前回捕まったあとに罪を犯した訳と違いますから。僕らと関わって、お父さんとももう一遍向き合って、その結果、過去の罪を清算する道を選んだんです。なかなかできること違います。立派な娘さんです」

父親が唇を結び、大きく頷いた。そのまま俯き、指で目許を拭う。

裂けるような痛みが胸に走った。

「澤田さん達みたいに信用できる大人に出会えてよかったって、娘が言うてました」

「父親としては、ちょっと悔しい話です。けど、僕が向き合うことから逃げた娘と、澤田さん達は向き合ってくれた。だから今こうして、父親面して、娘のことを心配できてる。ホンマに、ありがとうございます」

澤田は深々と息を吸い込んだ。何も言葉を発することができず、無言で頭を下げた。

49

車のエンジンを掛けたタイミングで、井出から着信があった。

「もしもし」

――すみません、しくじりました。

「しくじった？」

――ええ。八時過ぎに江藤がクリニックから出てきたんで尾けたんですけど、素人やないですね。こまめに振り返って、警戒してました。俺一人で自宅までバレんと尾行するのは無理やと判断して、中止しました。

井出に依頼していたのは、江藤の自宅の特定と後日の監視カメラの設置だ。単なる精神科医が井出に尾行の中止を決断させるほどの警戒を見せているというのは、どう考えても怪しい。臭う。

俄かに、手応えを感じた。

――で、どうしますか。

「自宅の特定とカメラの設置は、後日、複数人態勢で尾行してやってくれ。身辺と経歴の調査も頼む。今日はすまんけど、もう一遍クリニックまで戻ってくれるか」

サイドブレーキを解除し、車を発進させた。

コインパーキングで車を停め、井出からのメールを確認した。江藤のクリニックに侵入し、指示通りジョーダンの家に仕掛けたのと同タイプの監視カメラを設置したという。

――ドアの側面に、紙きれが挟んでありました。ドアを開けると紙が床に落ちるため、何者かが忍び込んだ場合、それが分かる仕掛けです。ドアを開く前に気付いたため、部屋を出る際に元の位置に挟み直しておきましたが、いずれにせよ、異常な警戒心の高さです。

メールの最後には、これまでの経費の合計が記されていた。ジョーダンの自宅への侵入とカメラの設置、並びにジョーダンの身許の特定、江藤のクリニックへの侵入とカメラの設置。合わせて、二百万円近い出費だ。しかも、機材費は別途請求される。

短期間でこれほど多額の出費をしたのは、妻との結婚式以来だと気付き、乾いた笑いが洩れた。平穏に定年退職を迎える未来など想像できないというのに、警察官は退職金の前借が許されない。ここ数ヶ月、預金残高は減る一方だ。元妻に伊織の養育費の受け取りを拒絶されていることを、初めて感謝したくなった。

スマートフォンを懐に仕舞い、車を降りると、足早にアパートへと向かった。

50

椎名は丸一日、自室に閉じこもっていた。現実逃避のために、眠り続けた。十二時間以上眠ったのに、躰の疲れは取れない。

スマートフォンを機内モードに設定し、ヤオからのＬＩＮＥを見た。既読の文字が表示されずにメッセージを読める裏技だ。

――気持ちの整理が付いたら、連絡してくれ。待ってる。

ため息を吐き、スマートフォンを放り投げた。頭から布団を被る。生乾きの汗が不快だ。

「和彦。和彦」

扉越しに、父親の声がした。無視をしていると、なおも呼び掛けてくる。

「何ィ？」

鬱陶しさを露《あら》わにすると、気遣うような声が返ってきた。

「学校の先生が来てはる。どうしても、会って話させてくれって」

「いやもう、ええから。しんどいから」

「父ちゃんもそう言うたんやけど、どうしてもって。学校の友達から頼まれてきたって。ルイちゃんとかいう」

「ルイちゃん？　そんな奴、知らんし」

口にしてから、一拍置いて心臓が跳ね上がった。ルイちゃん？

ルイが椎名にも足を洗うよう説得するため、弁護士でも雇ったのか。そんな金があるか。いや、ある。ステラでたんまり稼がせた。

それとも、ＬＩＮＥの未読無視に業を煮やし、伯爵かセンセー辺りが教師のふりをして意思を確認しに来たのか。あるいは、まさか警察か。いやでも、警察なら警察と名乗るはずだ。

不吉な想像が加速する。困惑と恐怖を押し殺し、扉を開けた。眩しさに顔を顰め、リビングに入る。父親の顔は見なかった。

「すまんな。ありがとう。呼んでくるわ」

父親が玄関に向かった。何やら会話が聞こえたあと、誰かが入ってくる気配がした。

「和彦。父ちゃん、ちょう出てくるわな」

父親の声が遠い。心臓が烈しく脈打つ。玄関とリビングを隔てるドアの磨《す》りガラス越しに、影が見えた。

ドアが開くと同時に、男が言った。

「ジョーダンやな」

立ち眩みがした。辛うじて腰を抜かさないように踏ん張り、無言で男を睨み付ける。

陰気な目をした、冴えない中年の男だ。

止めどなく浮かんでくる疑問符を押し殺し、黙ってリビングの椅子に腰を下ろした。

「適当に言い繕って、お父さんには外してもうた。ゆっくり、話そか」

淡々と言い、断りもなく向かいの椅子に坐ろうとする。

「誰やねん、お前」

「お巡りや」

口の端に微かな笑みを浮かべて言い、そのまま着席した。

脇汗が躰を伝い、唾が喉の奥に張り付く。

「まず、安心せえ。今すぐお前を逮捕しに来た訳やない」

「今すぐ？」

「ああ、今すぐには。ただ、お前が捕まるのは時間の問題やぞ、椎名和彦」

椎名は鋭く息を吸い込んだ。

「ルイから頼まれた、いうのは？」

「あの子は自首した。自分の罪を清算して、生き直すためにな。ほいで、俺に頼んできた。ジョーダンを自首させてくれと」

奥歯を嚙み締めた。後頭部がむず痒い。

「ルイは俺を売ったんか」

呆れたとでも言いたげに、男が息を吐いた。

「違う。助けようとしてる。お前がこれ以上、道を踏み外さんように」

椎名は鼻で笑った。綺麗事を抜かすな。

「チャンスをやる。自首せえ。自首して、これまでのことを全部、洗いざらい警察に話せ。顔役の報復からは、必ず守ったる」

首筋が冷たくなった。顔役のことまで、摑んでいるのか。

仮に椎名が逮捕されても、顔役は椎名との交友は認めるが、違法行為への関与は完全否定する。椎名が顔役とつるんでいたことの証明はできても、顔役がステラの流通に関わっている証拠は何一つないと、ヤオが言っていた。椎名が何もかも警察に話してしまえば、そこから糸口を摑まれ得るが、黙秘さえしてくれれば問題はない、警察が椎名の証言なしに手を伸ばせる範囲の証拠は、全て消し去っているからと。

たとえ逮捕されても、顔役は売らない。そう誓いを立てた。

――まあ、捕まる心配なんて、せんで大丈夫やろうけどな。

屈託のないヤオの笑みが、今更ながら憎らしい。こんなにすぐ、バレたやんけ。

いや、突き止められたのは、ルイが自首なんかして、身勝手な正義感で椎名のことを売ったからか。ルイへの怒りが再燃した。

「返事は？」

無言を貫いた。絡み付くような視線を向けられる。逸らすことなく、見つめ返した。

誘惑に駆られる。このままこの刑事に、凜を助けるように頼んでしまおうか。ただ、顔役の違法行為は一切捜査せずに、愚狼會だけを逮捕してくれなんて都合のいい話は、通用しないはずだ。うまい説明も思い付かない。

「今更やけど、ホンマに警察なんですか」

男が無表情のまま、焦げ茶色の手帳を取り出した。警部補　澤田真一。

それを見たところで、何も変わらなかった。こんなおっさんが、こんなおっさんの集まりが、マジになったときの顔役を止められるはずがない。仮に椎名が顔役を裏切り、その報復に殺されたところで、こいつらにとっては、大勢いる被害者の内の一人に過ぎない。でも椎名にとって、自分の命は一つだけだ。

澤田が小さくため息を吐いた。

「まあ、お前が顔役を売らんかったところで、どうせ連中は愚狼會のクイーンの殺害未遂容疑で、近々逮捕される。配下の半グレを脅して出頭させたからって、そんなんでお終いな訳あらへんからな」

うなじの毛が逆立った。ただ何故か、安堵感も覚えた。

「どうせ、お前も顔役の連中も全員捕まる。なら、今のうちに自首した方が、人生やり直しが利くぞ」

澤田の言葉で、安堵の理由が分かった。

自分が顔役を売らなくとも、警察は別件でヤオ達を逮捕してくれる。そうなれば、ヤオ達は愚狼會との抗争の事実を話すだろう。どうせ捕まって罰を受けるなら、自分達だけ捕まって愚狼會は無傷で済むなんて、我慢ならないはずだ。壺田の死の報復もある。

椎名とて、逮捕されたくはない。また、自分でも馬鹿だと思うが、顔役のみんなを率先して裏切りたくはないと未だに思ってしまう。あんなにも、良くしてくれた。毎日毎日ぬるい絶望を浴び続けて死にたくなっていた自分を救ってくれたのは間違いなく、顔役との輝かしくも無意味な、酒の席での会話の数々だ。

でも、このまま待っていれば、自分が何もしなくても、顔役も愚狼會の連中も逮捕され、凜は救出される。それだけで、充分だ。それさえ叶えば、何も言うことはない。

少年刑務所を出たら、ヤオ達とは二度と関わらない。凜に謝罪して思いの丈を伝え、もしも許してくれるなら、二人で細々と暮らしたい。今度こそ、守ってやりたい。

「自首はせえへん。逮捕したいんなら、好きにしたらええやんけ」

力なく言った。肩の荷が下りたような思いだった。

51

澤田は椎名の反応に違和感を覚えた。自首を拒否されるのは、想定内だ。だから、椎名や顔役の逮捕が間近であると言い、その前に出頭して全てを暴露するよう持ち掛けた。その説得に応じないことも、想定内だ。

そこで、ここからじわじわと脅していくつもりだった。クイーンの殺害未遂容疑をお前一人に負わせるぞ云々、顔役の連中に椎名がお前らを売ったという嘘を流してやるぞ云々、そうして椎名の心理をどん詰まりの状況に追い込み、自首して全て話すことが自分の身を守る最善の道だと結論付けさせる。うまくいけば、このまま自首させずに椎名を内通者に仕立て上げ、顔役の犯罪の証拠を持ってこさせるつもりでさえいた。

「自首はせえへん。逮捕したいんなら、好きにしたらええやんけ」

あまりにも、あっさりしている。犯罪者共が口にする「捕まえてみろ」という言葉は大抵虚勢か、捕まらないという自信の表れだ。だが椎名の言葉には、別の響きがあった。投げ遣りに似ているが、どちらかと言えば、安堵に近い。

攻め方を変えることにした。

「椎名。お前は顔役の一員やとしても、まだ完全に向こう側の人間やない。引き返せる」

身じろぎもせず、見つめてくるだけだ。

「連中はお前を利用してるだけや。クスリを売り捌いてくれて、いざとなれば一人で罪を被ってパクられてくれる、トカゲの尻尾が欲しかっただけや」

椎名の目つきに鋭さが増した。

「そんなはずはないってか。連中は正義のヒーローでも何でもないぞ。顔役とその配下のいくつかのグループは、準暴力団に指定されとる。ヤオは十九のとき、高校生のガキに因縁付けて半殺しにして、逮捕されとる。お前らが言うところのセンセーとやらは、強姦の被害届を出されたこともある。一緒に酒を一杯飲んだだけで動けなくなって、ホテルに連れ込まれたと。一週間足らずで、被害届は何故か取り下げられたみたいやけどな」

顔の底に感情を沈めたまま、椎名は反応を示さない。

「ホンマはもう、楽になりたいんやろ」

優しい声を掛けた。椎名が空気を飲み込む。

「勝手にしてくれ。俺は何も言わん」

「ホンマは捕まえて終わらせて欲しいけど、裏切る度胸はない。そういう訳か」

「別に。仲間を売らん理由は、その人らのことが好きで大切やからとかやろ」

嘘だ。椎名は明らかに、顔役の報復を恐れている。本人もそれを自覚しているだろう。

ただ確かに、顔役の連中に未だ仲間意識を抱いているのも、顔役の連中が椎名を仲間として扱っていたのも、事実ではあるらしい。

厄介だ。椎名は知る由もないが、椎名の証言がなければ、顔役も愚狼會も捜査できない。ステラの流通に顔役は関与していないと証言されれば、それを覆すだけの物的証拠は摑めまい。捜査の手が椎名までしか届かないように、システムが作られているはずだ。顔役ら半グレは、いつもそのギリギリのラインで身を躱し、存続してきた。

「椎名。顔役の関与を証言して、証拠を差し出せ。証拠に繋がるような情報でもいい」

頑強な沈黙だ。

「男やないな、お前」

あえて嘲笑《あざわら》う口調で言い、挑発してみた。

「仲間を売る方が、よっぽど男やないやろ」

「ガキ共にクスリ売り付けてる時点で、仲間がどうたら、そんな言葉に価値はない。そうや、ガキと言えば、なんで少女を匿った？」

途端に、椎名の眉間に皺が寄り、充血した目が潤み始めた。

凛のことまで、把握しているのか。驚愕し、次の瞬間には、鼻の奥が熱くなっていた。我慢できなかった。澤田に見られるのは屈辱だが、溢れ出てくる涙を手の甲で拭った。

よかった。これで、凛が救われるのは、時間の問題だ。

澤田が口を開き掛け、そのまま閉じた。沈黙の中で、自分の洟を啜る音だけが響く。

「女の子は今、お前らの許にはおらんのか」

頷くことも、首を横に振ることもしなかった。ただ、ついしゃくり上げてしまった。

深々とため息を吐く音がした。

「思い違いしてたわ。お前が内心、逮捕を望んでいるように見える理由。その子を救いたいからか。その子のためやってんな」

そうだ。そうだが、違う。凛のためと言うなら、さっさとこのまま澤田に全て話せばいい。でも、それはできない。顔役のみんなを裏切るのは辛いし、何よりも怖い。

過呼吸に陥りそうになりながら、どうにか口を開いた。

「自首はせえへん。捕まっても、何も喋らん。勝手に、捜査してください」

そして、凛を救い出してください。両手を太腿の上に置き、頭を下げた。

「すまんな。残念なお知らせがある」

顔を上げた。澤田が沈痛な面持ちで続ける。

「愚狼會のクイーンの件は、さっきはああ言うたけど、実のところ、お前らが出頭させた身代わりで終わる可能性が高い」

「え、なんで？」

反射的に、声を発していた。僅かに躊躇った素振りを見せてから、澤田が口を開く。

「愚狼會の売春の顧客に、警察のお偉いさんがおるらしい。愚狼會にも、愚狼會と揉めとる顔役にも、極力触れられたくないみたいでな。ちょっとやそっとじゃ、動かれへん。お前の証言でもない限りな」

呆然とした。意味が分からない。

「この際、ステラの一件については、顔役が関与してることは証言せんでええわ。厳しく追及されるやろうけど、今日みたいにだんまり決め込んどいたらええ。お前が首謀者でも、俺はかまへん。ただその代わり、自分が顔役に身を置いてたことと、顔役と愚狼會の抗争、そしてその発端となった少女の存在、これはきっちり証言せえ。ええな？」

譲歩した口調で言われた。

「警察の威信を守るための隠蔽なら、組織全体が一丸となるやろけどな。何処ぞのお偉いさんの保身のための隠蔽にしては、ステラ事件は事が大きなり過ぎてる。県も所轄も跨《また》いどるからな。ステラ流通の首謀者の自供を握り潰すのは、かなりムズいはずや」

顔役を売らずに、凜のことだけ証言する。それなら、いいかもしれない。ステラの流通は自分一人の犯行だと、貫き通してやる。

今回の件で、顔役は凜を匿ったヒーローだ。壺田を殺された被害者だ。その報復で暴力沙汰をたくさん起こしたが、誰も被害届は出していない。きっと、今後も出さないだろう。未成年の凜を勝手に保護していたのだって、事情が事情だったのだ。大した罪には問われまい。何なら、悪党から少女を救ったなんて流石はミナミの顔役だと、さらに持て囃されるようになって、結果オーライなんじゃないか。

懸命に、澤田の誘いに応じる言い訳を探す。

駄目だ。クイーンの一件がある。配下のグループに罪を擦り付けたが、これも捜査されれば、全員殺人未遂の容疑で逮捕される。大ごとだ。

「クイーンの件やったら」

見透かしたように、澤田が口を開いた。

「出頭してきた連中の犯行っちゅうことにしたってもええ。その他の件でも、顔役の連中が重い罪に問われることはないように、極力配慮したる。だから、少女の件を喋れ」

信用できるのか。騙されているんじゃないか。顔役のこともどうせ、捕まえて潰す肚なんじゃないのか。でも、信用してしまおうか。

澤田の目を見つめた。警察官のものとは思えない、濁った目だ。

ヤオの目がフラッシュバックした。

――凜のことは、忘れろ。誰にも言うなよ。絶対にや。これは、顔役としての俺とお前の約束や。この意味が、分かるな。

胴震いが襲ってきた。怖い。無理だ。

「愚狼會とのことも少女のことも、口止めされてんのか。そんなん、忘れェ」

涙を押し留《とど》めようと、固く瞼を閉じた。

「宗右衛門町のラウンジで、お前ら、愚狼會のエースと密会したやろ」

鼓動が跳ね上がり、心臓が再び烈しく脈打ち始めた。

「あのとき、どんな話をした？　和解したんか。手打ちの条件として、管理売春のシノギに一枚嚙ませてもらえることにでもなったか」

椎名は鋭く息を吸い込んだ。ヤオがあれほど強く、怖く、口外禁止を念押ししてきたのは、来たる話し合いの場で、その要求を突き付けるつもりだからか。そう考えれば、合点がいく。

でも、ヤオが、顔役のみんなが、そこまで酷いことをするだろうか。ヤバいクスリは売っている。レイプ・ドラッグだって、売っているらしい。だが、凜や凜のような女の子達を傷付けて搾取するようなことまで、するだろうか。愚狼會の管理売春を見て見ぬふりするのと、それに自分達も関与するのとでは、罪の重さが全く違う。

顔役がそんなことするはずがない、とは言えない。頭ではそう分かっているのに、どうしても心が追い付かない。顔役はそんなことしないと、やっぱり思ってしまう。

それに、もしヤオが愚狼會と手を組むつもりなら、自分が顔役を裏切らない限り、凜を助けることはできない。その事実と向き合いたくない。

「脅されたんか、甘い言葉囁かれたんか知らんけどな、お前はそれでええんか。自分の好きな女の子より、その子を苦しめても何とも思わん連中を取るんか」

凜の顔が浮かんだ。泣き声が聞こえる。今もあんな風に、何処かで泣いているのだろうか。誰にも優しく抱き締めてもらえず、薄汚い大人共に躰を触られて。これが自分の生きる唯一の道なのだと、絶望しながら諦めて。

顔が熱くなってきた。ムカつく。どいつもこいつも、片っ端からぶっ殺したい。

でも、凜を攫いに来たときのエースの目が、凜を見捨てることを決めたときのヤオの目が、どうしても忘れられない。

全員でクイーンを拷問にかけたときの記憶が甦る。自分があんな目に遭うのは、絶対に嫌だ。怖い。耐えられるはずがない。

強く、奥歯を噛み締めた。瞼を開くことができない。

椎名が目を閉じたまま苦悶している。澤田は苛立ちを覚えた。せめて、もっと悪党然として歯向かって来い。まるで自分も被害者のような顔で苦しむな。

そう思ってから、俯く椎名の相貌の幼さに気付き、嘆息した。井出の調査報告書を読んで情報としては知っていたが、理解していなかった。たとえステラ販売の主犯格だろうが顔役の一員だろうが、椎名は普段自分が少年係の刑事として接する連中と変わらず、まだ十六歳の子供なのだ。奇《く》しくも、澤田の息子が死んだ年齢だ。

ゆっくりと瞬きをした拍子に、純平の屈託のない笑みがちらついた。

「ウチの息子は、中学に入ってから、段々と悪ぶり始めてな」

考えるよりも先に、言葉が口を衝いていた。椎名が目を開き、怪訝な表情を浮かべた。

「そのうち戻るか思たけど、戻らんまま、今のお前と同じ十六歳で死んだ。殴り殺されてな。息子が死んで、妻には別れを告げられた。純平が死んだんは、俺のせいやと」

つい息子の名を出してしまった。感情を鎮めるため、努めて淡々と続ける。

「男は男らしくシャキッとせなあかん。そういう俺の考えが息子を苦しめたせいで、腕っぷしが強いだのなんだのに価値を見出して、悪ぶっていったんやと」

マチズモというらしい。男らしく強くあれと息子を叱った記憶はないし、自分の考えを押し付けたつもりもなかったが、「あなたから滲み出てる態度が、純平を苦しめてたんよ」と責められれば、反論はできない。決して、良い父親だったとは言えない。

「男なら強くあるべき、闘うべき——そういうのは、偏った思想なんやろう。間違った考え方なんやろう。でもな、大切な人間を守りたいなら強くあるべきやし、闘うべきやと、やっぱり俺は今でも思ってまう。弱さは必ずしも、守るべき可哀想なものとは限らん。むしろ、悪を見て見ぬふりする弱さは悪に等しいと、俺は思ってまう。

そんな決断を十六歳のお前に迫る酷さは、自覚してる。大人として、情けない話や。それでも、自分達のことは棚に上げて言う。少女を救いたかったら、強くなれ。闘え」

返事はない。固く瞼を閉じたまま、身を縮こまらせ、苦悶している。

「気が変わったら、連絡してくれ」

電話番号を記した名刺を差し出した。手を伸ばそうとはしない。

「邪魔したな」

立ち上がり、振り返らずにリビングを出た。

54

寺西は目を覚ますと、真っ先に冷蔵庫に向かい、オハラズビールを取り出した。ソファに腰を下ろして、グラスに注ぐ。朝から飲む黒ビールの味は、格別だ。

85インチもある自慢の８Ｋテレビを点けた。値段は、二百万円だ。

ニュースで、北新地のバー・ＳＴＡＩＲＳに家宅捜索に入る捜査員達の姿が映し出されていた。職業安定法違反の容疑だ。

――逮捕されたのはなんと、関西の有名大学に通う前途有望な学生達でした。

男の声でナレーションが流れた。ＳＴＡＩＲＳの手口を紹介した再現ＶＴＲが流れる。女性客を騙して店員と恋愛関係にあると信じ込ませ、高額な会計を度々要求して借金漬けにし、返済のためと称して性風俗店に斡旋する。寺西が考案し、広めたマニュアルだ。

微炭酸が喉で弾け、舌の上に爽快な苦味が広がった。

自分への敬慕を失い、マニュアルに背いた馬鹿共の末路だ。自業自得だ。何故、奴らは自分を軽んじ始めたのか。独りでに、記憶が遡っていく。

崩壊の契機となったのは、田岡の紹介で新しく入った後輩の小暮が、ほどなくしてＳＴＡＩＲＳを抜けたことだろう。マニュアルに背いて水商売の女を標的にし、女の雇い主だった奥田とかいうチンピラが因縁を付けにやってきた。寺西はあっさりと奥田を退けてやったが、小暮は感謝するどころか、寺西に盾突いてきた。マニュアルに従わなかったことを叱責しただけで不貞腐れ、言ってはならないことを述べた。

――マニュアル通りやってても顔役とかいうヤバい奴らは来たし、あんたは殴られて何もできずに終わったんちゃうんかい。

寺西は顔役のヤオに殴られた。田岡が小暮にそう喋ったのだ。田岡本人は悪意を否定したが、小暮だけでなくＳＴＡＩＲＳの面々にも、面白おかしくあの夜の一部始終を言い触らしたに決まっている。

怒りが再燃し、右手を振り上げた。空になったビール瓶を壁に投げ付けようとして、躊躇った。そのあとの掃除が面倒だ。結局、テーブルの上に叩き付けるようにして置いた。

まともな判断だ。頭のネジが緩んでいない。タガが外れていない。

ヤオは刹那の躊躇もなく殴ってきた。椅子から仰向けに転がり落ち、無様に鼻血を垂らしながら、痛みを堪えて立ち上がった。無言のまま、店を後にするヤオ達の背を見送ることしかできなかった。田岡の顔からは、寺西に対する憧憬の色が失せていた。散々世話になった寺西が目の前で殴られておきながら、ヤオの暴力に陶然としてしまったのだろう。

ヤオなど所詮は感情的な愚か者だ。トラブルシューター風情だ。自分のように、億近い資産を持っているはずもない。ただネット上の狭いコミュニティでちやほやされ、狭い街で持て囃され、僅かな仲間に囲まれているだけのお山の大将だ。

頭ではそう思えても、全身を虫が這い回るような痛痒《つうよう》感は癒えない。田岡の前で、恥を掻かされた。決して何者にもおもねらず屈しない姿を演じ続けていたのに、あんな半グレ如きにその仮面を叩き割られたのだ。たかが、拳一つで。

勝ち誇ったように顎をしゃくるヤオの仕草が、どうしても忘れられない。こんな屈辱は、生まれて初めてだ。

巨大な液晶テレビの中では依然として、アナウンサーがＳＴＡＩＲＳの崩壊を淡々と報じていた。

天神橋六丁目の裏路地にある寿司屋を後にし、寺西は女の腰に手を回した。

「むっちゃ美味しくて、びっくりしました」

「よかった。旨いのはもちろん、仰々しさがなくて居心地がいいから、好きなんだ。どうでもいい女の子が相手なら、新地にある無駄に高い店か、レビューサイトとかレストランガイドで星がいっぱい付いてるような店に連れて行くけど。フランスのタイヤ屋に、寿司の味が分かって堪るかって思うけどね。育ちの悪い日本人の僻みだけど」

自虐的な笑みを浮かべると、女が歩きながら頭を肩に預けてきた。さり気なく、横目で見やる。いい女だ。百八十センチを超える自分と並んでも見劣りしない、スレンダーなモデル体形だ。いや、実際にモデルか。

寺西は捕まっていない。怯えてもいない。警察は自分の名前さえ突き止められていないはずだ。

逃げも隠れもせず、いい女と旨い寿司を食い、酒を飲み、一、二時間後にはたっぷりとセックスするだろう。

そう言い聞かせれば言い聞かせるほど、胸の裡の不安感は広がっていく。人生は万事快調なのに、地に足が着かないこの感覚が、昔から嫌いだ。

女の媚びた声に相槌を打ちながら、周囲を見回す。ここ最近鳴りを潜めていた不合理な強迫観念が、頭をもたげ始めた。何か、気持ちいいものと数の組み合わせを見つけなければならない。赤提灯《ちょうちん》の文字「居酒屋　はちべえ」。七文字。気持ち悪い。電線に鴉《からす》。二羽。気持ち悪い。ゴミ捨て場に四袋。気持ち悪い。

気持ちいいものと数の組み合わせが見当たらない。ただの症状だ。数えなくても何の問題もない。理性はそう訴えているが、全身の神経が不安感を駆り立ててくる。

掌に汗が浮かんできた。深々と息を吸い込む。うまく吐き出すことができない。鼓動が速い。苛々する。首筋が冷たくなってきた。眉を顰め、夜空を見上げた。

満天の星。

数えられない。吐き気が込み上げてきた。

55

澤田が立ち去ってすぐ、椎名は自室に再び引きこもった。帰宅した父親は襖《ふすま》を開けてちらと様子を覗いてきただけで、何も声を掛けてはこなかった。

気付けば、翌日の夕方になっていた。父親や達樹の気配はない。静かだ。木目の天井を見上げる。寝汗で湿った布団の感触が不快だ。苛々する。鬱々とする。

深々と息を吸い込み、大声を張り上げた。

「クソッ！」

素早く上躰を起こし、布団から抜け出した。パジャマと下着を脱ぎ捨て、大急ぎで新しい下着とシャツを着、パンツを穿いてジャケットを羽織る。人生で最も速く着替えた。少しでもゆっくりと動くと、気力が挫《くじ》けてしまいそうで怖かった。

「ああ、クソッ！」

もう一度怒鳴り声を上げ、スマートフォンと財布を手に取って、部屋を飛び出した。


「お帰り、椎名。待ってたで」

BABYの扉を開けると、ヤオが両手を広げて迎えてくれた。伯爵もミスタも李もセンセーも、勢揃いだ。カウンターの中から、マスターが静かに会釈をしてきた。

「色々、ご迷惑お掛けしました」

「何言うてんねん、かまへんよ。仲間やろ」

回り込んできたヤオが、背中を叩いてきた。つい、軽く咳き込んでしまった。

「ああ、すまん」

「おい、もしかして感染してんちゃうやろな」

李が冗談めかして言い、「クラスター間違いなしやな」とセンセーが続ける。

今までと何も変わらない、和やかで賑やかな雰囲気だ。今までと、何も変わらない。

口許を腕で覆い、咳き込んだ。喉の奥に、何かが引っ掛かっているような違和感がある。

「おいおい、ホンマに大丈夫か」

チェイサー用の水を差し出され、一気飲みした。咳は治まったが、異物感は消えない。

促され、ソファに腰を下ろした。ハイボールとピザが用意された。

「吸うか」

マリファナを差し出されたが、それとなく断った。今の気分で吸えば、バッドに入ること間違いなしだ。

今まで通り、何の意味もない会話に興じた。顔の皮膚が突っ張るような感覚に陥り、視界にオブラートを一枚張ったような心地好い混濁がやってきた。酔い始めている。自然と、頬が緩んだ。だが、頭の芯は冷静に、無表情でこの場の盛り上がりを見据えようと努めている。

「なあ、椎名。例の件やけどな」

ヤオがさり気なく口を開いた。他の四人がそれとなしに口を噤む。

「一週間後、調停の場を設けることになった。お互い条件に合意できれば、抗争は終結や」

「はい」

真剣な表情で、ただし反抗的には映らない程度の顔で、頷いてみせた。

「俺らはそこで、連中のシノギに噛ませろ言うて、持ち掛けるつもりや。こっちのシノギにも、向こうを噛ませたってもええ。時代は、共存共栄やからな」

「連中のシノギっていうのは――」

「管理売春や」

目を逸らすことなく言われた。冷たい感触が足許から這い上がってきた。

悪党やんけ。

乾いた笑いが洩れそうになった。顔役と過ごした輝かしい日々が色褪《いろあ》せていく。もう、過去の記憶だ。

「ただし、そこで俺らは提案するつもりや。凜だけは、解放せえって」

椎名は大きく目を見開いた。

「これで、どないや。俺達が間違ってた。大切なお前の大切な凜や。俺達も、それは守ったらなあかんなと思い直した」

鼻の奥が熱くなった。視界が滲み始める。

「ありがとうございます」

声が掠れた。凜だけは、守ってくれる。凜以外の子達は、見殺しだ。いや、見殺しどころじゃない。顔役と愚狼會は、手を組む。凜と同じような境遇の子達を傷付け、奪い続ける。顔役でいる限り、椎名もその罪を背負うことになる。

無言で、あやすように優しく肩を叩かれた。

「まあ、そういうことやから、今日は気楽に飲もうや」

「ありがとうございます」

涙と鼻水が垂れてきた。知ったことか。知るもんか。みんなは救えない。全員は助けられない。世界中で戦争や犯罪の犠牲になる人は、決してゼロにはならない。貧困に喘ぐ人はいなくならない。何処かで、線を引くしかない。優先順位を付けるしかない。

椎名にとって、管理売春の犠牲になる顔も名前も知らない少女は、遠い異国で今この瞬間に餓死している子供達と変わらない。直視すると息苦しいが、目を逸らせば済むだけの話だ。

「凜だけは、守ってくれるんですね」

「ああ、任しとけ」

「俺、勘違いしてました。最近、ヤオさん達を疑ってしまってました」

「疑ってた？」

言うかどうか束の間躊躇ったが、そのまま続けた。

「ヤオさんが最初に凜を匿ってくれた理由です。実はハナから、何かしら利用価値があると踏んで、損得勘定だけで匿ったんちゃうかって。それだけが理由で、俺とか凜のことなんて、一ミリも考えてへんかったんちゃうかって」

女子中学生が危うげな男達から逃げていたのだ。ヤオなら瞬時に、人身売買や売春の強要の可能性に思い至ったとしても、不思議ではない。

「そんな訳ない。お前が凜を匿って欲しいって言うたからや。仲間の頼みを聞いただけや」

優しい声で言われた。涙でぼやけて、ヤオの表情は窺えない。

ヤオが最初から損得勘定ありきで凜を匿ったのだとしても、あの夜に顔役が凜を守ったのは揺るがない事実だ。凜だけは、守る——その約束にも、椎名のためだけではなく何かしらの打算があるのかもしれない。ヤオは、友情だけで動く人ではない。でも決して、ビジネスのためだけに動く人でもない。

目許を拭い、洟をかんだ。軽く耳鳴りがした。若干、鼻水が薄黄緑色っぽい。風邪を引いたかもしれない。あるいは、例の感染症か。

別に、どうだっていい。顔役は、凜を助けてくれるのだ。やっぱり、信じられる仲間だ。

ハイボールを呷った。炭酸が舌の上と喉で弾ける。違和感を覚え、すぐに気付いた。匂いと味がしない。

マスタードたっぷりのソーセージを口に運んだが、微かにツンと鼻を刺す感覚があっただけだ。躰が震えた。悪寒がした。

どうやら、本当に感染してしまったらしい。顔役のみんなが凜を救ってくれる。自分を仲間として大切に扱ってくれている。その感動だけで胸がいっぱいのはずなのに、味覚と嗅覚の喪失には本能的な恐怖を覚えた。これまで当たり前にあった人として大切な感覚が突然消え失せるのは、想像以上に恐ろしい。

「ちょっと、トイレ行ってきます」

便座に腰を下ろし、小便をした。寒い。立ち上がり、水を流す前に、ジャケットの内ポケットから名刺を取り出した。澤田から差し出された名刺だ。

もう、連絡する必要はなくなった。

名刺を便器に流そうとして、また突発的に咳が出てきた。喉の奥の異物感がなくなり、代わりに卵の白身のような感触が舌の上で滑る。気持ち悪い。便器目掛けて、吐き出した。

小便の泡の上に、汚い色の痰が浮かんだ。

56

寺西は低い声で言った。

「すまんな、こんな時間に」

「ええよ」

ぶっきらぼうに言い、雄次が顎をしゃくる。部屋に入り、兄弟仲良くソファに腰を下ろした。

「掃除せえよ」

二メートルを超える巨躰が、よく六畳一間で暮らせるものだ。空になったコンビニ弁当やカップ麺、ペットボトル、レンタルの漫画本が散乱している。ＡＶも何枚か落ちている。

「素人モノが好きなんか」

揶揄うように言うと、舌打ちし、無造作に拾い上げた。

「素人とやる機会、ないからな」

寺西は息を止めた。自分の不用意な発言に、腹が立つ。

「すまん」

「なんで謝んねん」

苦笑し、視線を寄越してきた。逸らすことなく、痛々しい傷痕の残る雄次の顔を見つめ返す。

「で、どないした？」

「うん。アホらしい話やねんけどな」

顔が熱くなり、笑って誤魔化す。

「最近また、例の強迫観念が酷なってきてさ。なんでやろって考えて。いやまあ、理由とかないのが、鬱陶しいとこやねんけど。それでもまあ、強いて言えば、楽しい楽しい人生の中で唯一、洗い流せてへんクソがある訳よ」

雄次が何も言わず、目で続きを促してくる。

「ぶん殴られてん、二ヶ月くらい前」

雄次の顔つきが変わった。我が事のように、いや、我が事以上に、怒りを抱いてくれる。

八歳だった雄次に馬乗りになって暴力を揮う父親の背中に、包丁を突き立てた。父親は一命を取り留めたが、ようやく兄弟揃って父親から離れることができた。たったそれだけのことを、一生の恩だと思っている。自分のことよりも、常に兄のことを考えて行動する。アホだ。アホな弟だ。

「誰に、やられた？　理由は？」

「顔役のヤオ。知ってるか」

「軽く、噂は」

寺西は掻い摘まんで事の経緯を説明した。

「普段散々偉そうに接してきた奴の前で、ぶん殴られたと。あれからや、あいつの、あいつらの態度がおかしなったんは。俺への尊敬が薄れよった。そんなんやから、警察に嗅ぎ付けられたんやろ。俺の作ったマニュアルを完璧にこなせてれば、もっと延命できたはずや」

「考え過ぎちゃうんか。お兄ィは昔から――」

「被害妄想やってか。病気持ちのたわ言やって言いたいんか」

「そんなこと、言うてへん。思ってへん」

雄次が首を横に振る。罪悪感に苛《さいな》まれた。

「せやな、すまん。ごめん」

雄次だけは、信頼できる。親戚の家をたらい回しにされ、邪魔者扱いされ続けながら、二人だけで生きてきたのだ。

「まあとにかく、あの一件がどうも忘れられへん。心のシミや。取れへん」

「暴力なんか、何も誇らしないで」

「カシコぶって論破やとか抜かしても、目の前でタコ殴りにされたら終いやろ。俺がナンボ金稼いで、あいつらにも稼がせて、頭のええ話したったところで、殴り飛ばされるのを見たら一気に小馬鹿にし始めた。そんなもんや。男はやっぱ、喧嘩強いとかに憧れる生き物やろ」

「頭ええ奴の方が凄いと思うけどな」

「喧嘩が強いなんて何の意味もない、って抜かすのは、暴力にビビる自分を正当化したいだけの腰抜けか、お前みたいに腕っぷしが強くて達観しとる奴やねん」

語気が荒くなった。殴られて、殴り返せなかったのが悔しい。何日経っても、屈辱を忘れられない。そんな情けない本音は、誰にも打ち明けられない。雄次にさえ、兄としてのプライドが邪魔をして、今日まで話すことができなかった。

だが、ヤオに一矢報いなければ、気が済まない。ヤオを痛め付けなければ、いや、顔役を潰さなければ、自分の人生にはこの先ずっと、昏《くら》い影が差したままだ。その不安感に、喰らい尽くされてしまいそうだ。

「よう分からんけど、お兄ィがしたいことなら、俺は何でもするよ」

気負いを感じさせない、極々自然な声だ。

「顔役を潰したい。ただ、俺は喧嘩が弱い。だから、お前を使う。散々言うといて、自分でやらへんのかって。ああ、そうや。情けないって自覚しとる。けど、頼むわ。かっこええ兄貴でいたかったけど、お前になら弱みを見せてもえええって気付いた」

「ヤオを捜し出して、殺すか」

「いや、もっとええアイディアがある」

先日、顔役の配下の半グレグループに、愚狼會との一時休戦を告げる通達が回ったという情報を入手した。この緊張が緩んだ隙に双方の勢力を襲えば、互いに相手が休戦を破ったと勘違いし、抗争は再開――泥沼化するだろう。

「うまくいったら、顔役の今の地位を奪えるかもしれん。ずっと俺は潜ってきたけど、ここらで、顔役を潰した恐怖の兄弟、頭の切れる兄貴と最強の弟――そういう露出の仕方をしてもええかなって思うねん」

粋がった中学生の妄想かと嗤《わら》われても、仕方がない。だが、雄次は穏やかに微笑した。

「漫画やったら、主役張れるな」

顔を斜めに横断する膨れ上がった傷痕が、グロテスクに、美しく蠢《うごめ》いた。

57

「エースくん、久しぶり！」

ドギーが抱きついてきた。京都の地下格闘技団体「凶犬」の主宰者だ。

「なんか揉めてるらしいけど、大丈夫なん」

「地獄耳め。犬のくせに、耳もええんかい」

「犬は元々耳もええもんや」

ドギーが身を仰け反らせ、ドレッドヘアーを揺らしながら笑う。アホで愉快な奴だ。対面すると、気楽な気分になる。

「まあ、今日はのんびり楽しんでよ」

そのつもりだ。顔役と一時休戦になり、久しぶりに堂々と人前に出られる。

ドギーに連れられ、会場に足を踏み入れた。体育館の半分ほどの広さの会場に人がひしめき、汗臭い熱気に包まれている。中央にはボクシングリングが設置され、周囲三百六十度に何列もの座席が用意されている。屈強な男達が行儀よく着席している様は、異様だ。

最前列に案内され、腰を下ろす。開演前のＢＧＭが流れている。ＤＲ．ＤＲＥの１ｓｔアルバムだ。やはり、ドギーとは趣味が合う。

しばらくして、ドギーがリングに上がった。マイクを右手に持ち、左の拳を突き上げる。

「ようこそ、本物の地下格闘技大会へ」

地響きのような歓声が沸き起こった。エースも満面の笑みで拍手する。

「全国津々《つつ》浦々《うらうら》、地下格闘技を名乗る団体は数多ある！　が、しかし、何が地下か！　何が格闘技か！　格闘技としてのレベルの低さを地下っちゅう言葉で誤魔化して、伝説の不良やなんやを自称したヒョロガリが、ぬるい馴れ合いをしてるだけなんが大半や！」

同感だ。金網フェンスで囲まれた一見危険な香りのするリングを設置して、立ち見の客がフェンスを掴みながら騒いで盛り上げるが、その実、腰の引けた殴り合いしかしない。そんな茶番に嫌気が差し、各地の大会に出場して蹂躙することで、エースはカリスマ的人気を獲得し、多くの敵を作った。

ドギーは、そんな中で出会った数少ない同志の一人だ。

愚狼會が定期的に、いつも通りの大会を装って無茶なマッチメイクを行い、自分の実力を勘違いしたチンピラを叩きのめす裏興行を開催するのは、戸部のようなサディストを客として呼ぶ目的の他に、そうしたチンピラを痛い目に遭わせたいという私的な目的もある。

己を強いと勘違いした弱者には、叩き潰さずにはいられない嫌悪感を覚えるのだ。

「——そして今日は、スペシャルゲストに、かのＷＯＬＦ　ＰＡＣＫ代表、エースくんが来てくれてます！」

事前の打ち合わせ通り、スポットライトを浴びせられた。眩しさに顔を顰めたくなるのを堪え、にこやかに手を振る。畏敬の念が籠もった眼差しと拍手で迎えられた。

「ま、残念ながら今日はエースくんは出場しないんやけど、代わりに、ＷＯＬＦ　ＰＡＣＫのスター選手が出場します！　我らが凶犬の選手は、そして凶犬以外から出場する何名かの腕自慢は、果たして勝つことができるのか。乞うご期待！」

試合に出場するのは、ナインだ。シックスを壺田殺害の容疑者として顔役に引き渡す予定だと明かすと、ナインは心底怯えた表情を見せた。シックスこそがＶＩＰ客の監視を怠って凜の逃亡を許し、抗争の火種を生んだ張本人ではあるが、ナインもまた、凜を発見したにもかかわらず、伯爵らに敗れて取り逃がしたという失態を犯している。次は自分の番だと恐れたのか、凶犬の地下格闘技大会に出場して優勝してみせるので見に来て欲しいと頼まれた。飼い主に媚びを売ろうと懸命に尻尾を振るのは、好感を持てる。腕っぷしと稼ぎ、すなわち漢としての強さ——愚狼會の構成員たる資格、會の基本理念を理解している。

「ルールその一！　武器は己の肉躰のみ！　ルールその二！　両者素手、服の指定はないが、服や肌にクリーム等を塗るのは禁止！　ルールその三！　金的、噛み付き、何でもあり！　ルール一と二以外の反則はなし。ギブアップ、戦闘不能、レフェリーストップ以外の決着はなしとする！　まあ、レフェリーは俺やから、レフェリーストップには期待せんように！　死ぬ前にギブせえよ！」

野太い笑い声が会場中に響いた。観客も皆、いい面構えをしている。ドギーが禁じたため、誰もマスクをしていない。

「では、第一試合、出場者入場！」

ドギーの声で、エースは客席からリングへと視線を移した。

58

熱気冷めやらぬ会場から逸早《いちはや》く抜け出し、寺西准一は雄次と焼肉店で合流した。良い具合に腹も膨れてきた頃、スマートフォンが鳴った。雄次にも聞こえるよう、小さめの音量でスピーカーモードにする。

違法な調査をも引き受ける興信所からだ。凶犬の地下格闘技会場から愚狼會の出場者が出てきたら尾行し、住まいを特定するよう依頼していた。五人態勢の尾行ということで依頼料は嵩《かさ》んだが、結果は出してくれた。

リングネーム・ナインは、エースや凶犬の主宰者らと優勝を祝う打ち上げをしたあと、一足先に自宅に戻ったという。

「流石に、疲れたんやろな」

雄次が呟き、バニラアイスの最後の一口を食べ終えた。

「行こか」

寺西は伝票を摑み、立ち上がった。


二人してキャップを目深に被り、マスクを着ける。犯罪者には、好都合なご時世だ。

「まあまあ高級そうなマンションやな。あんま騒いだら、通報されそうや」

「大丈夫。秒で終わらせる」

物怖《ものお》じしない声で言い、雄次がマンションへと大股で歩いていく。慌てて、その背を追った。

オートロック付きではないため、エレベーターに乗り、そのまま部屋まで直行した。

寺西は美術鑑賞に使う単眼鏡を取り出し、ドアスコープに真っ直ぐ当てた。単眼鏡を覗き、角度を調整する。

魚眼レンズを使用したドアスコープは通常、外から中の様子は殆ど見えないが、単眼鏡をあてがうことで光の屈折が相殺され、内部の様子を覗き見ることができる。

玄関とリビングを繫ぐ廊下に、ナインの姿はない。辛うじて、リビングのテレビが点いているのが見えた。

インターフォンを押した。反応はない。もう一度、鳴らした。

緩慢な動作で、ソフトモヒカンの男がリビングから廊下に出てきた。心拍数が俄かに上昇する。

ナインがドアスコープを覗こうとする直前に、単眼鏡を外し、シールでドアスコープを塞いだ。これで、内側から覗いても真っ暗だ。

雄次の背後にそっと回った。雄次は右手にボルトカッター、左手に厚手の葉書を持っている。前者はドアのチェーンロック、後者はU字ロックの解除に使えるそうだ。

ドアが僅かに開いた。すかさず、雄次が左足をドアの隙間にねじ込む。

隙間から見える男の顔が、驚愕に染まった。

雄次がボルトカッターで素早くドアチェーンを断ち切った。ドアを大きく開け広げる。拳が飛んできた。左の掌で弾き落とし、脳天目掛けてボルトカッターを振り降ろす。ステップを踏んで躱された。

ナインが素早い突きを放った。一瞬早く、雄次がナインの喉を左手で摑んでいた。そのまま、玄関に踏み込む。百八十センチ近くある躰が、宙に持ち上がる。顔を紅潮させて足をばたつかせたあと、白目を剝いて脱力した。

雄次がナインの躰をフローリングの床に横たえ、顎をしゃくった。

寺西は周りを見回して目撃者がいないことを確認し、部屋に足を踏み入れた。布テープでナインの全身を縛り、浴槽に仰向けに横たえる。

リビングでは、異変を察知したのか、飼い猫が甲高い声で鳴いている。ナインがその声で目を覚ました。途端に、血走った目で睨み付けてくる。

寺西はタオルを水で濡らし、ナインの顔に被せた。雄次が左脚でナインの両足を踏み付け、両手で肩を押さえ付ける。

タオルの上から、ぬるいシャワーを浴びせ掛けた。烈しく暴れ始めたが、強靱な雄次の力の前では無意味だ。

雄次に合図され、シャワーを止めてタオルを取った。苦しそうに咳き込み始める。

この方法なら、口や鼻から強制的に水が流れ込み、すぐに溺水状態に追いやることができる。各国の軍隊や諜報機関でも古くから採用されている、効果的な拷問だ。

必死で抵抗するナインの顔に再度タオルを被せ、シャワーを浴びせる。タオルを外すと、聞いたことのない掠れた呼吸音がした。

59

ドギー行きつけのスナックを出て、ナインから何度も着信があることに気付いた。

電話を入れる。繋がらない。不穏な胸騒ぎがした。

ドギーら凶犬の面々に断りを入れ、ナインの住むマンションへとタクシーで向かった。

インターフォンを連打し、ドアノブを摑む。鍵が掛かっていない。ドアを開き、チェーンロックが断ち切られていることに気付いた。

警戒を怠らず、部屋に入る。風呂場に気配を感じ、足を踏み入れた。

浴槽の中で、ナインが膝を抱えて蹲《うずくま》っていた。服を着たまま、びしょ濡れになっている。嘔吐物が服や浴槽に付着している。

ナインがゆっくりと顔を上げた。目に生気が宿っていない。

「何があった？」

ナインが小刻みに首を横に振る。

「すみません。俺、もう無理です」

伯爵に敗れたときよりもさらに酷く、心をへし折られた顔だ。

「何があったんや」

ナインがしゃくり上げ始めた。苛立ちを嚙み殺し、話を引き出そうと努める。

「男二人がやってきて、水で、拷問を」

「何者や。何を訊かれた？」

「何も。ただただ、痛め付けられただけです。何遍も何遍も、溺れさせられて」

遠い目をして呟いた。敗残者の目つきだ。

「誰にやられた？」

「グループ名までは。ただ、顔役が何て言おうと、俺らの怒りは収まらんぞって」

エースは歯軋りした。これまで襲撃した顔役配下の半グレグループが頭に浮かぶ。容疑者が多過ぎる。

「會からは抜けます。大人しくして、絶対に誰にも何も喋りません。だから、抜けさせてください。お願いします」

ナインが躰を丸め、狭い浴槽の中で不格好な土下座をした。

「絶対、迷惑は掛けません。だから、オカンと俺は……」

愚狼會の構成員本人と大切な者の生殺与奪権は、エースが握っている。折に触れ、さり気なくそのことを刷り込んできたが、分かっているなら構わない。もう、こいつに価値はない。

「俺に歯向かわん限り、何もせえへん。だから、襲ってきた二人の特徴を教えろ」

「タッパのええ奴らでした。マスクと帽子で、顔はあんま分かりません。すんません」

震える声が言った。舌打ちを返した。

無言で部屋を後にし、ヤオに電話を掛ける。

――もしもし。

「おい、コラ、どうなってんねん。休戦の約束はどうなったんや、コラ。おう？」

早口で捲《まく》し立てた。沈黙のあと、しわがれた声が返ってきた。

――順序立てて、喋ってくれ。

「ウチの人間が自宅で襲われたんや。ついさっき、お前らの配下の半グレ連中に」

――どのグループや。

「名前まで知るかい」

――じゃあなんで、ウチの配下の人間やって分かんねん。

「ごちゃごちゃ言うな。自分らでそう匂わせたんじゃ。ええか。何処のグループやろうと、配下の連中を抑えられんかったんは、お前の監督不行き届きやぞ」

大きなため息が聞こえてきた。俄かに、怒りが増幅された。

「なんや、その態度は？　お前なあ」

――ウチの配下のグループのリーダーも昨日、襲われとんねん。お前らか。

エースは眉を顰めた。

「何の話や」

――ウチの配下の人間が、襲われたんや。

「知らん。そんな指示は出してへんぞ」

強い口調で言うと、あっさりとした声が返ってきた。

――ああ、せやろな。

気勢を削《そ》がれたような思いがした。

――元々手打ちはお前が持ち掛けてきたもんや。やのに、その話し合いの前に、約束を反故《ほご》にして抗争を再開させるのはおかしい。調べた限り、愚狼會に配下のグループはおらんし、愚狼會以外のジム生や選手は、ホンマに裏の仕事には関わってへんみたいや。

何が「調べた」だ。抗争初期に、片っ端から攫って暴力で口を割らせただけだろう。

――愚狼會の連中が独断でやるとも思えんし、他に動かせる連中がおったとしても、その存在が表に出てへん時点で、きっちり統制は取れとるっちゅう訳や。そいつらが勝手に、お前の意向を無視するのも考えづらい。

その通りだ。愚狼會の面々やキッズがそんな馬鹿な真似はしない。WOLF PACKのジム生や登録選手は、そもそも顔役との抗争に関与させていない。

「ということは」

――誰かが、俺らを揉めさそうとしとんな。一時休戦の話を知らんか、知った上でもう一遍揉めさそうとしてるか。

「何処のどいつや」

――知らんがな。

ぞんざいな口ぶりに苛立った。漁夫の利を狙う小賢しいクソにも、腸《はらわた》が煮えくり返る。

――順番が逆なら、思う壺になってたかも分からんな。

安堵に似た響きがあった。確かに、もしナインが先に襲われていれば、ヤオが何と弁明しようと、エースの怒りは収まらなかっただろう。顔役の配下のグループが顔役の指示に背いて暴走したと、信じ込んでいたはずだ。

尤も、まだ顔役への疑いを完全に晴らした訳ではない。

「ウチの奴は、タッパのええ二人組に襲われた、言うとる。そっちはどないや」

――二メートルはあるんちゃうか、いう大男やったと。二人組の片割れと見て、ええかもな。三人も手下引き連れて歩いてたのに、平然と襲ってきたらしい。四人とも全治三ヶ月以上や。引き換えに、男が着けてたマスクを引っぺがして、一瞬だけツラは拝めたと。

「似顔絵でも作成できそうか」

揶揄する口ぶりで言ったが、あっさりと無視された。

――火傷《やけど》の痕らしきものがあったそうや。暗がりやったから、見間違えかもしれんらしいけど。

「火傷、か」

――ああ。心当たり、あるか。

「ない。調べてみるわ」

――こっちも、手は尽くす。で、四日後の話し合いはどうする？　延期するか。

「いや、予定通りでええやろ」

時間と場所は、直前に連絡する手筈だ。

――了解。

すぐに、電話が切れた。

60

澤田はスマートフォンを取り出した。登録されていない番号が表示されている。

「もしもし」

――ああ、澤田警部補ですか。

投げ遣りな若い声だ。

「ええ。そちらは？」

――椎名。椎名和彦ですけど。

鼓動が跳ね上がった。席を立ち、生活安全課の部屋を足早に出る。

「よう連絡してきてくれた」

返事はない。呻るような声だけがした。

——顔役と愚狼會は三日後、和解のための話し合いをします。そこで顔役のヤオさん、ヤオ達は、愚狼會と手を組むつもりです。顔役は一人、あいつらに殺されてます。その犯人と、あなたが前に言うてた少女をこっちに差し出せば、代わりに顔役は愚狼會と和解します。売春も何もかも、手を組むんです。

努めて感情を押し殺しているのだろう。抑揚がなく、淡々とした口調だ。

昂奮が胸の底から湧き上がったが、同時に疑問も覚えた。

少女を差し出すのが和解の条件ならば、澤田に連絡してくる必要はない。罠の可能性を疑った。だが、それでも構わない。

一定期間ログインしなければ、これまで調べ上げた全てが署名付きで自動送信されるインターネットサービスに加入している。宛先は各地の警察官や弁護士、検事、代議士、マスコミ、人権団体など、相当数に上る。

あの夜、椎名に偽名を名乗らず本物の警察手帳を提示したのも、それが理由だ。口封じに殺すなら、殺せ。警察は不祥事の隠蔽には組織として一致団結するが、本当の意味で現場の警察官が一丸となるのは、同じ警察官が殺害されたときだ。

「ホンマに、よう連絡してきてくれた」

——はい。いやまあ、なんかやっぱ、人としてあかんのちゃうかなって思っただけっすよ。

苛立たし気な声だ。舌打ちのあと、今度は弱々しい声が言った。

——お願いがあります。自首するのは、リンが戻ってきてからにさせてくれませんか。

リン。それが少女の名前か。

——解放されたら、その足で二人で警察に行きます。澤田さんに、会いに行きます。守ってくれるんですよね。

「約束する」

——分かりました。リンが戻ってくるまでは、この目で無事を確かめるまでは、待ってください。

震える声が言った。懸命に、闘っている。

「分かった。じゃあ、それまでは引き続き、情報をくれるか」

——はい。

掠れた声が返ってきた。胸が疼いたが、首を横に振って掻き消した。痛みを感じる資格など、自分にはない。


山積する仕事をある程度片付け、適当な口実を作って署を抜け出した。十分ほど歩き、阪急大阪梅田駅に直結するターミナルビルの一階エントランスホールに到着する。電話ボックスを大きくしたようなボックスが二つ、壁に沿って並んでいる。Ｗｉ－Ｆｉが完備された防音型の個室ブースだ。テレワークの普及に伴い、各地に登場し始めた。当初は自分とは無縁だと思っていたが、一人で愚狼會を追い始めて以降は、署内でも喫茶店でもできない映像や資料の確認に、何かと重宝している。料金は十五分につき、二百七十五円だ。

予約は署を出る前に済ませた。スマートフォンを取り出して会員登録しているサイトを開き、「入室」ボタンをタップした。ドアのロックが解錠され、扉を開く。

鞄からノートパソコンを取り出し、Ｗｉ－Ｆｉに接続した。

椎名和彦の自宅の監視カメラ映像を確認する。ジャージ姿で、布団に寝転がっている。転送されて蓄積保存された、過去の映像も確認した。早送りで再生するが、延々と寝ているか、スマートフォンをいじっているか、コンビニ弁当を食べているだけだ。

江藤総一のクリニックの映像に切り替えた。最初に遡り、早送りにする。十月十日、午前九時三分。入室してきた。井出が監視カメラを仕掛けた翌日だ。

澤田でさえ知っているあいみょんの曲を口ずさみながら、開業の準備を進めている。変化がないので、三十二倍速再生にした。

既に井出から送られてきたクリニック内のカルテには目を通し、本棚の書籍名なども調べてみたが、目ぼしい手掛かりは得られていない。カルテの中に、澤田が把握している愚狼會関係者の名前もなかった。

江藤の身許調査報告書にも、不審な点は見当たらなかった。一九七〇年六月七日生まれ。大阪府堺市南区出身。大阪大学医学部を卒業し、国家試験に一発で合格、二年間の臨床研修を経て、精神科医になっている。前歴もない。怪しい点は、何もない。

だが、臭う。刑事の勘だ。それに頼ることが冤罪を生み得ることも、過去に何度かその勘が外れたことがあるのも分かっている。それでも、強く臭うのだ。

監視カメラの映像を江藤の自宅のものに切り替える。目を凝らし、画面を睨み続けた。

61

クイーンの寝顔は穏やかで、今にも目を覚ましそうだ。

「まあ、自業自得やわな」

キングが冷たい声で言った。だが、底に秘めた怒りと悲しみがエースには分かる。

いつ目覚めるか分からないと言われても、この男のことだからどうせすぐに目覚めるだろう。そう高を括《くく》っていたが、こう何日も昏睡状態が続くと、流石に不安が募る。

「このまま目を覚まさんか、最悪死んだとしても、予定通り顔役との手打ちは進める。先生の判断でもあるからな。ええな」

キングが重々しく頷く。

ヤオは恐らく、手打ちの条件として、今後の友好関係を要求してくるだろう。手を組むメリットは大きい。一時ほど羽振りが良くないと噂に聞くが、腐っても鯛《たい》だ。癪《しやく》だが、利用価値は高い。力の根源は、金か法か暴力か情報だ。愚狼會には金も、法権力を握る友人も、暴力もある。だが、街の情報網に欠ける。顔役の情報網を借りられるのは、歓迎すべき事態だ。

クイーンに最悪の結末が訪れたとしても、ＳＭ馬鹿の幸せでアホな末路だと笑って送り出してやる。

「そろそろ、行くわ」

「ああ。俺はもうちょいおるわ」

キングが言った。キングもクイーンも、エースに心底敬意を払ってくれている。エースも他の愚狼會のメンバーより一段上の信頼と愛着を二人には抱いている。だが、先生を介して後から知り合ったエースとは違い、キングとクイーンの間には、園で育んだ絆がある。エースに対してよりも強い友情を抱いていることは、前々から分かっていたことだ。

それでも、疎外感に心がささくれ立つ思いがした。

病室を出て、客と合流した。デートと称して凜と外出し、スマートフォンを奪われて逃亡まで許した大間抜け野郎だが、管理売春を大きく支えるＶＩＰ客であることに変わりはない。

「すまんな、御大わざわざ迎えまで」

「ええ。また勝手されたら困りますんで、事前に釘刺しとこう、思うて」

むっつりと応じると、男の顔からにやついた笑みが消えた。

「損失を補って余りある報酬は、渡しただろう」

児童ポルノに塗れたスマートフォンは、凛の手によって復元不可能なほど破壊された状態だったが、それでも男に百万円で買い取らせた。男と愚狼會の関係性を考慮して、破格の安値を提示したつもりだ。

「ま、イライラは俺やなく、本人にぶつけてもろて」

連れ立って、箕面市内の三階建てのビルに向かう。飲食店や低層ビルが立ち並ぶ一帯だ。元々は関西でチェーン展開する飲食系企業の本社だったが、移転に伴い売却された。こうした建物をいくつかフロント企業を通じて購入し、売春を始め様々な違法行為の場として、活用している。裏口に車を着けてそのまま少女を出入りさせるため、人目にも付かない。

二階に上がり、プレイルームに改築した部屋に入る。

凛がダブルベッドの端で身を縮こまらせていた。セブンが窓際の壁に凭れて立ちながら、スマートフォンを操作している。顔を上げ、スマートフォンを仕舞った。

「じゃあ、どうぞ。くどいようですけど、この部屋の中で楽しんでくださいよ」

「ああ。もう馬鹿な真似はしない」

じれったそうに言い、見開いた目を凛に向ける。鼻息が荒い。中学三年生のガキに欲情するのは理解できないが、男から発散される性的昂奮のエネルギーには、共鳴を覚えた。昂奮が伝染してしまう前に、セブンに目顔で合図し、退室した。ｉＰａｄとイヤフォンを取り出し、室内の隠しカメラの映像を確認する。

――話は聞いたよ。撮られるのが嫌で、つい逃げちゃったんだってね。

画面の隅で、凜が小さく頷く。

――嫌なら、最初から本気で嫌だと伝えてくれればよかったんだ。嫌と言いつつ、結局いつも受け入れて撮られていたくせに。

男が凜の前に立った。男の後ろ姿で、凜の姿は隠れた。

――もう二度としないと、約束してくれるね。そうか。ただ、はっきり言って、信用はできない。ちゃんと、分からせておかないとね。

昂奮を押し殺した声だった。

少しして、悲鳴に似た泣き声がイヤフォン越しにも扉の向こうからも聞こえてきた。セブンが顔を顰めて振り返る。

「気分悪いんか」

「え？」

「そうですね。正直、不愉快やな、思うてます。カスでしょ、あいつ」

声を詰まらせてから、口を開く。

「確かにな。でも、俺達はそれを斡旋しとる」

「だからカスですよ、僕らも」

率直な物言いに驚いた。だが、不思議と怒りは抱かない。セブンの感情の中に、敵意や害意がないからだろう。

「カスか、俺らは」

「はい。そりゃ、そうです」

セブンが管理売春の現場に直接関わるのは、今日が初めてだ。

「俺がお前と同じ十七歳のときには、もう他人を踏ん付けても何も思わんかったけどな」

「ホンマですか。僕は多分、一生その境地にはいかないですね。世間一般の常識で言えば、冷酷やとは思いますけど、やっぱ多少の不快感とかは抱き続けると思います。あの女の子と一時間近く一緒にいて、ちょっと感情動きましたし。あんま喋ったりしたら情移ってまいそうやから、離れて音ゲーしてました」

「やのに、俺らの仲間でい続けんのか」

「はい。稼げるんで」

またしても、くぐもった泣き声が聞こえてきた。セブンがワイヤレスイヤフォンを取り出し、耳に装着する。

「すみません。あんま、子供のあんな声、聞きたないんで」

「お前も子供やろ。まだまだ、半人前やな」

軽く嘲るように言った。反応はない。音楽でも再生しているのだろう。

セブンの左耳から、イヤフォンを剝ぎ取った。驚きと怒りが綯《な》い交《ま》ぜになった表情で、見据えてくる。

「言うの忘れてたけど、室内にはカメラと盗聴器がある。リアルタイムでそれをチェックして、客とガキがおかしな真似せえへんかチェックするのが、監視の役目や。お前はここで一秒も目ェ逸らさんと、食い入るように監視しとけ。愚狼會でいたいんならな」

ぶっきらぼうに言い、iＰａｄとイヤフォンを差し出した。

「マジっすか。了解、です」

セブンが苦い微笑を浮かべた。人の笑顔は、泣き顔によく似ている。

ジムに戻ると、戸部の来訪を告げられた。会長室で待つとごねたらしいが、どうにか応接室に押し込んだらしい。

「ようやった。お前、見込みあるわ」

ジム生の肩を叩き、応接室に向かう。扉を開けると、ドブネズミがふんぞり返っていた。

「遅いやないか」

「俺の勝手でしょ。何の用ですか」

「カードショップの件やが、買い手の目星がついた」

エースは薄ら笑いを浮かべた。プレミア価格の付いたカードを置いているカードショップの中から特に警備の手薄な店を厳選し、一夜のうちに何店舗か強奪に押し入る計画を立て始めていた。戸部には、盗品のカードを売り捌くルートの開拓を依頼していた。

「タタキの実行には、俺は関与せえへんぞ」

「もちろん」

「お前がやるんか」

「いやいや、やらせるに決まってるでしょ」

「愚狼會の連中にか」

「まさか。こう見えて、まあまあ部下を可愛がっとるんですよ。闇バイトですわ」

「闇バイトか。ようやるよな、あんなもん。おっかないやろに」

「境界知能、いう言葉がある。闇バイトに利用されがちな層のことです」

「利用されがちて、他人事《ひとごと》やの。利用しがち、やろ」

エースは低い声を立てて笑った。戸部もたまには、気の利いたことを言う。

「ほいで、なんや、その境界知能いうんは」

エースは説明を始めた。知的障碍ではないが知能指数が平均よりも低く、論理的に物事を考えて判断を下すことを苦手とし、生活に困難を伴うが、一定程度は自立して暮らすことができるため、必要な公的支援を得られない——それが境界知能と呼ばれる人々だ。医学的な専門用語として確立はしていないが、日本人の七人に一人が該当するとも言われている。その苦悩が現代日本において不可視化された結果、彼らの一部が特殊詐欺の受け子などに安易に手を染め、組織犯罪の末端として使い捨てられるケースも少なくない。

「まあ、実行犯が一人や二人パクられたところで、連中は雇い主が俺やとは知りません。我々に捜査の手が及ぶことはない」

「まあ、カードの入手に関しては任せるわ。別に急がへん、ゴタゴタが落ち着いてからでええ」

戸部が得意げな声で言った。顔役との抗争は、流石に把握しているらしい。

「もうそろそろ、終わりそうですわ。ええ感じに」

「そうか。そういや、顔に火傷の痕がある、腕っぷしの強い大男。捜してるらしいな」

エースは鋭く息を吸い込んだ。

「地獄耳ですね。心当たり、ありですか。ミナミでは、ピンとくる奴がおらんで困ってたんですよ。いくらで売ってくれます？」

「金はええ」

異変に気付いた。戸部の顔が強張っている。恐怖と憤怒の感情が読み取れる。

「エース。なんで、そいつを捜してる？　顔役と違うやろ」

「理由を説明するつもりはありません。揉めてるとだけ」

「捕らえて殺すなら、教えたる」

「いいですよ。ハナから、そのつもりや」

「寺西雄次。そいつが天満のクマや」

戸部が口早に言った。エースは大きく頷き、笑いを嚙み殺した。戸部の前歯を叩き折った元舎弟が、天満のクマと綽名される男だ。破門されて以降、裏の界隈から姿を消したため、戸部が復讐《ふくしゅう》に殺害したという噂も流れた。だが、この男にそんな度胸などあるはずがない。

「二メートル超のデカブツで、顔に傷がある言うたら、多分間違いない。火傷やのうて、野生の熊に襲われて、皮膚と肉を抉られた傷やけどな。綽名もそれに掛かっとる」

「天満のクマが、どっかの半グレと手を組んだり、こき使われたりする可能性は？」

「あり得へん。あいつは誰とも徒党は組まん。だから、組にも馴染めんと破門された訳やしな。元々ウチに入ったんも、色んな極道に恨み買い過ぎて、身を躱す笠が一時的に欲しかっただけやとほざいとった。あいつは人の上にも下にも立たれへん男や」

確信に満ちた声だ。

「しかし現に、最低でも一人は、行動を共にしてる奴がいるらしいです」

「ホンマか。信じられへんな」

戸部は束の間考え込んだあと、顔を上げた。

「まあ、仲間がおろうがどうでもええ。俺が殺したいんは、クマだけや。組の情報網でも何でも使って、捜索には協力したる。その代わり、息の根は俺に止めさせろ」

戸部を介入させることに一抹の不安はあるが、リスクとリターンを天秤に掛ければ、後者の方が大きい。エースは右手を差し出した。戸部が硬い表情で、握ってきた。

「頼んますわ」

狼の力を貸してやれば、ドブネズミでも熊を嚙めるだろう。

62

澤田は車のロックを解除した。アパートから出てきた椎名が、足早に助手席に乗り込んでくる。目を合わせてはこない。

「家の周りを車で流したけど、顔役の監視はなかった。安心せえ」

正面を見たまま、微かに頷く。咳き込み、しきりに洟を啜っている。

「感染したんか」

「いや、ただの風邪です」

「そうか。じゃあ、明後日の話し合いにも出れるな。これ、行く前に付けといてくれ。盗聴器や。スマホは没収されたり、電源切らされたりするかもしれん」

椎名が唾を飲み込んだ。親指の先程の大きさで、厚みは五ミリほどだ。

「ジャケットかシャツの襟の裏にでも、貼り付けといてくれ。武器とか持ってへんか、簡単な身体検査はあるかもしれんけど、そこまで入念にはされへんはずや。最悪、されそうな感じやったら、こっそり捨てろ」

「盗聴は違法やって、ドラマで観たんすけど。顔役と愚狼會が色々べらべら喋ったとしても、捜査とか裁判で使えるんですか」

「私人間での秘密録音は、基本的に違法やない。ややこしい話やけどな」

椎名が小首を傾げる。

「つまり、法に則《のっと》って捜査すべき警察が第三者の会話を盗聴するのはあかんけど、一般人が自分と誰かの会話をこっそり録音するのは、基本的に問題ない。証拠として採用される」

「なるほど」

「会談の場所は、特定した」

「え？」

ようやく、椎名が顔を向けてきた。視線がぶつかった。前回会ったときよりも顔に生気がない。だが、双眸は強く輝いている。

「愚狼會の関係者が出入りする場所に忍び込んで、監視カメラと盗聴器を仕掛けた。執念深く映像をチェックしてたら、誰かと電話してたな。そいつが場所を言うた」

江藤は電話相手に向かってにこやかに、「大塚《おおつか》君」と呼び掛けていた。エースの本名だ。そして、こうも口にした。

――じゃあ、連中とは仲直りする方向な訳ですね。場所は？　廃工場？　桃ヶ池公園のすぐ近く？

「澤田さん。それって、違法やないんですか」

「ああ。だから、内緒やぞ」

マスクの前で、人差し指を立てた。苦笑が返ってきた。

「まあとにかく、俺は近くで待機して、盗聴器からの音声を聴いとく。もし交渉が決裂したりして、お前の身に危険が迫るようやったら踏み込むから、安心してくれ。あいつらが使う予定の場所は、自分達の土地やない。不法侵入を口実に、全員逮捕もできる」

江藤が口にした廃工場は、調べたところ、該当しそうな場所は一箇所だけだった。法務局で誰でも入手可能な登記事項証明書を取得し、該当の廃工場の土地所有者を調べた。愚狼會とは無関係と見て間違いない一般企業が、土地の権利を有していた。

「踏み込むなら、誰か一人くらい殺されてからにしてください。そしたら、がっつり捜査できるんでしょ。たとえ、殺されそうなんが俺でも」

精一杯、粋がった声だ。危険を冒すヒーロー的立ち回りに、酔っている節さえある。格好付けて強がりでもしない限り、到底乗り越えられないのだ。

「分かった」

そんな真似はしない。椎名に危険が及ぶ気配があれば、当然その前に踏み込む。

だが、他の連中に関しては、知ったことではない。

63

自宅を出て顔役との話し合いに向かう直前、戸部から電話が掛かってきた。

――クマの目撃証言が上がった。今、追わせとる。

高揚した声が言った。

「流石です、戸部さん。ヤサ突き止めて、明日にでも、襲いましょう」

――明日？　何を眠たいこと言うとんねん。今すぐ、行くぞ。

呂律が僅かに怪しい。恐らく、飲んでいる。

「これから、顔役の連中と手打ちの話し合いです。そっちに人員は割けません」

――なんでや。一人や二人、寄越さんかい。

エースは舌打ちした。酔って気が大きくなっているのか、寺西雄次と対決するのが怖くて、一刻も早く終わらせたいのか。いずれにせよ、鬱陶しい。

「組の人、連れて行ってくださいよ」

――そんな恥晒しな真似できるかい。

よく言う。だが、天満のクマを即座に仕留めたい気持ちは同じだ。

話し合いの場には、ヤオ、伯爵、ミスタ、センセー、李、そして椎名とかいうらしいガキの六人でやってくるそうだ。対するこちらも、エース、キング、ジャック、ファイヴ、シックス、セブンの六人だ。尤も、生贄《いけにえ》となるシックスは、見張り番でもさせて、話し合いの場には同席させないつもりだ。

キッズを戸部に貸すか。いや、あいつらの存在は秘匿しておきたいし、試合後で疲弊していたとはいえ、ナインを倒すほどの相手なら、愚狼會の誰かを向かわせるべきだ。念のため、二人は付けておきたい。ちょうどいい。シックスを戸部の護衛に付けるとして、もう一人。

指折り数え、計算する。

センセーと椎名の喧嘩の腕は、実際に戦ったナインとキッズの情報では、素人レベルだという。仮に交渉が決裂して乱闘になったとしても、その二人を瞬殺すれば、実質四対四だ。武器の持ち込みは一切禁止、交渉前に互いに確認する約束だ。ステゴロでなら、負ける気がしない。

「分かりました。ウチの連中を二人、そっちに向かわせます」

——よっしゃ、来た。よう言うた。そいつらに、俺の番号、教えといてくれ。

電話を切り、グループＬＩＮＥを開く。

——戸部が天満のクマを発見。ファイヴとシックスは、戸部と一緒に奴の拉致に回るように。話し合いには、四人で行く。

ジョイントを銜えた。新鮮な空気と一緒に、大麻の上質な烟を吸い込む。視界が鋭く冴え渡った。

64

ヤオに買ってもらったセットアップの服に身を包み、澤田から渡された盗聴器をジャケットの襟の裏にテープで貼り付ける。

悪寒がした。喉が痛く、躰が怠い。味覚も嗅覚も失われたままだが、ただの風邪だと言い聞かせ、玄関で靴を履いた。リビングの方を振り返る。ため息を吐き、家を出た。

タクシーで宗右衛門町に向かい、雑居ビルの階段を下りて、ＢＡＢＹの扉を開く。

既に、全員が集まっていた。

「椎名。表情が硬いぞ」

リラックスした顔で李が茶化してきた。笑ってみせたが、顔の強張りは解《ほぐ》れない。

いつものように無駄話をして時間を潰したが、誰も酒を飲まず、マリファナも吸わない。

「なんか椎名、鼻声ちゃうか。大丈夫か」

伯爵に問われた。

「あれ、ホンマですか。全然、自覚症状はないんですけど。寝汗で冷えたんですかね」

顔役や愚狼會の面々が気にするとも思えないが、万が一にでも出席するなと言われては困る。先程から必死で咳を押し殺しているため、腹筋が攣って痛い。

一時間ほど経った頃、テーブルの上のスマートフォンが振動した。

ヤオが手に取り、メッセージを確認した。

「住所、来たわ。行こか」

一斉に、立ち上がった。

ハイエースに乗り込み、センセーの運転で車が動き始めた。揺られること五分以上、誰も口を開かない。緊張で、便意を催してきた。

窓の外へ、瞳を投げた。梅田の雑踏を大勢の人々が行き交っている。この全員に、それぞれの人生があり、各々の喜びや苦しみがある。そう考えると何故か、軽い吐き気に襲われた。

梅田を越えて橋を渡り、新大阪を通過してさらに北上する。ちらとナビを見やったが、まだ着かないらしい。

突然、見知った建物が現れた。みのおキューズモール。複合型の商業施設だ。友達と映画を観に行くなら、電車で梅田に行くかバスでここに来るかの二択だった。映画館には、もう久しく行っていない。

すぐにキューズモールが視界から消え、近くのコインパーキングに進入した。センセーが到着を告げる。二つ隣に停めてあった黒のトヨタ　ヴェルファイアから男が降り立った。

エースだ。

ヤオが真っ先に車から降りた。全員で、それに続く。

「よう来たな。場所はこっちや。行こか」

無防備に背中を曝《さら》け出し、エースが足早に歩いていく。

一戸建て住宅や背の低いマンション、雑居ビルが整然と立ち並んでいる。車通りも人通りも少なくはない。今から危険な交渉のテーブルに着くとは思えないほど、牧歌的な郊外の街並みだ。

エースが立ち止まり、三階建てのビルを指差した。右にも左にも、同じような高さのビルが建っている。右のビルの一階は居酒屋、二階は司法書士事務所、三階は会社のオフィス、左のビルの一階は美容室、二階は市民向けのパソコン講座、三階は求職センターだ。対して、エースが指差したビルには、何の看板も掲示も出ていない。壁面はライトグレーで、窓は全てカーテンで遮光されている。だが、怪しさはない。この状況だから不穏な空気を感じ取ってしまうが、何も知らなければ素通りして、一切記憶に残らないだろう。

「三階で、ウチの連中を三人待機させとる」

「三人？　そっちも全員で六人のはずやろ」

ヤオが怪訝な表情を浮かべた。

「実は、例の大男の正体が割れてな。寺西雄次。綽名は、天満のクマ。知ってるか」

「名前くらいは」

「そいつと因縁のある極道が見つけ出してくれた。急遽《きゆうきよ》、ウチの人間二人引き連れて、身柄の拘束に向かっとる」

「天満のクマが俺らを焚き付けようとした理由は？」

ヤオが語気強く尋ねる。

「知らんがな。それを聞き出すために、拉致るんや。まあ大方、潰し合わせてお互い弱ったところに割り込んだろ、いう汚い根性やろ」

吐き捨てるように言い、ビルに向かって顎をしゃくった。

「もし何か罠とか疑うなら、思う存分調べてきてくれてええぞ」

ミスタがヤオに命じられ、小走りでビルの正面入口に向かう。

「じゃあ今の内に、お前らと俺の身体検査は済ませとこか。ほれ」

エースが万歳の姿勢を取った。ヤオが入念に躰を触り、武器を隠していないか確認する。

「じゃあ、次は俺の番や」

エースがヤオから順番に、躰を触る。

無意識のうちに、椎名はジャケットの襟に手を伸ばしていた。慌てて引っ込め、ポケットに手を突っ込んで仁王立ちを意識する。

エースが李の身体検査を始めた。

「あら、ホンマに何も持ってへん」

「そういう約束やろ」

「てっきり、ナイフは忍ばせてくるかと。ナイフ使いの李からナイフ取ったら、ただの人や」

「あ？　舐めんなよ、コラ」

エースが鋭い目で李を睨んだあと、肩を軽く叩いた。

「冗談や。大体、そんな物騒な展開にはならん。そうやろ」

李の代わりに、ヤオが返事をした。

「ああ、その通りや」

椎名の番が回ってきた。神経質な手つきで、足首から順に触られていく。心臓が烈しく脈打った。

「なんや、えらい緊張しとんな。バクバク言うとんで」

さり気なく、指で手首の脈を測られていた。

大きく咳払いし、眉根を寄せて睨み付けた。澱《よど》んだ目で、見返される。

こいつが凜を攫った。こいつが凜を苦しめている。こいつが凜みたいな女の子を、たくさんたくさん苦しめている屑だ。死ね。

心の中で念じ、足の震えを抑え付けようとした。無理だったが、目は逸らさなかった。

「よし、オッケーや」

危うく、安堵のため息が洩れそうになった。咳をして誤魔化す。

二十分ほどして、ミスタが戻ってきた。

「長かったなあ。待ちくたびれたわ」

エースの小言を無視し、ヤオに報告する。

「一階、二階に人の気配や武器はなし。三階にいた連中も、あっさり身体検査と室内の捜索に応じましたが、武器はありませんでした。問題なしかと」

「よっしゃ、ほな行こ。坐りたいわ」

ぶつくさと言い、ミスタの身体検査を済ませてから、ビルの入口に向かう。階段で三階まで上がった。ガラス扉を開き、室内に入る。

目の前に、受付卓があった。元は会社のオフィスだったのだろう。高校の教室より少し広いくらいだろうか。蛍光灯特有の白い光が眩しい。オフホワイトの壁紙には、所々亀裂が走っている。床一面に、黒とグレーのタイルカーペットが市松模様に敷き詰められていた。

部屋の中央には、木目調の長机と黒のオフィスチェアが配置されていた。三人の男達が横並びで腰を下ろしている。ふてぶてしい顔で、こちらを見ている。

エースが空いている真ん中の椅子にそそくさと坐り、入口付近で固まったままの椎名達を手招きした。

「ほら、そっち側坐って。なんか、合コンみたいやな」

緊張感に欠ける声だ。ヤオが無言のまま、大股で長机に向かう。伯爵達も歩き出し、椎名は慌ててその背を追った。最後に、腰を下ろす。

「紹介しよう」

エースが口を開いた。エースの向かって右隣の巨躰がキング、左隣の眼鏡がジャック、さらにその左がセブンだという。

エースとキングはガラの悪いチンピラのように、威圧的な見た目だ。一方、ジャックは何処となく陰キャのオタクっぽい。セブンに至っては、普通の高校生にしか見えない。

だが、こいつらは全員、クソな悪党だ。

「さて、和解に向けた話し合いを始めよう。と、その前に、一応の確認や」

エースが写真を一枚取り出し、長机の上に置いた。

「このおっさん、知り合いちゃうよな」

写真を覗き込み、足許から恐怖が這い上がってきた。全身の肌が粟立ち、悪寒がした。

目を瞠ったまま、そっとエースに視線を移す。ひくついた笑みを浮かべて、凝視してきていた。

口の中が乾き、心臓が痛んだ。

「マジかよ」

エースが半笑いで言い、手で頭を叩いて嘆く素振りを見せた。

65

動揺を示したのは椎名だけで、他の五人は無反応だ。演技ではない。

ヤオ達も、椎名の異変に気付いた。

「どういうことや。誰や、こいつは」

ヤオが言った。エースに向けられたのか、椎名に向けられたのかは分からない。

椎名が硬直したまま動かないのを見て、エースは口を開いた。

「もう一遍、身体検査しよか」

椎名が弾かれたように立ち上がった。足をもつれさせながら、出口へ向かおうとする。

ジャックが俊敏に席を立ち、長い腕を伸ばして椎名の襟首を摑んだ。長机に叩き付ける。濁った悲鳴が上がった。暴れて抵抗しようとしたが、関節を極められ、叫びながらも抵抗をやめた。

　いつの間にか、全員が椅子から腰を上げていた。

「ありました。すげ、何これ」

　ジャックが小さな黒いバッジのようなものを長机の上に置いた。

　エースは手に取り、床に落として踏み付けた。何度も踏み潰し、完全に破壊する。スマートフォンも没収し、破壊した。

「二週間近く前、俺らの関係者の自宅に、何者かが侵入した形跡があった」

　正確には、先生は自宅より前に、クリニックに侵入された。ドアの上部に挟んでいた髪の毛が、床に落ちていたという。しかもご丁寧なことに、側面に挟んでいた紙きれは、元の位置に戻されていたそうだ。

――素人と違いますね。室内の掃除をするふりをして、それとなく盗聴器を探しましたけど、どうもカメラらしきものを一つ発見しました。はっきり手に取って確認した訳やないんで、勘違いかもしれませんが。この先、自宅にも侵入されたり、尾行が付いたりするかもしれません。見られて困るものは、家にもクリニックにも置いてませんが。

　先生からそう電話を受け、顔役の仕業だと確信した。休戦を呑んでおきながら、陰でこそこそと調査を進め、先生や夢の木童園にまで辿り着いたのだと。

　だが、天満のクマが暗躍し始め、侵入者は寺西雄次かその仲間の可能性も浮上した。

　どちらかはっきりさせるため、先生にはクリニックの中で一芝居打ってもらった。

――じゃあ、連中とは仲直りする方向な訳ですね。場所は？　廃工場？　桃ヶ池公園のすぐ近く？

　即座にキッズに命じ、嘘の会談場所である廃工場付近一帯の監視に当たらせた。

結果、男の写真が送られてきた。廃工場の向かいのアパートの一室に、男が出入りしているという。一度だけ、カーテンの隙間から、望遠カメラのレンズらしきものが見えたそうだ。尾行への警戒心は強く、身許の特定にまでは至っていない。写真の中の男は冴えない中年にしか見えなかったが、猜疑《さいぎ》心の強そうな嫌な目つきをしていた。刑事の可能性を疑ったが、VIP客を使って警察の捜査は封じているはずだ。現に、男は単独で張り込みをしているらしい。何者かに雇われた興信所の人間だろうか。

先生や夢の木童園の説明は省き、意気揚々と教えてやった。椎名は顔色を完全に失った。

「ヤオ。お前らが何も知らんのは、俺には分かる。そのガキが勝手にやったことやな」

「どういうことや、椎名」

ヤオが鋭い視線を向けた。椎名はジャックに取り押さえられたまま、全身を震わせている。

「椎名！」

ヤオが怒鳴った。椎名が躰をひくつかせ、歪んだ顔を上げた。

「ヤオさん、ちゃうんです」

そう言ったきり、言葉が続かない。目が潤み、唇が震えている。

「キング。念のため、建物の周りを見てこい。こいつの仲間が他にもおるかもしれん」

キングが部屋を出て行った。

ヤオ達は怒りと困惑に包まれ、椎名は恐怖に震えている。完全に、場を掌握しているのはエースだ。気分がいい。

「お前、寺西雄次と通じてんのか」

椎名がジャックに組み敷かれたまま、情けない嗚咽を洩らす。どうやら、違うらしい。

「お次は、第四勢力の登場か」

エースは肩を竦めた。誰も何も言葉を発さない。

十分ほどして、キングが戻ってきた。

「大丈夫や。問題ない」

「了解」

椎名の髪の毛を鷲摑みにし、長机に叩き付けた。鼻の骨が砕け、前歯が二本飛んだ。

「おい！」

李が声を張り上げる。

「なんや、庇《かば》うんか。こいつはお前らも裏切っとったんやぞ！」

室内が静まり返った。

「なあ、椎名。説明してもらおか。この男は誰や」

椎名の髪を引っ張り、顔を近付けた。

「死ね」

血の混じった唾を顔に吐かれた。混じりっけなしの憎悪が伝わってくる。怒りが伝染した。酷薄な笑みを浮かべ、椎名のボディを強かに殴り付けた。

66

胃がのたうち、烈しく嘔吐した。胃酸が喉を焼き、ゲロには血が混じっている。涙が溢れた。

クソ。クソ。クソが。

澤田め。話が違うやないか。やっぱ、間抜けのお巡りや。

ヤオも伯爵もミスタも李もセンセーも、立ち尽くしたまま助けてはくれない。冷たい無表情で、見つめてくるだけだ。

「椎名。話せ。どういうことや」

伯爵が労わるような声で尋ねてきた。喉の奥で低く呻り、答えない。

ヤオが椅子を引き、腰を下ろした。

「先、手打ちの話し合いを進めよか」

束の間の逡巡のあと、伯爵らが腰を下ろした。エースが笑い声を発した。

「ええなあ。ドライや。流石はクールなビジネスマン。裏切り者には関心なしか」

「俺が何よりも大切にしてるのは、顔役の仲間や」

冷酷な声だった。声を上げて泣きたくなった。躰の痛みよりも、鋭く響く。

エースに頬を何発も烈しく打たれた。視界が霞《かす》み、倒れ込んだところに、蹴りを何発も浴びせられる。引き摺られ、出口から離れた窓際の壁に凭れ掛からされた。

エースが腰を下ろし、キング、ジャック、セブンも席に着く。

愚狼會の連中の背中越しに、顔役のみんなの顔がちらちらと見えた。誰も、こちらに視線を寄越さない。懐かしい感覚に陥った。教室でいつも、こんな気分だった。

全身が痛く、胸がむかついて吐き気がする。立ち上がる気力が湧かない。

「さて、じゃあ始めよか。ほら、切り替えてくれ。お通夜ムードはしんどいわ」

エースが嬉々として口を開いた。ヤオが眉根を寄せ、微かに頷く。

「愚狼會の要求はシンプルに、抗争の終結や。お前らがその見返りに何を望むか、教えてくれ」

「壺田を殺した奴の引き渡し。これはマストや」

「他には？」

「二つ目は、凜を売春から解放すること」

空気が張り詰めた。椎名は小さく息を呑んだが、次の言葉で希望は打ち砕かれた。

「そう要求するつもりやったけど、これはもうええわ」

エースの背中が小刻みに震えた。笑っているのだ。

「謎やな。それを要求するつもりやったなら、なんであのガキはお前らを裏切ったんや」

「さあな。ホンマに分からん。なんでやろな」

ヤオが一瞥してきた。後悔が押し寄せる。完全に間違っていた。気の迷いだった。澤田の言葉で、のぼせ上がってしまった。

凛と同じ境遇の他の少女など、放っておけばよかった。結果、凛さえ救えずに、自分は殺される。とんでもない間抜けだ。

躰が震え、咳が出てきた。血が口に溢れているが、味はしない。心臓が烈しく鼓動を刻んでいる。怖い。死にたくない。

下半身がぬるく濡れているのに気付いた。失禁していた。

「まあ、この前も言うた通り、凛は自分の意思で戻ってきたんやけどな。ほいで、じゃあ改めて、二つ目の要求は？」

「俺達と手を組め。仲良しこよしの友達になろうとは言わん。ビジネスパートナーとして、良好な関係を築きたい」

「顔役のメインのシノギは、トラブル処理やろ。興味ないわ」

「俺達は文字通り、ミナミの顔役や。顔が広い。色んな情報や人材を提供できる。配下のグループを合わせれば、規模はお前らの比やない。地下格闘技興行も、今の何倍も盛り上げられるぞ。顔役と友好関係にある、いうだけで、株も上がる」

「太っ腹やな。こっちは大したもん提供できひんぞ」

「管理売春があるやろ。ガキの集め方と管理方法、それから顧客リストを教えてくれ。もちろん、シノギ丸ごと寄越せとは言わん。五分五分でいこう」

「アホか。断る」

エースが断固として言った。空気が一段と、重苦しさを増した。

67

顔役に、夢の木童園の関与を知られたくはない。園の施設長である先生は、女児を売春用に愚狼會に供与し、男児に関しては、犯罪者の英才教育を施している。義務教育修了後、彼らは表社会に存在の痕跡を残すことなく地下に潜り、愚狼會の違法行為に手を貸す人員となる。先生やエースは、彼らをキッズと呼んでいる。先生や夢の木童園の存在、キッズの素性は、愚狼會の中でもエース、キング、クイーンだけが知っている情報だ。

一九八〇年代後半に東京で中国残留孤児二世・三世らがギャング集団を結成し、半グレの黎明《れいめい》期を形成したように、今度は大阪の児童養護施設から新たな時代を作る。半グレよりもさらに深化した、本物のアウトロー集団だ。

この世界で幸福を摑むことができるのは所詮、力を持つ者だけだ。倫理観や道徳など、弱者が言い訳のために作り出した幻想に過ぎない。弱者が虐げられていたところで、誰も本当には助けてくれない。物心がついた頃には、エースはその現実を肌で知っていた。

ならば、狩る側に立ち続けるだけだ。優れた狩猟道具を顔役に分け与えるつもりはない。

「ヤオ。逆の立場になって考えろ。手ェ組むからといって、自分達が築き上げたシノギをいきなり半分こする訳ないやろ」

ヤオが舌打ちした。

「しゃあないな。その代わり、一枚は噛ませェよ。お前らの指示通り人員も投入したるし、場合によっては顧客になりそうな奴を紹介もしたる。それに応じて、分け前を寄越せ」

「おい、つまらん駆け引きはやめようや」

エースは薄ら笑いを浮かべた。

「管理売春の手口を全部教えてもらえるやなんて、端から期待してへんかったやろ。お前らかて、手の内を全部晒すつもりはないはずや。互いに食い合わん程度に協力し合う――それがホンマの要求やろ。それを通しやすくするために、断られるであろう無茶な要求をあえて最初にしたと。値切り交渉と一緒やな。半額にしてえな、無理？　じゃあ一割引きは？　っちゅう塩梅や。そういう小賢しい交渉術を使われると、お前らのこと信用できんくなってまう」

「顔に似合わず、よう頭回るな」

「喧嘩売っとんか、コラ」

ひりついた沈黙が流れた。壁に掛かった時計の秒針が、音を立てて時を刻む。

「まあ、ええやろ。乗せられたろ。要求は以上か」

「ああ。壺田を殺した奴の引き渡しと、部分的な友好関係の締結。それ以外に望みはない」

「そうか。なら、こっちからはやっぱり一つだけ、要求を出してもええか」

ヤオが眉を吊り上げた。

「お前らの手であのガキの口を割らせて、そのあと、始末しろ。殺せ」

李とセンセーから、烈しい動揺が伝わってきた。ヤオと伯爵とミスタからは、冷たい諦念しか伝わってこない。

「なんで俺らが殺らなあかんねん」

「今回の手打ちで大切なんは、信頼や。顔役と愚狼會は互いを裏切らへんっちゅう確約が欲しい。たとえ仲間やった奴でも、裏切り者にはきっちり制裁を加える姿勢を見して欲しい。厳しいこと言うようやけど、お前らの監督不行き届きでもあるからな」

本当は、ヤオ達が仲間だったガキを嬲《なぶ》り殺す姿を見たいだけだ。そのときのヤオや伯爵やミスタの冷酷さを、李やセンセーが葛藤を押し殺す顔を、そして、椎名の絶望を。

振り返ると、壁に凭れて坐る椎名の顔に、早くも絶望が浮かび始めていた。

昂奮を覚え、鼻息が荒くなった。

「壺田を殺したのは、シックスっちゅう奴や。ちょうど今、寺西雄次の捕獲に向かっとる。アホで無能やが、喧嘩の腕はよかった。大切な仲間や。けど、大失態を犯した以上、お前らに差し出す。これが愚狼會から顔役への誠意や」

「一つだけ、確認したい」

「なんや」

「壺田を殺したんは、ホンマにそのシックスとかいう奴やねんな」

低い声で言い、見据えてきた。

「ああ、そうや」

エースは頷いた。

「もし疑うなら、引き渡したあと、本人に直接訊いてみい。もちろん最初は否定するやろうけど、犯人はみんなそうや。それでもボクはやってない、やっけ」

喉の奥で笑った。駄目だ、気分がよくなって、舌が回り過ぎている。

シックスが生きたまま顔役に引き渡されることはない。いくつかシナリオは考えていたが、戸部から連絡を受けて、ちょうどいい筋書きを思い付いた。シックスは寺西雄次を拘束する過程で反撃され、命を落としてしまうのだ。物言わぬ死体だけ、引き渡してやる。

「『それでもボクはやってない』は、冤罪の映画や」

センセーが静かな声で言った。

「ああ、そうなん。知らんかったわ。映画鑑賞なんて陰気な趣味、あらへんから」

「エース。ホンマはお前が殺したんやろ」

ヤオが唐突に言った。その目は、エースではなくセブンに向けられていた。さり気なく横目で見やり、舌打ちが洩れそうになる。

セブンの喉仏が、微かに上下した。

68

澤田は焦燥感に駆られていた。レンズを覗き込み、廃工場の出入口を延々と監視し続けているが、誰もやってこない。盗聴用受信機は未だに、音声をキャッチしていない。椎名に持たせたアナログ式の盗聴発信機は、出力を上げる改造を施した高性能品だ。最低でも廃工場の五百メートル圏内に椎名が入った時点で、リアルタイムの音声を受信するはずだ。

一方、椎名の自宅や江藤の自宅、クリニックに設置したカメラや盗聴器は、専用ＳＩＭを内蔵したデジタル式だ。対応する通信キャリアの電波が届く場所であれば、日本全国何処からでも遠隔監視・操作ができる。椎名にデジタル式盗聴器を渡すことも検討したが、裏の業者から入手できる最小の物は、厚さ一・五センチ、サイズは三センチ四方だった。身体検査での発見を恐れ、軽量微小のアナログ式の方を渡すことにした。

その選択は、誤りだったのか。いくら何でも、到着が遅過ぎる。

江藤の口から会談場所が出てすぐさま、「体調が悪くなりPCR検査を受けたところ、陽性反応が出た」と署に連絡を入れた。即座に出勤停止を命じられ、廃工場の監視の手筈を整えるため動き始めた。付近のアパートの一室に空きを見つけ、管理人に警察手帳を提示して、情報漏洩が許されない重大な捜査だと説明した。言い値を即金で支払い、入居の手続きを済ませた。全て、とんとん拍子でうまくいっているはずだった。

だが、誰もやってこない。

ノートパソコンを開き、椎名の自宅のカメラを起動する。今から話し合いに向かうという連絡の通り、午前中には家を出ている。

椎名に電話してみるか。いや、メール一つ寄越せないほどの不測の事態が起こったなら、電話には出まい。

待っているだけでは、耐えられない。江藤のクリニックのカメラに切り替えてみた。無人だ。スキップして映像を遡り、前回確認して以降の映像を六十四倍速再生で観る。不審な動きは見られない。

直前で会談場所を変更したのだろうか。何事もなく手打ちの話が進み、凜が解放されれば、椎名から連絡があるだろう。そうすれば、椎名と凜という少女を連れて、署に向かえばいい。

とにかく、今は待つしかない。

大丈夫だ。大丈夫なはずだ。言い聞かせれば言い聞かせるほど、胸騒ぎが大きくなる。

棺《ひつぎ》の中で眠る純平の顔がフラッシュバックした。

深呼吸し、ノートパソコンを閉じようとした。画面の中の過去の江藤と目が合った。

ロッキングチェアに坐って悠然と脚を組み、エアコンしかないはずの壁を凝視している。

偶然に決まっている。

だが、江藤は身じろぎもせず、その姿勢を崩さない。その口許に、微笑が浮かんでいた。

69

寺西はJR東西線北新地駅で下車し、大阪駅前第一ビルの地下二階に向かった。居酒屋が並ぶ廊下の奥まった一角に、気付かなければ素通りしかねない黒塗りの扉がある。扉には小さく金色の文字で、「THE SISTERS BROTHERS」と記されている。好きな小説のタイトルから拝借した。

扉を押し開き、中に入る。広さ十坪の小規模な店内は、イギリスのパブを模したこだわりの内装だ。家具から小物の一つ一つに至るまで、全て本場英国のものを取り揃えている。間接照明の電源を入れると、仄明るく暖かな光が店内に降りた。

入口から向かって右の壁面に、グラスとボトルを陳列する棚が設置されている。テーブル席はないが、深みのある赤いマホガニー材でできた一枚板のカウンターには、木の椅子を五つ並べている。ただし、これまで一度として営業をしたことはない。名義こそ別人のものだが、寺西が自分のためだけに用意した趣味用のバー、贅沢なごっこ遊びだ。

飲食店がひしめく駅ビルの喧騒の中を歩いたあと、扉一枚隔てた自分のためだけの別世界で酒を飲むのが、何よりの幸せだ。孤独と自由を噛み締めることができる。

ビールサーバーから新鮮なビールをグラスに注ぎ、口を付ける。無音の空間を堪能していると、ノックの音が響いた。ロックを解除し、ドアを開く。

「いらっしゃい」

「二回くらい、通り過ぎたわ」

雄次を招き入れ、再び鍵を掛ける。

「何飲む？」

「任せる」

寺西はカウンターの内側に回った。ボトルを棚から取り、グラスにストレートで注いだ。雄次がカウンターの真ん中の椅子を大きく引き、腰を下ろす。椅子から後ろの壁までは、二メートルほど空間を隔てている。

「キャンベルタウンのウイスキーはどれもレベルが高いけど、これは一風変わっててオモロい。ロングロウ レッドの十五年。バーボン樽で原酒を熟成したあと、ピノノワール樽でさらに熟成させてんねん。酸味はあるけど、最後の方はロングロウらしく烟が追い掛けてくる」

「何言うてるか、一ミリも分からん」

雄次がグラスに顔を近付け、鼻から深々と息を吸い込んだ。それから、一気に半分ほど飲み下す。もったいなさを覚えたが、雄次の屈託のない笑みを見て、どうでもよくなった。

「旨い。馬鹿舌の俺でも分かるわ」

「馬鹿舌ちゃうやろ」

「カルピス、原液で飲まな気ィ済まんもん」

「躰、壊すで」

苦笑し、自分のグラスにも酒を注いだ。

「何はともあれ、まずは乾杯」

顔役と愚狼會の抗争泥沼化計画の第一弾は、無事に終わった。

「ああ、乾杯か。すまん、先飲んでもうた」

「ええよ、俺もお前来るまでビール飲んでたし」

グラスをぶつけ、ゆっくりと酒を味わう。

ドアをノックする音がした。無視していると、再びノックされた。たまに、目敏《めざと》い酔っ払いが訪れることがある。無視を決め込んだが、しつこくノックされた。ため息を吐き、立ち上がって扉を小さく開く。

「すみませんけど――」

扉の上部を手で摑まれた。抵抗する間もなく、強い力でこじ開けられた。

男が三人、立っていた。貧相な男がガラの悪そうな金髪と強面《こわもて》の丸刈りを両脇に従え、得意げな笑みを浮かべていた。

丸刈りにいきなり顔を摑まれ、投げ飛ばされた。吹っ飛び、雄次の足許で尻餅を突く。

「久しぶりやな、クマ」

貧相な男が目を血走らせて言い、内側から鍵を掛けた。

「戸部」

雄次が頭上で呟く。思い出した。面識はないが、雄次から写真を見せられたことがある。慌てて立ち上がり、隠れるようにして雄次の背後に回った。

「自分が強いと自惚《うぬぼ》れとる奴の悪いとこ。警戒心が足らん。尾行、楽勝やったで」

戸部が指で拳銃の形を作り、撃つ真似をしてきた。妙にテンションが高い。

雄次がのっそりと席を立った。金髪と丸刈りが身構える。

「そのハンサムは誰や。カレシか。女に相手されへんくて、そっちに走ったか」

挑発の程度が低過ぎて、腹も立たない。虚勢を張っているのが丸分かりだ。

白けた空気を感じ取ったのか、戸部が鼻を鳴らす。

「まあ、ええ。まとめて、話訊いたる」

「話？　殺しに来たんと違うんか」

「殺すのは、たっぷりいたぶってからや。その前に、こいつらがお前に訊きたいことがあるらしくてな」

「誰や、そいつら」

「愚狼會や」

寺西は唇を舐めた。脇汗が垂れる。

「戸部さん、あんまべらべら喋らんでもらえますか」

丸刈りがぞんざいな口ぶりで言った。

「指図すな。俺は上客やぞ。エースとの付き合いもお前らより長い。偉そうにすなよ」

金髪と丸刈りが不快感を露わにした。

「それに、ええやろ。どうせ、あいつら二人とも死ぬんや」

恐怖で縮み上がってもおかしくない台詞《せりふ》だが、寺西は平常心を保っていた。

「なあ、クマ。俺は出会ったときから、お前が気に食わんかった」

「俺もや。初めて、気が合ったな」

雄次が含み笑いをして言った。戸部が怒りの形相を浮かべる。

「調子こくなよ。喧嘩自慢がナンボのもんじゃい。お前らみたいなもんは、所詮ただのチンピラや。そんなに腕っぷしに自信があるなら、マイク・タイソンとでも闘ってみんかい」

「大阪に、マイク・タイソンはおらん」

「せやな。でも今の俺なら、マイク・タイソンでも殺せるぞ」

戸部が陰険な笑みを浮かべ、懐から何かを取り出した。非現実的な光景に、寺西は突発的な笑いを洩らしそうになった。

鈍く黒光りした拳銃が、突き出されている。

戸部の妙な高揚感の正体はこれか。金と同じで、持たざる者が急に手にすると、過度に調子づくらしい。

金髪と丸刈りも知らなかったらしく、見開いた目を拳銃に向けている。

寺西の視線は、銃口に吸い込まれた。距離は三メートル以上あるが、眼前に突き付けられている感覚に陥った。膝から、力が抜け始めた。

「一歩でも動いてみい、その瞬間おま――」

雄次が無言のまま、猛然と飛び掛かった。戸部が恐怖に顔を歪ませ、後退る。

金髪と丸刈りが一歩踏み出し、それぞれ拳と蹴りを放った。雄次の顎とボディに直撃する。

が、そのまま雄次が両腕を突き出し、男達の顔面を巨大な手で鷲掴みにした。両者の頭と頭を勢い良く叩き付ける。鈍い音を立てて、呆気なく頽れた。

雄次が左手で銃口を払い、右手で戸部の喉を摑む。

耳を劈《つんざ》くような爆音が轟き、寺西は驚きに身を竦めた。

雄次が左手で拳銃をもぎ取り、戸部の躰を右手で持ち上げてから、無造作に床に叩き付けた。

感嘆したのも束の間、寺西は異変に気付いた。躰の感覚がない。やたらと寒い。いつの間にか、壁に凭れたまま、ずり落ちるようにして坐り込んでいる。

視界が霞んだ。首許が不意に熱くなった。反射的に、右手で首筋を押さえる。ぐっしょりと濡れた感触があった。恐る恐る掌を見やり、乾いた笑いが込み上げてきた。

真っ赤な血に塗れている。

振り返った雄次と目が合った。瞬く間に、顔つきが変わる。

「お兄ィ！　大丈夫か、お兄ィ！」

野太い声で叫び、大股で近付いてきた。怯えているみたいに、躰に触ってはこない。スマートフォンを取り出し、耳にあてがう。

「救急車を！　兄貴が拳銃で撃たれた！　首から血が！　早く！」

がなり立て、側にしゃがみ込む。

「大丈夫や、すぐに来るって。もうすぐや。あかん、寝るな。寝たらあかん」

重たい瞼を懸命に持ち上げ、苦笑した。

「いやあ、多分これ、死ぬわ」

口にしてから、恐怖が込み上げてきた。走馬灯は浮かばない。これまで犯してきた数々の罪に対する懺悔《ざんげ》の念も、全く浮かばない。

最も強く胸に去来したのは、殺意だ。

「大丈夫や。大丈夫やから」

固く手を握られた。雄次の左手が火傷を負っているのに気付いた。銃口を払った際に発砲が起き、銃口からの火花で火傷したのだろう。愚狼會の二人から浴びた攻撃も確実に効いているらしく、苦しそうに咳き込み始めた。

「大丈夫か」

雄次が眉をひくつかせる。

「俺の心配はええねん」

「なあ、雄次。頼むわ。俺が目ェ開けてるうちに、あいつ、ぶっ殺してくれへんか」

雄次が荒々しく息を吸い込んだ。馬の嘶《いなな》きを想起し、寺西は小さく笑った。

雄次が眦《まなじり》を決して頷いた。素早く立ち上がり、戸部に接近する。戸部が全身を震わせ、躰を起こそうとした。右手を突き出し、口早に叫ぶ。

「やめろ、来んな！　お前、コラ！　兄貴分やった俺に！　頼む！　ごめんなさい！」

雄次が拳を振り上げた。

「俺の兄貴は、お兄ぃだけや」

胸がすく思いがした。優越感と切なさに満たされた。

雄次が戸部に馬乗りになり、顔面に何度も拳を振り降ろす。骨が砕ける小気味好い音に合わせて、雄次との思い出の数々が、浮かんでは消え、消えては浮かぶ。

自分より遥かに大きな弟の背中を見て、頬が綻んだ。

70

「壺田を殺ったのは、お前やな。エース」

ヤオが確信に満ちた声で言った。どす黒い感情のエネルギーが、エースの中になだれ込んでくる。

「勘繰り過ぎや」

「そのガキの反応見たら、アホでも分かる」

「こいつはまだ半人前でな、お前に睨まれて、ビビってもうただけや」

「腐っても愚狼會の一員が、そんなタマやないやろ。絶対に悟られたらあかん秘密やから、焦った。そうやろ」

セブンがいつもの飄々《ひょうひょう》とした顔つきに戻って、首を横に振った。

もう遅いわ。奥歯を嚙み締め、殺意を抑える。格闘技術には長《た》けているが、元々裏の世界とは無縁のガキだ。場慣れしていない。

いきなり愚狼會に抜擢《ばってき》したのは、時期尚早だったか。後悔しても遅い。こいつを気に入ってしまった己の判断ミスだ。

「根拠もなく、人を疑うなや」

「俺には分かる」

「なんで？」

「勘や。ストリートを生き抜いてきた俺のな」

エースは両手の掌を上に向け、肩を竦めた。

「まあ、ええ。仮にそうやったとしよう。じゃあ、どうすんねん。手打ちの交渉は決裂か」

「当然やろ」

ヤオが粘っこい声で言った。

「よう考えろ。損得勘定ができひんアホやないはずや。このまま抗争が続けば、ウチは生き残るけど、顔役は潰れるぞ」

たとえ警察が介入してきたとしても、ＶＩＰ客を使って、表面的な通り一遍の捜査だけで終わらせるように仕向ければいい。いくつかのシノギは、手放さなければならないだろう。何人かはブタ箱行きだ。もしかしたら、エース自身が刑に服す羽目になるかもしれない。愚狼會が準暴力団に指定され、今までより動きづらくなることも考えられる。

だが、絶対に生き残ってみせる。狩られて堪るか。

「ヤオ。頭冷やして、よう考えェ」

「冷やせる訳ないやろ。俺達が一番大事にしてるんが、仲間や。だからな、椎名」

ヤオの目がエースを飛び越え、椎名に向けられる。

「理由は分からんけど、お前に裏切られたこと、俺らはホンマにショックや。俺らはお前のこと、大好きやったんやぞ」

顔役全員から、心底寂しそうな感情がなだれ込んできた。背後からは、椎名の嗚咽が聞こえてくる。

ヤオが鋭い目つきで、再びエースに視線を寄越してきた。

「ええか、エース。壺田を殺された報復は、何が何でもする」

「殺すつもりはなかった。これはホンマや」

「一緒や。絶対に、許さん。これを許したら、顔役の顔役たる所以《ゆえん》がなくなる」

「未来、ないぞ」

「パクられようが、関係あらへん。また出てきて、顔役やったるがな」

伯爵が無表情で頷き、ミスタと李が微笑を浮かべる。センセーも唇をきつく結び、怯えながらも決意を固めたらしい。

「青春ごっこか。結構なこっちゃ」

せせら笑ってやった。交渉は完全に決裂だ。

「おい、被害者ぶってんちゃうぞ」

キングが低い声で言った。思わず見やると、憤怒に満ちた横顔をしていた。

「クイーンを半殺しにした落とし前、付けさしたる」

「クイーン？　誰や、それ」

李が挑発するように、とぼけた声を発した。

沈黙。

長机が回転しながら宙を舞った。顔役の頭上を飛び越える。キングが馬鹿力でひっくり返したのだ。

エースは素早く椅子から立ち上がり、臨戦態勢を取った。ヤオの横蹴りが飛んできた。半身になって躱し、脚を摑もうと手を伸ばす。蹴りで払われた。両腕に痺れが走る。

長机が落下し、烈しい音が鳴り響いた。

71

全員が、一斉に散らばった。

椎名は痛みに悶えながら、窓側の壁の中央に凭れている。部屋全体が視界に収まる位置だ。

椎名から見て室内の右奥に位置する出入口付近では、李とセンセーがセブンを両サイドから挟んでいる。キングが投げ飛ばした長机も、三人の近くに転がっていた。

右手前ではミスタとジャックが慎重に牽制し合い、左奥ではヤオとエースが互いに身構えた状態で、睨み合っている。

部屋の中央では既に、伯爵がキングを殴打し始めていた。身を丸めて防御に徹するキングの巨躰に、多彩な拳を浴びせ続ける。

「ええこと教えたるわ。クイーンにトドメ刺したんは、俺や」

伯爵が嬉々として叫ぶ。疲弊したのか、攻撃の手が一瞬やんだ。高速の掌底打ちが、キングから放たれた。顎に直撃し、伯爵が足をもつれさせる。

キングがタックルして馬乗りになり、伯爵の顔面を強かに殴り付けた。たった二発で、伯爵の顔面が真っ赤に染まった。

「伯爵さん！」

ミスタが叫んだ。キングに接近しようと迫ったが、ジャックに行く手を阻まれる。すかさずジャックの左脚に飛び付き、躰を崩した。馬乗りになり、拳の連打を放つ。だが、ジャックは両腕で顔面を抱え込むようにして守っている。ダメージは浅い。

ミスタの呼吸が僅かに乱れた。その隙を逃さず、ジャックが右手でミスタの左手首を摑み、自らの腕をミスタの腕に絡めた。ミスタがジャックに覆い被さるようにして倒れ込む。いつの間にか、ミスタの左腕が背中側に捻り上げられ、関節を極められていた。椎名の目には、滑らかに獲物を締め上げる大蛇のように映った。

「右も貰うで」

ジャックが冷酷に言い放つと同時に、哄笑が響き渡った。

血塗れの伯爵が、昂奮した面持ちでキングの向《む》こう脛《ずね》を蹴り上げる。椎名はジャックの動きに引き付けられていて気付かなかったが、意識を取り戻し、どうにかして馬乗りから脱出していたようだ。

ジャックも伯爵の笑い声に、瞬刻、気を取られた。ミスタが右腕を動かし、ジャックの睾丸を殴り付ける。下から寝技を掛けられた状態のため威力は不充分だが、ジャックが苦悶の声を洩らした。緩んだ拘束を強引に解き、ミスタがマウントポジションを取り戻す。

椎名は拳を固く握り、小さくガッツポーズした。それから、苦笑した。やっぱりまだ、ミスタを、顔役を応援してしまう。

ミスタが右の拳を高らかに振り上げ、ジャックの鼻梁に叩き込もうとした。ガードに阻まれる。

ミスタの右手を摑んで再び寝技に持ち込むべく、ジャックが両腕を動かした。

ミスタは右手を引いてそれを躱そうとはせず、反対にそのまま腕を伸ばした。ミスタの右手がジャックの顔を上から押さえ付け、ジャックの両腕がミスタの右手を下から摑む。

ジャックの口許に笑みが浮かび、瞬時に凍り付いた。

ジャックの右耳を、ミスタの左手が摑んでいた。あえて大きな動作を取ることでジャックの注意を右の拳に引き付け、左手の気配を殺していたのだ。

ミスタが、左手を勢い良く引っ張った。

血が迸る。

ミスタが摑まれていた右手を振り払い、即座に腰を浮かせて後ろに跳んだ。

ジャックが耳許を手で押さえ、立ち上がった。指の隙間から血が滴り落ち、目に涙を浮かべている。

「右を貰ったんは、俺の方でしたね」

ミスタが瞳孔の開いた目で笑い、引き千切ったジャックの右耳を床に叩き付けた。

椎名は吐き気を催し、慌てて視線を外した。

「格闘技術は、あなたの方が上です。認めましょう。ただ、これは喧嘩だ」

ジャックが眼鏡を外し、床に叩き付けた。

「外していいんですか」

「今日はコンタクト入れてる。ホンマは、伊達でも眼鏡掛けてな落ち着かんねんけどな。ないと、違和感でムズムズする」

「負けたときのための言い訳ですか」

「お前、マジで殺す」

ジャックが構え、ミスタもそれに相対した。互いに間合いを取り、膠着状態に突入する。

椎名は視線を部屋の右奥に移した。怒声。罵声。呻き声。乱打音。部屋中を様々な音が埋め尽くす中で、セブンは誰よりも静かだ。表情も、至って落ち着いている。シャツに乱れすらない。

一方、センセーは足許で既に倒れ、李も血を流して肩で息をしている。

椎名は喉の奥で低く唸った。涼しい顔をしているセブンが、心底憎たらしい。李が苦戦を強いられているのが、悔しくて堪らない。

「もしアレやったら――」

セブンが口を開き、李に向かって笑みを投げた。

「特別に、ナイフ買ってきてあげよか」

李が全身を震わせた。

「舐めんなよ、クソガキ」

雄叫《おたけ》びを上げ、大振りのパンチを放つ。掌底で払われ、肘打ちが鼻梁に突き刺さった。顔を押さえ、上躰を折り曲げた。

セブンが李の頭を摑み、顔面に膝蹴りを喰らわせた。李の躰が無防備に仰け反る。セブンの腰が回転し、李の側頭部で、鮮やかな回し蹴りが爆ぜた。うつ伏せで倒れ込み、動かなくなった。

椎名は李と初めて会い、二人で本物のハンバーガーを食べた夜を思い出した。遠い記憶だ。視界が潤んだ。手の甲で拭い、李から目を逸らす。

部屋の左奥では、ヤオが蹴りを放ち、エースがバックステップで躱したところだった。

「蹴りばっかやな、お前。喧嘩で蹴りが通用すんのは、格下相手だけやぞ」

「ああ。だから、使ってんねやないか」

エースが何か言い掛けたが、言葉を呑み込んだ。薄ら笑いを浮かべ、ヤオとの間合いを詰める。

ヤオが拳を放った。エースが上躰を沈めて躱し、カウンターを放つ。

凄《すさ》まじい速度で、拳の応酬が続いた。その最中、エースがヤオの襟許を摑んだ。すかさず、投げ技に繋げようとする。

突如エースが絶叫し、ヤオを突き飛ばして離れた。言葉にならない罵声を浴びせ、左手で右手を覆う。血が滴り落ちた。

ヤオが歯を覗かせ、低い声で笑った。前歯が赤く染まっている。どうやら、エースの指に嚙み付いたらしい。残念ながら、嚙み千切るには至らなかったようだ。でも、ざまあみろ、いい気味だ。

「ヤオ。お前、それでも男か。メンツ懸けた喧嘩で嚙み付き？　恥ずかしないんかい」

「ルール無用が、ストリートの掟《おきて》や」

「何がストリートじゃ、ボケ。あんな道幅の狭い宗右衛門町で、威張り腐んな。ダボが」

エースが烈しく舌打ちし、胸の前で拳を構えた。

「エースさん、加勢しますか」

セブンが背後から声を掛けた。

「いらん。俺の獲物や」

キングもジャックも、手で追い払う仕草をして、セブンの加勢を拒絶した。

セブンが肩を竦め、椅子を手に取って、扉の前で腰を下ろす。一瞬だけ椎名の方を見やり、すぐに視線が逸れた。

椎名は情けない笑みを洩らした。つい一時間前まで顔役の一員だったのに、今や完全に蚊帳の外だ。誰一人として、椎名に関心を払う者はいない。

ならば、こっそりと逃げ出せるのではないか。束の間そう思ったが、一箇所しかない出口は、セブンが塞いでいる。李が勝てない相手に、自分が勝てるはずはない。突破は不可能だ。他に、方法はないか。

一縷《いちる》の望みを懸け、気力を振り絞って、立ち上がった。躰の節々が痛い。背後の壁に身を預け、窓の外を見やる。

隣のビルの屋上を見下ろせた。同じ三階建てだが、向こうの方が少し背が低い。飛び移れるか。

俄かに、鼓動が速くなってきた。顔を窓ガラスに押し当て、下を覗き込む。

隣のビルとの距離は、かなり近い。三メートルもなさそうだ。体育の時間に測定したときは、立ち幅跳びの記録は二メートル五十二センチだった。

ビルとビルの高さの差も、二メートルほどだろう。滑り台を滑らずに上から飛び降りる遊びを、小さい頃よくやっていた。それと同じだと思えば、大丈夫だ。大丈夫なはずだ。

ただし、飛び移るのに失敗してコンクリートの地面に叩き付けられれば、間違いなく死ぬ。

胴震いした。歯の根が合わない。深呼吸しようとしたが、過呼吸に陥りそうになった。

固く瞼を閉じ、凜の顔を思い浮かべようとする。ドラマで散々見てきた転落死体の画ばかりが浮かぶ。

あかん、考え過ぎたらあかん。動け。動け。

窓ガラスを引いて開く。窓枠の下部に足を掛け、よじ登った。両足で立ち、落下しないように両手で窓枠の上部を摑む。窓が小さいため、中腰にならざるを得ない。

「おい、何してんねん!」

声がした。驚き、危うく落ちそうになった。素早く振り返ると、セブンが腰を浮かせていた。ヤオやエースの視線も、こちらに向けられた。

セブンが完全に立ち上がったと同時に、出口の扉が開いた。

大男が、姿を現した。

室内の喧騒が、ぴたりとやむ。全員が動きを止め、大男に目をやった。

最初に動いたのは、一番近くにいたセブンだ。大男にミドルキックを放つ。左手で受け止められ、右の拳がボディに叩き込まれた。横様に倒れ込み、嘔吐する。

椎名はまたしても、誰も自分を見ていないことに気付いた。

深々と鼻から息を吸い込んだ。考えている暇はない。躊躇している時間はない。

重心を下にずらし、力を蓄える。ダンクシュートを決めたいがために、公園でリングに向かって手を伸ばし続けた数々の夜を思い出した。退部しても顔役に入っても、あれだけは続けてきた。

次々に転落死体の画が浮かぶ。恐怖が這い上がってくる。

慌てて首を横に振り、思考を放棄した。脳内でカウントを取る。一、二、三。

跳んだ。

72

エースは頭を回転させた。ガキが窓から逃げた。いや、ここは三階だ。拷問されるくらいならと、自殺したのか。だがあの顔は、生きたいと怯え、闘う者の顔だった。

しまった、隣のビルか！　迂闊《うかつ》だった。今すぐ追うべきだ。だが、この場はどうする？　この男は誰や。二メートル超。顔に傷。天満のクマ。戸部達はどうなった？　やられた。口を割らされた。だから、こいつが今ここにいる。

ヤオとの格闘で、既にかなり疲弊している。一時休戦して、まずはこいつを殺る。いや、ヤオは呑むまい。顔役は自暴自棄や。仲間がどうたら、青臭い連中め。ガキはどうする？　警察に駆け込まれたら厄介や。

愚狼會には、ＶＩＰが付いている。これまで、便宜を図らせてきた。だが、今回は流石に厳しいか。大丈夫、顔役と揉め始めた時点で、ある程度までは露見しても構わないよう策は打った。

夢の木童園さえ、守れればいい。椎名を動かしていたあの男は、結局何者や。あかん、考えることが多過ぎる。キャパオーバーや。まずは、この場で勝て。生き残れ。

エースは両の拳を固めた。

「天満のクマやな。何しに来たんじゃ、コラ」

返事はない。一番近くにいたジャックが、警戒した足取りで近付いていく。

男の攻撃が辛うじて届かないギリギリの距離まで、ジャックが間合いを詰める。全員が手を止め、そちらに注意を払っていた。

男がベルトの辺りをまさぐってから、素早く右腕を突き出した。ジャックが身構えてから、間の抜けた声を発した。

「え？」

爆音が響き渡った。ジャックの後頭部から、血と脳漿《のうしよう》が噴き出す。脱力し、倒れ込んだ。

男の手には、拳銃が握られていた。

エースは男に躍り掛かった。頭で判断するよりも先に、本能に躰を衝き動かされていた。

銃口が眼前に突き付けられる。咄嗟に払い、男のボディに右フックを叩き込む。

銃声が轟いた。強烈な耳鳴りに襲われる。

呼吸ができなくなり、地面が消えた。足をばたつかせる。左手で喉を絞められ、持ち上げられている。

殺意と悲嘆の感情が、流れ込んできた。癇癪《かんしやく》持ちのガキのようだ。

意識が遠退き始めた。視界の片隅で、キングが男に迫る。

銃声が鳴り響き、キングの巨躰が烈しくもんどり打った。

エースは男の頭に蹴りを放った。直撃し、手が喉から離れた。受け身も取れずに、背中から落下する。天満のクマの目が、エースに向けられた。

血の気が引いた。

男の注意が逸れた。ヤオと伯爵とミスタが、一斉に飛び掛かったのだ。

男が拳銃を左手に持ち替え、俊敏な動作で腰を屈めた。長机を右手で摑み、ラケットの如く軽々と振り回す。

ヤオと伯爵が薙《な》ぎ倒された。ヤオは床を転がったあと即座に立ち上がったが、伯爵は床に伏せたきり、動かなくなった。

接近するミスタを狙って、男が長机を投げ付ける。咄嗟に身を伏せて躱し、そのまま男の脚に飛び付く。タトゥーだらけの顔に、驚愕と焦りの色が浮かんだ。

天満のクマは崩されることなく、凝然と立ったままだ。

ミスタの背中に、銃弾が撃ち込まれた。くぐもった声のあと、血溜まりができ始めた。

エースは尻餅を突いたまま、立ち上がれなかった。意思とは無関係に、膝が震える。

「俺の兄貴がついさっき、戸部に殺された。愚狼會の連中を引き連れて、やってきよった」

男が呟き、銃口を向けてきた。心臓が冷たさを帯びる。

「お前がエースか。お前の指示やな」

「ちょう待て、違う」

切迫した声は、轟音《ごうおん》に搔き消された。

脇腹が急激に熱くなった。烈しい痛みが押し寄せてくる。下半身に力が入らない。

エースは目を瞬かせた。涙が溢れてくる。嫌や、こんなところで死にたくない。

目の前の光景が、自分の眼球で見ている生の現実ではないみたいだ。テレビを観ているような感覚だ。画質は粗い。

ヤオが精悍《せいかん》な顔つきを保ったまま、憤怒に満ちた声で言った。

「俺達は、愚狼會やない」

「知ってる。顔役のヤオやろ。兄貴は、お前を一番恨んでた」

「ああ？」

「北新地のＳＴＡＩＲＳに乗り込んで、リーダーの男を殴り飛ばしたの、覚えてるか」

ヤオが深々と息を吸い込む。

「似てへん兄弟やの」

天満のクマが、微かに笑ったように見えた。

エースは涙を拭い、洟を啜った。血の味がする。傷口が痛い。熱い。躰が寒い。

「まずは、お前や」

銃口を突き付けられた。吐き気が込み上げてくる。

男はヤオに完全に背を向けている。距離は三メートルほどだ。

ヤオが無言のまま、背後から襲い掛かろうとした。床を蹴る微かな音に、男が俊敏な反応を示した。躰を右側に反らし、ヤオの目許に裏手を放つ。スナップの利いた手の甲の打撃だ。

ヤオが後退り、怯えたように身を竦ませた。まともに目打ちを浴びると、数秒間は前が見えなくなる。

その胸に、銃弾が撃ち込まれた。ヤオが小さな呻き声を洩らし、背中から倒れ込んだ。

天満のクマがヤオの屍躰《したい》に跨《またが》って立ち、上から何発も弾丸を浴びせた。

エースは痛みと恐怖に耐え切れず、瞼を閉じた。暗闇に包まれる。奥歯を噛み締めようとしたが、力が入らない。

足音が近付いてきた。恐怖が膨れ上がり、咄嗟に目を開こうとした。

銃声。

73

スマートフォンが鳴り、澤田はワンコールで電話に出た。

——話がちゃうやんけ！

椎名の怒鳴り声が、耳の奥まで響いた。焦りと安堵が押し寄せてくる。

「何があった？」

——全部バレてた。あんたが愚狼會の連中のとこに侵入したんは、気付かれててん。それで、嘘の会談場所を言うたんや、あんたに聞かせるために！　あんたがその近くで何日も張り込みしてるんも、気付かれとんねん！　殺され掛けたわ！

血の気が引いた。椎名が口早に、尚《なお》もがなり立ててくる。深々と息を吸い込み、無言で怒りを受け止めた。

「申し訳ない」

力なく言った。荒々しいため息が聞こえてくる。

「よう脱出できたな」

「ビルの三階から、隣のビルに飛び移りましたよ。足挫いて、むっちゃ痛い。屋上から壁のパイプに摑まって、滑り降りて。ホンマに大変やったんですから。顔役と愚狼會の交渉は決裂です。乱闘が始まって、その隙に逃げました。公衆電話から掛けてます」

幾許《いくばく》か落ち着きを取り戻した声で言われた。

「そこが何処か、場所、分かるか」

箕面市内の住所を告げられた。公衆電話から見える位置に、街区表示板があるのだろう。

——会談場所は、ここから何百メートルか離れたとこにある三階建てのビルです。灰色っぽい壁で、ファミマが斜め向かいにある。

「すぐに向かう。連中に見つからんように、隠れててくれ。頼む」

祈るような声で言った。

——分かりました。待ってます。

電話が切れた。部屋を飛び出し、近くのコインパーキングに停めている車に乗り込む。エンジンを始動させ、猛スピードで駐車場を出た。

信号無視を繰り返し、十分後、告げられた住所周辺に到着した。該当のビルを探す必要はなかった。低層のビルが立ち並ぶ一角に、夥しい数のパトカーが集まっている。規制線が張られ、野次馬や報道関係者らしき姿も見受けられる。うなじの辺りが冷たさを帯びた。

路肩に車を停止させた。警察手帳をかざしながら、集まった野次馬を掻き分け、規制線の前まで辿り着く。

制服の警察官が一瞥し、敬礼して立ち入り禁止テープを持ち上げた。無言でテープをくぐり、背広を着た刑事に手帳を提示する。

「天満警察署、警部補の澤田と申します。何があったんですか」

「天満署？」

男の顔に困惑の色が浮かぶ。

「管轄が違いますが。どういうことでしょう」

態度から察するに、警部補より下の階級だろう。あえて、強い口調で言った。

「俺の情報提供者から、電話があった。このビルで揉め事が起こって、自分も危うく巻き込まれそうになったところを、何とか逃げ出したと。何があったんや」

男がもう一度手帳を見てから、口を開いた。

「銃声のような音が何遍も聞こえてきたと、通報がありました。駆け付けたところ、ベレッタを手にした男が一階の玄関に坐り込んでたそうです。大人しく投降したが、中は屍躰と怪我人の山やったと。全員搬送して、今は鑑識が現場検証中です」

澤田は深々と息を吸い込んだ。

「それで、そちらの情報提供者というのは」

「澤田さん！」

大声がした。咄嗟に振り返り、吐息が洩れた。震えていた。

規制線の前で、警察官に制止されながら、椎名が苛立たし気に身を捩らせている。

背後から刑事に声を掛けられたが、無視をして椎名の許に駆け寄った。

「よかった、無事で。ホンマに申し訳ない」

「ホンマっすよ、マジで。ホンマに」

椎名が鋭い声で言ってから、苦笑した。顔面が大きく腫れ上がり、目が充血している。鼻が曲がり、前歯が抜けていた。痣《あざ》だらけだ。顔にもシャツにも、血が付着している。

「行こう。行くぞ」

椎名の肩を摑んで言った。刑事達が事情を訊こうと近付いてくる。

「緊急の用件や。後にしてくれ」

名刺を渡し、逃げるようにして車に乗り込んだ。ブレーキを解除し、夢の木童園に向けてアクセルを踏み込む。

手短に、夢の木童園について説明した。椎名の顔が小刻みに痙攣する。

「澤田さんは、その江藤とかいう奴に、してやられた訳ですね」

「ああ、そうや。とんだ間抜けや」

便利屋の井出を責めても仕方あるまい。盗聴や隠しカメラに頼り過ぎた自分のミスだ。

「あんだけ警察がいっぱい来てたし、これで江藤とかいう奴も逮捕できますよね。凜も、助かりますよね」

潤んだ瞳で問われ、おざなりに頷いた。顔役と愚狼會の交渉決裂を知った江藤が、口封じのために凜を殺害する可能性がある。手が震えた。無性に、酒を呷りたい。

スマートフォンを取り出し、スピーカー通話で鮎川に電話を掛けた。

——もしもし、鮎川です。どうされましたか。体調の方は、大丈夫ですか。

「大丈夫や。ええか、よう聞いてくれ。ついさっき、箕面市内で発砲事件が発生した。もうニュースにもなってるやろう。死人も出たらしい。ミナミの顔役と愚狼會いう半グレ同士の抗争や。俺は愚狼會をずっと追ってきた。連中は、夢の木童園っていう児童養護施設と手を組んで、管理売春に手を染めとる。今から、そこに乗り込む。施設長の江藤。こいつが恐らく、一番の悪党や。管轄違いもクソも関係あらへん。すぐに来てくれ。署におる奴ら、どいつもこいつも連れてきてくれてかまへん。とにかく、今から言う住所に急行してくれ」

——え、ちょっと、どういうことですか。

動揺した声で尋ねられる。同じ内容をもう一度、繰り返した。

——ちょっと、全然呑み込めないんですが。

「頼む、とりあえず来てくれ。お前が署内で、一番信頼できる警察官や」

小さく、息を吸い込む音がした。

——了解しました。

電話を切り、路肩に車を停めた。

目の前に広々とした敷地が広がり、門の向こうに、明るい色調の建物が建っている。校舎のような外観だ。

ショルダーホルスターに挿した拳銃が、重みを増した。

74

椎名は躰の震えを抑えることができなかった。心臓が破裂せんばかりに拍動する。

澤田が門の横に備え付けられたブザーを押した。

——はい。

「恐れ入ります。私、警察の者ですが、江藤さんはいらっしゃいますでしょうか。少し、お話を伺いたいことがございまして」

——少々お待ちください。

一分ほど待たされたあと、返事があった。

——お会いになるそうです。どうぞそのまま、お入りください。

椎名は唾を飲んだ。

「あっさり、入れてくれるんですね」

「せやな。門前払い喰らったら、無理矢理乗り込むつもりやったんやけど。まあ、向こうとしても、俺の素性を知るチャンスやからな」

「ああ、なるほど。俺ら、監禁されたりしませんかね。中で殺されたり」

「そこまで無茶は——せんとも言えんな。俺一人で行こか」

気遣わし気な顔で問われた。

「馬鹿にせんとってください」

「してへん、本気や」

「今更、そんなまともなこと言われても。さっき、殺され掛けてきたとこです」

声が上擦った。怒りと恐怖が湧いてくる。考えないように押し殺していた疑問の数々が押し寄せてくる。顔役のみんなと愚狼會の連中は、一体どうなったのか。発砲が起きたとは、どういうことなのか。あの大男は何者で、一体誰が死んだのか。

そんなことは、どうでもいい。凜を助けることだけに集中しろ。

そう念じて余計な考えを振り払おうとしたが、無理だった。この期に及んでもまだ、顔役の面々に見捨てられたことが悲しくて苦しい。みんな無事だろうかという心配が頭をもたげている。

「おい、大丈夫か」

澤田の声で、我に返った。

「ホンマに、無理すなよ」

「無理せえへんのが無理なタイプです」

澤田が何か言い掛けて、口を噤んだ。それから、力強く一度、背中を叩いてきた。

「行くか」

「はい」

澤田が門を押した。低く澄んだ音を立てて、門が開く。椎名は澤田に続いた。

建物の玄関に入ると、受付の男に出迎えられた。椎名の風体を見て目を丸くしたが、即座に胡散臭く慇懃な笑みを浮かべた。

三階の応接室へと案内される。木目調の落ち着いた内装の部屋だ。黒革のソファに坐って待つように言われた。

ほどなくして、ノックの音が響いた。ドアが開き、縁の薄い眼鏡を掛けた男が入室してきた。糊《のり》が利いたワイシャツと黒のスラックス姿だ。

「どうも、はじめまして。施設長の江藤です」

満面の笑みで言い、向かいの椅子に腰を下ろす。切れ長の奥二重で、唇は薄い。自然な分け目で前髪を流し、温和そうで清潔感のある見た目をしている。愚狼會のエースのような邪悪さも、顔役の面々のようなアウトロー感もない。

「何か、お話があるとか。えっと」

「澤田です。天満警察署の澤田と申します」

澤田が警察手帳を提示した。江藤が目を細める。

「ほう、なるほど。そうですか。彼は？」

黒目だけが動き、こちらを見つめてきた。その目にも、威圧感や狂気は宿っていない。

「猿芝居はええねん、鬱陶しいの」

澤田が吐き捨てるように言った。江藤の笑みは崩れない。

「エース、キング、クイーン。その三人が創った半グレの愚狼會とお前は手を組み、児童売春の斡旋を行ってきた。いや、お前が三人に愚狼會を創らせたんか」

「何言うてはるんですか」

流暢《りゅうちょう》で穏やかな大阪弁に、椎名は神経を逆撫でされた。怒りがはち切れ、思わず怒鳴る。

「凛を返せや、殺すぞ！」

江藤がわざとらしく身を竦めた。

「刑事さん、脅迫の現行犯ですよ。逮捕しなくていいんですか」

椎名はテーブルを飛び越えて殴り掛かろうとした。澤田に羽交い絞めにされる。

「落ち着け。一旦、落ち着け」

「落ち着けるか！」

声を荒らげた。澤田が小さく頷き、もう一度繰り返した。

「一旦、落ち着いてくれ」

椎名は深々と息を吸い込み、舌打ちしてから腰を下ろした。

「半グレといえば、なんか箕面で発砲事件があったみたいですね。半グレ同士が揉めたとかで、何人も死んだと。怖い話です」

「そうやって、余裕ぶって自分から口にすんのは、余裕がない裏返しか」

澤田が鼻を鳴らして笑った。

「江藤。もう逃げられへんぞ。こいつは出頭して、何もかも話すつもりや。俺も何もかも喋る。警察を辞める羽目になろうが、捕まることになろうが、これまで入手した情報を全て提出する。夢の木童園が管理売春の温床になってたことは、白日の下に晒されて終いや」

「何のことかさっぱりですが、仮にあなたの妄想がホンマやったとして、そううまくいきますかね」

「なんやと？」

「児童養護施設は別に、子供らを一日中監禁してる訳と違いますからね。普通に学校に通わせてます。親の知らんところで子供がヤンチャグループに入ってた、いうのと一緒で、僕ら施設の人間が知らんところで、施設の子供が何処ぞの売春組織に声を掛けられて、目先の金欲しさに身を売ってたっちゅう可能性もある訳です」

澤田が舌打ちした。

「摘発される用のダミーの組織を用意してる、いう訳か。でもな、ここの園の子らが、お前に強要されたって証言したら、意味ないぞ」

「証言したら、ね」

江藤が眼鏡を押し上げた。

「人間の恐怖心というのは、相当大きいみたいですよ。誘拐の被害者が、助けを求められる状況でも求めなかった。痴漢の被害者が声も出せない。闇金の債務者が、警察に駆け込みもせずに法外な利子を払う。暴力団員が被告の裁判で、証人が報復を恐れて出廷を拒否する。そんな事例は、腐るほどあります。もしアメリカの証人保護プログラムのように信頼できる制度がこの国にも存在して、その価値を理解できる程度には成熟した人間なら、証言するかもしれない。ただ、相手は小中学生や。こんな狭い施設で日々恐怖心を植え付けられて過ごしたら、何も喋りませんよ。警察がこの先ずっと守ってくれるとは信じられなくても、恐怖を植え付けてきた怖い大人達が、この先ずっと付け狙ってくるとは思うでしょ」

吐き気を催した。悪寒が止まらない。

「まあ、もちろん今言うたことは全部、あなたの与太話に付き合った上での発言ですけど。園が入居児童に売春を強要している事実なんか、そもそもありませんからね」

顔の骨が陥没し、顔面の形が変わるまで殴ってやりたい。ぶち殺したい。どす黒い殺意が胸の裡で渦巻いた。

「さっき、凜って言うてましたけど、うちの入居者の中に、北川《きたがわ》凜という子ならいますよ」

江藤が落ち着き払った声で言った。

「よかったら、連れてきましょうか」

椎名は目を瞠った。横目で澤田を見やると、怪訝な顔のまま、頷いた。

「なんか、あらぬ疑いやら誤解を抱かれてるみたいなんでね。本人の口から、直接誤解を解いてもらえれば、一番手っ取り早いでしょ」

江藤が立ち上がり、内線を掛けた。

沈黙が訪れた。江藤を睨み続けたが、涼しい顔で見返してくるだけだ。

ドアが開き、男が顔を覗かせた。

「連れてきました。ほら」

男に背中を押され、少女が入室してきた。

「凜！」

椎名は叫んだ。凜が顔を上げ、その目が次第に広がっていく。

「坐りなさい、凜」

江藤が優しい声で言い、自分の隣の席を手で叩いた。言われるがまま、腰を下ろす。俯き、椎名とは目を合わせようとしない。耐え難いほど悔しく、腹立たしい。

「凜。助けに来た。助けに来たで」

そう口にした途端、鼻の奥が熱くなった。生きていて、本当によかった。小麦色の肌も血色のいい頬も、鮮やかに赤くて厚い唇も、綺麗な二重瞼も、丸みを帯びた団子鼻も、全てが最後に会ったときのままだ。目の前で、変わらず生きている。

凜が消えて以来ずっと締め付けられていた胸の奥が、解放感で満たされた。

江藤が凜の方へ向き直る。

「聞いてくれるか。この人、警察の人やねんけど、妙なこと言うてはんねん。なんでも僕らが、凜に酷いことしてるって。違うやんな。凜はここで、何も酷いことされてへんやんな」

江藤が身を乗り出し、凜の顔を覗き込んだ。

「どないや。凜はここにいて、幸せやんな。よう考えて、答えや」

優しい口調の底に、おぞましい邪悪が潜んでいた。初めて、本性が垣間見えた。

凜は黙して答えない。江藤が肩を竦めた。

「この子、人見知りでね。緊張してるみたいです。けどまあ、これで分かったでしょ。もしホンマに僕が凜に売春を強要してるなら、すぐに助けを求めるはずです。大体、売春を強要されているか弱い女の子はもっと、青白くてガリガリでひょろっとしてるでしょ。こんなに日焼けしてて肉付きもいいのは、健康的で活発な証拠ですよ」

椎名は拳でテーブルを叩き付けた。鈍い痛みと痺れに襲われた。

「殺すぞ」

江藤がわざとらしく肩を竦める。澤田が穏やかな声で言った。

「俺達は、必ず君を守る。その男に、手出しはさせへん。だから、信じてホンマのこと言うてくれへんか。君はここで、酷いことをさせられてるね」

凜の躰が小刻みに震える。その肩に、江藤が優しく手を置いた。

「正直に答えてあげ。よう考えて、正直に答えてあげたらええ」

凜は喋れない。そう確信した声だ。だから、警察と名乗った澤田をあっさり応接室に通し、凜をここに呼ぶような真似までしたのだ。嘲笑うためだけに。どうしてこんな屑が、みんなと同じ人間の面を被っているのだ。何が楽しくて、何に幸福を感じて、こいつは生きているのだ。

「嘘は吐いたらあかんで。嘘吐いたら、僕も施設のみんなも困ってまう。嘘やなくて、ホンマのことを教えてあげ」

「おい。ちょう黙っとれ」

澤田が語気荒く言い、江藤が微笑を絶やさずに頭を垂れた。だが、悪びれもせず、続ける。

「彼らに、言ってごらん。自分がどういう人間か。ありのままの凜の姿を、知ってもらいなさい」

凜が鋭く息を吸い込んだ。潤んだ瞳を向けられる。冷たく、悲しげな視線だ。

「何も、ないです。普通に、暮らしてるだけです」

諦念に満ちた声だった。江藤がわざとらしく肩をそびやかす。

「なあ、凜」

椎名は口を開いた。

「ごめんな。寿司食うてるとき、しょうもないこと言うた。ホンマにごめん。けど、凜の人生はここちゃうよ。ここにおったら、また奪われ続けるって」

「失敬だな。何を奪うっていうんですか」

江藤の言葉を無視し、凜の目だけを見つめる。

「グリ下で一緒に踊ったやん。マンションで一緒に誕生日ケーキ食うたやん。あの思い出は、凜が自分で手に入れたものやろ。誰にも奪えへん。これからもっとさ、一緒に増やしていこうや。その方が、絶対楽しいって。来年の誕生日も、一緒に祝おう」

凜の丸くて大きな目に、涙が浮かぶ。鼻水が垂れ始めた。

「カズくん」

消え入るようなか細い声だ。目を細め、余裕のある大人な態度を装って、頷き掛けた。江藤への憎悪を押し殺し、凜への愛だけを意識した。

凜の脆《もろ》くて弱い瞳の奥で、強い光が揺れ動いた。

「俺と一緒に、闘おう」

凜が眉尻を震わせた。目から、涙がこぼれ落ちる。

「ここから、逃げたいです」

江藤の笑みが、静かに崩れた。

75

「江藤さん。任意同行、願えますか」

澤田は感情を抑え、低い声で言った。江藤が頬を痙攣させる。

凜が号泣し始めた。椎名は温かい笑みを湛えたまま、凜を見つめている。足が震えている。

「どうやら、混乱してるみたいやな」

江藤が不敵な笑みを取り戻して言った。

「まあ、いいでしょう。任意同行くらい、してあげますよ。でも、断言します。何も変わりません。何も出てきません」

澤田はスマートフォンを取り出した。為末署長、南署の加藤、部下の鮎川。その他、思い付いた何名かにメールを送信した。これまで調べ上げた全てを添付している。

電話が掛かってきた。鮎川からだ。

――もしもし。もうすぐ、到着します。課長も一緒です。

「課長、連れて来たんか」

澤田は苦笑した。

「ありがとう、助かったわ」

――いえ。どういうことなのか、改めて詳しく説明してください。

怒ったような口調だ。まだ、メールは読んでいないらしい。

「すまんな。ありがとう」

心の底から礼を言い、電話を切った。

「間もなく、ウチの人間が来ます。受付の職員に、通すよう伝えてください」

「何で急に敬語やねん」

江藤が揶揄するような口ぶりで言ったあと、内線電話を取った。警察が来たら、応接室に通すよう指示を出す。

江藤が立ち上がった。窓に歩み寄り、外の景色を見やる。

振り返り、突如、大声で怒鳴った。

「凜！　よう考えェよ！」

凜が身を竦ませた。

「自分の発言がどういう結果を招くか、園の他の友達や、この少年にどういう影響が及ぶか。全部お前に掛かってるぞ。全部、お前のせいやぞ！」

凜が烈しく躰を震わせ始める。目を大きく瞠り、動揺したように虚空の一点を凝視し始めた。植え付けられた恐怖が再び、心を頑強な殻で覆い始めたようだ。

椎名が素早く立ち上がり、凜の前で両膝を突いた。躰を抱き寄せ、背中を力強く擦る。

「大丈夫。大丈夫やから。一緒におるから」

江藤が口許にひくついた笑みを浮かべた。確かに、園の児童が皆、凜のような精神状態に置かれているならば、有効な証言を得るのは難しいかもしれない。

澤田は江藤の側に歩み寄った。ガラス窓を開け、新鮮な空気を吸い込む。窓枠に腰を下ろし、ホルスターから拳銃を引き抜いた。署の貸与品ではない。

銃口を江藤の眼前に突き付けた。表情が凍り付いた。

「最初から、このために来てん。お前みたいな屑は、死んだ方がええ」

「待て。やめろ」

掠れた声が言った。引き金に指を掛け、軽く力を加える。

これで、終わりだ。そう思うと、急激にラムかウイスキーを呷りたくなった。この先に待ち受ける、様々な面倒が頭に浮かぶ。殺人罪の懲役は、最短でも五年だ。今この瞬間から、どれだけ運がよくとも五年間は、酒を飲むことができない。

銃口の先が震えた。階段を駆け上がる足音が聞こえてくる。

「あかん、無理やわ」

拳銃をホルスターに仕舞った。江藤が口の端を痙攣させる。

澤田は深々と息を吸い込み、叫んだ。

「やめんかい、コラ！　離せ、江藤！」

江藤の顔に浮かぶ困惑の色を見て、思わず笑いが込み上げてきた。

「ありがとう。お前のお陰で、二階級特進や」

窓から後ろ向きに、身を投げた。

腹部に浮遊感を覚え、中空の太陽が目に飛び込んでくる。

恐怖と後悔と充足感が一挙に押し寄せ、家族の顔が脳裏を過《よぎ》ると同時に、背中から烈しく地面に叩き付けられた。

76

四人の刑事達が飛び込んできた。素早く室内を見回す。

「今の声は？　澤田は何処や」

褐色の肌をした瘦せ型の男が言った。

椎名は呆然としたまま、口が利けなかった。窓際では、江藤が立ち尽くしている。ついさっきまであった澤田の姿は、もうない。

「おい！　澤田警部補は何処や」

男の怒声が、耳の奥で虚ろに響いた。開け放たれた窓から、強い陽射しが差し込んでいる。澤田が転落した。自ら、身を投げた。突然叫び出したあとに。

——やめんかい、コラ！　離せ、江藤！

椎名は深々と息を吸い込んだ。膝《ひざ》から力が抜け、立っているのがやっとだ。重たい右腕を持ち上げ、江藤を指差す。指先が震えた。

「あいつが、窓から突き落としました」

刑事達の顔色が変わった。一斉に動き、江藤を取り囲む。唯一の女刑事が窓から下を覗き込み、スマートフォンを取り出した。冷静な声で、救急車の出動を要請する。

「殺人の現行犯で、逮捕する」

褐色の男が声を詰まらせながら言った。江藤が唇を舐め、眼光鋭くこちらを見てきた。

「こんな茶番が通用すると思うなよ。絶対に、許さんからな」

江藤の両手に、手錠が掛けられた。金属音が耳に心地好く響く。

何もかも、終わった。顔役のみんながどうなったかは、考えたくない。今はただ、凜が戻ってきた喜びにだけ、浸っていたい。

気付けば、パトカーの後部座席に、凜と二人で乗せられていた。運転席には、女の刑事がいた。巡査の鮎川と自己紹介された。

「はじめまして、ジョーダン」

ミラー越しに、鋭い視線が突き刺さる。

「鮎川さんも、色々知ってはるんですね」

鮎川が苛立たし気に首を横に振った。

「いいえ。係長がどうしてあなたと秘密裏に行動を共にしていたのか、今まで何があったのか、全く分からへん。でも、私達は絶対に、係長の分まで君達を守ります。約束します」

鮎川が声を震わせて言った。頼りにならないお巡りの死を実感した。咳の衝動が込み上げてくる。堪え切れずに、何度も咳をした。寒気が止まらず、全身が震える。

江藤の最後の言葉を思い出し、恐怖が湧き上がってくる。疲労と眠気が押し寄せてきた。疲れた。本当に、しんどかった。

死にたい。

何故か、不意にそう思った。

「カズくん」

隣から、声を掛けられた。顔を向け、見つめ合う。節くれ立った椎名の右手に、凜が左手を重ねてきた。そのまま、力強く握り締めてくる。その痛みが、遠退きそうになる意識を辛うじて繋ぎ止めてくれた。

「ありがとう」

凜が震える声で言い、右手で椎名の頭にそっと触れた。優しく、労わるような手つきで、頭を撫でられた。

涙が溢れてきた。堪える気力はなかった。視界が滲み、しゃくり上げてしまった。

凜は無言で、何度も頭を撫でてくれた。あらゆる苦しみが報われる心地がした。未だ殆ど失われたままの嗅覚が、凜の甘酸っぱい汗の香りを微かに捉えた。

77

椎名は病院で怪我の治療を受ける中で、新型感染症の罹患を疑われ、案の定陽性反応が検出された。すぐさま、病院での監視付き隔離生活が始まった。

警察が問題ないと判断した範囲で、知りたい情報を得ることができた。愚狼會のエース、キング、ジャックの死には胸がすく思いがしたが、ヤオとミスタの死を知り、嘔吐した。

澤田は幸いにも一命を取り留めたが、未だに意識を取り戻さないという。

凜を含め、施設の児童は全員保護されたそうだ。凜の躰からは、まだ法律の規制が追い付いていないため合法だが、覚醒剤に似た薬物の成分が検出されたという。薬物は、服用すればいつでもどんな状態でも高揚感や万能感を得られるため依存性が高いと勘違いされがちだが、実際は服用していない離脱期間に怠さや苦痛を覚えるようになり、それから逃れるためにまた手を出してしまうらしい。凜の場合は、そうした無気力感を生み出すために、使用させられていたのだろうということだ。凜は薬物の禁断症状で苦しむ中で、自らの人生を否定するような椎名の言葉を耳にして、夢の木童園へと舞い戻る選択をしてしまったのだ。

椎名が売り捌いていたステラも同質のものだと、初めて会う刑事からＺｏｏｍ越しにきつい口調で言い添えられた。何の罪の意識も抱かずに売り捌いてきたステラによって、凜と同じような目に遭った子がいるかもしれない。そう自覚した途端、躰内で何かが崩れ落ちる感覚があった。

隔離期間が終了し、本格的な取り調べの日がやってきた。着替えを済ませ、刑事の迎えを待っていると、病室の扉が開いた。

刑事と思しき男達に挟まれて、父親が立っていた。隔離期間で対面もできず、Ｚｏｏｍでの面会も体調不良を理由に拒否し続けていた。

「和彦」

そう言ったきり、口を噤む。父親の喉仏が上下した。ゆっくりとした足取りで、近付いてくる。惨めったらしく泣かれ、謝られるのだろう。辟易とした。

父親の険しい顔を見上げた。途端に、頬に鋭い痛みが走った。

「ドアホ」

頬を打たれた。そう気付いたときには既に、痛いほど強く、抱き締められていた。加齢臭に襲われる。息苦しくて藻掻いたが、抜け出せなかった。荒々しい呼吸が伝わってきた。

目が潤み、喉許から熱い塊が込み上げてきた。

「ごめんなさい」

小さく、呟いた。強張っていた全身から、力が抜けた。

取り調べを担当するのは、村上《むらかみ》という中年の男の刑事だった。長ったらしい肩書は聞いていなかったが、警部という階級は耳に残った。威圧感はなく、優しく温かな雰囲気を纏っている。黙秘権の告知とやらが行われたあと、柔和な笑みを向けられた。

「椎名君。およそのことは、こちらで把握している。それを君自身の証言で補強、裏付けして欲しい。君はまだ、十六歳や。素直に罪を認めて反省を示すことが、今後の人生をやり直す一番の近道や」

椎名は無言で頷いた。鉄格子の窓、恐らくマジックミラーになっている壁の鏡——ドラマで目にする取調室そのままだと、暢気なことを思った。

「澤田警部補が残した報告書がある。そこに、君に関しても書かれてあった。お父さんの失業を機に大好きやった部活をやめざるを得なくなって、人生に苦しさを覚えていた。そんなときに顔役の連中と知り会って、巧妙に悪の道に引き摺り込まれたと。ヤバいと思ったときには手遅れで、君や君の家族に危害が及ぶかもしれへんかったから、顔役のシノギを手伝わざるを得んかった。ステラの流通に関しても、リスクの高いトカゲの尻尾の役割を強制的に押し付けられて、断れへんかったんやな」

息を吞んだ。澤田は椎名の罪が極力軽くなるように配慮して、文書を残してくれたのだ。

「しかもその後、率先して澤田警部補の情報提供者になって、事件解決にも貢献した。充分、情状酌量の余地がある。君は社会の不条理に苦しめられ、悪い大人達に利用されてもうただけや。だから、今回の件に関することは何もかも全て、正直に話してくれるかな。悪いようには、せえへんから。あの女の子も、君に会いたがってる」

「はい。俺も、会いたいです」

椎名は深々と息を吸い込んだ。

「全部、罪は認めます。正直に全て、話します」

村上警部が満足そうに頷く。

「ただ一個だけ、違うところがあります」

「どういうことかな」

「俺が今ここにいるのは、父親の失業のせいやし、学校で居場所がなくなったせいやし、前のバイト先のクソ客のせいやし、顔役のみんなのせいやし、愚狼會の連中のせいです。でも、俺がやってしまった悪いことの責任は、やっぱ俺にあると思うんです。俺がやると決めたから、俺がやりたいと思ったから、やったんです。自分の意志です」

毅然とした声で言った。村上警部が相好を崩す。

「顔役の一員でステラの件の主犯格や、いうから、どんな悪党か、思うたけど、真っ直ぐな子やな。僕は日頃、平気で嘘吐いて責任逃れするような薄汚い大人ばっか、相手してる。だから、君みたいな子に出会えると、ホンマに嬉しい。どうかこのまま更生して、その気持ちを忘れんと、大人の仲間入りはせんといてくれ。お願いや」

椎名は首を大きく横に振った。

「すんませんけど、逆です」

「逆？」

「はい」

背筋を伸ばし、続けた。

「俺はチビですけど、目ェ一杯背伸びして、これから大人になるつもりです」

78

病室の扉が開き、為末が入室してきた。突き出た下腹を揺すりながら、無言でベッド脇の椅子に腰を下ろす。

「澤田。気分はどないや」

「まあまあ、悪いです。医者から、嫌な話も聞かされましたし」

「なんや、禁酒せえとでも言われたか」

為末が鼻を鳴らして笑った。

「誰か、面会に来たか」

「いえ、署長が初めてです」

十二日間に及ぶ昏睡状態から目を覚まして、まだ半日しか経っていない。

「そうか。安心せえ。これから、嫌っちゅうほど色んな人間が話を聞きに来るぞ」

澤田は苦笑した。

「なんか、誰かから聞いたか」

「いいえ。外の刑事に訊いても、何も教えてくれません」

為末が小さく頷き、口を開き始める。

「まず、江藤はお前に対する殺人未遂容疑で逮捕された。愚狼會と顔役の抗争、そしてその発端となった児童管理売春については、大阪府警が総力を挙げて捜査しとる。夢の木童園の関与も、当然含めてな」

澤田は深々と息を吸い込んだ。全身の凝りがほぐれた心地だ。

「てっきり、また隠蔽されるのかと」

為末が不快感を露わにした。

「お前が突き落とされたお陰で、現場の連中がいきり立ちよった。徹底的に捜査すべきやって、やかましい。今も昔も、警官殺しが一番熱入りよるな。箕面のビルの殺戮《さつりく》でメディアも注目し始めたし、誰かさんの一存では止められへんようになってもうたと。まあとにかく、全容解明が本部長直々の命令や。よかったな」

箕面市のビルの発砲事件について、詳細を説明された。第三者の乱入があったとは、驚きだ。天満のクマと綽名されるチンピラの存在は、マル暴時代に耳にしたことがある。殺戮を生き残ったのは、愚狼會のセブン、顔役の伯爵、センセー、李の四名だけだという。

また、大阪駅前ビルのバーからは、寺西雄次の兄と日埜組の戸部哲也《てつや》の死体、重傷を負った愚狼會のファイヴ、シックスが発見されたという。

「江藤も施設の職員も生き残った愚狼會の連中も、完全黙秘や。で、なんせ保護した子供らが何も喋らん。あの凜いう子も含めてな。カウンセリングと治療を優先するらしいけど、証言までにどれだけ掛かるか分かったもんやない。今のところ、夢の木童園と愚狼會が管理売春を行ってきた物的証拠は、何一つ見つかってへん」

憤然とした声で言い、舌打ちする。

「それから昨日、府警の宮田《みやた》警務部長が自殺した。ホテルに軟禁中やったところを、うっかり死なせてしもた。江藤のクリニックに通院するうち、本性を見抜かれて少女買春を持ち掛けられ、応じてしもたと。以降、連中に便宜を図ってきたと懺悔して、首括って逃げよった。元々は東京モンのキャリア組で、まだ四十代のガキや。刑事部の参事官や俺を顎で動かしたんは、奴や」

澤田は声を呑んだ。大阪府警警務部部長。階級は警視長。いずれ、警察庁長官や警視総監にさえ成り得た人材だ。

「この事実は隠蔽する。過労による心身の疲れとして、処理する。お前も誰にも喋るな」

「警察のメンツを守るためですか」

「そうや。その代わり、お前の違法行為も全て、なかったことにしたる。盗聴器も監視カメラも、園に乗り込んだお前が支給されてへん拳銃を持ってたことも、何もかもな」

澤田は無反応を貫いた。

「突き落とされそうになったなら、撃ち殺したったらよかったんと違うか」

「咄嗟のことで、対応できませんでした」

為末が目を細め、何も言わずに見つめてきた。

「まあええ。それより、夢の木童園についてやが、施設の職員の一部には、園の卒業生がいた。

それから、保護された男児一名に、反社会的な思考が見られた。残る男児三名は、だんまり決め込んどるけどな。ほいで、園の卒業生の多くが、中学卒業後の足取りを摑めへん」

澤田は曖昧に頷いた。畳み掛けるように、為末が続ける。

「園は女児に売春を強要していた他に、男児を育成してたんと違うか、いう仮説を唱えた捜査員がおる。犯罪者としての英才教育や」

絡み付くような不安に襲われた。

「ところで、返事がまだやな」

「返事？」

「宮田警務部長と愚狼會の繋がりは、なかったこととして扱う。それでええな」

「江藤は今は完黙を貫いているかもしれませんが、有罪判決が濃厚になれば、宮田との繋がりを暴露するかもしれませんよ。マスコミが詰め掛けた、裁判の場で。関係を示す証拠だって、隠し持ってるに決まってます」

「江藤が法廷に立つことはない」

冷徹な声で断言され、澤田は息を呑んだ。

「愚狼會の連中は全員、死ぬか逮捕されるかした。園の児童達も保護された。管理売春の実態も、愚狼會のその他の違法行為の数々も、必ず明らかにしてみせる。それで充分やろ」

「江藤が留置場で自殺すれば、園から巣立った犯罪者共を追う手掛かりが途絶えます」

「犯罪者の育成云々は、単なる想像の域を出ん。何の証拠もない」

「保護された男児達が証言するかもしれません」

「やとしても、過去二十二年間、犯罪者を育成し続けてきたと江藤が口を割るとは思えんし、そいつらの所在や犯罪の証拠を江藤の口から聞き出すことは、まず無理やろ」

「江藤は死刑にはならんでしょう。更生するはずもない。またどうせ、教え子の連中と接触して、悪事に手を染めるはずです」

「江藤が出所したら、監視態勢を敷けばええってか。現実的やないな。警察は暇やない」

「数多くの犯罪を未然に防げるチャンスです」

「繰り返すが、犯罪者の育成云々は単なる突拍子もない仮説や。それと警察の威信を失墜させるリスクを天秤に掛けることはできひん」

「警察の存在意義は、警察組織の威信を守ることではなく、市民の安全を守ることです」

「強情を張り続けるなら、お前も英雄として扱われることはなくなるぞ。違法捜査だらけの汚れた元警官として、アクリル板越しに娘と面会する未来が望みか」

澤田は荒々しく息を吸い込んだ。肚の底に、重たい感覚が圧し掛かる。

「汚れているのは、どっちですか」

問い掛けは黙殺された。仏頂面に、変化はない。舌打ちを堪え、瞼を閉じた。

「分かりました」

目を開けると、為末が満足そうに頷いた。

「もう俺のツラも見たないやろ。ほいじゃ」

為末が腰を上げた。

江藤の逮捕から二週間も経っていないのに、警視長たる宮田がホテルに軟禁されていたという。宮田と愚狼會の癒着を上層部に脅迫に近い形で暴露し、夢の木童園や愚狼會に対する大規模捜査をせざるを得ない状況を作り出した者がいるとしか、考えられない。

「署長」

「なんや」

出口の前で、不機嫌そうに振り返る。

「ありがとうございます」

頭を下げた。

「何がや。厭味か」

ぶっきらぼうに言い、続ける。

「椎名和彦に、伝言はあるか」

澤田は押し黙った。事件解決に協力してくれた感謝か、利用して命の危険に晒した謝罪か、あるいは、人生はやり直せるといった類の激励か。

「結構です。何か言葉を託す資格は、俺にはありません」

沈黙のあと、為末が小さく頷いた。

「ただ、一つお願いが」

「なんや、面倒臭いこと頼むなよ。元嫁連れてこいとか言われても、知らんぞ」

「椎名和彦と北川凜を、連中の報復から、守り抜いてください」

為末が束の間言葉を詰まらせてから、口を開いた。

「任せェ、約束する。必ずな」

無愛想で、力強い声だった。

79

目を覚ますと、伊織がベッドの脇の椅子に腰を下ろし、スマートフォンを操作していた。澤田は鋭く息を吸い込み、掠れた声を発した。

「伊織」

返事はない。もう一度呼び掛けると、伊織がイヤフォンを外した。

「ああ、おはよう。よかった。大丈夫？」

無表情のまま、淡々とした声が返ってきた。目を合わせてはこない。

「大丈夫や。来てくれたんか」

「まあ、一応。お母さんは来てへんよ。真由子《まゆこ》おばちゃんが付いて来てくれた」

別れた妻の妹だ。純平や伊織を我が子のように感じてくれている上に、姉思いでもある。純平の死を機に、澤田との関係は悪化した。

「二人で話したいやろからって、あっちで待っててくれてる。呼んでこよか」

「いや、ええよ。それより、心配掛けて、すまんかったな」

「ホンマに」

冷めた口調に愛おしさが込み上げ、無性に抱き締めたくなった。

「でも、よかった。生きてて」

潤んだ声で言い、唇をきつく結ぶ。

「色んな警察の人が、英雄やって言うてたよ。なんか、むず痒かったわ」

「英雄と違うからな。ホンマの英雄は、表に出えへん」

病室に、沈黙が降りた。イヤフォンを指差し、尋ねる。

「何聴いててん。ＯＭＳＢか」

驚いた表情を向けられた。

「好きやって言うてたやろ、誕生日にフレンチ食うたとき」

「よう覚えてるなあ、そんなこと」

「Ｓｐｏｔｉｆｙに加入して、聴いてみたわ。『Ｔｈｉｎｋ　Ｇｏｏｄ』」

「へえ、マジで。どうやった？」

「正直、最初はあんまよう分からんかった。けど、歌詞見ながら何遍も聴くうちに、段々ええなと思うようになった。ビール飲み始めたときと一緒やな」

伊織が曖昧に頷く。

「自分の弱さを自覚した奴だけが持てる強さ、いうんかな。ええ曲や」

一瞬、椎名の顔が浮かび、すぐに消えた。

「どうや、娘の趣味を理解しようと努める父親は。健気《けなげ》やろ」

鼻で笑われた。

「まあ、今聴いてたんは、違う曲やけど」

「キンプリか」

「ジャズ。『Ｗａｌｔｚ　ｆｏｒ　Ｄｅｂｂｙ』って曲」

澤田は声を呑んだ。

「ジャズか。珍しいな」

「うん。お母さんが、よう聴いてるから」

元妻と出会った当初から、彼女の前でも頻繁に聴いていた。

伊織がスマートフォンを操作し、小さな音量でスピーカー再生に切り替えた。美しいピアノの旋律が、耳の奥まで響く。懐かしささえ感じるほど、久しぶりに聴くメロディだ。

「綺麗な曲やな」

僅かに、語尾が掠れた。

伊織が窓の外を見つめ、唇を噛み締める。

「お父さん、ごめんね。お兄ちゃんのこと、別にお父さんのせいちゃうかったのに」

言葉が出なかった。何か言おうとすると、感情が溢れ出してしまいそうだった。

窓の外を見たまま、伊織が口を開く。

「お母さんさあ」

言い淀んだ。小刻みに、躰が震えている。

「再婚か」

努めてさり気ない口調で、尋ねた。伊織が驚いた表情を向けてくる。

ようやく、目と目が合った。

娘の前で、泣いて堪るか。時代遅れの男の意地だけで、どうにか涙を堪える。

「何で分かったん。刑事の勘？」

「父親の勘や。何となく分かる」

伊織が唇をきつく結んだ。必死に感情を押し殺そうとしているのが、伝わってくる。

「まあ、なんかまだ具体的な話は出てへんけど、ちょいちょい会わせてくんねん。金融屋のすらっとしたおっさん。数字を作る、が口癖の、仕事の話しかせえへん奴。別にお母さんの人生やからええけどさ、でもちょっと早ない？　まだ、一年くらいしか経ってへん」

嫌悪感たっぷりに言い、ため息を吐く。

「ごめん。こんなときに、こんな話」

「かまへんよ、別に」

上躰を起こし、頭を撫でてやろうと、腕を伸ばす。

「何、どうしたん」

「ああ、いや、何でもない」

腕を引っ込め、空咳をする。

「まあ、なんか私もお父さんに悪いことしたなって思うしさ。これからは、たまには会ってあげるから。お母さんが再婚したとしても」

「ありがとう」

「お小遣い、せびるけど。パパ活」

淡々と言い、しきりに窓の外を見やる。苦しそうな表情だった。

「なあ、伊織」

顔をこちらに向けてきた。

「ええか？　伊織にはこの先、絶対に素晴らしい未来が待ってる。嫌なこと、悪いことはいっぱい起こるやろうけど、それでも人生は、素晴らしい希望で溢れてる」

「そんな綺麗事、言うタイプやっけ」

「子供に綺麗事を言うのが、大人の役目や」

一旦言葉を切り、続ける。

「父親の、役目や」

「もうすぐ、父親じゃなくなるかも」

拗ねた口調だった。澤田は鋭く息を吸い込み、首を横に振った。

「なくならへん。伊織の苗字が何になろうが、伊織がお母さんの新しい夫をパパって呼ぶようになろうが、伊織がたとえまた会ってくれへんくなろうが、俺は死ぬまで伊織の父親や。血が繋がってるからとか、そんなんと違う。父親として、お前を愛してるからや」

「余命宣告でもされた？」

「されてへん。下半身不随で、一生車椅子生活やとは言われたけど」

伊織の顔が驚愕の色に染まり、俄かに目が潤んだ。切なくて、愛おしい表情だ。

「え、なんで笑ってるん？　嘘？」

「いや、マジや。お前も案外、子供らしい可愛い反応してくれんねんなと思って」

「何それ、意味分からん」

伊織が困惑したように息を吐いた。

「漫画家、まだ目指してるんか」

「え？　うん、まあ」

「そうか。後悔せんように、気ィ済むまで夢を追ったらええ。辛くて厳しい現実は、思う存分新しいパパに教えてもらえ。それも大切や。たまにしか会わんくなるお父さんは、気楽なことしか言わん。理想を守る役割は、お父さんがしたる」

「理想」

初めて聞く単語のように、小さく繰り返す。

「一つだけ、覚えといて欲しい。マジな話や」

伊織の顔を見据えて、諭すようにゆっくりと口を開く。

「この世界は、美しい」

伊織が微かに頷き、目を逸らした。それから、口許を綻ばせ、短く返事をした。

「りょ」

澤田は苦笑交じりに小さく息を吐いた。伊織につられて、窓の外を見る。

夕陽が空《あめ》を飴色に輝かせ、山の稜線《りょうせん》をくっきりと縁取っている。遠く彼方《かなた》で、パトカーのサイレンが轟いていた。

80

ミナミの空に、薄い雲が広がっていた。磨りガラス越しに淡い光を降り注ぐ太陽は、クリスマスムードに浮かれる人達にとっては幻想的に見えるのかもしれない。だが今の椎名にとっては、ぼんやりとした曇り空に過ぎない。

戎橋の階段を下り、真下を通る薄暗い遊歩道に足を踏み入れた。空気が冷たく澱んでいる。平日の十五時過ぎだが、十代と思しき少年少女が五人集まっている。川を挟んで向こう側にも、同じように若者が集まっていた。

一人でやってきたのは、椎名だけだ。視線を向けられたが、大人ではないからか、誰の顔にも警戒の色は浮かばなかった。見知った顔はない。

椎名は五人組から十メートルほど離れた場所で、立ち止まった。グリ下の光景に、変化はない。「たばこを捨てないで」と書かれたポスターと大量に捨てられた吸殻、散乱した空き缶やコンビニの袋。懐かしい居心地の良さと共に、妙な圧迫感も覚えた。真上に手を伸ばせば触れる低い位置に、戎橋は架かっている。圧迫感を覚えて当然だ。だが、ここに通い詰めていたときも、ステラを売るようになってから何度か顔を出したときも、こんな風に感じたことはなかった。

椎名は茶色の欄干から身を乗り出すようにして、道頓堀川を見つめた。昔を知らない椎名にとっては依然として薄緑色の濁った川だが、ヘドロだらけの十数年前よりは格段に綺麗になっていると、インターネットの記事で読んだ。川とは名ばかりで、殆ど停滞した巨大な水溜まりのように見える。でも目を凝らすと、緩やかではあるが確実に、流れが生じている。

マスクをずらして顎に掛け、コンビニで買ったコーラ味のチュッパチャプスをポケットから取り出した。包装を剝がすのにしばらく苦戦してから、口に銜える。煙草も大麻も吸わなくなった。禁断症状に襲われることはないが、時折口寂しさを覚える。

橋の上の喧騒が耳になだれ込んできた。大勢の人々が歩いている。街のクリスマスムードを楽しんでいる。皆それぞれ、自分の人生を歩んでいる。

不意に胃が捩《ねじ》れ、吐き気に襲われた。チュッパチャプスを口から取り出し、呼吸を止める。

一ヶ月以上経つが、未だに顔役のみんなと酒を飲む夢を見る。グリ下で腹を抱えて笑う夢も見る。かつての楽しかった高校生活やそれより昔の思い出さえ、夢となって現れる。

全て、終わった。凜を無事に救うことができた。ヤオとミスタは死んでしまった。伯爵もセンセーも李も逮捕され、椎名自身、少年鑑別所を出たばかりだ。

椎名は半グレ組織に身を置き、形式上はステラ売買の主犯格だった。少年院送致の可能性も大いにあったが、少年審判の結果、保護観察処分が下された。施設に収容されることなく、二十歳に達するまで保護司の監督下に置かれながら、更生を目指して社会生活を送ることとなる。もちろん、更生するつもりだ。二度と、悪事には手を染めない。固くそう決意しているが、将来への漠とした不安と恐怖は、抱き続けている。犯した罪と向き合い、償う。人生と闘う。そんな自分でありたいと頭では思うが、心は挫けそうだ。

ここに通っていたことを後悔はしていない。顔役のみんなと出会ったことも、消し去りたい過去なんかじゃない。この場所がなければ、椎名は人生を投げ出していたかもしれない。グリ下も、グリ下で遊んでいた自分も、そこから飛び出してミナミの顔役になった自分も、否定したくない。このクソみたいな時代を、懸命に生きようとしただけだ。

「お兄さんも、交ざる？」

背後から、声を掛けられた。振り返ると、中学生らしき少女が立っていた。五人組のうちの一人だ。全身ピンクで、涙袋を強調した濃いメイクをしている。「量産型」と称される格好だが、グリ下でこの手の見た目をしている女の子達はみんな、それぞれ違っていた。量産された子なんて、一人もいなかった。

他の四人は、少し離れた場所から様子を窺っている。全員、中学生か高校生だろう。

「一緒に遊ばへん？」

「いや、俺はええかな。もう帰るし」

チュッパチャプスを奥歯で噛み砕き、ゴミと化した棒をズボンのポケットに捻《ね》じ込む。マスクを着け直した。息苦しい。

「マスク着けるんや、真面目やね」

「この前、また新しいやつ出てきたらしいで」

先月、南アフリカで新たな変異株が発見されたらしい。ワクチンの三回目追加接種も始まったばかりだ。

「だって、もうしんどいもん。いつまで続くんかなあ、これ。いつまでも続くんかなあ」

独り言のような口調で言ってから、視線を寄越してきた。澄んだ瞳で見つめられる。

ホンマになあ——そう答えようとして、口を噤んだ。少し考えてから、声を絞り出す。

「そのうち、終わるよ」

「へえ。ホンマに？」

「うん。ええことも悪いことも、いつか終わるもんやから」

「ええことも、終わっちゃうんや」

「そんなもんやって、人生」

「切な」

少女が呟き、くるりと背を向けた。他の四人が待つ場所に戻ろうと、足を踏み出す。

「まあ、でも――」

その背に、声を掛けた。

「だからこそ、楽しいんかも」

少女が振り向き、肩を竦めて笑った。何も言わずに、四人の許に戻っていく。

単なる気休めか、綺麗事だと思われただろう。椎名自身、本心から出た言葉だとは思わない。でも不思議と、丸っきり嘘を吐いた感覚もなかった。

ダッフルコートの懐が振動した。スマートフォンを取り出し、ＬＩＮＥアプリを開く。写真が送られてきていた。病室の窓から見下ろすようにして、庭を撮影したものだろう。電飾で彩られた木々が、夜の闇の中に浮かび上がっている。クリスマスカラーの人工的な光は、写真では弱々しく見える。

送られてきたのは写真だけで、何の文章も添えられていない。検索エンジンを開き、調べ物をしてから、返信を送った。

――綺麗。イルミネーションって、ええよなあ。またいつか、一緒にことか行こう。

神戸の人気イルミネーションスポットの公式サイトを添付した。病禍のせいで昨年は中止に追い込まれたらしいが、今年は開催しているそうだ。尤も、来年以降どうなるのかは、分からない。

しばらく待ったが、既読は付かない。深々と息を吸い込み、大きく吐き出した。唾臭さに辟易とし、マスクを剝ぎ取ってポケットに入れた。電車に乗るまでは、外しておこう。

スマートフォンを仕舞った。冬の冷気に躰を震わせてから、ゆっくりとした足取りで、グリ下を出る。戎橋の喧騒に紛れる気にはなれず、川沿いの遊歩道を歩き始めた。飲食店のテラス席が軒を連ね、橋の上とは違って穏やかな時間が流れている。所々補修されたウッドデッキを抜け、階段を上がって名前の知らない橋の上に出た。当所《あて》もなく、ミナミの街に繰り出す。

行き交う人々のマスク越しにも伝わるにこやかな表情から目を逸らし、俯きながら歩いた。アスファルトで舗装された路上の至る所に、裂け目が走っている。季節や天候の移ろいに曝されるうち、少しずつひび割れていったのだろう。街に刻まれた日々の証だ。

下を向いていたのに、隆起した亀裂に躓《つまず》いてしまった。転びそうになり、辛うじて持ち堪える。姿勢を正して前を向き、大きく足を踏み出した。

風が立った。雲が割れ、瞳の中で陽光が弾けた。

初出　「小説すばる」２０２３年11月号〜２０２４年８月号

ブックデザイン　坂野公一（welle design）

写真　AdobeStock

増島拓哉（ますじま・たくや）
1999年大阪府生まれ。
関西学院大学在学中の2018年に『闇夜の底で踊れ』で第31回小説すばる新人賞を受賞しデビュー。
他の著書に『トラッシュ』がある。

路《みち》、爆《は》ぜる

二〇二五年一月三〇日　第一刷発行

著者　増島拓哉《ますじまたくや》

発行者　樋口尚也
発行所　株式会社集英社
東京都千代田区一ツ橋二－五－一〇
〒一〇一－八〇五〇
電話　〇三－三二三〇－六一〇〇（編集部）
〇三－三二三〇－六〇八〇（読者係）
〇三－三二三〇－六三九三（販売部）書店専用
印刷所　TOPPAN株式会社
製本所　加藤製本株式会社

定価はカバーに表示してあります。
造本には十分注意しておりますが、印刷・製本など製造上の不備がありましたら、お手数ですが小社「読者係」までご連絡下さい。古書店、フリマアプリ、オークションサイト等で入手されたものは対応いたしかねますのでご了承下さい。

ISBN978-4-08-771890-4 C0093

増島拓哉の本

トラッシュ

集団自殺に失敗した6人の若者は、犯罪行為にも等しい「世直し」活動を始める。売人狩り、テロ、悪人への暴行。やがて彼らの正義感と自己顕示欲は暴走を始め……悲しいクズ《トラッシュ》たちの青春群像劇。

解説／カモシダせぶん

集英社文庫

青羽悠の本

22歳の扉

京都の大学に入学し、地味だった僕がなぜか学内バーのマスターに!? 20代前半の「不変」と「今」が詰まった圧倒的青春小説！

集英社単行本

青波杏の本

日《にち》月《げつ》潭《たん》の朱い花

日本統治時代の台湾、日月潭に消えた少女。事件か、失踪か。台北に暮らすサチコとジュリは時をこえて、少女の行方を探す旅に出る——。

集英社単行本